AF560598

कविश्री क्षीरोदचन्द्र दाश-विरचितम्

तारुण्यशतकम्

TĀRUṆYAŚATAKAM

प्रोफेसर् व्रजकिशोरनायक–कृतया प्रकाशिकाख्यव्याख्यया समुल्लसितम्

कविश्री क्षीरोदचन्द्र दाश-विरचितम्

तारुण्यशतकम्

TĀRUṆYAŚATAKAM

प्रोफेसर् व्रजकिशोरनायक–कृतया प्रकाशिकाख्यव्याख्यया समुल्लसितम्

डॉ. शुभश्री दाश

इत्यनया पाठान्तरैः संयोज्य सानुवादं समीक्षात्मक-संपादनम्

Critical Edition and Translation of the
Tāruṇyaśatakam with Prakāśikā-Commentary

Hindi (tr.)
Prof. A. K. Patnaik

TĀRUṆYAŚATAKAM/ Dr. Subhasree Dash

First Edition : Delhi, 2021

ISBN : 978 81 948158 0 8

Published by

MOTILAL BANARSIDASS PUBLICATIONS
93, Shyam Lal Marg, Darya Ganj, New Delhi - 110002
mlbdbooks@gmail.com

MLBD Cataloguing-in-Publication Data
Tāruṇyaśatakam Ed. & Tr. Dr. Subhasree Dash
ISBN : 9788194815808
I. Preface II. Acknowledgment III. Foreword
IV. Abbreviations V. Appendix

Printed by
Repro Books

Acknowledgement

I acknowledge with gratitude the erudition and the contribution of Prof. Dr. Brajakishore Nayak, a poet, scholar and critic in the field of Sanskrit literature *(Sāhityaśāstra)* in enriching the text with an adorable Sanskrit commentary titled the *Prakāśikā.*

My revered teacher Professor Dr. Kishore Chandra Padhy, a distinguished Sanskritist and ex-Vice-chancellor Shri Jagannath Sanskrit University has been kind enough to give a foreword to the work. He has been my chief source of inspiration for conducting research on the text till its accomplishment. I express my deep sense of gratitude and remain indebted to him.

My sincere thanks and gratitude are due to Prof. Dr. Ajaya Kumar Patnaik, M.A, Ph.D (Alld.), D.Litt (Vikram Sheela University), Head of the P.G Department of Hindi, Ravenshaw University (Rtd.), a recipient of the Presidential certificate of Honour, who kindly acceded to my request and offered Hindi translation of the text in time.

I extend my sincere thanks to Mrs. Manju Arya for her sincere efforts in setting the text to order. My heartfelt thanks are due to the authorities of Motilal Banarsidass Publications with Shri Pranav Jain for thier adorable efforts in bringing the text to light in time.

Subhasree Dash

Preface

The *Tārunyaśatakam* is the Odisha Sahitya Akademi award winning Sanskrit lyric (1992) by the poet Kshirod Chandra Dash. The book has drawn the attention of numerous readers and its verses are prescribed as the text book for Council of Higher secondary Education, Odisha, BJB Autonomous College, Bhubaneswar and Ravenshaw University, Cuttack for quite a long period. The popularity of the book inspired me to undertake the responsibility of its edition with critical notes and English translation. The text is enriched with the Sanskrit commentary entitled the *Prakāśikā* by Prof. Braja Kishore Nayak, a distinguished poet, scholar and critic in the field of Sanskrit literary study. The book *Tārunyaśatakam* has been edited from two more available manuscripts collected from poet's residence and has been freed from prevalent typological/printing errors.

This research work has been conducted under the auspices of the supervision of my revered teacher Professor Dr. Kishore Chandra Padhy, a renowned Sanskritist and ex-Vice-chancellor, Shri Jagannath Sanskrit Vishvavidyalaya, Puri. He is gracious enough to enrich my knowledge with appropriate changes and corrections at every step till the completion of this academic venture. In this work each of the verses of the text is enriched with anvaya (prose order of the verses), English, odia and Hindi translation with grammatical notes - prakṛti-pratyaya, samāsa. Besides, the literary theories and critical vocabularies of Sanskrit poetics (alaṁkāraśāstras) have been applied at different sections with linguistic analysis and interpretation. A separate section has been devoted to the application of Sanskrit metrical principles on the text. The 'work cited' has been incorporated at the end of each chapter for clarity of presentation and distinguished elucidation. One copy of the Sanskrit commentary entitled the Prakāśikā, made available in odia-script, has been edited appropriately and incorporated in the text. This humble endeavour envisions to present this text for the pleasure of the connoisseurs of literary art in general and scholars of Sanskrit erudition in particular.

S. Dash

Foreword

Tāruṇyaśatakam is an award winning Sanskrit lyric by the poet Kshirod Chandra Dash. In a melodious voice the poet sings the joy of youth and love.

Dr. Subhasree Dash, Assistant Professor in Sanskrit, Ravenshaw University has prepared the critical edition and the translation (English & Odia) of the text with the *Prakāśikā* commentary offered by a renowned Sanskritist Prof Dr. B.K.Nayak. Besides, the Hindi-translation offered by Professor Dr. A.K. Patnaik, a famous scholar in the field of Hindi language and literature adds beauty to the text.

This is a noteworthy **research work** where the text is interpreted with the application of Sanskrit literary theories and critical vocabularies enunciated by the *Alaṁkāraśāstras* of India at different centuries.

Revealing the critical literary wisdom of the editor it is an essential contribution to modern Sanskrit language and literature. I hope the work shall elicit the appreciative attention of the lovers of Sanskrit literary art.

Prof. K. C. Padhy
Ex-Vice Chancellor
Shri Jaganath Sanskrit
Vishwavidyalaya, Puri.

The Critical Apparatus

a - 1st step of the quarter of a stanza
b - 2nd step of the quarter of a stanza
c - 3rd step of the quarter of a stanza
d - 4th step of the quarter of a stanza

Abbreviations

Nīti - Nītiśataka
SD - Sāhityadarpaṇa
RV - Ṛgveda
Māla - Mālavikāgnimitra
Raghu - Raghuvamsa
Uttar - Uttararāmacarita
Dh - Dhvanyaloka
Rām - Rāmāyaṇa
NS - Nātyaśāstra

Transcriptions

Vowels and dipthongs : a, ā, i, ī, u, ū, ṛ, ṝ, e, ai, o, au
Gutturals : k, kh, g, gh, ṅ
Palatals : c, ch, j, jh, ñ
Cerebrals : ṭ, ṭh, ḍ, ḍh, ṇ
Dentals : t, th, d, dh, n
Labials : p, ph, b, bh, m
Semi- Vowels : y, r, l, v
Sibilants : ś, ṣ, s
Aspiration : h
Visarga : ḥ
Anusvāra : ṁ

Text (T)

Tv.- Tarunya Satakam, Cuttack: Vidyapuri, 1991.
ms.1- The Manuscript collected from the poet's Bhubaneswar residence.
ms.2- The Manuscript collected from the poet's countryhouse, Cuttack.

Commentary (C)

Cp.- The Commentary PRAKASIKA by Dr. Braja Kishore Nayak, Professor of Sahitya (Rtd.) Shri Jagannath Sanskrit Vishwa Vidyalaya, Puri.

&

Visiting Professor, Post Graduate Teaching Department of Sanskrit, Ravenshaw University, Cuttack.

Table of Contents

Chapter-I

INTRODUCTION

A. THE THEME

The *Tāruṇyaśatakam* of the poet Kshirod Chandra Dash (b.1954) is a Sanskrit lyric of one hundred and two (102) mellifluous metrical self-standing stanzas *(muktakas)* on the description of youth and love in the lap of nature. Here various aspects of nature such as morning and evening, creepers and trees, flowing rivers and shimmering rivulets, gushing wind and gentle breeze, twittering birds and humming bees are either the subject or the object of description in a way very novel to their revelling importance. The reader encounters pathetic fallacy which refers to the-I) projection of human emotions on to the surroundings of nature, II) attribution of human characteristics to something nonhuman, III) anthropomorphosis where nonhuman are presented as though behaving like human beings, IV) and empathy which may be broadly understood under personification.

B. THE PLACE OF LYRIC IN SANSKRIT POETICS:

Sanskrit rhetorics classifies *kāvya* (literary works of art) under two major heads - *śravyakāvya* or poetry, *dṛśyakāvya* or drama. *Śravyakāvya* is further classified under the heads as *Padyamaya kāvya* (verse-poetry), *gadyamayakāvya* (prose-poetry and *campūkāvya* (poetry of both prose and verse). *Padyas* (verses) are of five types like *muktaka, yugmaka, sandānitaka, kalāpaka and kulaka;* and *padyakāvya* is classified as *mahākāvya, khaṇḍakāvya* and *koṣakāvya. Gadyamayakāvya* is of four categories like *muktaka, vṛttagandhi, utkalikā and curṇaka* and is subclassified as *kathā* and *akhyāyikā. Campūkāvya* describing the eulogy of king is *viruda* and when it comprises various languages it is known as *karambha* (SD,VI. 314-337). A.K. Warder describes single verse-poems *(muktakas)* as "miniatures". Clear description of a love-situation can comfortably convert the poems to miniatures paintings. The poet with the use of long metres like *śārdūlaviktrīdita* (19 syllables in each quarter of a stanza) and *sragdharā* (21 syllables) get chance to set various actions and conversations in a single verse. Previously transpired action and communications are hinted and suggested successfully through such poems. Contrast feeling of two of the enumerated characters in love adds poignancy of emotions. Soothing touch of pleasant human feelings at many a places titillate the reader. There the description as a whole suggests that there can be no happiness without love (Warder,3.196-97). In course of description the reader at some points experiences the *Purānic* allusions, soliloquies, and epigrammatic notes which communicate unique poetic effect. Besides, the situations and characters are treated with deep sympathy and sensitivity.

C. OBJECTIVES OF THE STUDY:

With or without prejudice to the affective fallacy or intentional fallacy of the readers of the *Taruṇyaśatakam* the objectives of our research are to assess and analyse this work at the back droop of a rich tradition of Sanskrit lyrics and their contribution to the modern Sanskrit writings with answer to the questions – whether a literary work of art is a phenomenon of evolution, whether Bhartṛhari is an improvement over Kālidāsa and Jayadeva is so over Bhartṛhari or Bilhana is so over Jayadeva or this work is so over the preceding poets. In which way the critical edition of this text with its translation to English and other Indian languages like Odia and Hindi shall preserve and transmit the originality of the Sanskrit text? Whether the *Prakāśika* commentary adopted and applied on the text has a final say on different shades and nuances of the meaning of the (words of the) text? For the above, the methodology adopted is linguistic analysis and interpretation of the text with the application of the Sanskrit Critical vocabulary from the *Alaṁkāraśāstras* (Sanskrit poetics) beginning from Bhāmaha's *alaṁkāravāda* to the *rasa-dhvani* theory of Ānandavardhana and Abhinavagupta.

D. INDIAN APPROACH TO POETRY:

Sanskrit poetry *(kavitā)* is frequently distinguished from verse or any rhythmical or metrical composition. It is the subset of verse from which it is distinguished by virtue of its imaginative quality intricate structure, lofty subject matter, and noble purpose. The connotation of words, their spirit of relationship, phrases and ideas all add to the purely denotative meanings of the poetic language which heighten the richness greater than that it is found in most prose-writings. Rhythm is an essential and indispensable element of poetry. Even with rhythmic effect prose is without any marked regularity and integral importance which is found in poetry. When prose passages are discursive, brevity is the soul of poetry. The use of tropes enhances both imaginary and sensory impact of the poem *(Murfin 351-52)*. Now it is observed that the aesthetic merit of a literary discourse does not consist only in a stylised composition or mere verification of a piece of practical communication. In other words Sanskrit critics rightly perceived the difference between *vārtā* (communication) and *kāvya* (poetry) *(Bhāmaha, 11-85, 88)*.

Poetry leads to the understanding and enjoyment of a noble sphere of human activity for which Bhartṛhari writes : *Vrīdā cet kimu bhūṣanaiḥ sukavitā yadyasti rājyena kim (Nīti 21)* – what is the use of decorations for man having humility and what is the use of the empire if one is enamoured by the beauty of poetry ? Keeping the delightful aspect of poetry in view, one may approach the *Vedas*, the oldest literary treasure of mankind for the genesis of poetry. The *Ṛgveda (10.72.1)* notes an important principle for the interpretation of the creative genius as follows:

devānāṁ nu vayaṁ jānā pravocāma vipanyayā
ukthesu śaśyamāneṣu yaḥ paśyād uttare yuge

"Let us with tuneful skill proclaim these generations of the Gods, that one may see them when these hymns are chanted in a future age" *(Griffith 585)*. It means that delight and charming presentation enlivens the poetic experiences and makes the personal experience universal. The *Upaniṣads* speak of *Brahman* as *sat, cit, & ānanda* and present philosophic interpretation of the universe. *Sat* refers to consciousness, knowledge, thought, and reality; and the concept of ānanda belongs to the realm of beauty of aesthetics. This evidently presents that to the *Upaniṣadic* mind the Absolute *(Brahman)* gets revealed in fine arts, religion and philosophy. These three – beauty *(sundara)*, goodness *(śiva)* and truth *(satya)* constitute the higher experience or the experience of the Absolute *(Brahman) (Sastri 338)*. *Upaniṣads* speak of *Brahman* as *rasa* : I) *yadvai tatsukṛtamraso vaiḥ saḥ, rasaṁ hyevāyaṁ labdhvānandībhavati (Taittirīyopaniṣad II.71)* II) *etadvai satyasyarūpaṁ tatsatvameversitaṁ rasaḥ, sa samprasravat...* So *rasa* stands for the reality of the universe or self-luminous consciousness, a source of perennial bliss to the *upaniṣadic* seers. So one's transport in aesthetic contemplation is transcendental, and hence it is both bliss and knowledge, the *lalitavijñāna* of kālidāsa *(Māla, 7.13 cf. lalitasṛsti- Raghu, 6.17)*. Abhinavagupta also made a systematic analysis of the aesthetic experience *(rasānubhūti)* only to bring it again in par with religion and philosophy. The blissful aspect of the Absolute reveals itself in *sāmagāna* as it is said in the *Taittiriya- sāma gāyannāste*- rests and revels in music. Gāna (music) is one of the fine arts and poetry is all inclusive of fine arts. The *Ṛgvedic* seers named the basic metre as Gāyatrī *(Ṛgveda,3.62.10 cf. Bhagvadgīta, 10.35 : gāyantaṁ trayate, gāyat + ka + nip)*. This reveals that rhythm, melody, and harmony are the fundamental principles of poetry.

That the *Ṛgveda* when set to music is called *Sāmaveda* is the major proof for the out and out aesthetic nature of the *Ṛgvedic* poetry. So to the *Ṛgvedic* mind poetry/aesthetic is the unifying principle of the religion and philosophy – beauty *(sundaratā)*, goodness *(śiva)*, and truth *(satya) (Sastri 338)*. Now it is observed that human emotion is the content of poetry. The spontaneous outpouring of emotions recorded with the line having melody, rhymes and rhythm reveal the true aesthetic nature of it. The incident of the merciless killing of the *Krauñca* bird filled the heart of the sage *Vālmīki (ādikavi)* with intense pathos and pity. There flowed out spontaneously the expression in shape of that exquisite melodious śloka – *mā niṣāda pratiṣṭhāṁ tvamagamaḥ śāsvatīḥ samāḥ yatkrauñcamithunādekamavadhīḥ kāmamohitaṁ II (Ram, 1. II. 15)*. The poet himself was stuck with wonder and joy and gave out to his pupils in these words : *Kimidaṁ vyāhṛtaṁ mayā (Rām,1. II.16)* and *śokārtasya pravṛtto me śloko bhavatu nānyathā (Rām,1. II.18)* – that which proceeded from me, who was overpowered by pathos, shall be nothing but poetry, the rhythmic expression. Now one can easily make out that to the sage poet Vālmikī, spontaneous expression overpowered by intense feeling of pathos (*rasa)* constitutes poetry. The authenticity of this tradition of Krauñca incident occasioned the spontaneous emanation of poetry (with *śloka* metre) has been thoroughly acknowledged by the early master poets like Kālidāsa and Bhavabhūti *(Raghu. XXXIV.7 cf. Uttararāmacarita, II.5)*. Ānandavardhana keeping up faith in this tradition looks upon Vālmīki as the father of *rasa/ rasadhvani* theory of any literary art *(Kāvya)*

(Dh,1.5). This poetic suggestion as thrown out by Vālmīki was lost in the Sanskrit domain until it was fully developed by Bharata's *Natyaśāstra (c. 1st century A.D)*. His theory of *rasa – vibhāvānubhāva-vyabhicāri-samjogāt rasa-niṣpattiḥ* attempts to indicate the character of the emotional effect of the play, or the rise and nature of aesthetic pleasure. A.K. Warder observes:

"*Kāvya* is distinguished from most scripture is that it is humanist, centred in man. As compared with philosophy, which also may be humanist in outlook, *Kāvya* is an art, presenting its truths and its comments through images and individual characters. The humanization of *kāvya* differs from that of the critical and analytical schools of philosophy in its endless richness of concrete detail which aims to present by examples the infinite variety of particular time places, persons, situation and actions. Its subject matter is human experience of life, accumulated over thousand of years, an epic of humanity which is not available to us in any other form. The experience is presented in terms of human emotions : the reactions of people to the situations of life" *(Warder, I. Intro. XIII)*.

Human emotion could be grouped as a small number of basic ones as – love *(rati)*, humour *(hāsa)*, grief *(śoka)*, anger *(krodha)*, energy *(utsāha)*, fear *(bhaya)*, disgust *(vibhatsa)*, astonishment *(adbhuta)* (other such as calm *(śama)*, debated controversial) and a longer number of transient emotions such as depression, envy, anxiety, bewilderment, shame, rashness, joy, pride despair indignation, reflection and so on. A theory was consequently developed that *kāvya* (any literary work of art) and even any other work of art, shall be effective only when it portrays any of the above basic emotions as predominant in its subject matter and other ones insubordination to it and appropriate transient emotions in the particular situations once which occur. In this way the experience of life is reproduced in form of a work of a literary art-

E. THE POET'S CONTRIBUTION TO LYRIC TRADITION AND OTHER LITERARY ART:

The lyrical poems in Sataka-forms are considered under *khaṇḍakāvya (Khaṇḍa kāvyaṁ bhavet kāvyasyaikadesānusārica-SD, VI.329)*. In the words of Winternitz – "the Sanskrit authors have left us works of lyric and drama which can be compared with the most beautiful creations of modern European literature by virtue of their delicacy and fervour and also of the power of dramatic formation. And in one field Belles lettres, in the field of aphorisms (epigrammatic poetry) Indians have achieved mastery which has never been achieved by any other folk" (Winternitz, 1.2).

The tradition of erotic, devotional, didactic and satiric poetry are available in Śataka form through the self-standing stanzas (muktakas) the poets delight to present a complete picture of an elegant and finished form of poetry. Sanskrit anthologies abound in such stanzas which continue to give delicacy of feeling and gracefulness of touch. The charm and beauty of such poetry is enjoyed by the readers which they miss in the genres of elaborately composed *kāvyas*. Sanskrit lyric-tradition is also marked with the steady development of devotional poems even with erotic motif. The *Gīta-govindam* of Jayadeva (12th c. AD) is a monumental work of art in this line. Some scholars name this as a lyric drama, a pastoral song, a melo-drama or as an opera since some such works of literary art defy conventional classification (Dasgupta 393) many didactic lyric poems are expressed in forms of traditional *śatakas*. Besides various types of satirical sketches that expose human fraility are Kṣemendra's *Darpadalana, Kālavilāsa* and Dāmodaragupta's *Kuttinimata*. However the general tradition set by Kālidāsa, Amara, Bhartṛhari and Bilhaṇa have been seldom surpassed by numerous of such compositions till date. The poet Kshirod Chandra has followed this rich tradition in the *Tāruṇyaśatakam* and has taken up youth, the best part of human life, and has given vent to the erotic experiences with their innumerable shades and nuances in 102 metrical stanzas.

Cilikā is the Sanskrit metrical version (196 stanzas and notes) of the Odia *Kāvya* bearing the same name. The original *kāvya* is composed by Kavivara Rādhānātha Rāy, the father of modern Odia poetry. This translated version of Kshirod Chandra Dash significantly captures the unique romantic spirit as expressed in the poem, where the soul of nature is united with that of the poet along with his intense experience of poetic joy. The poem celebrates the captivating beauty of the lake *Cilikā* in a novel way that brings forward the fusion of the best romantic traditions of the east as well as the west. Though the poem is Wordsworthian in its theme and devices, the spirit and images reveal the influence of Vālmīki, Kālidāsa and Jayadeva.

The *Ramākānta Kavitā Saṁcayanam* (pp. 66) is a collection of selected poem of the Odia Poet *Padmabhūsaṇa* Sri Ramakanta Ratha which are rendered into Sanskrit poems by the poet. These are select socio-philosophical poems which stand for humanistic poetry, love, anxiety, tensions, frustration and death consciousness. While death is a recurrent theme in Ramakanta's poetry, a comparable obsessive theme is love. It is at once physical and extra-physical and, in expressing it in poetry Ramakanta uses extremely evocative images and the language becomes a vehicle for experience that begins in this work and extends beyond it. This is nowhere more evident than his poems on Rādhā. His Rādhā is larger than and different from the Rādhā of legends. She repudiated Kṛṣṇa's divinity. For her he is a lover who, like her, must die one day. This awareness makes her love extraordinarily intense. It is a love that transcends the lifetime of the lovers". (Preface, pp.8-9)

Ātmacaritaracanam Athavā Mama Satyaprayoga-Kathā is the autobiography of Mahātmā Gāndhi which is rendered into Sanskrit by the poet Kshirod Chandra. All the poems in the book quoted by Gāndhījī have been rendered into metrical Sanskrit lines. The book is a monumental contribution to Sanskrit language and literature in the first decade of this 21st century. Dr. A.C. Sukla a great anglo- Sanskrit scholar, internationally acclaimed literary theoretician, a great Sanskritist and Retired Professor of English, Sambalpur University observes : "The quality of his translation is only self justified. Even then, I feel too tempted to refrain myself from pointing out some of the passages in the work that exhibit the skill of the translation in both appreciating the nuances of the English language and translating them into Sanskrit idiomatically with equal stride in composing prose and verse stanzas. As an expert in the target language Dr. Dash is well acquainted with the skill of lucid and precise expression. The following passages from the Sanskrit translation vis-a-vis their English versions would justify the merit of the comments: 'I thus found myself between Scylla and charybdis' (An autobiography, I.XIII, p.38) (atra brahmahatyā tatra gohatyā evāvasthāmapanno'smi)................

'Howsoever you may repair it, a rift is a rift (ibid, II.XXIII,p.137)'
'bahuvāraṁ navīkaraṇaṁ bhavatu nāma, bhedo hi bhedo bhavati'

The verse compositions necessary for translating some of the expressions in the English version of Gandhijis work are exemplary: *mudrādātre suvarnaṁ syāt jaladātre subhojanam I sotsāhaṁ ca namaskuryā dabhivādanakāriṇe II hitaṁ tu hitakārīvyo mahatāṁ ca daśātmakam I prāṇatrāṇavidhātṛbhyaḥ prāṇadānaṁ vidhīyate II satāṁ vijña vicāreṇa vasudheivakutumbakam I prityā cāhityakāribhyo dadatyete hitaṁ muhuḥ II (Mama Satyaprayogakathā, I.X.)....* I wish great success of the present translation for both enlivening the language and popularising it among even the non-Sanskritists. (Fore word vi-vii)

The *Saṁskṛtanātya sāhityam* (pp.84) written in Sanskrit by the author/poet deals with the history of Sanskrit dramatic literature in a novel way for the use of students of graduate and postgraduate Sanskrit courses. Directorate of Distance and continuing Education, Utkal University published it in the year, 1998 when the poet was posted to teach in B.J.B morning college,Bhubaneswar as Lecture/Reader in Sanskrit.

The *Araṇyaśasyam* the Sanskrit rendering of the awardwinning Odiā play *Araṇyaphasala* by Sri Manoranjana Das. This is an absurd drama *(ajukta nātakam)* which exposes the hypocrisy and suppressed sexual desire that pervades the minds of the people of the modern city life. In a certain forest bungalow when two women and three men meet their previous vicious relationships give way to the exposure of the will and emotions in a multifarious way.

Dhaneśvara Pāni-Granthāvali (pp.452) edited with an introductory preface by Sri Kshiroda Chandra has been published with a collection of eleven metrical Odia *Kāvyas* (stylist verses/ *Rītikāvyas*) with an appendix. This collection includes the *kāvyas* like – The *Mandākinī,* the *Antardṛṣṭi,* the *Narmadā,* the *Abhimanyu,* the *Yatodharmastato jaya,* the *Satidarpaṇa,* the *Dattāpahāri*, the *Setubanadhapratiṣthā*, the *Kavitāvali* (collection of some poems), the *Bhajanas* and *Janāṇas* (devotional songs), the *Sāhityika svagatokti* (Poet's recorded speech on literature), and an appendix (pp.450-452). The sources of his epic poetry/ poetry refers to different Puraṇa literature and the teaching of all his writings are didactic by nature which stand for both pleasure instruction. His innovative styeistic poems *(Rītiyugīya kāvya/kavita)* at every step arouses melody and music in the heart of the readers. Some of the above published works and a good number of unpublished works lost to the common readers are collected by the poet Kshirod Chandra with much care and effort, could get the light of publication".

F. THE POET:ARRIVAL AND ACADEMICS:

The Poet Kshirod Chandra Dash (b. 1954) got his birth in the village Nurtanga in the Police Station and Assembly constituency of Mahanga belonging to the Cuttack District of Odisha. He was brought up in the laps of his mother Smt. Haramani Dash and father Pt. Janardan Dash. After completion of his primary and higher secondary education in his village schools he graduated himself with Sanskrit Honours from Ravenshaw College, Cuttack in the year 1974 and received post graduate degree (M.A in Sanskrit) from Utkal University with distinguished positions. He also received Bachelor degree in Education from Utkal University in the year 1977. Director of Higher Education Odisha posted him as a college teacher (Lecturer in Sanskrit) on Adhoc basis in the year 1977 and subsequently he joined Odisha Education Service (O.E.S) as Lecturer in Sanskrit in the year 1980. His deep inspiration and insight for Sanskrit learning was drawn from his Sanskrit teacher Acharya Pundit Priyanatha Mishra (Sahitya Acharya) and his Head Master Sri Nagendranath Mohapatra (B.A, B.Ed) from his school days. He was inspired for metrical Sanskrit composition hy Dr. Purna Chandra Shastri Kalāvatiyā (who was both a physician as well as a renouned Sanskrit poet) of Bargarh during his period of teaching as Lecturer in Sanskrit (O.E.S) in Panchayat College, Bargarh. His first poetical composition the *Tāruṇyaśatakam* composed during these days was published by Vidyapuri Cuttack in the year 1991 with publication grant from Ministry of HRD, Govt. Of India and received Odisha Sahitya AKademi Award for the year 1992. There after during his teaching in Gangadhar Meher (Evening/Morning) college he composed metrical Sanskrit verses of *Cilikā Kāvya* which is the translation of the famous original Oḍiā Kavya *cilikā* of Kavivara Rādhānātha Rāy, the father of modern Odia poetry. The book received publication grant from the department of Human Resource Development, Govt. of India and was published by Bharatiya Vidya Prakashan, New Delhi in the year 1991. Sahitya Akademi,New Delhi honoured the book withSanskrit Translation Prize for the year 1977. The theme of the work may be read as follows : "The lake cilika, as a kāvya, is the most significant achievement of the poet's imagination that searched impatiently for beauty. This is treated as an honourable lady and the heroine of his kāvya. By the light of his creation rivers and rivulets, mountains and hills, sacred places and geographical regions, legends and folk tales, historical places and deeds are enlightened with enriched poetic effort. The poet's elevated patriotic spirit is clearly manifested in the description of Cilikā's magnificent beauty in the context of Indians natural scenery.

It is composed in a metre named *Naṭavāṇī* that represents conversational style of description. The poem is unique in the history of Oḍiā literature as the first attempt in reflecting the cultural, political and aesthetic heritage of a people centring round a natural phenomenon.

Transparent translation is seldom beautiful and beautiful translation is seldom transparent. To bring parity between both the ends is a very hard task for a translator. The present translation keeps this aspect in view (Preface, V-VI).

G. THE OTHER PUBLISHED POEMS OF THE POET:

'Smaraṇikā' is the poem of five metrical stanzas which sing the merits of the poets place of work i.e. Gangadhar Meher Evening College,Sambalpur. The first and the last stanza are composed in Indravajrā metre and other three are in *Upajāti* which is the mixture of the steps in both *Indravajrā* and *Upendravajrā.* Each of the four steps of the first stanza begin with *sma, ra, ṇi & kā* successively and each first letter of the other form verses begin with the same *sma, ra, ṇi & kā* respectively.

'Praṇamāmi tu māṁ mama janmadharām' is a devotional patriotic poem/song of four stanzas in metrical Sanskrit (in *toṭaka* metre). Which sings the merits and beauty of poet's birth place i.e. India. Last quadrant of each stanza repeats *praṇamāmi tu māṁ mama janmadharām* which means 'I bow down to my motherland, my mother.'

'Utkalasaṅgītam' is a patriotic song of eight metrical stanzas in the description of the glory of Utkala (Odisha) which is otherwise the encompassed beauty of India in miniature. It is described to be the pleasure garden (Nan-

danakānan) in the lap of India, the heaven, the melody and music in *karṇātaki rāga* enthrals the reader instantly.

Pāruṣyam is a poem of three stanzas composed in *śārdūlavikridita* metres which spells out the detrimental effects of the cruel tongue on human psychological system. The second stanza speaks of its antithesis and the third one its synthesis. Numerous social, cultural and environmental imagery together with onomatopoeic effect arrest the attention of the reader with a sense of enjoyment.

Kavitā in the *Kāvyavaitaraṇī* is a poem of five metrical stanzas in *Upajāti* metre, where the steps of each of the stanzas are the mixure of the *Upendravajrā* and *Indravajrā* (metres). The poems present the philosophy of poetry in a novel way.

'Varṣā' is a poem of seven metrical stanzas in *Upajāti* metre composed with the combination of *Upendravajrā* and *Indravajrā* (metres). The poet sings the merits of the rain, the rain-fall, the landscape lines which are didactic and epigrammatic. The rhyme and the rhythm of the stanzas arrests the reader's heart instantly.

Utkala bhāratī is a poem of four metrical stanzas in *śārdūlavikrīḍita* metre. The poet sings here the glory of odisha, odia language, odia literary artists, and anticipates the bright future of this landscape in the lap of our nation.

The literary principles of the lyric poems embodied in the text may be observed in the chapters to follow.

Works Cited

Araṇya śasyam of Monoranjan Das, tr. Kshirod ch. Dash, Delhi : Sahitya Akademi, 2000.

Atmacaritaracanam athavā Mama Satyaprayoga Katha of Mahatma Gandhi, tr. Kshirod Ch. Dash, Cuttack : Vidyapuri, 2009.

Bhāmaha. *Kāvyālaṁkāra* (ed. With eng. Tr. P.V. Naganath Sastry, Delhi : Motilal Banarasi dass Publishers, Pvt. Ltd, 1991)

Cilikā of kavivara Radhanatha Ray, ed. & tr. Kshirod Ch. Dash, Delhi : Bharatiya Vidya Prakashan, 1991.

Dash, Kshirod Chandra. *"pranamāi tu māṁ mama janmadharām"*. *Mukhapātra,* Buxi Jagabandhu Bidyadhara Prataḥ Mahāvidyalaya,1995-96: P.79.

Dash, Kshirod Chandra. *"Smaraṇikā"*. The Souvenir, Gangadhara Meher Evening College,16-17 December, 1988: opening page.

Dash, Kshirod Chandra. *"Utkalabharati"*. The *Abhiyātrī,* (golden jubilee) BJB Autonomous College, Bhubaneswar. 2007-08: P. 38.

Dash, Kshirod Chandra. *"Utkalasangītam"*. *Saṁskṛtapratibhā,* Sānskrit journal of sāhitya academy, New Delhi, 2000: PP. 22-23.

Dash, Kshirod Chandra. *"Varṣā"*. The Abhiyātrī, BJB Autonomous College, Bhubaneswar, 2006-07:P. 62

Dasgupta, S.N. *A history of Sanskrit Literature,* Vol.I. Culcutta : University of Calcutta, 1975.

Dhvanyaloka of Anandavardhana, ed.& tr. K.Krishnamoorty, Delhi : Motilal Banarasidass publishers pvt. Ltd.2016.

Griffith, R.T.H. The Hymns of the Ṛgveda, ed. Prof. J.L. Shastri, Delhi : Motilal Banarasidass publishers pvt. Ltd, 2004.

Kavitā Bhubaneswarī Ṛtāyani Navarūpā, ed. P.K. Mishra & M.M. Acharya, Bhubaneswar : P.G.Dept. of Sanskrit, Utkaluniversity,2006.

Kavisrī Dhanesvara Pāni- Granthāvalī, ed. Kshirod Ch. Dash, Bhubaneswar : Satyani publications, 2014.

Kāvyavaitarani, ed. P.K. Mishra & M.M.Acharya, Cuttack : Vidyapuri, 2006.

Mālavikāgnimitram (of Kalidasa) ed.&tr. C.R.Devadhar, Delhi : Motilal Banarasadass, 1977.

Murfin, Ross & Supriya M. Roy. *The Bedford Glossary of Critical and Literary Terms.* Newyork : Bedford/ St. Martin's, 75 Arlington street, Boston, 2003.

Nītiṣatakam of Bhartṛhari, ed. Sri Krisnamani Tripathi, Varanasi: Chowkhamba Surabharati Prakashan, 1978.

Ramakantakavita Saṁcayanam, tr. Kshirod Ch. Dash, Delhi : Sahitya Academi,2001.

Radhakrishnan, S. ed. *The Principal Upanisads,* 23rd impression, Landon : Harper and Collins Publishers, 2012.

Raghuvamśaḥ of Kalidasa, ed. Dr. S. Tripathi, Varanasi : Chowkhamba Surabharati Prakashan, 1979.

Rāmāyaṇa of Valmiki.vol-I, Bālakāṇda. ed. Srinivas Sastri, Delhi:Parimala Publications, 2012.

Ṛgveda-saṁhitā (with commentary of Sayana). ed. & Hindi tr. Pandit Rama Govinda Trivedi, vol.1-9, Varanasi : Chowkhamba Vidya Bhawan, 2011.

Sahitya Darpaṇa of Visvanathakaviraja, ed. Salagrama Sastri, Delhi : Motilal Banarasidass, 1975.

Sastri, P.S. *Rgvedic Aesthetics,* Delhi : Bharatiya Vidya Prakashan, 1998.

Saṁkṛtapratibhā ed. S.B. Raghunathacārta, New Delhi : Sahitya Academy, 2000.

Saṁskṛtanātyasāhityam of Kshirod Chandra Dash, Bhubaneswar : DDCE, Utkal University, 1999.

Uttararāma carita of Bhavabhuti, 5th edn., ed & tr. P.V.Kane, Delhi : Motilal Banarasidass, 1971.

Warder, A.K. *Indian Kāvyaliterature* (Literary Criticism) Delhi : Motilal Banarasidass pvt. Ltd. 2009.

Warder, A.K. *Indian Kavya Literature, Vol.III.* Delhi: Motilal Banarasi dass Pvt. Ltd.,1990.

Chapter-II

THE EDITED TEXT WITH THE PRAKĀŚIKĀ COMMENTRY FOLLOWED BY TRANSLATIONS AND NOTES

कामि प्रभातवात:

(Passionate Morning Breeze)

लतां नताङ्गीं नमयन्मुहुर्मुहुर्दरोत्थ पुष्पस्तन कम्पनोद्यत: ।
पराग-पिष्टातकराग-सौरभ: प्रभातवातो नवयौवनोद्धत: ।। १ ।।

अन्वय: दरोत्थपुष्पस्तनकम्पनोद्यत: पराग-पिष्टातकराग सौरभ: प्रभात-वात: नताङ्गीं लतां मुहुर्मुहु: नमयन् नवयौवनोद्धत: (अस्ति)।

English: Seducing the drooping creeper (the lady-love) again and again, atempting to agitate the half-blown flower-bosoms, fragrant with the ruddy powders of pollens, the morning breeze is hauty at the advent of youth.

ଓଡ଼ିଆ: ଈଷତ୍ ବିକସିତ ପୁଷ୍ପରୂପକ ସ୍ତନ କମ୍ପାଇବାରେ ଉଦ୍ୟମଶୀଳ,ପରାଗରେଣୁ ରୂପକ ସୁବାସ ଚୂର୍ଣ୍ଣର ଲାଲିମାରେ ସୁରଭିତ ପ୍ରଭାତପବନ ଆନତାଙ୍ଗୀ ଲତିକାକୁ (ନିଜ ଆଡ଼କୁ) ବାରମ୍ବାର ଅନୁକୂଳିତ କରି ନବଯୌବନରେ ଉଦ୍ଧତ ହୋଇଅଛି ।

हिन्दी : इषत् विकसित फूल रूपी स्तन में कम्पन पैदा करने में प्रयासरत परागरेणु रूपी सुवास चूर्ण की लालिमा से सुरभित प्रभाती समीर आनतांगी लतिका को (अपनी ओर) बार बार आकर्षित कर नवयौवन में उद्धत हो उठा है।

प्रकाशिका- जगन्नाथं नमस्कृत्य करुणावरुणालयम्।

तारुण्यशतकव्याख्यां तनोति नायको व्रज:।।

क्षीरोदेन्दोर्वशीभूत: सुहृदो रसिकस्य मे।

शुभश्रियोऽनुरोधाश्च नाम्नीं प्रकाशिकां मुदा।।

अत्र कवि: प्रभातकालीनपवनं कामुकरूपेण वर्णयति। कश्चित् कामिपुरुष: कांचित् रमणीं दृष्ट्वा तस्यामनुरक्तो यथा व्यवहरति तथैवात्र प्रभातवात: लतां दृष्ट्वा (व्यवहरति)। दरम् ईषत् उत्थौ यौ पुष्परूपस्तनौ तयो: कम्पने उद्यत: एष: कामिप्रभातवात:। अत्र दरविकशितयो: पुष्पयो: स्तनत्वमारोपितम्। पुन: एष वात: सुरभियुक्तोऽस्ति। कामुकोऽपि लोके प्रियां प्रति सुरभितो भवन् गच्छति। परागो नाम पुष्परेणु: तद्रूपो य: पिष्टातक: पिष्टात एव पिष्टातक: स्वार्थे क-प्रत्येय: पटवासक: इत्यर्थ:- पिष्टात: पटवासक: इत्यमर: (२.७.१३९) तस्य यो राग: रक्तिमा पक्षे अनुराग: तेन सौरभ: सुगन्धित:। एवंभूत: कामिप्रभातवात: नताङ्गीं- नतानि अङ्गानि यस्या: तां तथाभूतां लतां व्रततीं मुहुर्मुहु: वारं वारं नमयन् स्वं प्रति आकर्षयन् नवयौवनेन नवं च तत् यौवनं चेति (कर्मधारय:) तेन उद्धत:। लोके नूतनयौवने कामिपुरुष: यथा उद्धतो भवति न कस्मादपि विभेति तथैव एष प्रभातवात:। अत्र समासोक्तिरलंकार: वंशस्थविलं छन्द: वदन्ति वंशस्थविलं जतौ जरौ इति नियमात्।

व्याकरणम्

समासा: दरोत्थ पुष्पस्तनकम्पनोद्यत:- दरोत्थौ पुष्परूपस्तनौ (रूपक क. धा) तयो: कम्पने उद्यत: य: स: (बहुव्रीहि:)।

परागपिष्टातकराग सौरभ:- परागरूपो पिष्टातक: पराग पिष्टातक:, (रू.क.धा.) तस्य राग: (ष.त.) तेन सौरभ: यस्य स (बहुव्रीहि:)।

प्रभातवात:- प्रभातकालीनो वात: (म.क.धा.)।

नताङ्गीम्:- नतं अङ्गं यस्या: सा- नताङ्गी (बहुव्रीहि:)।

नवयौवनोद्धत:- नवं च तत् यौवनं (क.धा)।

नव यौवनम्- नव यौवनेन उद्धत: (तृ.त.)।

प्रकृति-प्रत्यय विभाजनम्:- नता-नम्+क्त+टाप् नमयन्-नम+शतृ कम्पनम्- कम्प + ल्युट् उद्यत:- उत् + यम् + क्त उद्धत:- उत् + हन् + क्त राग:- रंज् + घञ् (भावे) सौरभ:- सुरभि + अण्

छन्द:- वंशस्थविलम्

अलङ्कार:-समासोक्ति:

उत्कप्रभातवात:
(Curious Morning Breeze)

उन्मादयन् काकलिनादपक्षिण उत्पातयन् सङ्गमरागकुक्कुटान्।
सम्मेलयन् चक्रयुगं मुहुर्मुहु: प्रभातवातो नवयौवनोद्धत: ।। २।।

अन्वय: काकलिनादपक्षिण: उन्मादयन् संगमरागकुक्कुटान् उत्पादयन् चक्रयुगं मुहुर्मुहु: सम्मेलयन् प्रभातवात: नवयौवनोद्धत: (अस्ति)।

English: Putting twittering birds into frenzy, putting to dance the cocks passionate for union, and effecting union of the pairs of *cakora*-birds again and again, the morning breeze is haughty at the advent of youth.

ଓଡ଼ିଆ: ମଧୁର ଅସ୍ଫୁଟ ସ୍ୱରରେ ଶବ୍ଦାୟମାନ ପକ୍ଷିଗଣଙ୍କୁ ଉନ୍ମାଦିତ କରି, ମିଳନରେ ଅନୁରାଗି-କୁକ୍କୁଟ-କୁଳକୁ ଉତ୍‌ପାତିତ କରି (ଉଡ଼ାଇ), ଚକ୍ରବାକଯୁଗଳଙ୍କୁ ବାରମ୍ବାର ସମ୍ମିଳିତ କରାଇ ପ୍ରଭାତପବନ ନବଯୌବନରେ ଉଦ୍ଧତ ହୋଇଅଛି ।

हिन्दी : **मधुर अस्फूट स्वर से शब्दायमान पक्षियों को उन्मादित कर, मिलन में अनुरागी कुक्कुट-कुल को उत्पातित कर (उडाकर), चकोर-युगल को बार बार सम्मिलित करवा कर प्रभाती समीर नव यौवन से उद्धत हो उठा है।**

प्रकाशिका:- काकलिनादपक्षिण: ईषत्कल: काकली ईषदर्थे च (६.३.१०९) इति को: कादेश:। गौरादित्वात् ङीप्-प्रत्यय:। परन्तु कविना काकलि इति ह्रस्वन्तशब्द: प्रयुक्त:। तदनुसारं इत्थं व्याख्या कार्या - कलि: शब्द ईषदत्रेति काकलि:। तत: कृदिकारात् इत्यनेन ङीप्-प्रत्यय:। अतएव साधूदितं काकलिभि: कुलीनै: इति प्रयोगोऽपि संगच्छते। काकलि: नाम कल: सुक्ष्मध्वनि: इत्यर्थ: काकली तु कले सूक्ष्मे इत्यमर: (१.७.२) तद्रूप: य:

नादः तद्युक्ताः पक्षिणः सूक्ष्मध्वनिं कुर्वन्तः पक्षिणः इत्यर्थः। अत्र काकलि इति शब्दप्रयोगादेव नादः इत्यर्थस्य बोधनात् पुनरपि नाद इति शब्दस्य प्रयोगः अयथार्थः प्रतिभाति। तथाभूतान् सूक्ष्मध्वनिं कुर्वन्तः पक्षिणः उन्मादयन् प्रमत्तान् कारयन्, पुनरपि संगमराग-कुक्कुटान् संगमः सहावस्थानम्, तद्रूपः यो रागः तद्युक्तान् कुक्कुटान् कच्चरभोजिनः उत्पादयन् उत्पातान् कारयन् चक्रयुगं चक्रवाकपक्षियुगलं मुहुर्मुहुः वारं वारं सम्मेलयन् सम्मिलितान् कुर्वन्, रात्रौ चक्रवाकयोः विच्छेदात् रात्रौ गतायां प्रभातवातः तौ चक्रवाक-पक्षिणौ वारं वारं सम्मेलयति इत्यर्थः। तथाभूतः प्रभातवातः, प्रभातस्य अयं प्राभातः प्रभातकालीनः इत्यर्थः वातः वायुः नवयौवनेन उद्धतो भवति। यथा लोके उद्धतः पुरुषः कश्चित् कांश्चित् उन्मादयति कांश्चित् ऊर्ध्वं पातयति कांश्चित् सम्मेलयति तथैवायं प्रभातकालीनः वायुः। अत्रापि वायौ नवयौवन उद्धतत्वस्य लिङ्गसाम्यात् वर्णनात् समासोक्तिरलंकारः - समासोक्तिः समैः यत्र कार्यलिङ्गविशेषणैः इति लक्षणात्। वंशस्थविलं छन्दः।

व्याकरणम्

समासाः- काकलिनादपक्षिणः- काकलिरूपो नादः (रूपक. क. धा) काकलिनादः, काकलिनादयुक्ताः पक्षिणः (म.क.धा)

संगमरागकुक्कुटान्- संगमे रागः (७मी. तत्) संगमरागः, संगमरागाश्च ते कुक्कुटा (क.धा.) तान्, चक्रयुगम्- चक्राणां युगम् चक्रयुगम् (६ष्ठी. तत्) नवयौवनोद्धतः- नवं च तत् यौवनं (क.धा.) नवयौवनम्, नवयौवनेन उद्धतः (तृ. तत्)

प्रकृति-प्रत्यय विभाजनम्- उन्मादयन्- उत् + मद + णिच्+ शतृ उत्पातयन्- उत् + पत् + णिच् + शतृ सम्मेलयन्- सम् + मिल्+ णिच् + शतृ छन्दः- वंशस्थविलम्

अलंकारः-समासोक्तिः।

धूर्तप्रभातवात:
(Mischievous Morning Breeze)

सकोकिलां कूजनकण्ठनि:स्वनां प्रतानिनीं तां कृतचूतसंगताम्।
निपात्य धीरं स्मितकुड्मलांशुकां[1] प्रभातवातो नवयौवनोद्धत: ।। ३।।

अन्वय: सकोकिलां कूजनकुण्ठनि:स्वनां कृतचूतसंगतां स्मितकुड्मलांशुकां तां प्रतानिनीं धीरं निपात्य प्रभातवात: नवयौवनोद्धत: (अस्ति)।

English: Gradually bringing down that creeper decked with the silk saree of smiling buds, got united with the mango tree and (at the same time) practising cooing-vocal-note with the seated cuckoo, the morning breeze is haughty at the advent of youth.

ଓଡ଼ିଆ: ଚୂତବୃକ୍ଷ ସହିତ ମିଳନ ସଂପାଦନ କରିଥିବା, ଦରବିକସିତ କୁଡ୍ମଳ ପରି (ସୁନ୍ଦର) ପାଟବସ୍ତ୍ର ପରିଧାନ କରିଥିବା, କୋଇଲି ସହିତ ରହି କୁହୁତାନର ସ୍ୱରଲହରୀ ବିସ୍ତାର କରୁଥିବା ସେହି ଲତିକାକୁ (ଚୂତନାୟକର ଲତିକା ବଧୂକୁ) ବଳପୂର୍ବକ ତଳେ ପକାଇଦେଇ ପ୍ରଭାତପବନ ନବଯୌବନରେ ଉଦ୍ଧତ ହୋଇଅଛି।

हिन्दी : आम्रवृक्ष के साथ मिलन किये हुए अधखिली कली की भांति (सुन्दर) रेशमी वस्त्र परिहिता कोयल के साथ रहकर स्वर लहरी विस्तार करने वाली उस लतिका को (चूतनायक की लतिका वधू को) बलपूर्वक नीचे गिराकर प्रभाती समीर नव यौवन में उद्धत हो उठा है।

प्रकाशिका: कोकिलेन सह वर्तमाना ताम्, कूजनशील: य: कण्ठ: तस्य नि:स्वन: शब्द: अस्ति यस्या: तां तथाभूताम्, स्वान निर्घोष निर्हादनादनिस्वान नि:स्वना: इत्यमर: (१.७.२२)प्रतानिनीं शाखातिविस्तृतलताम्, लता प्रतानिनी विरुत् इत्यमर: (२.४.९),

कृतचूतसंगतां कृतं संपादितं चूतेन आम्रवृक्षेण सह संगतं मिलनं यस्याः सा ताम् कृतचूतसंगताम्, स्मितं इषत् हास्यं तद्युक्तः यः कुड्मलः मुकुलः स्मितकुड्मलः, कुड्मलो मुकुलोऽस्त्रियाम् इत्यमरः (२.४.१६), स्मितकुड्मलाः एव अंशुकं यस्याः ताम् स्मितकुड्मलांशुकाम् तां चूतस्य लतावधूं धीरं यथा स्यात् तथा (क्रिया विशेषणम्)। निपात्य एष प्रभातवातः नवयौवनेन उद्धतः अस्ति। लोके यथा धूर्तः कश्चित् व्यवहरति तथात्र प्रभातवातः। पूर्वश्लोकवत् अत्रालंकारः छन्दश्च।

व्याकरणम्

समासाः- सकोकिलाम्- कोकिलेन सह वर्त्तमाना सकोकिला (सहार्थ बहुव्रीहिः) ताम्।

कूजनकण्ठनिःस्वनाम्- कूजने कण्ठः कूजनकण्ठः (स. त.) कूजनकण्ठस्य निःस्वनः कूजनकण्ठनिःस्वनः (ष.त.) कूजनकण्ठनिःस्वनः अस्ति यस्याः सा- कूजनकण्ठनिःस्वना (बहुव्रीहिः) ताम्।

कृतचूतसंगताम्- चूतेन संगता चूतसंगता (तृ.त) कृता चूतसंगता या सा कृतचूतसंगता (बहुव्रीहिः) ताम्।

स्मितकुड्मलांशुकाम्- स्मिताः कुड्मलाः स्मितकुड्मलाः (क.धा.) स्मितकुड्मला एव अंशुकं यस्याः सा- स्मितकुड्मलांशुका (बहुव्रीहिः) ताम्।

नवयौवनोद्धतः- समासः पूर्वश्लोके द्रष्टव्यः।

प्रकृति-प्रत्यय निरूपणम्-निपात्य+नि+पत्+णिच्+ल्यप् संगताम्- सम् +गम्+क्त +टाप् +द्वितीया एकवचने (अम्)

अव्ययपदम्-धीरम्-निपात्य इति पदस्य क्रियाविशेषणम् छन्दः-वंशस्थविलम्।

अलंकारः- समासोक्तिः।

रसिकप्रभातवात:

(Morning Breeze: An Aesthete)

राजीवनेत्रे पुलकं ददच्छनैस्तरङ्गकेशान् शिथिलीचिकीर्षु:।
नद्या समं सारसहासकौतुक: प्रभातवातो नवयौवनोद्धत: ।। ४ ।।

अन्वय: (नद्या:) राजीवनेत्रे शनै: पुलकं ददन् तरङ्गकेशान् शिथिलीचिकीर्षु: सारसहासकौतुक: प्रभातवात: नवयौवनोद्धत: (अस्ति)।

English: Gently effecting horripilation in the lotus eyes (of the river), intent upon dishevelling her ripple tresses, curious with the mirth of *sarasa* birds, the morning breeze accompanied by the river is haughty at the advent of youth.

ଓଡ଼ିଆ: ନଦୀର ତରଙ୍ଗ-କେଶକୁ ଶିଥିଳ କରିବାକୁ ଇଚ୍ଛା କରୁଥିବା, ଧୀରେ ଧୀରେ ତା'ର ପଦ୍ମନେତ୍ରରେ ପୁଲକ ଭରୁଥିବା, ସାରସହାସରେ (ପକ୍ଷିବିଶେଷଙ୍କ ଆନନ୍ଦରେ) କୌତୁହଳୀ ହୋଇଉଠୁଥିବା ପ୍ରଭାତପବନ ନଦୀ ସହିତ ନବଯୌବନରେ ଉଦ୍ଧତ ହୋଇଅଛି ।

हिन्दी : **नदी के तरंग रूपी केश को शिथिल वनाने की इच्छा करने वाली, धीरे धीरे अपने कमल-नयनो में पुलक भरने वाले सारस पक्षियों की खुशी में कुतुहली हो उठने वाला प्रभाती समीर नदी के साथ नव यौवन में उद्धत हो उठा है।**

प्रकाशिका: अत्र कवि: प्रभातकालीनं पवनं रसिकत्वेन वर्णयन् आह- नद्या: तटिन्या: राजीवनेत्रे राजीवे पद्मे नेत्रत्वं आरोपितम्। शनै: धीरं यथा स्यात् तथा पुलकं ददन् तरङ्गा एव केशा: कचा: तान् शिथिली चिकीर्षु: अशिथिलं शिथिलं कर्तुम् इच्छु:, सारस: एव हास: तत्र

कौतुक: सरसि भव सारस: पुष्कराह्व: पक्षिविशेष: स एव हास: तत्र कौतुक: कौतुकं कौतुहलं अस्य अस्तीति कौतुक: अस्त्यर्थे अच्-प्रत्यय: । तथाभूत: प्रभातकालीन: वात: नद्या सह नवयौवनेन उद्धत: अस्ति अत्र उपजातिच्छन्द: समासोक्तिरलंकार: ।

व्याकरणम्

समासा- राजीवनेत्रे- राजीवं एव नेत्रं राजीवनेत्रं (रू.क.धा) तस्मिन्
तरङ्गकेशान्- तरङ्गा: एव केशा: तरङ्गकेशा: (रू.क.धा) तान्
सारसहासकौतुक:- सारस: एव हास: सारसहास: (रू.क.धा) सारसहासे कौतुक: यस्य स:सारसहासकोतुक: (बहुव्रीहि:)
नवयौवनोद्धत:- प्राक् आलोचित:

प्रकृति-प्रत्यय निरूपणम्- ददत्- दा +शतृशिथिलीचिकीर्षु:- शिथिल +च्वि +कृ +सन्

अव्ययम्- शनै:, समम् ।

छन्द:- उपजाति: ।

अलंकार:- समासोक्ति: ।

दक्षिणवात:
(Gallant Wind)

प्रातर्वातीहवातश्च्युतमलयगिरिर्निर्भरं गात्रगन्धो
मार्गे तं वल्लरी सा कथयति तरसा शोभिता पुष्पहासै:।
पाथेयं दातुमीहे कुसुमसुरभितं स्थापयित्वैकमैत्रीं
पान्थोऽयं नैकतुष्ट: स्वनकथनपरो धृष्टवातो जगाम ।। ५।।

अन्वय: इह प्रात: च्युतमलयगिरि: गात्रगन्ध: वात: निर्भरं वाति। मार्गे सा पुष्पहासै: शोभिता वल्लरी तरसा त्वकमैत्रीं स्थापयित्वा तं कथयति- (अहं) कुसुमसुरभितं पाथेयं दातुं ईहे। अयं पान्थ: नैकतुष्ट: (इति) स्वनकथनपर: धृष्टवात: जगाम।

English: Here slipped from the Malaya-mountain (and hence) with a fragrant body the wind is blowing in the morning intensely. On the way, that creeper, beautiful with flowery smiles courting lone-friendship (with the wind) wishpers her desire to provide him with provender of flowery fragrance. 'This traveller is not satiated with one only' - voicing this by a sweet note, the shameless wind went away (immediately).

ଓଡ଼ିଆ: ଏଠାରେ ମଳୟଗିରିରୁ ଖସି ଆସି ସୁରଭିତ ଶରୀରକୁ ପାଇଥିବା ପବନ ଦ ୃଢ଼ଭାବରେ ବହି ଚାଲିଥାଏ । ବାଟରେ ଫୁଲ ହସରେ ସୁଶୋଭିତ ସେହି ଲତିକା ତତ୍‌କ୍ଷଣାତ୍ (ମଳୟ ପବନ ସହିତ) ଏକକ ବନ୍ଧୁତା ସ୍ଥାପନ ପୂର୍ବକ ଧୀରେ ଧୀରେ କହୁଥାଏ- 'ମୁଁ ତୁମକୁ କୁସୁମ-ସୁରଭିତ-ପାଥେୟ ଦେବାକୁ ଚାହୁଁଅଛି' । (ଏହା ଶୁଣି) ଏହି ପଥିକ ଗୋଟିକରେ (ଗୋଟିଏ ନାୟିକାରେ) ତୁଷ୍ଟ ହୋଇପାରେନା ବୋଲି ସୁ ସୁ ଶବ୍ଦରେ ଶୁଣାଉଥିବା ନିର୍ଲଜ ପବନ ଚାଲିଯାଇଥିଲା ।

हिन्दी: यहाँ पर मलयगिरि से खिसक कर सुरभित शरीर प्राप्त करने वाला समीर दृढता के साथ बहता चला जा रहा था। पथ पर फूलों की हँसी से सुशोभित वह लतिका अचानक (मलय समीर के साथ) मित्रता करती हुई धीरे धीरे कह रही थी- मैं तुम्हें कुसुम सुरभित पाथेय देना चाहती हूं। (यह सुनकर) इस एक पथिक से (एक ही नायिका से) तृप्त न हो पाने की बात साँय साँय की आवाज से सुनाता हुआ निर्लज समीर चला गया था।

प्रकाशिका: कविः पवनमत्र धृष्टत्वेन वर्णयन् कथयति। प्रातः (अव्ययं पदम्) प्रभातकाले इह अत्र, च्युतमलयगिरिः च्युतः स्खलितः मलय गिरेः मलयनामकात् पर्वतात् यः तथाभूतः, निर्भरं "अतिशयम्, अथातिशयो भरः अतिवेलभृशात्यर्थाऽतिमात्रेद्गाढ निर्भरम् इत्यमरः (१.६.६६) गात्रगन्धः गात्रेण शरीरेण गन्धः सुरभितः अस्ति। मलयगिरेः निर्गतत्वात् चन्दनस्पर्शेण तस्य शरीरं सुरभि-तमस्ति इत्यभिप्रयः। मार्गे पथि, सा प्रसिद्धा, शोभिता मनोरमा, वल्लरी लता (लतात्र रमणीत्वेन विवक्षितास्ति) पुष्पहासैः पुष्पमेव हासः तैः तरसा शीघ्रं (तेन सह) एकमैत्रीं मित्रतां स्थापयित्वा तं प्रक्रान्तं पवनं (पवनः अत्र प्रेमिकरूपेण विवक्षितः) कथयति वदति। अहं लता तुभ्यं सुरभितं कुसुमं पुष्पं पाथेयं आतिथ्यं दातुम् ईहे इच्छामि। लतायाः समीपे कुसुममेव संवलमासीत्। तस्मात् इयं लता (प्रेमिका) तस्मै वाताय (प्रेमिकाय) कुसुममेव पाथेय रूपेण दातुमभिलषति इत्यर्थः। परन्तु अयं पान्थः पथिकः, (वातः अत्र पथिकरूपेण वर्णितः)। नैकतुष्टः एकस्यां लतायां (रमण्यां) न तुष्टः न तृप्तः इति कृत्वा स्वनकथनपरः पक्षिणां स्वनः एव कथनं तत् परः अर्थात् पक्षिणां स्वनच्छलेन अयं वातः "नैकतुष्टः अहम्" इति तस्यै कथयन् अन्यत्र जगाम गतवान्। तस्मादयं धृष्टः अस्ति। अत्र कविः श्लोकस्य नामकरणं दक्षिणवातः इति यत् कृतवान् तत् चिन्त्यम्। अनेकासु महिलासु यस्य नायकस्य समानः अनुरागः

वर्णित: स दक्षिणनायक:- साहित्यदर्पणस्य नायकभेदप्रकरणं द्रष्टव्यम्। अत्र तथावर्णनं न दृश्यते। दक्षिणदिश: आगत: इति अर्थ: संगछत एव। समासोक्तिरलंकार:, स्रग्धरा छन्द:।

व्याकरणम्

समासा:- च्युतमलयगिरि:- च्युत: मलयगिरे:य: स: (बहुव्रीहि:) गात्रगन्ध:- गात्रे गन्ध: यस्य स: (बहुव्रीहि:) मलयगिरे:- मलय नामा गिरि: (म.प.लो.क.) तस्मात् पुष्पहासै:- पुष्पमेवहास: (रू.क.धा) तै: कुसुमसुरभितैम्- कुसुमै: सुरभितम् (तृ.तत्) एकमैत्री- एका च सा मैत्री (क.धा.)

एकतुष्ट:-एकेन तुष्ट: (तृ.तत्) स्वनकथनपर:-स्वनेन कथनं (तृ.तत्) तदेव पर: प्रधान: यस्य स: (बहुव्रीहि:)

धृष्टवात:- धृष्टश्चासौ वात: (क.धा.)

प्रकृति-प्रत्यय निरूपणम्- पाथेयम्- पथ +ढञ् +अम् दातुम्- दा +तुमुन् सुरभितम्- सुरभ +अच् +इनि: +क्त स्थापयित्वा- स्था +णिच् +क्त्वाच् मैत्री- मित्र +अण् +ङीप् तुष्ट:- तुष् +क्त जगाम- गम् +लिट्

अव्ययपदम्- प्रात:, निर्भरं, तरसा।

छन्द:- स्रग्धरा।

अलंकार:- समासोक्ति:।

शृङ्गारि सविता
(Passionate Sun)

वयो वाग्भिस्तूषा: स्मितकुसुमहासा कथयति
व्यतीते रात्र्यन्ते नववसनरागा रविपतिम्।
गतारात्री चिन्तालसविगतशान्तो हस हस
विमोच्यान्त्यं[2] वस्त्रं हसति सवितासंयतकरै: ।। ६।।

अन्वय: रात्र्यन्ते व्यतीते स्मितकुसुमहासा नववसनरागा उषा रविपतिं वयोवाग्भि: कथयति- गतारात्री, चिन्तालसविगतशान्त: (त्वं) हस हस इति। सविता (अ-)संयतकरै: वस्त्रं अन्त्यं विमोच्य हसति।

English: At the passing phase of the night-end with a smile of blooming buds, wearing new ruddy raiment (love), Usa (Dawn, the beloved) with the voice (sweet singing note) of the birds, whispers the Sun, her husband, to give up boredom with indolence and to smile time and again as the night has passed away. (Now) Stripping out her raiment (the new ruddy raiment of her glow) to the last point the Sun (the lover) giggles.

ଓଡ଼ିଆ: ଦରବିକସିତ ଫୁଲ ହସରେ ହସୁଥିବା ଉଷା-ନାୟିକା ନବୀନବସ୍ତ୍ରରେ (ନବୀନ ରକ୍ତିମ ଆଭାରେ) ଅନୁରାଗିଣୀ ଶୋଭାକୁ ଧାରଣ କରି ରାତ୍ରିର ସ୍ୱରୂପ ଶେଷ ହୁଅନ୍ତେ ପକ୍ଷିମାନଙ୍କର ମଧୁର ଧ୍ୱନିରେ ରବି-ପତିଙ୍କୁ କହୁଅଛନ୍ତି- "ରାତି ପାହିଗଲାଣି (ତେଣୁ) ଚିନ୍ତା ଆଳସ୍ୟରୁ ମୁକ୍ତ ହୋଇ ଶାନ୍ତ ମନରେ ହସିଉଠ" । ଏହାପରେ ସବିତା (ନାୟକ) ଉଷାନାୟିକାର (ରକ୍ତାଭ) ବସ୍ତ୍ରକୁ ଶେଷପର୍ଯ୍ୟନ୍ତ ନିଜର (ଅ)ସଂଯତ କରରେ (ପକ୍ଷେ କିରଣଦ୍ୱାରା) ବିମୋଚନ କରି ହସିଉଠୁଛନ୍ତି ।

हिन्दी : अधखिले फूल की हँसी से हँसती हुई नायिका उषा नवीन वस्त्रों से (नव रक्तिम आभा से) अनुरागिणी शोभा धारण कर रात का स्वरूप समाप्त होने पर पक्षियों की मधुर ध्वनि के जरिए रवि-पति से कह रही है- "रात बीत चुकी है। (अत :) चिन्ता रूपी आलस्य से मुक्त हो कर शान्त मन से हसो।" इसके बाद सूरज (नायक) उषा नायिका के (रक्तिम) वस्त्र को अन्त तक अपने (अ)संयत कर (किरण) से विमोचन कर हँस उठते हैं।

प्रकाशिका: अत्र कवि: सूर्यं शृङ्गारिपुरुषत्वेन चित्रयन् आह, वयोवाग् भिरिति, उषात्र नायिकात्वेन चित्रिता। रात्र्यन्ते व्यतीते रात्र्या: रजन्या: अन्त: स्वरूपं "अन्त: स्वरूपे निकट प्रान्ते निश्चयनाशयो:। अवयवेऽपि।" इति हैम:। तस्मिन् व्यतीते गते उषाकाले आगते सति स्मितकुसुमहासा स्मितं नाम ईषत् विकसितं कुसुमं एव हास: यस्या: तथाभूता, नववसनरागा नवं नूतनं तत् वसनं तस्य राग: रक्तिमा पक्षे अनुराग: यस्या: सा तथाभूता उषा उषा-रूपिणी नायिका, रविपतिं रवि: नाम सूर्य: स एव पति: तं कथयति- गतारात्री- "रात्री रात्रिस्तमस्विनी" इति शब्दार्णव:। तस्मात् रात्रि: रात्री इति उभयथा साधु:। गताचेयं रात्री रात्रि: साम्प्रतं गता इत्यर्थ:। चिन्तालसविगतशान्त: चिन्तया अलस: स य विगत: तेन शान्त: सन् (त्वं) हस हस इति। इति उषा-रमण्या: वच: श्रुत्वा सविता सूर्य: (नायक:) (अ-)संयतकरै: (अ-)संयता: करा: किरणा: पक्षे हस्ता: तै: उषानायिकाया: वस्त्रं अन्त्यं यथा स्यात् तथा विमोच्य मोचयित्वा हसति। अत्रापि समासेक्तिरलंकार:, शिखरिणी छन्द:।

व्याकरणम्

समासा: वयोवाग्भि:- वयसां वाक् (ष.त.) ताभि: स्मितकुसुमहासा- स्मितं च तत् कुसुमं (क.धा) कुसुममेव हास: (रू.क.धा.), स्मितकुसुमहास: अस्ति यस्या: सा स्मितकुसुमहासा (बहुव्रीहि:)

राञ्यन्ते- रात्या: अन्त: (ष.त.) तस्मिन् नववसनरागा- नवं च तत् वसनं (क.धा.) नववसनस्य राग: (ष.त.) नववसनराग: अस्ति यस्या: सा- नववसनरागा (बहुव्रीहि:) रविपतिं- रवि: एव पति: (रू.क.धा.) तम् चिन्तालसविगतशान्त:- चिन्ता च अलस: च चिन्तालसौ (द्वन्द्व:) ताभ्यां विगत: (प.त.) चिन्तालसविगत तश्चाऽसौ शान्तश्चेति- चिन्तालस विगत शान्त: संयतकरै:- संयता: करा: संयतकरा: (क.धा.) तै:

प्रकृति-प्रत्यय निरूपणम्- व्यतीते- वि +अति +इण् +क्त +ङि विमोच्य- वि +मुच् +ल्यप्

अव्ययपदम्- अन्त्यम् अत्र क्रियविशेषणत्वेन व्यवहृतम्।

छन्द:- शिखरिणी

अलंकार:- समासोक्ति:।

वञ्जुल विलास:
(Sports of Asoka)

विनिद्रमल्ल्या वनधन्य वञ्जुलो वातेरितान्तो नवपुष्पभूषित:।
आकारितस्तद्दोलनानुरोधनैस्तारुण्यमन्योन्यविलासदर्शनम् ।। ७।।

अन्वय: तद्दोलनानुरोधनै: विनिद्रमल्ल्या नवपुष्पभूषित: वातेरितान्त: वनधन्यवञ्जुल: आकारित:। (अत:) तारुण्यमन्योन्य विलासदर्शनं (भवति)।

English: Decked with the new blooms and with wind-shaken-tips, Asoka (tree) the fortune of the grove is called upon by the full blown jasmine-creeper. (So) youthfulness is (denotes) the mutual exchange of amorous sights.

ଓଡ଼ିଆ: ନୂଆ ଫୁଲରେ ସୁଶୋଭିତ ଓ ପବନକମ୍ପିତ ଅଗ୍ରଭାଗରେ ଯୁକ୍ତ ହୋଇଥିବା ବନଶୋଭାବର୍ଦ୍ଧକ ଅଶୋକବୃକ୍ଷ (ପ୍ରସିଦ୍ଧ) ଦୋଳନରୂପକ ଅନୁରୋଧ ଭରା ମଲ୍ଲିଲତାଦ୍ୱାରା ଆହୂତ ହୋଇଅଛି । (ତେଣୁ) ତରୁଣାବସ୍ଥା ପରସ୍ପରର ବିଳାସଦର୍ଶନ ପାଇଁ ଉଦ୍ଦିଷ୍ଟ ଅଟେ ।

हिन्दी : अभिनव पुष्पों से सुशोभित तथा समीर कम्पित अग्रभाग से जुडे वन शोभावर्द्धक अशोक वृक्ष (प्रसिद्ध) दोलन रूपी अनुरोध भरी मल्लिका लता द्वारा आहूत हुआ है। (अत :) तरुणावस्था एक-दुसरे के विलास दर्शन के लिए उद्दिष्ट हैं।

प्रकाशिका: वातेरितान्त: वातेन पवनेन इरित: कम्पित: अन्त: अग्रभाग: यस्य स: तथाभूत: पुन: नवपुष्पभूषित: नवानि च तानि पुष्पाणि तै: भूषित: शोभित:, वनधन्यवञ्जुल: वने धन्य: वनधन्यश्चाऽ

सौ वञ्जुल: वनधन्यवञ्जुल: आशोक नामा शोभनपुष्पधारि वृक्ष: विनिद्रमल्ल्या विगता निद्रा यस्या: विनिद्रा पूर्णप्रष्फुटिता तताभूतया मल्ली नाम्न्या पुष्पलतया तद्दोलनानुरोधनै: तस्या: (मल्लीलताया:) दोलनं, तद्दोलनेन अनुरोधनं तद्दोलनानुरोधनं तै: (वनधन्यवञ्जुल:) आकारित: आहूत: "हूतिराकारणाह्वानम्" इत्यमर:। अत: कविना कथ्यते यत् अन्योन्यं परस्परं विलासदर्शनं विलासो नाम शृङ्गारभाव विशेष: तस्य दर्शनं अवलोकनं नाम तारुण्यं तरुणस्य भाव: भवेदिति। अत्र समासोक्तिरलंकार: उपजाति: छन्द:।

व्याकरणम्

समासा:- विनिद्रमल्ल्या- विनिद्रा च सा मल्ली (क.धा.) तया वनधन्य-वञ्जुल:- वने धन्य: (स.त.) वनधन्यश्चा सौ वञ्जुल: वनधन्यवञ्जुल: (क.धा.) वातेरितान्त:- वातेन इरित: अन्त: यस्य स: (बहुव्रीहि:) नवपुष्पभूषित:- नवानि च तानि पुष्पाणि (क.धा.) तै: भूषित: नवपुष्पभूषित: (तृ.त.) तद्दोलनानुरोधनै:- तस्या: दोलनं तेद्दोलनं तेन अनुरोध: तै: अन्योन्यविलासदर्शनम्- विलासस्य दर्शनम् (ष. त.) अन्योन्यस्य विलासदर्शनम्- अन्योन्य विलासदर्शनम् (ष.त.)

प्रकृति-प्रत्यय निरूपणम्- भूषित:- भूष् +क्त। आकारित:- आ +कृ +णिच् +क्त। अनुरोधनम्- अनु +रुध् +ल्युट्। विलास:- वि +लस् +घञ्। दर्शनम्- दृश् +ल्युट्। इरित:- इर् +क्त।

छन्द:- वंशस्थविल-इन्द्रबंशमिश्रणात् उपजाति:।

अलंकार- समासोक्ति:।

उत्सुकापगा
(Longing Stream)

सुयौवनाम्भा वहतीयमापगा समीरपंक्त्या प्रचुरं प्रचोदिता।
प्रफुल्लफेनैर्न सुमैर्विभूषिता सुशोभिताऽब्धिप्रियदृष्टिरुत्सुका।। ८।।

अन्वय: इयं सुयौवनाम्भा आपगा समीरपंक्त्या प्रचुरं प्रचोदिता प्रफुल्ल-फेनै: न (विभूषिता, अपितु) सुमै: विभूषिता सुशोभिता (सती) अब्धिप्रियदृष्टिरुत्सुका (अस्ति)।

English: This river with the water of well grown youth propelled well by the whiffs of wind; decorated by the blooming foams, nay, the blooming flowers; looking extremely beautiful, (now) longs for the sight (union) of the beloved ocean.

ओड़िआ: ଶୋଭନ ଯୌବନ ଜଳକୁ ଧାରଣ କରିଥିବା ଏହି ନଦୀ (ନାୟିକା) ସମୀରପଂକ୍ତିଦ୍ୱାରା ପ୍ରଚୁର ଅନୁପ୍ରେରିତା ହୋଇ, ପ୍ରଫୁଲ୍ଲିତ ଫେନ ନୁହେଁ, ବରଂ ମାଳମାଳ ଫୁଲରେ ବିଭୂଷିତା ହୋଇ ସୁନ୍ଦର ଶୋଭା ଧାରଣ ପୂର୍ବକ ପ୍ରିୟ (ନାୟକ) ସମୁଦ୍ର ଉପରେ ଲକ୍ଷ୍ୟ ରଖି (ମିଳନ) ଉତ୍ସୁକିନୀ ହୋଇଉଠିଛି ।

हिन्दी : **शोभन यौवन रूपी जल को धारण करनेवाली यह नदी (नायिका) समीर पंक्तियों द्वारा खुब अनुप्रेरिता होकर प्रफुल्लित फेन नहीं बल्कि फूल की ढेर सारी मालाओं से विभूषिता होकर सुन्दर शोभा वर्द्धन पूर्वक प्रिय (नायक) समुद्र पर नजर गडाकर (मिलन) उत्सुक हो उठी है।**

प्रकाशिका: अत्र कवि: नदीं कांचित् नायिकारुपेण वर्णयन् तां च उत्सुकात्वेन चित्रयन् आह सुयौवनेति। शोभनं यौवनं सुयौवनं परिपूरितमित्यर्थ: अम्भ: जलं यस्या: सा तथाभूता इयं आपगा

नदी वहति। नदी तावत् परिपूर्णजलाऽस्ति। समीरस्य पंक्त्या बहुलेन प्रचुरं यथा स्यात् तथा (क्रियाविशेषणम्) प्रचोदिता प्रेरिता न (तु) प्रफुल्लफेनैः अपितु सुमैः कुसुमैः विशेषेण भूषिता अलंकृता सती सुशोभिता वर्तते मनोरमा अस्ति। फेनाः अत्र पुष्पत्वेन वर्णिताः। तस्मात् इयं अब्धिरेव प्रियः प्रियतमः तस्य दृष्टौ दर्शने उत्सुका उत्कण्ठिता अस्ति इति शेषः। वंशस्थविलं छन्दः, अपह्नुतिरलंकारः।

व्याकरणम्

समासाः- सुयौवनाम्भा- सुयौवनं अम्भः यस्याः सा (बहुव्रीहिः)
आपग- (अपां समूहः आपम्) आपेन गच्छति या सा (बहुव्रीहिः)
समीरपंक्त्या- समीराणां पंक्तिः (ष.त.) तया
प्रफुल्लफेनैः- प्रफुल्लश्चासौ फेनः (क.धा.) तैः
सुशोभिताब्धि प्रियदृष्टिउत्सुका- सुशोभितश्चासौ अब्धिः (क.धा) स एव प्रियः तस्य दृष्टिः तस्याम् उत्सुका या सा (बहुव्रीहिः)।

प्रकृति-प्रत्यय निरूपणम्- प्रचोदिता- प्र +चुद् +णिच् +टाप्। आपगा- आप +गम् +ड +टाप्। विभूषिता- वि +भूष् +क्त +टाप्।

अव्ययपदम्- प्रचुरम्। अत्र क्रियाविशेषणत्वेन व्यवहृतम्।

छन्दः- वंशस्थविलम्।

अलंकार- अपह्नुतिः।

सरिता नवयौवना
(Fresh Youthful Flowing Stream)

नव वञ्जुल मञ्जुल कुञ्जगता मरुता मृदुकम्प-तरङ्गकचा।
कलनादित कोकिलकण्ठरुता सखि सुन्दरतामयते सरिता ।। १।।

अन्वय: सखि! नव-वञ्जुल-मञ्जुल-कुञ्जगता मरुता मृदुकम्पतरङ्गकचा कलनादितकोकिलकण्ठरुता सरिता सुन्दरताम् अयते।

English: Oh my friend! Coming through the beautiful bowers of the fresh cane-creepers, having ripple-tresses slowly shaken by the wind and bearing the voice of the pleasant cooing note of a cuckoo, the flowing stream attains beauteous state.

ଓଡ଼ିଆ: ନବୀନ ବେତସ ଲତାର ସୁନ୍ଦର କୁଞ୍ଜକୁ ପ୍ରାପ୍ତହୋଇ, ପବନଦ୍ୱାରା ଈଷତ୍ କମ୍ପିତ ତରଙ୍ଗ-କେଶକୁ ଧାରଣକରି, ଅସ୍ଫୁଟମଧୁର ଧ୍ୱନି ସୃଷ୍ଟିକାରି-କୋକିଳର କଣ୍ଠସ୍ୱର ପରି ଶବ୍ଦାୟମାନା ସରିତା (ନଦୀ ନାୟିକା) ସୁନ୍ଦରତାକୁ ପ୍ରାପ୍ତ ହେଉଅଛି ।

हिन्दी : नवीन बेंत की लताओं के सुन्दर कुंज को प्राप्त कर, समीर द्वारा किंचित कंपित तरंग-केश धारण कर, अस्फूट मधुर ध्वनि सृष्टिकारिणी कोयल के स्वर जैसी ध्वनि करके सरिता (नायिका) सौन्दर्य प्राप्त हो रही है।

प्रकाशिका: अत्र कवि: सरितां तटिनीं नायिकात्वेन अध्यवसितां नूतन यौवनीत्वेन वर्णयन् आह- नववञ्जुल इति। हे सखि! नवानां नूतनानां वञ्जुलानां वेतसलतानां ये मञ्जुला मनोहरा: कुञ्जा: तद्गता इयं सरिता नदी "वष्टि भागुरि रलोपरवाप्योरूपसर्गयो आपश्चापि हलन्तानां यथा वाचा दिशा निशा" इति शास्त्रवचनात्

सरित्-शब्दस्य सरिता इति व्यवहारः विहितः। पुनः "अथ वेतसे रथाभ्रपुष्पविदुल शीतवानीरवञ्जुलाः" इत्यमरः (२.४.३०.)। पुनः मरुतः पवनस्य यो मृदुकम्पः कोमल-कम्पः ईषत् कम्पनं इत्यर्थः तद्युक्तः तरङ्गः स एव कचः केशः यस्याः सा, कलेन अस्फुट मधुर ध्वनिना नादितः शब्दितः कोकिलकण्ठरुतः यस्याः सा, तथाभूता इयं तटिनीरूपिणी सरिता सुन्दरतां सुन्दरस्य भावम् अयते प्राप्नोति। अय गतौ। ये ये गत्यर्थाः ते ते प्राप्त्यर्थाः। अत्र अनुप्रासः अलंकारः अतिशयोक्तिश्च। छन्दः- तोटकम्।

व्याकरणम्

समासाः- नव-वञ्जुल-मञ्जुल-कुञ्जगता- मञ्जुलश्चासौ कुञ्जः मञ्जुलकुञ्जः (क.धा.) नवानां वञ्जुलानां मञ्जुलकुञ्जः (ष.त.) नववञ्जुलमञ्जुलकुञ्जं गता या सा- (बहुव्रीहिः) मृदुकम्पतरङ्गकचा- मृदुकम्पेन तरङ्गः मृदुकम्पतरङ्गः (तृ.त.) स एव कचः यस्या सा (बहुव्रीहिः) कलनादितकोकिलकण्ठरुता- कलेन नादितः कोकिलकण्ठरुतः यस्या सा (बहुव्रीहिः)

प्रकृति-प्रत्यय निरूपणम्- सुन्दरताम्- सुन्दर +तल् +टाप् +अम्

छन्दः- तोटकम्

अलंकार- अनुप्रासः, अतिशयोक्तिः।

सरिता प्रमदा
(Enchanted Flowing Stream)

नव-जीवन-यौवन[3] सम्वलिता जलविभ्रम-नाभिक-संकलिता।
स्मितपद्मविमण्डित-वीचि-कचा समदं सखि मोदयते सरिता ।। १० ।।

अन्वय: हे सखि ! नव-जीवन-यौवन-संवलिता जलविभ्रमनाभिक-संकलिता, स्मितपद्मविमण्डित-वीचि-कचा सरिता समदं मोदयते।

English: Oh my friend! filled up with the fresh water of youth, added (pretty) with naval-like whirlpool, having ripple-tresses decorated with blooming lotuses, the flowing stream gets enchanted.

ଓଡ଼ିଆ: ହେ ସଖି ! ନବୀନ ଜଳଯୌବନରେ ଭରିଉଠିଥିବା, ଜଳଭଉଁରୀ-ନାଭିକୁ ଧାରଣ କରିଥିବା, ଦରବିକସିତ-ପଦ୍ମଖଚିତ-ତରଙ୍ଗକେଶରେ ସୁଶୋଭିତା ସରିତା ଆନନ୍ଦରେ ଅଧୀରା ହୋଇଉଠିଛି ।

हिन्दी : **है सखी ! नवीन जल-यौवन से भरा भावँर रूपी नाभी को धारण करनेवाली अधखिले कमल खचित तरंग केश से सुशोभिता सरिता आनन्द से अधीर हो उठी है।**

प्रकाशिका: अत्र तटिनीं प्रमदात्वेन वर्णयन् कवि: आह- नवजीवनेति। हे सखि हे वयस्ये ! नवं नूतनं यत् जीवनं जलं "पय: कीलालममृतं जीवनं भुवनं वनम्" इत्यमर:। तदेव यौवनं युनो भाव: तेन संवलिता, जलानां यो विभ्रम: स एव नाभिक: नाभिरेव नाभिक: स्वार्थे क-प्रत्यय:, तेन सम्यक् कलिता स्मितं ईषत् प्रस्फुटितं यत् पद्मं तेन विशेषतया मण्डित: य: विचि: तरङ्ग: स एव कच: केश:

यस्या: सा तथाभूता सरिता नदी, पक्षे नायिका, समदं मदेन सह वर्तमानं यथा स्यात् तथा मोदयते आनन्दं स्वयमनुभवति, आनन्द: आनन्दमेव जनयति इति सहृदयान् आनन्दयति (मोदयति) इति भाव:। अत्र रूपकमनुप्रासश्च। छन्द:- पूर्वश्लोकवत्।

व्याकरणम्

समासा:- नव-जीवन-यौवन-संवलिता- नवं च तत् जीवनं नवजीवनं (क.धा.), नवजीवननमेव यौवनं (रू.क.धा.) नवजीवनयौवनेन संवलिता (तृ.त)

जलविभ्रम-नाभिक-संकलिता- जलानां विभ्रम: (ष.त.) जलविभ्रम एव नाभिक: (रू.क.धा.) तेन संकलिता (तृ.त.)

स्मित-पद्म-विमण्डित-वीचि-कचा- स्मितं च तत् पद्मं (क.धा.) स्मितपद्मं तेन विमण्डित: (तृ.त.) वीचि-कच: यस्या: स (बहुव्रीहि:)

प्रकृति-प्रत्यय निरूपणम्- संकलिता- सम् +कल +क्त +टाप्

संवलिता- सम् +वल् +क्त +टाप्

समदम्- क्रियाविशेषणम्।

छन्द:- तोटकम्।

अलंकार:- रूपकमनुप्रासश्च।

सरिता सुरसिका
(Flowing Stream: An Appreciator of Excellence)

चलचञ्चलशाफरतारकिता[4] सखि नीलजलाम्बर कान्तियुता[5]।
सुमसौरभ-सिंचित-वातनुता रसिकायत एव नता सरिता ।। ११ ।।

अन्वय: सखि! चलचञ्चलशाफरतारकिता नीलजलाम्बर-कान्ति-युता सुमसौरभसिञ्चित-वातनुता नता सरिता रसिकायत एव।

English: Oh my friend! With the (pupil of the) eyes of small glittering fishes, added with the lustre of the apparel of blue water, the flowing stream (sarita, the lady-love) commended by the fragrance-sprinkled-wind, behaves like an appreciator of the excellence of beauty.

ଓଡ଼ିଆ: ହେ ସଖି ! ଚଳଚଞ୍ଚଳ ଶଫରୀ (ମାଛବିଶେଷ) ଦ୍ୱାରା ଆଖିଡୋଳାକୁ ଚଳାଉଥିବା (ପକ୍ଷେ ତାରକାଖଚିତ ଆକାଶପରି ଦେଖାଯାଉଥିବା), ନୀଳଜଳରୂପକ ବସ୍ତ୍ର ଶୋଭାରେ ମଣ୍ଡିତା ହୋଇଥିବା (ପକ୍ଷେ ନୀଳଜଳରୂପକ ଆକାଶ (ଅମ୍ବର) ଶୋଭାକୁ ଧାରଣ କରିଥିବା), କୁସୁମ-ସୁରଭି-ସିଞ୍ଚିତ- ପବନଦ୍ୱାରା ପ୍ରଶଂସିତ ହୋଇଥିବା ଓ ନଇଁନଇଁ ବହି ଚାଲିଥିବା ନଦୀ ସତେ ଯେପରି ସୁରସିକା ପରି ଆଚରଣ କରୁଅଛି ।

हिन्दी : है सखी ! चंचल मीन द्वारा आँख की पुतलियों को चलानेवाली (तारका खचित आसमान-सी दिखनेवाली) नील जल रूपी वस्त्र की शोभा से विमण्डिता (नील जल रूपी आकाश की शोभा को धारण करनेवाली), कुसुम् सुरभि सिंचित समीर द्वारा प्रशंसित होकर तथा नम्र होकर बढती नदी मानों सुरसिका की भांति आचरण कर रही है।

प्रकाशिका: अत्र कवि: सरितानाम्न्या: नद्या: रसिकात्वं वर्णयन् आह- चलचञ्चलेति। हे सखि ! चलश्चासौ चञ्चल: तद्विशिष्ट: य: शाफर: मत्स्यविशेष: स एव तारका कनीनिका संजाता यस्या: सा तथा भूता तारकिता इत्यत्र इतच्-प्रत्यय:। नीलजलमेव अम्बरं वस्त्रं तस्य या कान्ति: शोभा, "सुषमा परमा शोभा छाया कान्ति द्युतिच्छवि:" इत्यमर:। सुम नाम पुष्पं तस्य यत् सौरभं गन्ध: तेन सिञ्चित: य: वात: पवन: तेन नुता नम्रशीला इयं सरति रसिकायते रसिका इव आचरति एव। अत्र रूपकम्। पूर्वश्लोकवत् छन्द:।

व्याकरणम्

समासा:- चलचञ्चल शाफर-तारकिता- चलश्चासौ चञ्चल: (क.धा.) चलचञ्चलश्चासौ शाफर: (क.धा.) चलचञ्चल शाफर: तारका संजाता यस्या: सा (बहुव्रीहि:)

नीलजलाम्बरकान्तियुता- नीलजलमेन अम्बरं (रू.क.धा.) नीलजलाम्बरस्यकान्ति: (ष.त) तया युताम्

सुमसौरभ-सिंचित-वात-नुता- सुमस्य सौरभ: (ष.त.) तेन सिंचित:- सुमसौरभसिंचित:, सुमसौरभसिंचितश्चासौ वात: (क.धा.) तेन नुता (तृ.त.)

प्रकृति-प्रत्यय निरूपणम्-

तारकिता- तारका +इतच्

सिञ्चित:- सिच् +क्त

रसिकायते- रसिक +क्यङ् (य)

नता- नम् +क्त +टाप्

नुता- नुद् +क्त +टाप्

अलंकार:- रूपकम्।

छन्द:- पूर्वश्लोकवत्।

सरिता नवीना
(Novel Flowing Stream)

सखि वर्षति चारुरुचं च शशी सुधया भरितं हृदयं भवति।
प्रतिबिम्बित-तारक-राजिगता नवतां जयते तरुणी सरिता।। १२।।

अन्वय: सखि! शंशिचारुरुचं वर्षति। (शशिन:) सुधया हृदयं भरितं भवति। प्रतिबिम्बित-तारकराजिगता सरिता तरुणी नवतां जयते।

English: Oh my friend! the moon sprays the lustre of excellence and by its nectar heart gets fulfilled. Now Sarita (the flowing stream) with the reflection of the collection of stars aquires excellence in novelty.

ଓଡ଼ିଆ: ହେ ସଖି! ଶଶୀ ଚାରୁକାନ୍ତିକୁ ବରଷିଥାଏ; ହୃଦୟ ଅମୃତରେ ଭରି ହୋଇଯାଏ। ପ୍ରତିବିମ୍ବିତ ତାରକାରାଜିକୁ ଧାରଣକରି ତରୁଣୀ ସରିତା ନବୀନତା ଉପରେ ବିଜୟଲାଭ କରୁଅଛି।

हिन्दी : हे सखी! शशि चारु कान्ति की वर्षा करती है जिससे हृदय में अमृत भर जाता है। प्रतिबिम्बित तारकाओं को धारण कर तरुणी सरिता नवीनता पर विजय प्राप्त कर रही है।

प्रकाशिका: अत्र कवि: सरितायाः नवीनात्वं प्रतिपादयन् आह- सखि वर्षतीति। हे सखि! शश: अस्य अस्तीति शशी नाम चन्द्र: चारु रमणीया या रुक् तां तथाभूतां शोभनज्योत्स्नां वर्षति वितरति इति अर्थ:। तस्य शशिन: सुधया ज्योत्स्नारूपिण्या: अमृतधारया हृदयं समेषां भरितं भवति पूर्णं जायते। नद्यां प्रतिबिम्बिता:या: तारका: तासां राजि: समूह: तद्गता इयं सरिता तरुणी न-वतां नूतनतां जयते नूतनतायां सर्वोत्कर्षेण वर्तते इयं तरुणी इत्यभिप्राय:।

व्याकरणम्

समासा:- चारुरुचम्- चारु या रुक् चारुरुक् (क.धा.) ताम्

प्रतिबिम्बित तारक-राजिगता- तारकाणां राजि: तारकराजि: (ष.त.) प्रतिबिम्बिता च सा तारकराजि: प्रतिबिम्बित- तारकराजि: (क.धा.) तां गता (द्वि.त.)

प्रकृति-प्रत्यय निरूपणम्-

गता- गम् +क्त +टाप्
प्रतिबिम्बित- प्रति +बिम्ब +णिच् +क्त
नवताम्- नव +तल् +टाप् +अम्
भरितम्- भर +णिच् +क्त

छन्द:- पूर्वश्लोकवत्

सरिता तन्वी
(Delicate Flowing Stream)

बत मौक्तिक-लम्बित-कण्ठतटा[6] शुभशौक्तिक-शोभित-हस्ततला[7]।
कलहंस-निनादित-किं किणिका त्रपया तनुतां जयते सरिता।। १३।।

अन्वय: बत! मौक्तिक-लम्बित-कण्ठतटा शुभशौक्तिक-शोभित-हस्ततला कलहंस-निनादित- किं किणीका सरिता त्रपया तनुतां जयते।

English: Ha! bedecked with pearls at the slope of her neck, the surface of her hands made beautiful with favourable pearl-oysters, (further) decked with the waist-band of cackling swans, by her bash-fulness and modesty Sarita (the flowing stream) aquires excellence.

ଓଡ଼ିଆ: ହା! କଣ୍ଠତଟରେ ମୁକ୍ତାମାଳ ପରିହିତା, ସୁନ୍ଦର ଶୁକ୍ତିମାଳାରେ ଶୋଭିତ-ହସ୍ତତଳପ୍ରସାରଣଶୀଳ, କଳହଂସ ବେଷ୍ଟିତ ଶବ୍ଦାୟମାନ କିଙ୍କିଣୀଶୋଭା-ବିଭୂଷିତା ସରିତା ଲାଜଲାଜ ହୋଇ (ସୁରୁଚିର ଓ ସୁକୋମଳ ନମ୍ରତାରେ) ସୁନ୍ଦରତାକୁ ଜୟ କରୁଅଛି।

हिन्दी : **वाह ! कण्ठतट में मोती की माला पहने, सुन्दर शुक्तिमाला शोभित हस्ततल प्रसारणशीला, कलहंसवेष्टिता शब्दायमान किंकिणी शोभा विभूषिता, सरिता शर्माती हुइ (सुरुचि एवं सुकोमल नम्रता से) सुन्दरता पर विजय प्राप्त कर रही है।**

प्रकाशिका: अत्र कवि: सरितायाः तन्वीत्वं प्रतिपादयन् आह- बतेति। वत! हर्षस्य विषय: (अव्ययपदम्) मौक्तिक: लम्बित: कण्ठतटे कण्ठप्रदेशे यस्या: सा तथाभूता, शुभ: मङ्गलमय: य: शौक्तिक:

शुक्ति: तेन शोभित: हस्ततल: यस्या: सा, कलहंसस्य निनाद: शब्द: तेन संजाता किङ्किणी क्षुद्रघण्टिका यस्या: सा तथाभूता "किंकिणी क्षुद्रघण्टिका" इत्यमर: (२.६.११०)। अत्र छन्दो नुरोधात् "किंकिणी" इति स्थाने "किंकिणि" इति कृतम्। सरिता त्रपया लज्जया तनुतां जयते। छन्द: पूर्ववत्।

व्याकरणम्

समासा: मौक्तिक-लम्बित-कण्ठतटा- मौक्तिक: लम्बित: कण्ठतटे यस्या: सा (बहुव्रीहि:)

शुभ-शौक्तिक-शोभित-हस्ततला- शुभश्चासौ शौक्तिकश्चेति शुभशौक्तिक: (क.धा.) तै: शोभित: हस्ततल: यस्या: सा (बहुव्रीहि:)

कलहंस-निनादित-किङ्कणीका- कलहंसस्य निनाद: (ष.त.) तेन संजाता किङ्किणी यस्या: सा (बहुव्रीहि:)

प्रकृति-प्रत्यय निरूपणम्- निनादित:- नि +नद +णिच् +क्त

लम्वित:- लम्ब् +क्त

अव्ययपदम्-बत।

छन्द:-पूर्वश्लोकवत्।

सरिता कौतुकवती
(Curious Flowing Stream)

सलिलोद्गत- वुद्वुद-फेनकुचा युववात-विनोदित-हंसहसा।
स्खलदुद्गत-निर्गत-नीलपटा वलते वलिभिस्तरसा सरिता।। १४।।

अन्वय: सलितोद्गत-वुद्वुद-फेनकुचा युववात-विनोदित-हंसहसा स्खलदुद्गत-निर्गत-नीलपटा सरिता वलिभि: तरसा वलते।

English: With water-flown-bubble-bound foam-bosoms, wearing smiles of jubilant wind-enchanted swans, with blue garment (of water) slipped off by upward stumblings (on the way), Sarita (the flowing stream) flows (well) with the (created) foldings of her body.

ଓଡ଼ିଆ: ଜଳ ଉପରକୁ ଉଠିଆସିଥିବା ବୁଦ୍‌ବୁଦ୍‌ଫେନିଳ-କୁଚକୁ ଧାରଣକରି, ଯୁବକ ପବନଦ୍ୱାରା ଆନନ୍ଦିତ ହଂସ ରୂପକ ହାସରେ ସୁଶୋଭିତା ହୋଇ, (ଜଳର) ସ୍ଖଳନହେତୁ ଉପରକୁ ଉଠିଆସିଥିବା ଓ (ଜଳ ରୂପକ) ନୀଳ ବସ୍ତ୍ର ଖସିଯାଇଥିବା ଅବସ୍ଥାରେ ସରିତା ଆକୁଞ୍ଚିତ ମଧ୍ୟଭାଗକୁ ଧାରଣ କରି ବହିଯାଉଅଛି ।

हिन्दी : **पानी के उपर उठे हुए बुदबुद रूपी फेन वाले कुचों को धारण कर, तरुण समीर द्वारा आनन्दित हंस रूपी हंसी से सुशोभिता होकर, (पानी के) स्खलन हेतु उपर उठा हुआ और (जलरूपी) नीले वस्त्र के खिसके जाने की स्थिति में सरिता आकुंचित बीच के हिस्से को धारण कर बहती चली जा रही है।**

प्रकाशिका: अत्र कवि: सरितााया: कौतुकवतीत्वं प्रतिपादयन् निगदतीत्थम्- सलिलोद्गतइति। सलिलात् जलात् उद्गत: य: वुद्वुद: “वुद्वुद्स्तु जलविकार:” तद्रूप: य: फेन: स एव कुच: यस्या: सा

तथाभूता, युवश्चासौ वात: तीव्रपवन: तेन विनोदित: प्रमोदित: य: हंस: स एव हास: यस्या: सा, स्खलत्त्वेन उद्गत: स चासौ निर्गत: नीलपट: नीलवसनं यस्या: सा तथाभूता सरिता वलिभि: तस्या: (शीघ्रं) वलते कौतुकशीला जायते। अलंकारोऽत्र रूपकम्। छन्द: पूर्वश्लोकवत्।

व्याकरणम्

समासा:- सलिलोद्गत-वुद्वुद-फेनकुचा- सलिलात् उद्गत: (प.त.) सलिलोद्गतश्चासौ वुद्वुद: (क.धा.) सलिलोद्गत वुद्वुद एव फेन: सलिलोद्गतवुद्वुदफेन: कुच: यस्या: सा (बहुव्रीहि:)।

युववातविनोदित-हंसहसा- युवश्चासौ वात: (क.धा.) तेन विनोदित: (तृ.त.) हंस: स एव हास: (रू.क.धा.) यस्या: सा (बहुव्रीहि:)।

स्खलदुद्गत-निर्गत-नीलपटा- स्खलत्त्वेन उद्गतश्चासौ निर्गत: नीलपट: यस्या: सा (बहुव्रीहि:)

प्रकृति-प्रत्यय निरूपणम्- उद्गत:- उत् +गम् +क्त

विनोदित:- वि +नुद् +णिच् +क्त

निर्गत:- निर् +गम् +क्त

अव्यय पदम्- तरसा

छन्द:- पूर्वश्लोकवत्।

अलंकार:- रूपकम्।

सरिता एकाकिनी
(Lonely Flowing Stream)

सरिता-वनमञ्जुल-गीतिकया नववारिद ऋच्छति मन्दगतिम्।
असहायगता सखि यौनदशा नहि कौतुकमावहते वनिता।। १५।।

अन्वय: सरिता-नवमञ्जुल-गीतिकया नववारिद: मन्दगतिं ऋच्छति, सखि! यौनदशा (यदि) असहायगता (भवति) (तर्हि) वनिता नहि कौतुकम् आवहति।

English: By water-led melodious singing of the flowing stream (Sarita) the new cloud attains the slow pace (for union by rainfall). Oh my friend! if the period of youth goes without companion a beloved woman doesnot get delight.

ଓଡ଼ିଆ: ସରିତାର (ବହିଯାଉଥିବା ନଦୀ ନାୟିକାର) ମଞ୍ଜୁଳ ଗୀତରେ (ଆକୃଷ୍ଟ ହୋଇ) ନୂଆମେଘ (ନାୟକ) ତା'ର ଗତିକୁ ଧୀର କରିଦିଏ (ବୃଷ୍ଟି ମାଧ୍ୟମରେ ନଦୀ ସହିତ ମିଳନ ପାଇଁ)। ହେ ସଖି! ସହାୟବିନା ଯୌବନଦଶାରେ କୌଣସି ପ୍ରଣୟିନୀ ନାରୀ ଆନନ୍ଦ ପାଇପାରେନାହିଁ।

हिन्दी : सरिता के (बहती हुइ नायिका नदी के) सुन्दर गीतों से (आकृष्ट होकर) नया मेघ (नायक) अपनी गति धीमी कर देता है। (वर्षा के जरिए नदी के साथ मिलन हेतु) हे सखी ! आसरे के बिना यौवन की दशा में कोई भी प्रणयिनी नारी आनन्द प्राप्त नहीं कर सकती।

प्रकाशिका: अत्र कवि: सरितायाः एकाकिनीत्वं प्रतिपादयन् आह- सरितेति।

सरितारूपिण्या: नद्या: यत् वनं जलं तेन सृष्टया मञ्जुलगीतिकया मनोरम गीतगानेन "सुन्दरं रुचिरं चारु सुषमं साधु शोभनम्।

कान्तं मनोरमं रुच्यं मनोज्ञं मञ्जु मञ्जुलम्" इत्यमर (३.१.५०)। नववारिद: नवश्चासौ वारिद: नूतनमेघ: इत्यर्थ: मन्दगतिं ऋच्छति मन्दगमनं ददाति इत्यर्थ:। अयं भाव:- नद्या: "कुलु कुलु" इति रमणीयं गीतं नूतनमेघश्च अयं सर्व: उद्दीपनविभाव:। तस्मात् कामिन: प्रेमाशक्ता विह्वलचित्ताश्च भवन्ति एतै: उद्दीपनविभावै:। हे सखि! यौवन दशा युनो भाव: यौवनं तस्य दशा अवस्था यदि असहाया सहायरहिता भवति अर्थात् यौवनावस्थायां प्रेमिका यदि एकाकिनी भवेत् तर्हि सा न कौतुकमावहति न कौतुकवती भवति। सा अत्यन्तं विमना भवतीत्यभिप्राय:। अत्र वनिताया: अकौतुकवतीत्वं यौवनदशाया असहायत्वस्य कारणात् काव्यलिङ्गम्।

व्याकरणम्

समासा:- सरितावन-मञ्जुलगीतिकया- सरिताया: वनं (जलं) तेन मञ्जुलगीतिका (मञ्जुलाच सागीतिका- क.धा.) तया

नववारिद:- नवश्चासौ वारिद: (क.धा.)

मन्दगतिम्- मन्दा च सा गति: (क.धा.) ताम्

असहायगता- असहायं गता (द्वि.त.)

यौनदशा- यौनस्य दशा (ष.त.)

प्रकृति-प्रत्यय निरूपणम्- मञ्जुल:- मञ्जु +उ +लच्

गति:- गम् +क्तिन्

गता- गम् +क्त +टाप्

वारि- वृ +इञ्

कौतुकम्- कुतुक +अण् (भावे)

अलंकार:- काव्यलिङ्गम्।

छन्द:- पूर्वश्लोकवत्।

सरिता अनुरागिणी
(Enamoured Flowing Stream)

अनुरागवती चलदङ्गरुची रसिकाप्पति-कांक्षित-संगशुचि:।
पथि वारिधराधर-सम्मिलिता चपलायत एव रुषा सरिता ।। १६ ।।

अन्वय: अनुरागवती चलदङ्गरुचि: रसिकाप्पति-कांक्षित-संगशुचि: पथि वारिधराधर संमिलिता एषा सरिता रुषा चपलायते एव।

English: Endowed with the quivering charm of her body (while) craving for the pious union with the ocean, her appreciator of excelence; the flowing stream (Sarita/ the lady-love) coming in downward contact of the cloud on the way (encountering the lower lip of the cloud on the way) just leaves like a flash of lightening in anger.

ଓଡ଼ିଆ: ଚଳଚଞ୍ଚଳ ଅଙ୍ଗଶୋଭାକୁ ଧାରଣକରି ଅନୁରାଗିଣୀ ହୋଇଥିବା, ରସିକ ସମୁଦ୍ର ସହିତ ଅଭିଳଷିତ ମିଳନ-ପବିତ୍ରତାରେ ମନ ରଖିଥିବା ସରିତା, ମାର୍ଗରେ ମେଘର ଅଧରମିଳନକୁ (ଅଧୋଭାଗରେ ମିଳନକୁ) ଅନୁଭବ କରି ରୋଷଭରା ବିଜୁଳି ଗତିରେ ଚାଲିଯାଉଛି ।

हिन्दी : चंचल अंगशोभा को धारण कर अनुरागिणी बनी, रसिक समुद्र के साथ अभिलषित मिलन की पवित्रता में मन लगायी सरिता, मार्ग में मेघ के अधर-मिलन को (अधोभाग में मिलन को) अनुभव कर रोषभरी बिजली की गति से चलती चली जा रही है।

प्रकाशिका: अत्र कवि: सरितायाः अनुरागिणीत्वं प्रतिपादयन् ब्रवीति- अनुरावतीति। अनुराग: प्रेम अस्या: अस्तीति अनुरागवती प्रेम-शीला, चलन्ती अङ्गरुचि: शरीरकान्ति: यस्या: सा चलदङ्गरुची "दलोपे पूर्वस्य दीर्घो ण:" इति सूत्रेण दीर्घ:। रसिकश्चासौ अप्पति: रसिकाप्पति: तस्य सकाशात् कांक्षिता अभिवाञ्छिता संगशुचि: यया, पत्या सह संगमकांक्षिणी इत्यर्थ:, पथि मार्गे, धरतीति धर:, वारिण: धर: वारिधर: नाम मेघ: तस्य अधरेण सह संमिलिता वारिधररूपिण: प्रेमिकस्य अधरचुम्बनलालसया तत्र प्राप्ता सती एषा सरिता नायिका चपलायते चपला इव आचरति। चपला नाम विद्युत् तद्वत् आचरणशीला भवति इत्यर्थ:।

व्याकरणम्

समासा:- अनुरागवती- अनुराग: अस्या: अस्तीति

चलदङ्गरुचि:- चलन्ती अङ्गरुचि: यस्या: सा (बहुव्रीहि:)

रसिकाप्पति-कांक्षित-संगशुचि:- रसिकश्चासौ अप्पति: (क.धा.) रसिकाप्पते: कांक्षिता संगशुचि: यया सा (बहुव्रीहि:)

वारिधराधर-सम्मिलिता- वारिणां धर: (ष.त.) वारिधरस्य धर: (ष.त.) वारिधराधरेण सम्मिलिता (तृ.त.)

प्रकृति-प्रत्यय निरूपणम्-

अनुरागवती- अनु +रञ्ज् +घञ् +वतुप् +ङीप्

चलत्- चल +शतृ

कांक्षित:- कांक्ष् +क्त

सम्मिलिता- सम् +मिल् +क्त +टाप्

चपलायते- चपला +क्यङ्

छन्द:- पूर्वश्लोकवत्।

लावण्यम्
(The Lustre)

स्वकक्षकुम्भा सविलम्बगामिनी कलस्वनत् कुम्भ-विचुम्बितस्तनी।
नितम्बचक्रानतवेणिचञ्चला द्युतिस्तरुण्या युवलोभलम्भना ।। १७।।

अन्वय: स्वकक्षकुम्भा सविलम्बगामिनी कलस्वनत्कुम्भाविचुम्बितस्तनी नितम्बचक्रानतवेणिचञ्चला तरुण्या: द्युति: युवलोभलम्भना (भवति)।

English: Bearing pitcher in her lap, with slow gait, bosoms kissed by the pitcher with indistinctive pleasant notes, having wavering braids of hair down to the circle of her buttock, the beauty (the lustre) of the maiden has become the seat of covetuous attainment for the youth.

ଓଡ଼ିଆ: ନିଜ କାଖରେ କଳସୀ ଧାରଣ କରିଥିବା, ଧୀରମନ୍ଥର ଗତିରେ ଗମନ କରୁଥିବା, କଳକଳନାଦରେ କୁମ୍ଭଦ୍ୱାରା ବକ୍ଷୋଜ ଚୁମ୍ବନକୁ ପ୍ରାପ୍ତ ହେଉଥିବା ସହିତ ନିତମ୍ବ ଚକ୍ରପର୍ଯ୍ୟନ୍ତ ଲମ୍ବିଥିବା ବେଣୀର ଚଞ୍ଚଳତାରେ ତରୁଣୀର ଶୋଭା ଯୁବଜନଲୋଭର ପ୍ରାପ୍ତିସ୍ଥାନ ହୋଇଯାଉଛି ।

हिन्दी : **अपनी काँख से कलसी धारण करती, धीर मंथर गति से चलती, कलकल नाद के कुम्भ द्वारा बक्षोज को चूमे जाने के साथ नितम्ब चक्र तक वेणी की चंचलता से तरुणी की शोभा युव-जनों के लिए लुभावनी हो रही है।**

प्रकाशिका: द्युतिरत्र नायिकात्वेन अध्यवसिताऽस्ति। किंभूता सा द्युतिनायिका? स्वकक्षकुम्भा स्वकक्षे कुम्भ: घट: यस्या: सा, पुनरपि किंभूता विशिनष्टि - कुम्भधारणात् हेतो: सविलम्बगामिनी अलसगामिनी, पुनरपि किंभूता? कलस्वनत्कुम्भविचुम्बितस्तनी कलं शब्दं स्वनत् कुर्वत् य: कुम्भ: तेन विचुम्बितौ स्तनौ

यस्याः सा। स्तनयोः कुम्भस्पर्शात् तत्र विचुम्बितत्वं उत्प्रेक्षते। नितम्बचक्रेण आनता आ समन्तोत् नता लम्बिता या वेणिः केश-रचना तया चञ्चला अस्थिरा एषा द्युतिः कान्तिः युवलोभलम्भना, यूनां लोभः युवलोभः तस्य लम्भनं अधिगमः प्राप्तिर्वा यस्यां (सा द्युतिः)। अत एव इयं प्रिमिणां सर्वेषां उपास्या काम्या भवति। अत्र अतिशयोक्तिरलंकारः। छन्दः वंशस्थविलम्।

व्याकरणम्

समासा:- स्वकक्षकुम्भा- स्वस्य कक्षः (ष.त.) स्वकक्षे कुम्भः यस्याः सा (बहुव्रीहिः)

सविलम्बगतिनी- सविलम्बं यथा स्यात् तथा गच्छति या सा (बहुव्रीहिः)

कलस्वनत् कुम्भविचुम्बितस्तनी- कलं स्वनत् यः कुम्भः तेन विचुम्बितौ स्तनौ यस्याः सा

नितम्व चक्रानतवेणिचञ्चला- नितम्बस्य चक्रं (ष.त.), तेन आनता (तृ.त.), वेणिः यस्या सा (बहुव्रीहिः)

युवलोभलम्भना- यूनां लोभः (ष.त.) तस्य लम्भनं यस्यां सा (ष.त.)

प्रकृति-प्रत्यय निरूपणम्-गामिनी- गम् +इन् +ङीप्

स्वनत्- स्वन् +शतृ

विचुम्बितः- वि +चुम्ब +क्त

आनतः- आ +नम् +क्त

छन्दः- वंशस्थविलम्।

अलंकार- अतिशयोक्ति।

जनपदवधूटी
(Village Maiden)

चलत्कट्या काञ्च्या जनपदवधूटी प्रचलति
विलोलं मञ्जीरं समपतितपादेऽनुरणति।
तथामार्गस्पृष्टाङ्गुलिपरिपिधानं धरति सा
रजोभिस्तूद्यद्भिः सकलयुवधैर्यं हरति हा ।। १८।।

अन्वयः जनपदवधूटी चलत्कट्या काञ्च्या प्रचलति। तस्याः समपतित पादे विलोलं मञ्जीरं अनुरणति। तथा सा मार्गस्पृष्टाङ्गुलिपरिपिधानं धरति। हा! उद्यद्भिः रजोभिः सकलयुवधैर्यं हरति।

English: The village maiden travels wearing girdle on her moving waist. On her rhythimic steps the tinkling anklets resound. Also she wears garment that covers upto her way-touching-toes. Ha! with dusts raised (by her steps) she steals the patience of the entire youth.

ଓଡ଼ିଆ: କାଞ୍ଚିଦାମରେ ଚଳଚଞ୍ଚଳ କଟିଶୋଭିନୀ ଜନପଦର ବଧୂଟିଏ ଚାଲିଯାଉଥାଏ । ସମଭାବରେ ପଡୁଥିବା ପାଦପାତରେ ବିଲୋଳ ନୂପୁର ଅନୁରଣନ କରୁଥାଏ । ଆହୁରି ମଧ୍ୟ ସେ ମାର୍ଗକୁ ସ୍ପର୍ଶ କରୁଥିବା ଅଙ୍ଗୁଷ୍ଠ ପର୍ଯ୍ୟନ୍ତ ବସନ ଶୋଭିନୀ ହୋଇ (ଅଙ୍ଗୁଳି ସ୍ପର୍ଶରେ) ଉପରକୁ ଉଠୁଥିବା ଧୂଳିକଣା ସହିତ ସତେ ଯେପରି ସକଳ ଯୁବକୁଳର ଧୈର୍ଯ୍ୟକୁ ହରଣ କରି ନେଇ ଚାଲିଯାଉଥାଏ ।

हिन्दी : करधनी की किंकिणी ध्वनि से चंचल कटिशोभिनी जनपद की कोई वधू मानो चलती चली जा रही थी। समान रूप से पदपात हेतु नुपूर का अनुरणन भी होता था। फिर उस मार्ग को स्पर्श करनेवाली उंगली तक वसन शोभिनी होकर (उंगली के स्पर्श से) ऊपर उठने वाली धूल के साथ मानों समी युवकुल के धैर्य का हरण करके लिये जा रही थी।

प्रकाशिका: कविरत्र श्लोके कांचित् जनपदवधूं वर्णयन् वक्ति चलत्

कट्या इति।

जनपदस्य नीवृत: जननिवासस्थानस्य इत्यर्थ:। "नीवृत् जनपद:" इत्यमर: (२.१.८)। तस्य वधूटी वध्वर्थे वधूटी-शब्द: प्रयुक्त इति। चलन्ती या कटि: तया काञ्च्या काञ्ची नाम कटि-मेखला तया चलति गच्छति। (तस्या:) समपतितपादे समं समानतया पतितो य: पाद: तस्मिन्। ताभ्यां सह विलोलं चञ्चलं मञ्जीरं नूपुरम् अनुरणति अनु पश्चात् रणति शब्दं कुरुते। हा! अहो! (आश्चर्यसूचकम् अव्ययम्) अपि च सा मार्गस्पृष्टाङ्गुलिपरिपिधानं, मार्गं पन्थानं स्पृष्टा: या: अङ्गुलय: ताभि: समं स्पृष्टं परिपिधानं वस्त्रं हस्तेन धरति इत्यभिप्राय:। तथा च उद्योद्भि: प्रकाश्यद्भि: रजोभि: धूलिभि: लक्षणया लावण्यै: सकलानां समस्तानां यूनां धैर्यं हरति एषा जनपद-रमणी। अशेषलावण्यवतीत्वात् इत्यभिप्राय:। शिखरिणी छन्द:।

व्याकरणम्

समासा:- जनपदवधूटी- जनपदस्य वधूटी (ष.त.)

चलत्कट्या- चलन्ती या कटि: (क.धा.) तया

समपतितपादे- समेन पतित: (तृ.त.) समपतितश्चासौ पाद: (क.धा.) तस्मिन्

मार्गस्पृष्टाङ्गुलि परिपिधानम्- मार्गं स्पृष्टा: (द्वि.त.) मार्गस्पृष्टाश्च ता: अङ्गुलय: (क.धा.) ताभि: (समं) परिपिधानम्

सकलयुवधैर्यम्- सकलानां यूनां धैर्यम्

प्रकृति-प्रत्यय निरूपणम्- चलत्- चल् +शतृ

स्पृष्ट:- स्पृश् +क्त

परिपिधानम्- परि +पि +धा +ल्युट्

विलोलम्- वि +लुल् +घञ् +अम्

मञ्जीर:- मञ्ज् +इरन्

छन्द:- शिखरिणी।

दूषणदृष्टि:
(The Tainted Sight)

दिनान्ते त्वेकान्ते चलति तरसा गोपवनिता
पयोभारान्मुक्ता चिकुरचयकम्रा[8]ऽस्थिरकुचा।
विटस्याऽसंयत्या स्तनचलितदृष्ट्या विचलिता
पिधायेयं वक्षो रसनदशनान्ता विजनिता ।। १९।।

अन्वय: गोपवनिता तु एकान्ते दिनान्ते तरसा चलति। पयोभारात् मुक्ता चिकुरचयकम्रा अस्थिरकुचा विटस्य असंयत्या स्तनचलितदृष्ट्या विचलिता इयं वक्ष: पिधाय रशनदशनान्ता (तरसा) विजनिता (अस्ति)।

English: At the day-end released from the burden of milk (of jars) pretty with her tresses, with throbbing bosoms (out of inordinate breathing) a cow-herd-maiden moves swiftly in solitude. Discomposed by the unrestrained breast-hovering-sight of a (passionate) rogue, she after covering her bosoms, holding tight her tongue under the circle of her teeth, retires soon out of sight.

ଓଡ଼ିଆ: କେଶରାଶିର ପରିପାଟୀରେ ସୁଶୋଭିତ କମ୍ପିତବକ୍ଷୋଜ ଧାରିଣୀ (ନିଃଶ୍ୱାସ ପ୍ରଶ୍ୱାସର ଅସମାନତା ହେତୁ) ଗୋପ-ଲଳନା ଦିନ ଶେଷରେ ଦୁଗ୍ଧ (ପାତ୍ର) ଭାରରୁ ମୁକ୍ତ ହୋଇ ଏକାନ୍ତରେ ଚଳଚଞ୍ଚଳଗତିରେ ଚାଲିଯାଉଥାଏ । ବିଟର (କାମୁକ-ଦୁଷ୍ଟର) ବକ୍ଷୋଜନିହିତ ଚଳଚଞ୍ଚଳ ବିଶୃଙ୍ଖଳ ଦୃଷ୍ଟିରେ ବିଚଳତା ହୋଇ ବକ୍ଷୋଜଭାଗକୁ ଅବଗୁଣ୍ଠନ ପୂର୍ବକ ଦନ୍ତପଂକ୍ତିର ଧାରରେ ଜିଭକୁ ଚାପିଧ ରି (ଲାଜରେ) ଗୋପନରେ ସେ ଚାଲିଯାଇଥିଲା ।

हिन्दी : केशराशि की परिपाटी से सुशोभित कंपित बक्षोजधारिणी (साँस की असमानता के कारण) गोप-नारी दिवस के अन्त में दुध (पात्र) के भार से मुक्त होकर एकान्त में चंचल गति से चली जा रही थी। कामुक दुष्ट की बक्षोज पर टिकी विशृंखल दृष्टि से विचलित होकर बक्षोज के हिस्से पर घूँघट डाल कर दाँतों से जीभ को दबाकर (मारे शर्म के) गोपन से वह चली गई थी।

प्रकाशिका: अत्र कवि: कस्यचित् कामुकस्य दूषण-दृष्टिं वर्णयत् आह-दिनान्ते इत्यादि।

गोपस्य गोपालस्य वनिता रमणी काचित् एकान्ते रह: विजनप्रदेशे इत्यर्थ: दिनस्य अन्ते शेषे सायमित्यर्थ; तरसा शीघ्रं चलति व्रजति। पयस: दुग्धस्य भारात् मुक्ता सती इयं चिकुरचयेन केशसमूहेन कम्रा रम्या, पुन: अस्थिरकुचा अेस्थिरौ चञ्चलौ कुचौ स्तनौ यस्या: सा। विटस्य कामुकस्य असंयत्या न संयति: असंयति: तया दूषणया इत्यर्थ: स्तनचलितदृष्ट्या स्तनयो: वक्षोजयो: चलिता पतिता या दृष्टि: तया विचलिता इयं गोप-रमणी वक्ष: वक्षोभागं पिधाय पिधानं कृत्वा, रसन-दशनान्ता रसनं जिह्वा दशनानां दन्तपंक्तिनाम् अन्ते यस्या: सा, विजनिता विजनं जनशून्यं यथा स्यात् तथा इता गता इत्यर्थ:। अत्र शि-खरिणी छन्द:।

व्याकरणम्

समासा:- गोपवनिता- गोपस्य वनिता (ष.त.)

चिकुरचयकम्रा- चिकुराणां चय: (ष.त.) तेन कम्रा

अस्थिरकुचा- अस्थिरौ कुचौ यस्या: सा (बहुव्रीहि:)

रसन दशनान्ता- रसनं दशनानां अन्ते यस्या: सा

दिनान्ते- दिनस्य अन्त: तस्मिन्

प्रकृति-प्रत्यय निरूपणम्- मुक्त:- मुच् +क्त

दृष्टि:- दृश् +क्तिन्

विचलिता- वि +चल +क्त +टाप्

पिधाय- (अ)पि +धा +ल्यप्

विजनिता- विजन +इण् +क्त +टाप्

छन्द:- शिखरिणी।

परिहासिता
(Flattered Lady)

युग्मं फलं नवम भीक्ष्य फलाभिलाषी विक्रेतुमिच्छसि शुभे क्व चिरं जगाद।
किं वा भविष्यति तव प्रतिमूल्यमिष्टं यूनां कथा रहसि दीर्घतरा भवन्ति।। २०।।

अन्वय: (कश्चित् युवा) फलाभिलाषी (कस्याश्चित् तरुण्या:) युग्मं नवं फलम् अभीक्ष्य (तां वक्ति) "शुभे ! क्व विक्रेतु मिच्छसि" (इति) चिरं जगाद। किं वा तव प्रतिमूल्यम् इष्टं भविष्यति ? रहसि यूनां कथा दीर्घतरा भवन्ति।

English: (In a solitary place) Certain fruit loving-youth at the sight of a fresh pairs of fruits (with a female coster-monger) started asking for a long time- oh fortunate one! where do you wish to sell? What shall be your desirable selling price? (Lo!) The talks of the youth in solitude get larger space (shed manifold meanings).

ଓଡ଼ିଆ: ବିଜନ ସ୍ଥାନରେ କୌଣସି ଏକ ଫଳାଭିଳାଷୀ ନବତରୁଣ (ଫଳ ବିକୁଥିବା ନବତରୁଣୀ ପାଖରେ) ନବୀନ ଫଳଦୁଇଟି ଦେଖି ବହୁବାର ପଚାରି ଚାଲିଲେ- "ହେ ଶୁଭାଙ୍ଗନେ ! ଏହାକୁ କେଉଁଠି ବିକିବାକୁ ଚାହୁଁଚ ଓ ତୁମର ଅଭିଳଷିତ ପ୍ରତିମୂଲ୍ୟ କ'ଣ ଓ କେତେ ହୋଇପାରେ ?" ଗୋପନ ସ୍ଥାନରେ ଯୁବଗଣଙ୍କର କଥାର ଅର୍ଥ ଦୀର୍ଘରୁ ଦୀର୍ଘତର ଭାବୋଦ୍ରେକକାରୀ ହୋଇଉଠିଥାଏ ।

हिन्दी : विजन स्थान पर कोई एक फलाभिलाषी नौजवान (फल बेचती नव युवती के पास) दो अभिनव फल देख कई बार पूछने लगा- "हे सुभांगने ! इन्हें कहाँ बेचना चाहती हो और तुम्हारा अभिलषित प्रतिमूल्य क्या है और कितना हो सकता है ?" गोपनीय स्थान पर युवकों की बातों के अर्थ दीर्घ से दीर्घतर भावोद्रेककारी हो उठते हैं।

प्रकाशिका: कश्चित् तरुण: कामपि तरुणीमवलोक्य परिहासं विदधाति।

फलयो: कुचयो अभिलाष: अस्य अस्तीति फलाभिलाषी तादृश: कश्चित् युवा तरुण्या: कस्याश्चित् नवं नूतनं युग्म फलं कुचरूपफलमिति दृष्ट्वा तां प्रति वदति- हे शुभे ! एतत् फलद्वयं क्व कस्मिन् पुरुषे विक्रेतुम् इच्छसि ? इति चिरं यथास्यात् तथा बहुकालं यावत् स जगाद उक्तवान्। पुनरपि स कथयन् अस्ति तव फलयो: कुचरुपयो: प्रतिमूल्यं किं वा इष्टं भविष्यति ? प्रतिमूल्यम् इष्टं न भविष्यति इत्यर्थ:। रहसि एकान्ते स्थितानां यूनां युवकानां कथा: भावना: दीर्घतरा: भवन्ति। भावना: अनन्ता: भवन्ति इत्यर्थ:। अत्र फलयो: कुचत्वेन अध्यवसनात् अतिशयोक्ति-रलं-कार:। वसन्ततिलकं छन्द:।

व्याकरणम्

समासा:- फलाभिलाषी- फलस्य अभिलाष: फलाभिलाष: अस्य अस्तीति
प्रतिमूल्यं- मूल्यस्य प्रतिरूपम् (अव्ययीभाव:)

प्रकृति-प्रत्यय निरूपणम्- अभीक्ष्य- अभि +इक्ष् +ल्यप्
अभिलाषी- अभि +लस् +घञ् +इन्
विक्रेतुम्- विक्री +तुमुन्
इष्टम्- इषु +क्त
जगाद- गम् +लिट्
दीर्घतरा- दीर्घ +तरप् +टाप्

अव्ययपदम्- रहसि

छन्द:- वसन्ततिलकम्

अलंकार:- अतिशयोक्ति:

प्रथम प्रणय:
(First Love)

युवा विलासी निजपल्लिवल्लरीं विचुम्ब्य तानं प्रकरोति गीतिकाम् ।
प्रियासुदूरेक्षणदत्त-सूचनैः च्छाया वनाप्ताऽतनुना वितन्यते ।। २१ ।।

अन्वय: विलासी युवा निजपल्लिवल्लरीं विचुम्ब्य तानं गीतिकां प्रकरोति। प्रियासुदूरेक्षणदत्तसूचनैः अतनुना वनाप्ता च्छाया वितन्यते।

English: An amorous youngman kissing well his own hamlet-grown-creepers elongates a rhythmic love song. By beloved's eye-extended (amorous) gestures from afar, the beauty of the grove expands excessively.

ଓଡ଼ିଆ: କୌଣସି ଏକ ବିଳାସୀ ଯୁବକ ନିଜ ପଲ୍ଲୀର ଲତିକାକୁ ଚୁମ୍ବନ ପୂର୍ବକ ସ୍ୱରଲହରୀରେ ପ୍ରଣୟଗୀତିକା ଗାନ କରୁଅଛି । ସୁଦୂରରୁ ପ୍ରିୟାର ନେତ୍ର-ପ୍ରଦତ୍ତ-ସଙ୍କେତ ଦ୍ୱାରା ବନଭୂମିର ଶୋଭା ଅଧିକରୁ ଅଧିକ ପ୍ରସାରିତ ହୋଇଉଠୁଛି ।

हिन्दी : **कोई एक विलासी युवक अपने गाँव की लता को चुमता हुआ स्वर को लहराता हुआ प्रणयगीत गा रहा है। बडी दूर से प्रिया के नेत्र प्रदत संकेत से वन-भूमि की शोभा अधिक से अधिक प्रसारित हो उठती है।**

प्रकाशिका: अत्र कवि: प्रथम-प्रणय-वर्णनाभिलाषी कथयति इत्थम्-विलास: शृङ्गारचैष्टाविशेष: अस्य अस्तीति तादृश: युवा निज-पल्ल्या: स्थितां वल्लरीं लतां पक्षे तरूणीं लता अत्र तरुणीत्वेन अध्यवसिता। विचुम्ब्य विशेषरूपेण चुम्बनं प्रेम-सर्वस्वं प्रदाय तानं उच्चै: गीतिकां प्रकरोति गीतं गायति। यथा लोके जन: आनन्दित: उच्चै: गीतं गायति तथैव कृतवान् अयं युवा इत्यर्थ:।

प्रियया प्रियतमया सुदूरात् बहुदूरात् ईक्षणेन नयनेन दत्तसूचनैः प्रदत्त-इङ्गितैः अतनुना नास्ति तनुः शरीरं यस्य स अतनुः नाम कन्दर्पः तेन । भगवतः शिवस्य क्रोधाग्निना भस्मतां गत एष मदनः। तदारभ्य स अतनुः संजातः इति पौराणिकी वार्ता। वनाप्ताच्छाया वितन्यते विस्तार्यते। अत्रातिशयोक्तिरलंकारः, छन्दः वंशस्थविलम्।

व्याकरणम्

समासाः- निजपल्लिवल्लरीम्- निजस्य पल्ली तस्याः वल्लरीम्।

प्रिया-सुदूरेक्षणदत्तसूचनैः- सुदूरात् ईक्षणं सुदूरेक्षणं (प.त.) प्रियायाः सुदूरेक्षणं (ष.त.) तेन दत्तं सूचनं तैः

वनाप्ता- वनं आप्ता (द्वि.त.)

प्रकृति-प्रत्यय निरूपणम्- विलासी- वि +लस् +घञ् +इन्

विचुम्ब्य- वि +चुम्ब् +ल्यप्

आप्ता- आप् +क्त +टाप्

छन्दः- वंशस्थविलम्।

अलंकारः- अतिशयोक्तिः।

प्रणयमान:
(Arrogance of Love)

विमुक्तमाला कवरीविलोकनात् प्रियार्पितस्रक् परमाभिमानिनी।
पश्चात् सुतल्पोपरिनीत गर्विताऽभूत् चाटुवाग्भि: प्रमदा प्रहर्षिणी ।।२२।।

अन्वय: विमुक्तमालाकवरी विलोकनात् प्रियर्पितस्रक् परमाभिमानिनी पश्चात् सुतल्पोपरिनीतगर्विता प्रमदा (प्रियतमस्य) चाटुवाग्भि: प्रहर्षिणी अभूत्।

English: By the sight of the garland-free-knot of her tresses and enjoined with the same by the lover, she became very much arrogant. Later on proud of being taken into the beauteous bed with the words of flattery, the amorous lady betrayed her happiness exceedingly.

ଓଡ଼ିଆ: ମାଳା ଖସିଥିବା କବରୀକୁ ଦେଖିବା ପରେ ପ୍ରିୟପ୍ରଦତ୍ତ ମାଳାରେ ପରମାଭିମାନିନୀ ସାଜିଥିବା ଓ ପରେ ଚାଟୁବାଣୀଦ୍ୱାରା ସୁନ୍ଦରତଳ୍ପକୁ (ପ୍ରିୟଦ୍ୱାରା) ନିଆଯାଇଥିବା ପ୍ରମଦା ହର୍ଷୋଲ୍ଲାସମୟୀ ହୋଇଉଠିଥିଲେ ।

हिन्दी : माला खिसके हुए जुडे को देखने के बाद प्रिय प्रदत्त माला से पराभिमानिनी बनी और फिर चाटु वाणी से सुन्दर विस्तर पर (प्रिय द्वारा) ली गई प्रमदा हर्षोल्लासमयी हो उठी थी।

प्रकाशिका: अत्र कवि: नायिकाया: कस्याश्चित् प्रणयमानं वर्णयन् आह- विमुक्त इति। प्रथममत्र नायिका अभिमानिनी तत: परं गर्विता तत: परं प्रहर्षिणी अस्ति। प्रथमं कथं सा अभिमानिनी इत्याह- विमुक्ता माला यस्या: तद्विशिष्टा कवरी यस्या: कवर्या: माला विमुक्ता वर्तते इत्यर्थ:। तथाभूताया: कवर्या: विलोकनात् दर्शनात् प्रियेण अर्पितस्रजा दत्तमालया परमाभिमानिनी अत्यन्तं

अभिमानवती जाता। अत्र अभिमानस्य कारणाभावेऽपि सा अभिमानिनी इति वर्णनात् विभावनालंकार:। पश्चात् तदनु शोभन: तल्प: शय्या तदुपरि नीतेयं गर्विता जाता। अनन्तरं प्रियतमस्य चाटुवाग्भि: चाटुवचनै: सा प्रमदा प्रकर्षेण हर्षिणी संजाता आनन्दिता अभवत् इत्यर्थ:।

व्याकरणम्

समासा:- विमुक्तमाला-कवरी-विलोकनाम्- विमुक्ता माला यस्या: सा (बहुव्रीहि:) विमुक्तमाला च सा कवरी (क.धा.) विमुक्तमालाकवर्या: विलोकनं (ष.त.) तस्मात्

प्रियार्पितस्रक्परमाभिमानिनी- प्रियेण अर्पिता, प्रियार्पिता च सा स्रक् प्रियार्पितस्रक्, तया परमाभिमानिनी

सुतल्पोपरिनीतगर्विता- सुतल्पस्य उपरि नीता च सा गर्विता चेति

चाटुवाग्भि:- चाटु च सा वाक् ताभि:

प्रकृति-प्रत्यय निरूपणम्-

विमुक्त- वि +मुच् +क्त

अर्पित:- अर्प +क्त

गर्विता- गर्व +इन् +तल्

प्रहर्षिणी- प्र +हर्ष +इन् +ङीप्

छन्द:- वंशस्थविलम्।

अलंकार:- विभावना।

पुरुषायिता
(Reverse Coition)

तल्ली सुमल्लिस्मितवाङ्मतल्लिका तानूरशोभां प्रतनोति नाभिकाम्।
स्रस्तात्मवस्त्रान्तर किंकिणी-खनादुन्मादिकाभाऽ भवदक्षिरञ्जना ।।२३।।

अन्वय: सुमल्लिस्मितवाङ्मतल्लिका तल्ली नाभिकां तानूरशोभां प्रतनोति। स्रस्तात्मवस्त्रान्तर किङ्किणीस्वनात् उन्मादिका आभा अक्षिरञ्जना अभवत्।

English: A youthful woman with excellence of expression alongwith her smilings of jasmine-glow, spreads out the whirlpool-beauty of her naval cavity. By the tinkling note of the waist band after the dropping of her apparels, the tempting beauty became the feast of the eyes (of the lover).

ଓଡ଼ିଆ: ସୁନ୍ଦର ମଲ୍ଲିକାଧବଳ ସ୍ମିତହାସଭରା ମଧୁର ଉଚ୍ଚାରଣ ସହିତ ଯୌବନବତୀ (ତରୁଣୀ) ନିଜ ନାଭିପ୍ରଦେଶର ଭଉଁରୀ-ଶୋଭାକୁ ବିସ୍ତାର କରୁଛନ୍ତି । ନିଜ ପରିଧାନ ଖସିଯିବାପରେ ମେଖଳାର ଝଣଝଣ ତାନରେ (ନାୟିକାର) ଉନ୍ମାଦିନୀ ଶୋଭା (ନାୟକର) ନେତ୍ରବିନୋଦିନୀ ହୋଇଯାଇଛି ।

हिन्दी : सुन्दर मल्लिका सा श्वेत हास भरे मधूर उच्चारण के साथ यौवन प्राप्त (तरुणी) अपने नाभी-प्रदेश की भावँर शोभा का विस्तार कर रही हैं। अपने परिधान के खिसक जाने पर करधनी की रुनझुन तान से (नायिका की) उन्मादिनी शोभा नेत्र-विनोदिनी हो गई है।

प्रकाशिका: अत्र कवि: पुरुषयितां वर्णयन् आह तल्ली-सुमल्लि- इत्यादि। शोभना इयं मल्लि: स्मितं ईषत् हास्यं तेन स्मितेन बाङ्मतल्लिका

वाक् प्रशस्ता यस्या: सा तथाभूता तल्ली यौवनवती तरुणी इत्यर्थ:। "मतल्लिकामचर्चिका प्रकाण्डमुद्घतल्लजौ। प्रशस्त वाचकान्यमूनि" इत्यमर: (१.४.२७)। नाभिकां नाभिप्रदेशस्थितां तानूर-शोभां तानूर: जलविभ्रम: इत्यर्थ:, तस्य शोभां प्रतनोति विस्तारयति। स्रस्तात्मवस्त्रान्तर किङ्किणीस्वनात् स्रस्तं स्खलितं यत् आत्मवस्त्रं निजवसनं तस्य अन्तरे व्यवधाने काले अनुपस्थितौ किङ्किणीस्वनात् झणझणायमानाया: मेखलाया: स्वनात् शब्दात् उन्मादिका आभा नायिकाया: उन्मादिनी शोभा अक्षिरञ्जना नेत्रविनोदिनी अभवत्। छन्दोऽत्र वंशस्थविलम्।

व्याकरणम्

समासा:- सुमल्लिस्मित वाङ्मतल्लिका- सुमल्लिवत् स्मितं तेन वाङ्-मतल्लिका या सा

तानूरशोभां- तानूरस्य शोभाम्

स्रस्तात्मवस्त्रान्तर-किङ्किणी-स्वनात्- आत्मन: वस्त्रं आत्मवस्त्रम् स्रस्तं च तत् आत्मवस्त्रं तस्य अन्तरं (व्यवधानं) तस्मिन् (काले) किङ्किण्या: स्वन: तस्मात्

उन्मादिकाभा- उन्मादिका च सा आभा

अक्षिरंजना- अक्षिणी रंजयति या सा

प्रकृति-प्रत्यय निरूपणम्-

वाक्- वच् +क्विप्

प्रतनोति- प्र +तन् +तिप्

स्रस्त:- स्रंस् +क्त

उन्मादिका- उत् +मद +णिच् +क +टाप्

छन्द:- वंशस्थविलम्।

अतृप्तकेलि:
(Unsatiated Amorous Sports)

वातायने दर्शित केशचुम्बनादधीरवृत्ति: शुनकेन तर्जित:।
विलंघ्य शालं तरसा विनिर्गमात्तारुण्यतृष्णा व्यपनीतशृङ्खला ।। २४।।

अन्वय: वातायने (कस्याश्चित् तरुण्या:) दर्शितकेशचुम्बनात् (परं) अधीरवृत्ति: (कश्चित् युवा) शुनकेन तर्जित:। तरसा शालं विलंघ्य विनिर्गमात् तारुण्यतृष्णा व्यपनीत शृङ्खला (जाता)।

English: After kissing the tresses (of the lady-love) exposed through the window a frightful youngman was hounded by a dog. Because of his quick deparature by swift crossing of the compound wall that the passion of youth is free from restrain.

ଓଡ଼ିଆ: ବାତାୟନରେ (ପ୍ରଣୟିନୀର) ପଦର୍ଶିତ କେଶକୁ ଚୁମ୍ବନ କରିଥିବା ଅଧୀର ସ୍ୱଭାବ (ନବତରୁଣ) କୁକ୍କୁରର ଭୋଭୋ-ଶବ୍ଦରେ ଭୟାତୁର ହୋଇ ପ୍ରାଚୀର ଅତିକ୍ରମ ପୂର୍ବକ ବହିର୍ଗତ ହୋଇଯାଇଥିବାରୁ ତାରୁଣ୍ୟ-ତୃଷ୍ଣା ଶୃଙ୍ଖଳାରହିତ ହୋଇଉଠିଛି ।

हिन्दी : वातायन में (प्रणयिनी के) प्रदर्शित केश को चुमने वाला अधीर स्वभाव (नौजवान) कुत्ते के भौंकने से भयातुर होकर दीवार फांदकर बहिर्गत हो जाने के कारण तारुण्य-तृष्णा शृंखलारहित हो उठा है।

प्रकाशिका: अत्र कवि: कस्यचित् तरुणस्य अतृप्तकेलित्वं वर्णयन् आह - वातायने इति।

वातायने वातस्य पवनस्य अयने मार्गे गवाक्षे इत्यर्थ: दर्शितकेशचुम्बनात् केशचुम्बनदर्शनस्य उद्दीपकत्वात् अधीरवृत्ति: अधीरा अस्थिरा वृत्ति: वर्तमानता यस्य स: तथाभूत: कश्चित् युवा शुनकेन

तर्जित: कुक्कुरेण भयभीत: तरसा शीघ्रं शालं गृहं प्राचीरं वा विलंघ्य लंघनं कृत्वा विनिर्गतात् हेतो: तारुण्यतृष्णा तरुणस्य भाव: तारुण्यं तस्य तृष्णा पिपासा व्यपनीत शृङ्खला व्यपनीतं शृङ्खलं यया सा व्यपनीतशृङ्खला जाता। तारुण्य तृष्णा अतृप्ता संयाता इत्यभिप्राय:। यौवनपिपासा स्पृहा वा न शान्ता जाता इति यावत्। अत्र वंशस्थविलं छन्द:। काव्यलिङ्गं च अलंकार:।

व्याकरणम्

सामसा:- दर्शितकेशचुम्बनात्– दशिाता: केशा: तेषां चुम्बनम्

अधीरवृत्ति:- न धीरा अधीरा वृत्ति: सस्य स: (बहुव्रीहि:)

व्यपनीतशृङ्खला- व्यपनीत: शृङ्खल: यस्या: सा (बहुव्रीहि:)

प्रकृति-प्रत्यय निरूपणम्-

दर्शित- दृश् +क्त
तर्जित: तर्ज +क्त
विलंघ्य- वि +लंघ् +ल्यप्
विनिर्गम:- वि +निर् +गम् +अच्
व्यपनीत- वि +अप +नी +क्त

छन्द:- वंशस्थविलम्।

अलंकार:- काव्यलिङ्गम्।

हर्षोन्माद:
(Rapture)

पर्य्यङ्कलग्ने मुकुरे सुबिम्बितां बाला ददर्श स्खलितां खशाटिकाम्।
ताम्बूल दातृ-प्रिय चाटु-चञ्चला प्रीता नता काममुदातिकम्पिता। ।। २५ ।।

अन्वय: बाला पर्य्यङ्कलग्ने मुकुरे सुबिम्बितां स्खलितां स्वशाटिकां ददर्श। ताम्बूलदातृप्रिय चाटुचञ्चला (सा) प्रीता नता काममुदा अतिकम्पिता (जाता)।

English: A young woman saw her shipped off saree reflected in the mirror attached to the couch of the bedstead. Agitated by the flattery of the betel-giving-lover, she, delighted at heart, casting her face down (in shyness) started experiencing horripilation with the joy of love.

ଓଡ଼ିଆ: ନବଯୁବତୀ (ବାଳା) ନିଜର ଖସିପଡ଼ିଥିବା ଶାଢ଼ୀକୁ ପଲଙ୍କ ଖଚିତ ମୁକୁରରେ ସୁନ୍ଦର ଭାବରେ ପ୍ରତିବିମ୍ବିତ ହୋଇଥିବାର ଦେଖିପାରିଥିଲେ। ଖିଲିପାନ ଭରିଦେଉଥିବା ପ୍ରିୟର ଚାଟୁକଥାରେ ଚଞ୍ଚଳା ହୋଇଉଠି ସେ ପ୍ରୀତିଭରା ହୃଦୟରେ ନତମୁଖୀ ହୋଇ (ଲାଜରେ) ମଦନାନନ୍ଦରେ ଅଧିକରୁ ଅଧିକ ଶିହରି ଉଠିଲେ।

हिन्दी : नवयुवती (बाला) अपनी खिसकी हुई साडी को पलंक खचित दर्पण में बडी सुन्दरता से प्रतिबिम्बित होती हुई देख पायी थी। पान बनाने जैसी प्रिय की चाटु बातों से चंचल हो उठी वह प्रीति भरे हृदय में नतमुख हो (शर्म से) मदनानन्द से अधिक से अधिक शिहर उठी।

प्रकाशिका: अत्र कवि: कस्याश्चित् कुमार्या: हर्षोन्मादत्वं वर्णयन् आह -

पर्य्यङ्कलग्ने इति। बाला कुमारी पर्य्यङ्कलग्ने पल्यङ्कलग्ने "मञ्च पर्य्यङ्क पल्यङ्का:" इत्यमर: (२.६.१३८) मुकुरे दर्पणे सुबिम्बितां शोभनतया बिम्बितां प्रतिफलितां स्खलितां च्युतां स्वशाटिकां निजपरिधान वसनं ददर्श अपश्यत्। (पश्चात् भागे आगत्य) ताम्बूलदाता य: प्रिय: तस्य चाटुवाचा चञ्चला अस्थिरा प्रीता हर्षिता नता नम्रशीला कामेन कन्दर्पेण वशीभूता सा मुदा आनन्देन अतिकम्पिता अत्यन्तं कम्पनशीला अभवत्। अत्र वंशस्थविलं छन्द:। कम्पनाख्य: सात्त्विक भाव:।

व्याकरणम्

समासा:- पर्य्यङ्कलग्न:- पर्य्यङ्के लग्न: (स.त.)

स्वशाटिका- स्वस्य शाटिका (ष.त.)

ताम्बूलदातृप्रियचाटुचञ्चला- ताम्बूलस्य दाता स एव प्रिय: तस्यचाटु: तै: चञ्चला या सा

काममुदा- कामस्य मुद् तया

प्रकृति-प्रत्यय निरूपणम्-

पर्य्यङ्क:- परि +अङ्क +घञ्

लग्न:- लग् +क्त

बिम्बित:- विम्ब +क्त

स्खलिता- स्खल् +क्त +टाप्

प्रीता- प्रीङ् +क्त +टाप्

नता- नम् +क्त +टाप्

अतिकम्पिता- अति +कम्प् +क्त +टाप्

छन्द:- वंशस्थविलम्।

उपच्छन्दनम्
(Coaxing)

स्मितं नताङ्के मधुराभिमानिनी[9] तन्वी स्वतल्पे त्वरितं निमज्जति।
लवङ्गदानाद्रसिकानुलालिता बाला बलात्[10] क्षिपति मान मौक्तिकम्।।२६।।

अन्वय: मधुराभिमानिनी तन्वी अङ्के स्मितं नता स्वतल्पे त्वरितं निमज्जति। (प्रियेण) लवङ्गदानात् अनुलालिता रसिका बाला बलात् मानमौक्तिकं क्षिपति।

English: Pleasantly affected by arrogance the lovely lady smilingly bending in the lap sleeps in the couch of the bed-stead immediately. Coaxed by the lover with the gift of cloves, the young woman, an appreciator of excellence, perforce throws off the pearls of arrogance.

ଓଡ଼ିଆ: ମଧୁରାଭିମାନିନୀ ତନ୍ୱୀ (ପ୍ରିୟର) କୋଳରେ ହସହସ ମୁଖରେ ନଇଁଯାଇ ତତ୍କ୍ଷଣାତ୍ ନିଜ ଶେଯରେ ଗଭୀର ନିଦରେ ଶୋଇପଡ଼ିଲେ । ଲବଙ୍ଗଦାନରେ (ପ୍ରିୟଦ୍ୱାରା) ଅନୁଲାଳିତା ହୋଇ (ତୋଷାମଦରେ ଖୁସି ହୋଇ) ସୁରସିକା ନବଯୁବତୀ ବଳପୂର୍ବକ ମାନମୁକ୍ତାକୁ ଫିଙ୍ଗିଦେଇଥିଲେ ।

हिन्दी : मधुराभिमानिनी तन्वी (प्रिय की) गोद में हँसती हुई झुक गई और तुरन्त अपनी शय्या पर गहरी नींद में सो गई। (प्रिय द्वारा) लौंग के दान से अनुलालिता होकर (खुशामद से खुश होकर) सुरसिका नव युवती ने बलपूर्वक मान मुक्ता को फेंक दिया था।

प्रकाशिका: अत्र कवि: कस्याश्चित् रसिकायास्तन्व्या: मानभञ्जनं वर्णयन् आह - स्मितम् इत्यादि। मधुरं यत् अभिमाननं तत् अस्या: अस्तीति। तन्वी रमणी, स्मितं ईषत् हास्यं यथा स्यात् तथा, अङ्के क्रोडे नता नमनशीला, स्वतल्पे निजशय्यायाम् "तल्पं

शय्याट्टदारेषु" इत्यमरः (३.३.१३१)। त्वरितं शीघ्रं, निमज्जति निःशेषेण मज्जति शेते, निगूढं शेते इत्यर्थः। तदनु प्रियतमेन लवङ्गस्य प्रेम्णः उपहारविशेषस्य दानात् प्रदानात् अनुलालिता, रसिका रसवती सा तस्याः मान एव मौक्तिकः तं क्षिपति दूरीकरोति, मानं त्यजति इत्यर्थः। अत्र वंशस्थविलं छन्दः।

व्याकरणम्

समासाः- मधुराभिमानिनी- मधुरं च तत् अभिमाननं (क.धा.)
मधुराभिमाननं अस्ति यस्याः सा (बहुव्रीहिः)
स्वतल्पे- स्वस्य तल्पं (ष.त.) तस्मिन्
लवङ्गदानात्- लवङ्गस्य दानं (ष.त.) तस्मात्
रसिकानुलालिता- रसिकेन अनुलालिता (तृ.त.)
मानमौक्तिकम्- मान एव मौक्तिकम् (रू.क.धा.)

प्रकृति-प्रत्यय निरूपणम्-

अभिमानिनी- अभि +मान +इन् +ङीप्
निमज्जति- नि +मज्ज् +तिप्
अनुलालिता- अनु +लाल् +क्त +टाप्

छन्दः- वंशस्थविलम्।

अधमप्रणयी
(A Mean Lover)

नवयुवा[11] तिमिरे परिचारिकां लपति रे सभयं सखि कामिनीम्।
स्वकर हेम-समर्पण-तेजसा तरलता नवतापनसंगता[12] ।। २७।।

अन्वय: रे सखि! नवयुवा तिमिरे परचिारिकां कामिनीं सभयं लपति। स्वकरहेम-समर्पण-तेजसा तरलता नवतापनसंगता (अस्ति)।

English: Oh my friend! in dense darkness a young man fearfully whispers to the passionate maid. With the glow of the presentation of gold (ornament) by his own hand the tremor is added to the fresh passionate fervour.

ଓଡ଼ିଆ: ହେ ସଖି! ନବଯୁବା ଅନ୍ଧକାର ଭିତରେ ପରିଚାରିକାକୁ ଭୟରେ ଭୟରେ ଚୁପିଚୁପି କହିଚାଲିଛି। ସ୍ୱହସ୍ତରେ ପ୍ରଦତ୍ତ ସୁବର୍ଣ୍ଣ ଉପହାରର (ସୁବର୍ଣ୍ଣ ଅଳଙ୍କାରର) ଝଟକରେ ଚଞ୍ଚଳତା ନବୀନ (କାମ) ସନ୍ତାପରେ ମିଶିଯାଇଛି।

हिन्दी : हे सखी ! नव युवा अन्धकार के बीच परिचारिका से डर के मारे फुसफुसाकर कहती जा रही थी। अपने हाथों प्रदत्त स्वर्ण (अलंकार) उपहार की चमक से चंचलता नवीन (काम) संताप में घुलमिल गई है।

प्रकाशिका: रे सखि! वयस्ये! नवयुवा नवतरुण: तिमिरे अन्धकारे परिचारिकां किंकरीं दासीमिति यावत्। कामिनीं काम: अस्या: अस्तीति ताम्, सभयं भयेन सह वर्तमानं यथा स्यात् तथा लपति सधीरं वदति इत्यर्थ:। तदनु स्वकरहेम-समर्पण-तेजसा स्वकरे परिहितं यत् हेमकटकं स्वर्णवलय: तस्य समर्पणात् उत्तोलनात् यत् तेज: दीप्ति: तेन। तरलता नवतापन संगता, तरलतया चञ्चलतया नवं नूतनं यत् तापनं तेन संगता तापयुक्ता कामेन

संतापवती जाता इत्यर्थ:। अत्र द्रुतविलम्बितं छन्द:। द्रुतविलम्बितमाह "नभौ भरौ" इति तल्लक्षणम्।

व्याकरणम्

समासा:- नवयुवा- नवश्चासौ युवा (क.धा.)

स्वकरहेमसमर्पण तेजसा- स्वस्य कर: स्वकर: (ष.त.) स्वकरस्य हेम (ष.त.) स्वकरहेम्न: समर्पणात् तेज: (प.त.) तेन

नवतापनसंगता- नवं च तत् तापनं नवतापनं (क.धा.) नवतापनेन संगता (तृ.त.)

प्रकृति-प्रत्यय निरूपणम्-

परिचारिका- परि +चर् +घञ् +ठन् +टाप्

समर्पणम्- सम् +अर्प +ल्युट्

तरलता- तरल +तल् +टाप्

तापनम्- ताप +ल्युट्

संगता- सम् +गम् +क्त +टाप्

छन्द:- द्रुतविलम्बितम्।

मदनलेखिका
(Authoress of Love Letter)

मदनलेखपरा त्वतिशङ्किनी सखिजनागमने च्छलभाषिणी।
प्रियकथा स्मरणैः परिहासिता तनुनता नवतापनसंगता ।। २८ ।।

अन्वयः (सा) तु अतिशङ्किनी मदनलेखपरा सखिजनागमने छलभाषिणी प्रियकथास्मरणैः परहिासिता तनुनता नवतापनसंगता (जाता)।

English: Very much frightful while deeply engaged in composing a billet-duox, she started speaking pretentiously at the arrival of her confidantes. Joked at (by the friends) with the remindings of an amusing story (of love), she, of drooping from, started experiencing fresh passionate fervour.

ଓଡ଼ିଆ: ଶଙ୍କାଭରା ହୃଦୟରେ ପ୍ରେମ-ପତ୍ର ଲେଖାରେ ହଜିଯାଇଥିବା ନାୟିକା ସଖୀଗଣଙ୍କ ଆଗମନରେ ଛଳକଥା କହିବାକୁ ଆରମ୍ଭ କଲେ। ପ୍ରିୟକଥାର ସ୍ମୃତିଜାଗରଣରେ (ସଖୀଗଣଦ୍ୱାରା) ପରିହାସିତା ହୋଇଥିବା ସେହି ଯୌବନବତୀ (ଈଷତ୍ ନତ-ଶରୀରା) ନବୀନ ପ୍ରଣୟ-ତାପକୁ ଅନୁଭବ କରିବାକୁ ଲାଗିଲେ।

हिन्दी : शंकित हृदय में प्रेम-पत्र लिखने में खोई हुई नायिका सखियों के आगमन से छलनामयी बातें करनी शुरु कर दी। प्रिय कथा के स्मृति जागरण से (सखियों द्वारा) परहिासिता हुई उस यौवनवती (इषत् नतशरीर होकर) नवीन प्रणय-ताप को अनुभव करने लगी।

प्रकाशिका: अत्र कविः तन्व्याः मदनलेखिकात्वं वर्णयन् आह- मदनलेखपरा इत्यादि। पूर्वोक्ता सा तन्वी शङ्काशालिनी, मदनलेखपरा मदनस्य कन्दर्पस्य लेखनपरा प्रेमपत्ररचनपरा इत्यर्थः, सखिजनानां आगमने सति छलभाषिणी कपटभाषिणी, प्रियकथास्मरणैः

प्रियतमस्य कथानां स्मरणैः, परिहासिता, परिहसनं परिहासः परिहासं कृता परीहासिता। "उपसर्गस्य घञि" इति सूत्रेण दीर्घः तस्मात् परीहासः इति साधुः। परन्तु "परहासः" इत्यस्य प्रयोगसाधुताऽपिविद्यते कालिदासप्रभृतीनां महाकवीनां काव्येषु। त्वराप्रस्तावोऽयं न खलु परहासस्य विषयः" (मालविकाग्निमित्रम्, ९.४४), "परहासपूर्वम्" (रघुवंशः, ६.८२), "परहासविजल्पितं सखे"- (शाकुन्तलम्, २.१८)। पुनरपि कुमारसम्भवम्, (७.१९), शिशुपालपवधम् (१०.१२) इत्यत्रोऽपि बहुशः दृश्यते। तथाभूता तनुनता पृथुला इत्यर्थः। नवतापनसंगता नवं नूतनं यत् तापनं तापः मदनसंतापः इत्यर्थः तेन संगता कामवाणप्रपीडिता संजाता इति भावः। अत्र अन्त्यानुप्रासः पूर्ववत् द्रुतविलम्बितं छन्दः।

व्याकरणम्

समासाः- मदनलेकपरा- मदनस्य लेखः (ष.त.)

मदनलेखः परः प्रधानः यस्याः सा (बहुव्रीहिः)

अतिशङ्किनी- अति शङ्का अस्याः अस्तीति

सखिजनागमने- सखिजनस्य आगमनं तस्मिन्

चलभाषिणी- छलं भाषते या सा (बहुव्रीहिः)

प्रियकथा- प्रियस्य कथा अथवा प्रिया च सा कथा

तनुनता- तनु नतं यस्या सा (बहुव्रीहिः)

नवतापनसंगता- नवं च तत् तापनं (क.धा.) तेन संगता (तृ.त.)

प्रकृति-प्रत्यय निरूपणम्- परिहासिता- परि +हस् +णिच् +क्त +टाप्

संगता- सम् +गम् +क्त +टाप्

अलंकारः- अनुप्रासः।

छन्दः- द्रुतविलम्बितम्।

अनुभावमयी
(Lovely Lady)

कासारे पद्मसारे परिमलवपुषा पद्मिनी पद्मनेत्रा
मन्दं तारुण्ये तन्वी सुगठितवलयं हेमकुम्भं वहन्ती।
सोपाने साम्यसौम्ये घटरटितकलं क्षीणयन्त्यात्मकाञ्च्या[13]
दूरात् क्षिप्त्वा कटाक्षं युवजनहृदये दत्तकम्पा प्रयाति ।। २९।।

अन्वय: तारुण्ये पद्मनेत्रा पद्मिनी तन्वी परिमलवपुषा पद्मसारे कासारे सुगठितवलयं हेमकुम्भं मन्दं वहन्ती साम्यसौम्ये सोपाने आत्मकाञ्च्या घटरटितकलं क्षीणयन्ती दूरात् कटाक्षं क्षिप्त्वा युवजनहृदये दत्तकम्पा प्रयाति।

English: At her youth a willowy lotus-eyed erotic lady bearing a perfume-smeared body present in a lotus-verdant pool, with well-decorated circles, (and) diminishing the indistinct sweet sound of the pitcher by the the jingling note of her waist-band on the symmetrically patterned beautiful steps (of the pool), (she) casting her blinkings from a distance and creating tremor in the heart of the youth, leaves at her own pace excellently.

ଓଡ଼ିଆ: ତାରୁଣ୍ୟ ଭୋଗକରୁଥିବା କୌଣସି ଏକ ସୁନ୍ଦରୀ (ତନୁପାତଳୀ) ସୁରଭିତଦେହା ପଦ୍ମନେତ୍ରା ପଦ୍ମିନୀନାୟିକା (କୌଣସି ଏକ) ପଦ୍ମପୂରିତ ପୁଷ୍କରିଣୀରେ ସୁଗଠିତବଳୟଶୋଭିତ ସୁବର୍ଣ୍ଣକଳସୀ ବହନ କରି, ନିଜ ପରିହିତ ମେଖଳା-ସ୍ୱନରେ ଘଟରଟିତ କଳକଳ ନାଦକୁ କ୍ଷୀଣ କରିବା ସହିତ ଦୂରରୁ କଟାକ୍ଷ ନିକ୍ଷେପ ପୂର୍ବକ ଯୁବଜନହୃଦୟରେ କମ୍ପନ ସୃଷ୍ଟିକରି ସୁନ୍ଦର ମଧୁର ଠାଣିରେ ଚାଲିଯାଉଅଛି ।

हिन्दी : तारूण्य-भोग करनेवाली कोई सुन्दरी (पतली-सी) सुरभित शरीरवाली कमलनयनी पद्मिनी नायिका (किसी एक) भरेपूरे तालाव में सुगठित वलय शोभित स्वर्णकलस धोती हुई अपनी परिचित मेखला की आवाज से घट-निसृत कलकल ध्वनि को क्षीण करती हुए दूर से कटाक्ष करती हुई युव जनों के हृदय में कंपन पैदा करती सुन्दर एवं मधुर मुद्रा में चली जा रही है।

प्रकाशिका: अत्र कवि: तन्व्या: कस्याश्चित् अनुभावमयीत्वं वर्णयन् आह- कासारे इत्यादि। पद्मवत् नेत्रे नयने यस्या: सा, पद्मिनी पद्मिनीजातीया स्त्री पद्मवत् सुवासिता इत्यर्थ: "पद्मिनी पद्म-संघाते स्त्रीविशेषे सरोम्बुजे" इति मेदिनी। तथाभूता तन्वी रमणी परिमलं वपु: तेन, पद्मसारे पद्मप्रधाने कासारे पुष्करिण्यां तारुण्ये तरुणावस्थायां, शोभनतया गठित: वलय: तम्, हेमकुम्भं हेमनि-र्मितं घटं मन्दं ईषत् यथा स्यात् तथा (क्रियाविशेषणमेतत्) वहन्ती धारयन्ती साम्येन सौम्यं रमणीयं तस्मिन्, सोपाने पाषाणनि-र्मित-आरोहणे "आरोहणं स्यात् सोपाने" इत्यमर: (२.३.१८)। आत्मन: काञ्च्या कटीमेखलया घटेन कुम्भेन रटितं विहितं कलं स्वनम् क्षीणयन्ती क्षीणं कुर्वती, दूरात् युवजनहृदये युवा चासौ जन: तस्य हृदये दत्तकम्पा दत्त: कम्प: यया सा तथाभूता प्रयाति प्रकर्षेण याति गच्छति। अत्र स्रग्धरा छन्द:।

व्याकरणम्

समासा:- पद्मसारे- पद्मं सारं यस्य स (बहुव्रीहि:) तस्मिन्
परिमलवपुषा परमिलं च तत् वपु: तेन
पद्मनेत्रा- पद्मे इव नेत्रे यस्या: सा (बहुव्रीहि:)
सुगठितवलयं- सुगठिता: वलया: यस्य स (बहुव्रीहि:)
तम् हेमकुम्भम्- हेमनिर्मित: कुम्भ: (म.प.लो.क.धा.) तम्

साम्यसौम्ये- साम्येन सौम्यं (तृ.त.) तस्मिन्

घटरटितकलम्- रटित: चासौ कल: (क.धा.) रटितकल:, घटेन रटितकल: (तृ.त.) तम्

आत्मकाङ्क्षया- आत्मन: काङ्क्षया

युवजनहृदये- युवजनस्य हृदये

दत्तकम्पा- दत्त: कम्प: यया सा (बहुव्रीहि:)

प्रकृति-प्रत्यय निरूपणम्-

वहन्ती- वह +शतृ +ङीप्

क्षीणयन्ती- क्षीण +शतृ +ङीप्

क्षिप्त्वा- क्षिप् +क्त्वाच्

प्रयाति- प्र +या +तिप्

छन्द:- स्रग्धरा।

हंसरति:
(Swan's Delight)

स्वरूपदीप्त्या जलगर्भविम्बिता वराटिका हंसवरेण गच्छति।
सरागचञ्चू: कलनादमानिनी शोभा सुरम्या सतरङ्गगामिनी ।। ३० ।।

अन्वय: स्वरूपदीप्त्या जलगर्भ बिम्बिता सरागचञ्चु: कलनादमानिनी सुरम्या शोभा सतरङ्गगामिनी वराटिका हंसवरेण गच्छति।

English: With the lustre of her body reflected in water, bearing a lovely beak, arrogant with indistinctive cackling note, of enjoyable beauty, swimming the waves the she-swan moves with her darling gander.

ଓଡ଼ିଆ: ଜଳରେ ନିଜର ରୂପକାନ୍ତି ପ୍ରତିଫଳିତ ହୋଇଥିବା, ସରାଗଚଞ୍ଚୁ ଧାରଣ କରିଥିବା, କଳନାଦରେ ମାନିନୀ ହୋଇଉଠିଥିବା ରମଣୀୟ ଶୋଭାଧାରିଣୀ ତରଙ୍ଗଗାମିନୀ ବରାଟିକା ହଂସବର ସହିତ (ପହଁରି ପହଁରି) ଚାଲିଯାଉଛି ।

हिन्दी : **जल में अपनी रुप शोभा प्रतिफलित होता, सराग चंचु धारण करता कल नाद से मानिनी हेनेवाली रमणीय शोभाधारिणी वराटिका हंसवर के साथ (तैरती) चली जा रही है।**

प्रकाशिका: अत्र कवि: हंसक्रीडां वर्णयन् गदतीत्थम् स्वरुपदीप्त्या इति। स्वरूपस्य दीप्त्या निजरुपस्य तेजसा जलगर्भेण बिम्बिता प्रतिफलिता, रागेण सह वर्तमाना सरागा तद्युक्ता चञ्चू: यस्या: सा, कलनादेन अव्यक्तशब्देन मानिनी मान: अस्या: अस्तीति अभिमानवती इत्यर्थ: शोभया सौन्दर्येण सुरम्या सुभव्या, तरङ्गेण कल्वलेन सह सतरङ्ग: तेन गच्छति या सा, तथाभूता वराटिका हंसी, हंसवरेण हंसश्रेष्ठेन प्रियतमेन सह गच्छति चलति। अत्र वंशस्थविलं छन्द:।

व्याकरणम्

समसा:- स्वरूपदीप्त्या- स्वस्य रूपं, स्वरूपस्य दीप्ति: तया

जलगर्भ बिम्बिता- जलस्य गर्भ: जलगर्भ: (ष.त.) जलगर्भे बिम्बिता (स.त.)

हंसवरेण- हंसश्चासौ वरश्चेति (क.धा.) तेन

सरागचक्षू:- रागेण सह वर्तमान:, सरागा चक्षू: यस्या: सा (बहुव्रीहि:)

कलनादमानिनी- कलनादेन मानिनी (तृ.त)

सतरङ्गगामिनी- तरङ्गेण सह गच्छति या सा (बहुव्रीहि:)

प्रकृति-प्रत्यय निरूपणम्- बिम्बिता- बिम्ब +क्त +टाप्

सुरम्या- सु +रम् +ल्यप् +टाप्

गामिनी- गम् +इन् +ङीप्

छन्द:- वंशस्थविलम्।

हठकेलि:

(Forced Amorous Sports)

हस्तेन नीपं परिघूर्णन् मुहु: शीशूस्वनान् दीर्घतरान् विलम्ब्य।
निरुद्ध्य तन्वीं हसतीह नागर: द्रष्टुं युवा[14] स्त्रीसुषमां समीहते ।। ३१ ।।

अन्वय: नागर: हस्ते नीपं मुहु: परिघूर्णयन् दीर्घतरान् शीशूस्वनान् विलम्ब्य तन्वीं निरुद्ध्य इह हसति। (स च नागर:) युवा स्त्रीसुषमां द्रष्टुं समीहते।

English: A gallant lover whirling around a *nipa*-flower by his hand again and again, prolonging the whistling sound more and more and restraining (the movement of) a young willowy woman here (on the way) laughs aloud. The young man is eager to get woman-beauty as the festivity of his eyes.

ଓଡ଼ିଆ: ନାଗର (ରସିକତରୁଣ) ହାତରେ କଦମ୍ବଫୁଲକୁ ବାରମ୍ବାର ଘୂରାଇ ଘୂରାଇ, ଶୁଶୁରି ସ୍ୱନକୁ ଦୀର୍ଘରୁ ଦୀର୍ଘତର ବିଳମ୍ବିତ କରି ସୁକୁମାରୀ ତରୁଣୀକୁ (ମାର୍ଗରେ) ଅବରୋଧକରି ହସିଉଠୁଥାଏ। (ସେହି) ଯୁବକ ସ୍ତ୍ରୀ ସୁଷମାଦ ର୍ଶନରେ ଚେଷ୍ଟାଶୀଳ ହୋଇଥାନ୍ତି।

हिन्दी : नागर (रसिक तरुण) हाथ में कदम्ब के फूल को बारबार घुमाता हुआ सीटी की ध्वनि को दीर्घ से दीर्घतर विलम्बित करके सुकुमारी तरुणी को (मार्ग में) रोक कर हस उठता था। (वही) युवक स्त्री सुषमा दर्शन हेतु चेष्टाशील होते हैं।

प्रकाशिका: अत्र कवि: हठकेलिं वर्णयन् आह - हस्तेन इति। कश्चित् नागर: नगरे भव: नतु ग्राम्य: पुरुष: हस्ते नीपं कदम्बकुसुमं मुहु: वारं वारं, परिघूर्णयन् परित: घूर्णयन् शीशूस्वनान् शीशू इत्यात्मक स्वनान् शब्दान् विलम्ब्य विशषतया लम्बनं विधाय तन्वीं कांचित्

रमणीं निरुद्ध्य अवरुध्य इह अत्र हसति। नागरिकाणां कामिपुरुषाणामयं स्वभाव:। ते खलु नागरीं दृष्ट्वा पथि एवं कुर्वन्तो दृश्यन्ते। स च नागर: युवा स्त्रीसुषमां द्रष्टुं नारीसौन्दर्यदर्शनपिपासु: समीहते अभिलषति। अत्र उपजाति: छन्द:।

व्याकरणम्

समासा:- स्त्रीसुषमां- स्त्रिय: सुषमा ताम्

प्रकृति-प्रत्यय निरूपणम्- परिघूर्णयन्- परि +घूर्ण +णिच् +शतृ

दीर्घतर:- दीर्घ +तरप्

विलम्ब्य- वि +लम्ब् +ल्यप्

निरुध्य- नि +रुध् +ल्यप्

द्रष्टुम्- दृश् +तुमुन्

समीहते- सम् +ईह +ते

छन्द:- उपजाति:।

किशोरकेलि:
(Amorous Sports of Minor Youth)

ग्रामे किशोर: सहनीतसंगिनी-संगीतमूल्यै: पुटकं प्रयच्छति।
उष्णीष-कम्पस्थिरतालकारिता तारुण्यशोभा नयनानुरंजिका ।। ३२।।

अन्वय: ग्रामे किशोर: सहनीतसंगिनीसंगीतमूल्यै: (तस्यै) पुटकं प्रयच्छति। अष्णीषकम्पस्थिरतालकारिता तारुण्यशोभा नयनानुरञ्जिका (अस्ति)।

English: In a village a minor youngman offers nuts (to his girl friend) in the exchange of the value of rhythmical singing of an accompanied (enamoured) girl-friend. The charm of the youth with wavering turban and rhythmical clapping of hands becomes the festivity of the eyes.

ଓଡ଼ିଆ: ଗ୍ରାମରେ କିଶୋର (ନବତରୁଣ) ସାଙ୍ଗରେ ନେଇଥିବା ସଙ୍ଗିନୀର ସଂଗୀତମୂଲ୍ୟ ବିନିମୟରେ (ମିଠାମିଠା) କୋଳି ତୋଳି ଦେଉଅଛି । ତାରୁଣ୍ୟଶୋଭା ନିରବଚ୍ଛିନ୍ନ ତାଳ (ତାଳି) ଧ୍ୱନି ଓ ପଗଡ଼ି କମ୍ପନରେ ନେତ୍ର ବିନୋଦିନୀ ହୋଇଉଠିଛି ।

हिन्दी : गांव में किशोर (नव तरुण) साथ लिए तरुणी के संगीत मूल्य के बदले (मीठे) बैर तोडके दे रहा है। तारुण्य शोभा अविरत ताल (ताली) ध्वनि एवं पगडी का कंपन नेत्र विनोदिनी हो उठी है।

प्रकाशिका: अत्र कवि: कस्यचित् किशोरस्य शृङ्गारकेलिं वर्णयन् आह - ग्रामे इति। ग्रामे किशोर: कश्चित् सह साधं नीता या संगिनी किशोरी तस्या: यत् संगीतं तस्य मूल्यै: प्रतिदानै: तस्यै पुटकं (कोलि इति भाषया) प्रयच्छति ददाति। पुनरपि तेन किशोरेण स्व उष्णीषस्य शिरस: वेष्टनस्य वस्त्रादिरूपस्य "उष्णीषं शिरोविष्ट

किरीटयो:" इत्यमर: (३.३.२३०) य: कम्प: कम्पनं तेन सह स्थिरतालकारिता तालं पूर्वकं तालिका कृता। ग्राम्यकिशोराणामयं स्वभाव: दृश्यते। अनेन तारुण्यशोभा तारुण्य सुषमा नयनानुरञ्जिका जायते। अत्र वंशस्थविलं छन्द:।

व्याकरणम्

समासा:- सहनीतसंगिनीसंगीतमूल्यै:- सहनीता या संगिनी (क.धा.) तस्या: संगीतस्यमूल्यं (ष.त.) तै:

उष्णीषकंपस्थिरतालकारिता- उष्णीषस्य कम्प: (ष.त.) तेन स्थिरतालं (स्थिरश्चासौ ताल: तम्) करोति य: स उष्णीषकम्पस्थिरतालकारी, तस्य भाव:

नयनानुरंजिका- नयनयो: अनुरञ्जिका

प्रवृति-प्रत्यय निरूपणम्- प्रयच्छति- प्र +यच्छ् +तिप्
कारिता- कृ +इन् +टाप्

छन्द:- वंशस्थविलम्।

कैशोरलीला
(Amusement of Minor Youth)

फलेष्टशाखामवलम्ब्य दोलित:[15] वनान्तराले कृतवंशवादन:।
आभीरबाल: शुशुभे स्वसङ्गिभि: कैशोरलीलाऽभिनवा न कं हरेत्।।३३।।

अन्वय: आभीरबाल: स्वसङ्गिभि: वनान्तराले फलेष्टशाखाम् अवलम्ब्य दोलित: कृतवंशवादन: शुशुभे। अभिनवा कैशोरलीला कं न हरेत् ?

English: In the forest region, the cowherd boy accompanied by his friends, then leaning on the fruit-laden branch (of the tree) performed the musical note of flute and started swinging up and down, (thus) he looked lovely in the company of friends. Ha! who is not moved by the novel sports of the minor youth?

ଓଡ଼ିଆ: ବାନାନ୍ତରାଳରେ ନିଜ ସାଥୀମାନଙ୍କ ସହିତ ଗୋପାଳ ବାଳକ ଫଳଭାରା ନିଜର ପ୍ରିୟଶାଖାକୁ ଆଶ୍ରୟକରି ଓ ଦୋଳି ଖେଳି ବଂଶୀବାଦନରେ ଶୋଭା ପାଉଥିଲା । ଅଭିନବ କିଶୋରଲୀଳା କାହାର ଅବା ଚିତ୍ତହରଣ ନକରେ ?

हिन्दी : वनान्तराल में अपने साथियों सहित गोपाल बालक फल के भार से दबी अपनी प्रिय शाखा के सहारे झुलते हुए वंशी वादन के साथ शोभायमान हो रहा था। अभिनव किशोर बाला भला किसका चित्त हरण नहीं करती।

प्रकाशिका: अत्र कवि: कैशोरलीलां वर्णयन् अस्ति। कश्चित् आभीरबाल: गोपालबालक: स्वसङ्गिभि: निजबन्धुभि: वनान्तराले वनस्य अन्तराले विपिनमध्ये इत्यर्थ: फलेन पूरिता या इष्टशाखा अभिलषितशाखा ताम् अवलम्ब्य दोलित: दोलिं क्रीडित:, कृतवंशवादन:

कृत: वंशवादन: येन तथाभूत: सन् शुशुभे शोभितवान्। अभिनवा नूतना कैशोरलीला किशोरस्य लीला किशोरलीला तस्या: इयं किशोरसम्बन्धिनी लीला इत्यर्थ: कं जनं न हरेत् ? सर्वं जनं हरेत् इति अर्थ:। अत्र अलंकार: अर्थापति:, छन्द: वंशस्थविल - इन्द्र- वंशयो: मिश्रणात् उपजाति:।

व्याकरणम्

समासा:- फलेष्टशाखाम्- इष्टा च सा शाखा (क.धा) फलेन इष्टशाखा ताम्
कृतवंशवादन:- कृत: वंशवादन: येन स: (बहुव्रीहि:)
आभीर बाल:- आभीरश्चासौ बाल: (क.धा.)
स्वसङ्गिभि- स्वस्य सङ्गी तै:
वनान्तराले- वनस्य अन्तरालं तस्मिन्

प्रकृति-प्रत्यय निरूपणम्- अवलम्ब्य- अव +लम्ब् +ल्यप्
दोलित:- दोल् +इ +क्त
शुशुभे- शुभ् +लिट्

छन्द:- वंशस्थविल- इन्द्रवंशयो मिश्रणात् उपजाति:।

अलंकार:- अर्थापति:।

चपला कैशोरकला
(Fitful Art of the Minor Youth)

न्यग्रोधपादानवलम्ब्यतीर एकैकश: कौतुककेलिमग्ना:।
नद्या जले लम्फनघातलंघनात् ग्रामीण कैशोरकला चलाऽस्ति।। ३४।।

अन्वय: नद्या: तीरे न्यग्रोधपादान्‌अवलम्ब्य एकैकश: कौतुककेलिमग्ना: जले लम्फनघातलंघनात् ग्रामीण कैशोरकला चला अस्ति।

English: Taking into hands the drooping roots of the banion branches at the river bank, one another engaged in curious sports and by crossing jump-strikes in the water, the practical art of the rural minor youth is verymuch fitful.

ଓଡ଼ିଆ: ନଦୀ କୂଳରେ ବରଓହଳକୁ ଆଶ୍ରୟକରି ଗୋଟିକ ପରେ ଗୋଟିଏ କୌତୁକକେ-ଳିରେ ମଜ୍ଜିଯାଇ ଜଳରାଶିକୁ ଲମ୍ଫନ-ଆଘାତରେ ଲଙ୍ଘି ଯାଉଥିବାରୁ ଗ୍ରାମୀଣ କୈଶୋରକଳା ଚଳଚଞ୍ଚଳ ହୋଇଉଠିଛି ।

हिन्दी : नदी के किनारे बरगद के जट्टाओं का सहारा लेकर एक के बाद एक कौतुक-केलि में तल्लीन होकर जलराशि में लम्फन आघात को लाँघ जाने के कारण ग्रामीण कैशोर कला चलचंचल हो उठी है।

प्रकाशिका: अत्र कवि: कैशोरकलाया: चञ्चलतां वर्णयन् अस्ति। नद्या: तटिन्या: तीरे तटे न्यग्रोधस्य वटवृक्षस्य "न्यग्रोध बहुपाद्‌वट:" इत्यमर: (२.४.३२) तस्य पादान् चरणान् अवलम्ब्य उपजीव्य एकैकश: कौतुककेलिमग्ना: कौतुहलकेलिभि: क्रीडाभि: मग्ना: मज्जिता: जले लम्फनस्य य: घात: तस्य लंघनं अतिक्रमणं तस्मात् ग्रामीणा: ग्रामे भवा: ये किशोरा: तेषां कला तस्या: इयं ग्रामीणकैशोरकला, चला चञ्चला अस्ति। अत्र ग्रामीण किशोराणां

स्वाभाविको व्यापार: सुष्ठु वर्णितो दृश्यते। उपजाति: छन्द:।

व्याकरणम्

समासा:- न्यग्रोधपादान्- न्यग्रोधस्य पादान् (ष.त.)

कौतुककेलिमग्ना- कौतुकाय केलि: (च.त.) कौतुककेलिभि: मग्ना: (तृ.त.)

लम्फनघातलंघनात्- लम्फनस्य घात: तस्य लंघनात्

ग्रामीण-कैशोर-कला- कैशोराणां कला (ष.त.) ग्रामीणा च सा कैशोरकला (क.धा.)

प्रकृति-प्रत्यय निरूपणम्- अवलम्ब्य- अव +लम्ब +ल्यप्

लंघनम्- लंघ् +ल्युट्

कौतुकम्- कुतुक +अण्

छन्द:- उपजाति:।

ग्राम धीवर:
(Village Fisherman)

विस्तार्य चक्राकृतिशुभ्रजालं शनैश्च तीरे झसलक्ष्यनेत्र: ।
मत्स्यान् जिघांसुर्जलविभ्रामान्तां स्रोतस्विनीं लम्फति पुष्टवक्षा: ।। ३५।।

अन्वय: पुष्टवक्षा: (धीवर: कश्चित्) मत्स्यान् जिघांसु: तीरे झसलक्ष्यनेत्र: शनै: च चक्राकृतिशुभ्रजालं वस्तार्य जलविभ्रामान्तां स्रोतस्विनीं लम्फति।

English: A fisherman of prominent chest, desirous of killing fishes, with fish-targeted-eyes, gradually unfolding his white circular net, jumps into the flowing stream having whirlpools inside.

ଓଡ଼ିଆ: ପରିପୁଷ୍ଟବକ୍ଷଧାରୀ ମତ୍ସ୍ୟବଧାଭିଳାଷୀ କୌଣସି ଏକ ଧୀବର ମତ୍ସ୍ୟ-ଲକ୍ଷ୍ୟନେତ୍ରରେ ତା'ର ଧବଳ ଶୁଭ୍ରଜାଲକୁ ଧୀରେ ଧୀରେ ଚକ୍ରାକାରରେ ବିସ୍ତାର କରି ଜଳବିଭ୍ରମ (ଭଉଁରୀ) ପୂରିତ ପ୍ରବହମାନ ନଦୀକୁ ଲମ୍ଫ ପ୍ରଦାନ କରୁଅଛି ।

हिन्दी : परपुिष्ट वक्षधारी मत्स्यवधाभिलाषी कोई एक धीवर मत्स्य-लक्ष्य नेत्र में उसके धवल-शुभ्र जाल को धीरे धीरे चक्राकार में विस्तारित कर जल विभ्रम (भाँवर) पूर्ण प्रवहमान नदी में छलांग लगाता है।

प्रकाशिका: अत्र कवि: कंचित् ग्राम्यधीवरं वर्णयन् अस्ति। मत्स्यान् मीनान् हन्तुम् इच्छु: कश्चित् धीवर:, तीरे तटे झसे मत्स्ये एव लक्ष्ये तत्र नेत्रे नयने यस्य तथाभूत: शनै: धीरं चक्रस्य आकृतिरिव आकृति: आकार: यस्य तत् चक्राकारसदृशं यत् शुभ्रजालं तत् विस्तार्य विस्तारं कृत्वा, पुष्टवक्षा: असौ जलस्य विभ्रम: अन्त: यस्या: तथाभूतां स्रोतस्विनीं नदीं लम्फति लम्फनं कुरुते। अयमपि मत्स्यजिघांसो: धीवरस्य स्वाभाविको व्यापार:। उपजाति: छन्द:।

व्याकरणम्

समासा:- चक्राकृतिशुभ्रजालम्- चक्रस्य आकृति: (ष.त.) शुभ्रं च तत् जालं- शुभ्रजालं (क.धा.) चक्राकृति च तत् शुभ्रजालं- चक्राकृतिशुभ्रजालं (क.धा.)

झसलक्ष्यनेत्र:- झसे लक्ष्ये नेत्रे यस्य स: (बहुव्रीहि:)

जलविभ्रमान्ताम्- जलस्य विभ्रमा: (ष.त.) जलविभ्रमा: अन्तेयस्या: सा (बहुव्रीहि:) ताम्

पुष्टवक्षा:- पुष्टं वक्ष: यस्य स (बहुव्रीहि:)

प्रकृति-प्रत्यय निरूपणम्- विस्तार्य- वि +स्तृञ् +ल्यप्

जिघांसु:- हन् +सन् (उ)

लम्फति- लम्फ +तिप्

स्रोतस्विनी- स्रु +तसि +वतुप् +ङीप्

विभ्रम:- वि +भ्रम् +घञ्

छन्द:- उपजाति: ।

प्रमत्त यौवनम्
(Intoxicated Youth)

प्रमत्त बाहुस्त्वपहस्य शिक्षकं पुरो युवत्या दलतीष्टसेवतीम्।
उद्दामहासैः क्षिपतीव तूलकं किंशाल्मलिः[16] कण्डकवेष्टितात्मा ।। ३६ ।।

अन्वयः उद्दाम हासैः प्रमत्तबाहुः (युवा) शिक्षकम् अपहस्य युवत्याः पुरः इष्टसेवतीं दलति। कण्डकवेष्टितात्मा किंशाल्मलिः तूलकं क्षिपति इव।

English: A youngman laughing at the teacher with unrestrained laughter tears up a beautiful rose in front of a young woman. A despised thorny Salmala-tree is as if throwing up cottons only (in vain).

ଓଡ଼ିଆ: କୌଣସି ଏକ ଯୁବା ଶିକ୍ଷକଙ୍କୁ ଅପହାସ କରି ଉଦ୍ଦାମହାସରେ ଯୁବତୀ-ଜନର ସମ୍ମୁଖରେ ନିଜର ପ୍ରିୟଗୋଲାପଫୁଲକୁ ଟିକିଟିକି କରି ଚିରିପକାଉଛି । ସତେ ଯେପରି କଣ୍ଟକ ପୂରିତ ଅନାଦରଣୀୟ କ୍ଷୁଦ୍ର ଶାଳ୍ମଳି ଗଛଟିଏ ତାହାର ତୁଳାରାଶିକୁ ଫିଙ୍ଗିଚାଲିଛି ।

हिन्दी : किसी एक युवा शिक्षक का उपहास कर उद्दाम हास से युवती के समक्ष अपने प्रिय गुलाब के फूल के टुकडे कर रहा है। मानो कंटक पूरित अनादरणीय क्षुद्र सेंवल का पेड अपनी रुइयों को फेंकता चला जा रहा है।

प्रकाशिकाः अत्र कविः यौवनस्य प्रमत्तत्वं वर्णयन् अस्ति। प्रमत्तौ बाहू यस्य सः, उद्दामाः हासाः तैः उद्दामहासैः कश्चित् युवा शिक्षकम् अध्यापकम् उपहासं विधाय कक्षायामित्यर्थः, युवत्याः पुरः सम्मुखभागं इष्टा अभिलषिता या सेवती तां तदाख्यं पुष्पं दलति।

एतत् अर्थान्तरेण प्रतिपादयन् वक्ति एष युवा कण्टकवेष्टितात्मा कण्टकैः वेष्टितः आत्मा यस्य सः किंशाल्मलिः कुत्सितः पूरणीतरुः "पिच्छिला पूरणी मोचा स्थिरायुः शाल्मलिर्द्वयोः" इत्यमर; (२.४.४६) तूलकं तूलं क्षिपति इव। अर्थात् किंशाल्मलेः तूलकक्षेपणं यथा निरर्थकं तथा युवत्याः सम्मुखं सेवतीदलनं निरर्थकमिति भावः। अत्र निदर्शना उत्प्रेक्षा च। छन्दः वंशस्थविल - इन्द्रवंशयोः उपजातिः।

व्याकरणम्

समासाः- प्रमत्त वाहुः- प्रमत्तौ वाहू यस्य सः (बहुव्रीहिः)

उद्दामहासैः- उद्गतः दामः यस्मात् सः, उद्दामश्चासौ हासः तैः।

किंशाल्मलिः- कुत्सितः शाल्मलिः

कण्टकवेष्टितात्मा- कण्टकैः वेष्टितः आत्मा यस्य सः (बहुव्रीहिः)

प्रकृति-प्रत्यय निरूपणम्- उपहस्य- उप +हस् +ल्यप्

प्रमत्तः- प्र +मन् +क्त

शाल्मलिः- शाल् +मलच् +इञ्

अलंकारः- उत्प्रेक्षा।

छन्दः- उपजातिः।

उद्गतयौवनम्
(Manifested Youth)

गौरे मुखे सुस्मितरम्यगुम्फैः रदच्छदाभामधिकं विवर्ध्य।
कपोलकुञ्चाननने त्रसक्ता शोभा हि यूनां नवतां तनोति।। ३७।।

अन्वयः यूनां कपोल कुञ्चाननने त्रसक्ता शोभा (तेषां) गौरे मुखे सुस्मितरम्यगुम्फैः रदच्छदाभां अधिकं विवर्ध्य हि नवतां तनोति।

English: The beauty of the youth joined to the eyes on the face of dimpled cheeks, enhancing more the lustre of the lips (teeth covers) with the smilingly beautiful mustaches on the fair-faces, propagates novelty.

ଓଡ଼ିଆ: ଗୌରମୁଖରେ ମନ୍ଦମନ୍ଦ ହାସ ପରିଶୋଭିତ ନିଶରାଶି ଧାରଣ ପୂର୍ବକ ଅଧ ରୋଷ୍ଠର ଆଭାକୁ ଅଧିକରୁ ଅଧିକ କରି କପୋଳ କୁଞ୍ଚିତ ଆନନ ଓ ନେତ୍ରରେ ଲାଖିଯାଇଥିବା ଶୋଭା ନବୀନତାକୁ ବିସ୍ତୃତ କରୁଅଛି ।

हिन्दी : **गोरे मुख पर स्मित हास्य के साथ मुछें धारण कर अधरों की आभा को अधिक से अधिक बढाकर कपोल-कुंचित मुख और आँखों में बसी शोभा नवीनता को विस्तार देती है।**

प्रकाशिका: अत्र कविः यौवनस्य उद्गमावस्थां वर्णयन् अस्ति। कपोलश्च कुञ्चाननं च नेत्रे च कपोलकुञ्चानननेत्राणि तत्र सक्ता या शोभा, कपोलः गण्डप्रदेशः कुञ्चाननं श्मश्रुयुक्तं मुखं नेत्रे नयने एतेषु शोभा संश्लिष्टा अस्ति। एते सर्वे खलु शृङ्गारस्य उद्दीपनविभावाः। यथा नार्याः कुचादयो युवकस्य शृङ्गारभावं वर्धयन्ति तथैव युवकस्य ईषत् श्मश्रुयुक्तमाननं युवत्याः शृङ्गारं वर्धयति। तत्र

पुन: गौरे मुखे स्मितरम्यगुम्फै: शोभन-ईषत् हास्य-रमणीय-गुम्फनै: रदच्छदाभां रदच्छदस्य उत्तराधरोष्ठमात्रस्य "ओष्ठाधरौ तु रदच्छदौ" इत्यमर: (२.६.९०)। आभां दीप्तिं अधिकं यथा स्यात् तथा विवर्ध्य नवतां तनोति विस्तारयति। उपजाति: छन्द:।

व्याकरणम्

समासा:- सुस्मितरम्यगुम्फै:- सुस्मितेन रम्य: (तृ.त.) सुस्मितरम्यश्चासौ गुम्फ: (क.धा.) तै:

रदच्छदाभाम्- रदानां च्छद: (ष.त.) तस्य आभा (ष.त.) ताम्

कपोलकुञ्चाननेत्रसक्ता- कपोलश्च कुञ्चाननं च नेत्रे च कपोलकुञ्चाननेत्राणि (द्वन्द्व:) तेषु सक्ता

प्रकृति-प्रत्यय निरूपणम्- विवर्ध्य- वि +वर्ध +ल्यप्
सक्ता- सञ्ज् +क्त +टाप्
नवता- नव +तल् +टाप्

छन्द:- उपजाति:।

यौवनविलास:
(Sports of Youth)

विभिन्नरङ्गैः स्वशिरो निवद्धैः कार्पासकैराननधूमगन्धैः।
ताम्बूलरागैरतिवर्धमानाः तारुण्यशोभा उपभोगरम्याः ।। ३८।।

अन्वय: विभिन्नरङ्गैः कार्पासकैः स्वशिरो निवद्धैः आननधूमगन्धैः ताम्बूलरागैः अतिवर्धमानाः तारुण्यशोभाः उपभोगरम्याः (भवन्ति)।

English: The bloom of the youth, growing more with cotton-knit turbans fastened round their (own) heads, added with the fume of smokes from the betel-tinged-faces, spells enjoyable elegance.

ଓଡ଼ିଆ: ନିଜ ମସ୍ତକରେ ବନ୍ଧାହୋଇଥିବା ବିଭିନ୍ନରଙ୍ଗ କପଡ଼ା ଓ ମୁଖନିର୍ଗତ ଧୂମଗନ୍ଧ ସହିତ ତାମ୍ବୁଲରାଗରେ ଅଧିକତର ହୋଇଉଠିଥିବା ତରୁଣର ଶୋଭା ଉପଭୋଗ ରମଣୀୟ ହୋଇଉଠିଛି ।

हिन्दी : **अपने सर पर बंधे रंगविरंगी कपडे और मुह से निकले धूम गंध के साथ ताम्बूल राग से बढती हुई तरुण की शोभा का उपभोग रमणीय हो उठा है।**

प्रकाशिका: इत: त्रिभि: श्लोकै: तारुण्यशोभां विशिनष्टि। अत्र कवि: यौवनस्य विलासं वर्णयन् वर्तते। विभिन्ना: च ते रङ्गा: तै: कार्पासकै: कापर्यासोद्भवै: स्वशिरोनिबद्धै: निजमस्तकवेष्टितै: सद्भि: आननस्य मुखस्य धूमपानजन्य: य: गन्ध: तद्युक्तै: ताम्बूलरागै: रक्तिमभि: अत्यन्तं वर्धमाना तारुण्यस्य शोभा कान्ति: उपभोगेन रम्या रमणीया भवति। उपजाति: छन्द:।

व्याकरणम्

सामसा:- विभिन्नरङ्गै- विभिन्ना: रङ्गा: (क.धा.) तै:

स्वशिरोनिवद्धै:- स्वस्य शिर: (ष.त.) स्वशिरसि निवद्ध: (स.त.) तै:

आननधूमगन्धै:- आननस्य धूम: तस्य गन्ध: तै: (ष.त.)

ताम्बूलरागै:- ताम्बूलस्य राग: तै: (ष.त.)

तारुण्यशोभा- तारुण्यस्य शोभा (ष.त.)

उपभोगरम्या- उपभोगेन रम्या (तृ.त.)

प्रकृति-प्रत्यय निरूपणम्- विभिन्न:- वि +भिद् +क्त

निबद्ध- नि +वंध् +क्त

अतिवर्धमाना- अति +वर्ध +शानच् +टाप्

उपभोग:- उप +भुंज् +घञ्

रम्या- रम् +यत् +टाप्

छन्द:- उपजाति:।

वृथाभिमानिता
(False Ego)

हुंकारनादैः करतालनादैः शिक्षोत्तंर पूरयति स्वकक्षाम्
महाभिमान-प्रतिचक्षुसाढ्याः तारुण्यशोभा उपभोगरम्याः[17] ।। ३९ ।।

अन्वयः शिक्षोत्तरं हुंकारनादैः करतालनादैः स्वकक्षां तारुण्यशोभा पूरयति। (सा च) महाभिमानप्रतिचक्षुषाढ्या उपभोगरम्या (भवन्ति)।

English: The bloom of youth after the teaching is over fulfills the lecture theatre with clapping sounds and roaring of hums ('hum'- sounds). This (bloom of youth) when added with the (projection of) abundance of spectacles (of colour) reflecting great ego (for crises of identity), spells enjoyable elegance.

ଓଡ଼ିଆ: ଶିକ୍ଷାଦାନ ଶେଷରେ ହୁଂକାର ନାଦ ଓ କରତାଳ ନାଦରେ ନିଜ ଶ୍ରେଣୀଗୃହକୁ ପରିପୂରିତ କରିଥିବା ଓ ମହାଅଭିମାନର (ସଙ୍କେତ ସ୍ୱରୂପ) ପ୍ରତିଚକ୍ଷୁଧାରଣ ପୂର୍ବକ ଅଧିକତର ହୋଇଉଠିଥିବା ତାରୁଣ୍ୟଶୋଭା ଉପଭୋଗରମଣୀୟ ହୋଇଅଛି ।

हिन्दी :शिक्षादान के अन्त में हुंकार नाद और करताल ध्वनि से अपने श्रेणीगृह को परिपूरित करते हुए महाभिमान (संकेत स्वरूप) प्रतिचक्षु धारण से बढती तारुण्य शोभा का उपभोग रमणीय हो उठा है।

प्रकाशिकाः अत्र कविः तारुण्यस्य वृथाभिमानत्वं वर्णयन् अस्ति। शिक्षायाः अध्यापनायाः उत्तरं परम्, अर्थात् अध्यापकः कक्षायां अध्यापनं समाप्य यदा बहिः गच्छति तदा हुंकारसहितैः करतालनादैः करतालिकाशब्दैः स्वकक्षां तारुण्यस्य शोभा कान्तिः पूरयति।

ता: शोभा: महान् चासौ अभिमान: तद् भरिते ये प्रतिचक्षुषी तदाढ्या: तद्युक्ता: सत्य: उपभोगेन रम्या रमणीया सन्ति। उपजाति: छन्द:।

व्याकरणम्

समासा:- हुंकारनादै:- हुंकारस्य नाद: तै:

करतालनादै: करस्य ताल: (ष.त.) करतालस्य नाद: (ष.त.) तै:

महाभिमानप्रतिचक्षुषाढ्या- महान् अभिमान: (क.धा.) महाभिमान:, महाभिमाने च ते प्रतिचक्षुषी (क.धा.) ताभ्याम् आढ्या

प्रकृति-प्रत्यय निरूपणम्- आढ्या- आ +ध्यै +क +टाप्

छन्द:- उपजाति:।

आत्माभिमानिता
(Self -ego)

युवा विलासात् परपूर्णगर्वो दुर्वोध्यवाक्योऽत्र विचित्रवेश:।
आरुह्य यानं चलति प्रगायंस्तारुण्यशोभा उपभोगरम्या:[18]।।४०।।

अन्वय: युवा विलासत् परपूर्णगर्व: दुर्बोध्यवाक्य: विचित्रवेश: यानम् आरुह्य प्रगायन् चलति। (तेन) तारुण्यशोभा: उपभोगरम्या: (भवन्ति)।

English: A youngman, full of sportive pride, with indistinctive utterances and wonderful apparels moves singing after riding a vehicle. In this way the blooms of youth spell enjoyable elegance.

ଓଡ଼ିଆ: ବିଳାସରେ ଗର୍ବଭରା ହୋଇ ବିଚିତ୍ର ବେଶଭୂଷା ସହିତ ଦୁର୍ବୋଧ ବାକ୍ୟ ଉଚ୍ଚାରଣକରି ଯାନ ଆରୋହଣପୂର୍ବକ (କୌଣସି) ଏକ ଯୁବକ ଗୀତ ଗାଇ ଗାଇ ଚାଲିଯାଉଥିବାରୁ ତାରୁଣ୍ୟଶୋଭା ଉପଭୋଗରମଣୀୟ ହୋଇଉଠିଛି ।

हिन्दी : **विलास से गर्वोन्मत्त विचित्र वेशभूषा के साथ दुर्बोध्य वाक्य उच्चारण कर यान पर आरुढ (किसी) एक युवक के गाते हुए जाने की तारुण्य शोभा का उपभोग रमणीय हो उठा है।**

प्रकाशिका: कवि: अत्र यून: आत्माभिमानितां वर्णयन् दृश्यते। विलासात् शृङ्गारभावजात् हेतो: परपूर्ण: गर्व: यस्य तथाभूत:, दुर्बोधं दु:खेन बोधगम्यं वाक्यं पदकदम्बकं यस्य तादृश:, विचित्र: वेश: परधिानं यस्य स: तथाभूत: युवा, यानम् आरुह्य प्रकर्षेण उच्चै: इत्यर्थ:, गीतं गायन् (गै+शतृ) चलति गच्छति। तेन च तारुण्यस्य शोभा: उपभोगरमणीया: जायन्ते। अत्र उपजाति: छन्द:।

व्याकरणम्

समासा:- परिपूर्णगर्व:- परपूर्ण: गर्व: यस्य स: (बहुव्रीहि:)

दुर्वोधवाक्य:- दुर्बोधं वाक्यं यस्य स: (बहुव्रीहि:)

विचित्रवेश:- विचित्रो वेश: यस्य स: (बहुव्रीहि:)

प्रकृति-प्रत्यय निरूपणम्-

दुर्बोध:- दु: +बुध् +घञ्

आरुह्य- आ +रुह +यत्

प्रगायन्- प्र +गै +शतृ

छन्द:- उपजाति:

प्रीत्यनुगमनम्
(Following in Love)

विमुच्य ताः कङ्कतिकाः स्वकोषात् प्रसाधनीकृत्य विचित्रकेशान्।
प्रीत्या वयस्या अनुगन्तुकामाः स्वकीयचेष्टां युवकाः स्फुरन्ति ।। ४१ ।।

अन्वयः युवकाः ताः कङ्कतिकाः स्वकोषात् विमुच्य विचित्रकेशान् प्रसाधनीकृत्य प्रीत्या वयस्याः अनुगन्तुकामाः स्वकीयचेष्टां स्फुरन्ति।

English: Releasing combs from their respective pockets, decorating their lovely hairs, falling behind the girl-friends in love, the youngmen manifest their own gestures.

ଓଡ଼ିଆ: ନିଜନିଜ କୋଷରୁ (ପକେଟରୁ) କଙ୍କତିକା (ପାନିଆ) ବାହାରକରି (ନିଜର) ବିଚିତ୍ର କେଶପ୍ରସାଧନ ପୂର୍ବକ ବାନ୍ଧବୀ ତରୁଣୀକୁ ଅନୁଗମନ କରିବାକୁ ଇଚ୍ଛୁକ ଯୁବକମାନେ ସ୍ୱକୀୟ ଚେଷ୍ଟାକୁ ପରିସ୍ଫୁଟ କରିଥାଆନ୍ତି ।

हिन्दी : **अपने अपने कोष में से (पाँकिट से) ककंतिका (कंघी) निकालकर (अपने) विचित्र केश प्रसाधन करते हुए बान्धवी तरुणी का अनुगमन करने के इच्छुक युवक अपने चेष्टा को स्पष्ट करते हैं।**

प्रकाशिकाः अत्र कविः युवकानां प्रीत्यनुगमनं वर्णयन् अस्ति। युवकाः युवानः ताः लोकेप्रसिद्धाः कङ्कतिकाः केशसंस्कारसाधन विशेषान् स्वकोषात् निजपिधानकात् कोषशब्दस्तु खड्गपिधायकत्वेन प्रसिद्धोऽस्ति। तथापि कवयः निरङ्कुशाः इति कृत्वात्र कङ्कतिकापिधानके अर्थे प्रयुक्तः कोषशब्दः। तथाचोक्तम् अमरेण- "कोषोऽस्त्री कुड्मले स्वड्गपिधाने" (३.३.२२)। विमुच्य विमोचनं कृत्वा, विचित्राः केशाः तान् प्रसाधनीकृत्य संस्कृतान् विधाय, प्रीत्या प्रेम्णा वयस्याः संगिनीः अनुगन्तुकामाः अनु

पश्चात् गन्तुं चलितुं कामः अभिलाषः येषां ते। स्वकीयचेष्टां नैजव्यापारबिशेषान् स्फुरन्ति प्रकाशयन्ति। अत्र उपजातिः छन्दः।

व्याकरणम्

समासाः- विचित्रकेशान्- विचित्राः केशाः (क.धा.) तान्
अनुगन्तुकामाः- अनुगन्तुं कामः येषां ते (बहुव्रीहिः)
स्वकीयचेष्टां- स्वकीयस्य चेष्टां (ष.त.)

प्रकृति-प्रत्यय निरूपणम्- विमुच्य- वि +मुच् +ल्यप्
प्रसाधनीकृत्य- प्रसाधन +च्वि +कृ +ल्यप्

छन्दः- उपजातिः।

विलासिनी-विलास:
(Elegance of Women)

सूक्ष्मांशुकान् चारु विमण्डयन्त्य आलक्ष्यवक्षोर्पित-पाशबन्धा:।
लाक्षार्द्ररागानधरान् वहन्त्य आभाति शोभा नवयौवनानाम् ।। ४२।।

अन्वय: लाक्षार्द्ररागान् अधरान् वहन्त्य: सूक्ष्मांशुकान् चारु विमण्डयन्त्य: आलक्ष्य-वक्षोर्पित-पाशबन्धा: (कुमार्य: सन्ति) (तेन च) नवयौवनानां शोभा आभाति।

English: Donning nicely the thin silk apparels with a tie of bra around the slightly disposed bosoms, having lips red with lac-exudes, the beauty of the fresh youthful women attains elegance.

ଓଡ଼ିଆ: ଈଷତ୍‌ଲକ୍ଷ୍ୟ ବକ୍ଷୋଜ ଉପରେ ପାଶବନ୍ଧକୁ ଅର୍ପଣକରି ସୁନ୍ଦର ଭାବରେ ସୂକ୍ଷ୍ମପାଟବସ୍ତ୍ର ପରିଧାନ କରିଥିବା ଓ ଲାକ୍ଷାର୍ଦ୍ରରାଗ-ରଞ୍ଜିତ ଅଧରକୁ ବହନ କରୁଥିବା ନବଯୌବନବତୀମାନଙ୍କର ଶୋଭା ଦୀପ୍ତିମୟୀ ହୋଇଉଠିଛି ।

हिन्दी : **तनिक दिखाई देनेवाले वक्षोज पर पाशबन्ध को अर्पित करते हुए सुन्दरता के साथ सुक्ष्म रेशमी वस्त्र परिहिता लक्षार्द्र राग रंजित अधरों के साथ नवयुवतियों की शोभा दीप्तिमयी हो उठी है।**

प्रकाशिका: अत्र कवि: विलासिनीनां विलासं वर्णयन् दृश्यते। लाक्ष्या लाक्षारसेन आर्द्रा: रागांश्च रक्तिमयुक्तान् पक्षे अनुरागान् अधरान् वहन्त्य: धारयन्त्य: सूक्षाश्च ते अंशुका: वस्त्राणि तान् चारु रमणीयतया विशेषेण मण्डयन्त्य: भूषयन्त्य: युवतय: आ =समन्तात् लक्ष्यं यत् वक्ष: तत्र अर्पित: पाशबन्ध: याभि: ता: तथाभूता युवतय: सन्ति। तेन च नवयौवनानां नवं नूतनं यौवनं

यासां तासां तथाभूतानां युवतीनां शोभा सौन्दर्यं आभाति।
इन्द्रवज्रा छन्दः।

व्याकरणम्

समासाः- सूक्ष्मांशुकान्- सूक्ष्माश्च ते अंशुकाः (क.धा.) तान्

आलक्ष्यवक्षोर्पितपाशबन्धाः- आलक्ष्यं चेदं वक्ष; (क.धा.) तत् आलक्ष्यवक्षसि अर्पितः पाशबन्धः याभिः ताः (बहुव्रीहिः)

लाक्षार्द्ररागान्- लाक्षया आर्द्रः (तृ.त) लाक्षार्द्रस्य रागः (ष.त.) तान्

नवयौवनानाम्- नवं यौवनं (क.धा.) नवयौवनम् अस्ति यासां तासां (बहुव्रीहिः)

प्रकृति-प्रत्यय निरूपणम्-

विमण्डयन्त्यः- वि +मण्ड् +शतृ +ङीप् +जस्

वहन्त्यः- वह +शतृ +ङीप् +जस्

बन्धः- बन्ध् +घञ्

छन्दः- इन्द्रवज्रा।

ललित्यम्
(The Grace)

आकुञ्चकेशार्पितकृष्णनेत्रा नारङ्गरूपाऽगुरु चारुवस्त्रा।
भावानुभावैः खलु चित्रतारा लीलावलिप्ता ललना चकास्ति।। ४३।।

अन्वयः आकुञ्चकेशा अर्पितकृष्णनेत्रा नारङ्गरूपा अगुरुचारुवस्त्रा भावानुभावैः खलु चित्रतारा लीलावलिप्ता ललना चकास्ति।

English: A lovely lady of wavy tresses, painted dark-eyes, orange glow complexion, (resembling) a film star with manifested emotions and ensuants, proud of amusements, shines forth.

ଓଡ଼ିଆ: ଈଷତ୍ କୁଞ୍ଚିତକେଶା, ନିହିତ କୃଷ୍ଣାଞ୍ଜନରେ ଶୋଭିତନେତ୍ରୀ, ନାରଙ୍ଗାଭ-ଶରୀର ଶୋଭିନୀ, ରମଣୀୟ ସୂକ୍ଷ୍ମବସ୍ତ୍ର ପରିହିତା, ଲୀଳାଭିମାନିନୀ ଲଳନା ଭାବାନୁଭାବରେ ନିଶ୍ଚୟ ଚିତ୍ର-ତାରା (ଚଳଚ୍ଚିତ୍ରତାରା) ପରି ପ୍ରଭାମୟୀ ହୋଇଉଠିଛନ୍ତି।

हिन्दी : **इषत् कंचित केशा, कृष्णांजन शोभित नेत्री, नारंगाभ शरीर शोभिनी, रमणीय सूक्ष्म वस्त्र परिहिता, लीलाभिमानी ललना भावानुभाव में निश्चित ही चित्रतारिका (चलचित्र तारिका) की भांती प्रभामयी हो उठी हैं।**

प्रकाशिका: अत्र कविः ललनायाः लालित्यं वर्णयन् दृश्यते। ललना रमणी चकास्ति शोभतेतराम्। किंभूता सा ललना ? सांप्रतं विशेषणानि विशिनष्टि कानि- आकुञ्चकेशा, आकुञ्चाः केशाः कचाः यस्याः तथाभूता, अर्पितः कृष्णः अञ्जनं नेत्रयोः यया सा, नारङ्गवत् रूपं यस्याः सा चम्पकवर्णा इत्यर्थः। अगुरुवत् सुगन्धं चारु रमणीयं वस्त्रं यस्याः सा, भावाश्च अनुभावाश्च भावानुभावाः।

"निर्विकारात्मके चित्ते भाव: प्रथमविक्रिया" इति साहित्यदर्पण:। "देवादिविषया रति: व्यभिचारि तथाऽश्रित: भाव: प्रोक्त:" इति काव्यप्रकाश:। अनुभावा: कार्यरूपा: तै: खलु निश्चिततया चित्रतारा लीलया अवलिप्ता गर्विता तताभूता ललना रमणी चकास्ति। अत्र काव्यलिङ्गम् अलंकार: । इन्द्रवज्रा छन्द:।

व्याकरणम्

समासा:- आकुञ्चकेशा- आकुञ्च: केश: अस्ति यस्या: सा (बहुव्रीहि:)

अर्पितकृष्णनेत्रा- अर्पित: कृष्ण: नेत्रयो: यया सा (बहुव्रीहि:)

अगुरुचारुवस्त्रा- न गुरु - अगुरु (नञ् तत्), अगुरु च चारु च वस्त्रं यस्या: सा (बहुव्रीहि:)

भावानुभावै:- भावाश्च अनुभावाश्च भावानुभावा: (क.धा.) तै:

चित्रतारा- चित्रे तारा (स.त.)

लीलावलिप्ता- लीलया अवलिप्ता (तृ.त.)

प्रकृति-प्रत्यय निरूपणम्-अर्पित:- अर्प +क्त

भाव:- भू +घञ्

अनुभाव:- अनु +भू +घञ्

अवलिप्ता- अव +लिप् +क्त +टाप्

चकास्ति- कास् +लट् (तिप्)

छन्द:- इन्द्रवज्रा।

अलंकार:- काव्यलिङ्गम्।

कौमार्यम्
(Girlhood)

ललाटिका चर्चितचारुचित्राः कौमार्यचिह्नैरवलिप्तभालाः।
संश्लिष्टहाराः स्तनभारनम्रा लोलाङ्गलीला ललितं लभन्ते ।। ४४ ।।

अन्वयः ललाटिकाचर्चितचारुचित्राः कौमार्यचिह्नैरवलिप्त भालाः संश्लिष्टहाराः स्तनभारनम्राः लोलङ्गलीलाः (कुमार्यः) ललितं लभन्ते।

English: With the mark of beautiful paintings of sandle paste on foreheads, the eyebrows knitted together with the marks of girlhood, embellished with necklaces, bowed by the weigh of bosoms, the sportive tremulous limbs of the girls (in girlhood) attain grace.

ଓଡ଼ିଆ: ଚାରୁଚିତ୍ରରେ ଶୋଭିତ କପାଳଧାରିଣୀ, କୁମାରୀଚିହ୍ନରେ ଏକତ୍ର ସୁଗଠିତ ଭ୍ରୂକୁଟୀ ଶୋଭିନୀ, ହାର ପରିହିତା ସ୍ତନଭାରନମ୍ରା ତରୁଣୀଗଣ (ମଜ୍ଜିଯାଇଥିବା) ଲୋଲାଙ୍ଗଲୀଳାରେ ଲଳିତଭାବକୁ ପ୍ରାପ୍ତ ହେଉଛନ୍ତି ।

हिन्दी : **चारुचित्र से शोभित कपोलधारिणी, कुमारी चिन्ह से एकत्र सुगठित भ्रुकुटी शोभिनी, हार परिहिता स्तन भार नम्रा तरुणीगण (तल्लीन) लोलांगलीला से ललित भाव को प्राप्त हो रही हैं।**

प्रकाशिकाः अत्र कविः कौमार्यं वर्णयन् अस्ति। ललाटिकया सुरभि-चन्दनादिना ललाटप्रदेशे चर्चितानि चारुचित्राणि याभिः ताः तथाभूताः, कुमार्याः भावः कौमार्यं तस्य कौमार्यस्य चिह्नैः अवलिप्तः भालदेशः यासां ताः। अर्थात् कुमारीत्वात् तदनुरूपं भालदेशमण्डनमप्यस्ति आवश्यकम्। संश्लिष्टः हारः सम्यक्तया संयोजितः हारः वक्षोदेशे याभिः ताः, स्तनयोः कुचयोः भारेण नम्राः नमनशीलाः एतावता इत्युन्नतकुचशालिन्यस्ताः इति बोधव्यम्।

लोला: चञ्चला: अङ्गलीला: यासां ता: तथाभूता: कुमार्य: ललितं लभन्ते। उपजाति: छन्द:।

व्याकरणम्

समासा:- ललाटिका-चर्चित-चारुचित्रा:- ललाटिकया सुरभि-चन्दनादि चिह्नेन चर्चितानि चारुचित्राणि याभि: ता: (बहुव्रीहि:)

कौमार्य चिह्नै:- कौमार्यस्य चिह्नानि तै:

अवलिप्तभाला:- अवलिप्ता: भाला: यासां ता: (बहुव्रीहि:)

संश्लिष्टहारा:- संश्लिष्टा: हारा: यासु ता: (बहुव्रीहि:)

स्तनभारनम्रा- स्तनयो: भार: (ष.त.) स्तनभारेण नम्रा: (तृ.त.)

लोलाङ्गलीला:- लोलम् अङ्गम् (क.धा.) लोलाङ्गानां लीला (ष.त.)

प्रकृति-प्रत्यय निरूपणम्- ललितं- लल् +क्त

लभन्ते- लभ् +जस्

छन्द:- उपजाति:।

चापल्यम्
(Fickleness)

तीर्यक्स्मितैर्घूर्णितनेत्रवाक्यैर्यूनां विकारान् प्रतिभाषयन्ती ।
नद्यम्बुधारा प्रचलेव सौम्या शोभाङ्गनानामुपभोगरम्या ।। ४५ ।।

अन्वय: प्रचला नद्यम्बुधारा इव सौम्या (काचित् अवला) तीर्यक्स्मितैः घूर्णितनेत्रवाक्यैः यूनां विकारान् प्रतिभाषयन्ती (अस्ति) (एतावता) अङ्गनानां शोभा उपभोगरम्या भवति।

English: Replying the reactions of the youth with oblique smiles, rolling eyes and turning speeches, looking pleasant like rivulet-water-flow, the beauty of the lovely ladies spells enjoyable elegance.

ଓଡ଼ିଆ: ତୀର୍ଯ୍ୟକ୍ ସ୍ମିତସହିତ ଘୂର୍ଣ୍ଣିତ ନେତ୍ର ବାକ୍ୟଦ୍ୱାରା ଯୁବକମାନଙ୍କ ବିକାରର ପ୍ରତ୍ୟୁତ୍ତର ଦେଉଥିବା ଓ ନଦୀର ଜଳଧାରାପରି ଚଳତ୍‌ମଧୁରକାନ୍ତି ଭୂଷିତା ହୋଇଥିବା ଅଙ୍ଗନାମାନଙ୍କର ଶୋଭା ଉପଭୋଗରମଣୀୟ ଅଟେ ।

हिन्दी : **तीखी मुस्कान के साथ घुमते नेत्र वाक्य द्वारा युवकों के विकार का जवाब देनेवाली तथा नदी की जलधार की भाँति चलत् मधुर कान्ति भूषिता अंगनाओं की शोभा उपभोग रमणीय है।**

प्रकाशिका: अत्र कविः चपलतां वर्णयन् दृश्यते। प्रकर्षेण चला प्रचला चलचञ्चला इत्यर्थः, नद्याः अम्बुधारा जलप्रवाह इव सौम्या रमणीया। यथा नद्याः जलधारा स्वच्छा भव्या तथैव इत्यर्थः। एवंभूता काचित् अङ्गना तीर्यक् स्मितैः वक्र ईषत् हास्यैः, घूर्णितनेत्रवाक्यैः घूर्णिते ये नेत्रे तयोः वाक्यैः पदकदम्बैः अर्थात् वक्रस्मितद्वारा घूर्णितनेत्रद्वारा च सा प्रतिभाषमाणा अस्ति। यूनां युवकानां विकारान् अमार्जितव्यवहारान् प्रतिभाषयन्ती प्रतिनिवेदयन्ती दृश्यते।

एतावता अङ्गनानां शोभा कान्तिः उपभोगेन रम्या भवति। अत्र अन्त्यानुप्रासः इन्द्रवज्रा छन्दः।

व्याकरणम्

समासाः- घूर्णितनेत्रवाक्यैः- घूर्णिते नेत्रे (क.धा.) घूर्णितनत्रयोः वाक्यानि (ष.त.) तैः

उपभोगरम्या- उपभोगेन रम्या (तृ.त.)

प्रकृति-प्रत्यय निरूपणम्-विकारः- वि +कृ +घञ्
प्रतिभाषयन्ती- प्रति +भाष् +शतृ +ङीप्
अम्बु- अम्ब् +उण् (शब्दे)
प्रचला- प्र +चल् +टाप्

छन्दः- इन्द्रवज्रा।

अलंकारः- अनुप्रासः।

नर्मसाचिव्यम्
(Amusement)

हस्तान्तपुष्पा: स्थितकक्षपुस्तका: बाला: सुसोपान-विमान-गन्तुका:।
भ्रमन्ति भङ्ग्यां युवभिस्तु हासिता: कौमार्यभा किं प्रियवाक्य नर्मभि:
।।४६।।

अन्वय: हस्तान्तपुष्पा: स्थितकक्षपुस्तका: सुसोपान-विमान-गन्तुका: बाला: युवभि: हासिता: भङ्ग्यां भ्रमन्ति। प्रियवाक्यनर्मभि: किं कौमार्यभा (विद्यते) ?

English: With flowers at the hand-tops, with books in the laps, the young women, intent upon roving through the steps to the building-top, being laughed at by the youth, continue to turn round the curvatures. Does the glow of young woman-hood (continue to) remain with the pleasant comments of appreciation?

ଓଡ଼ିଆ: ହସ୍ତାନ୍ତରେ ପୁଷ୍ପ ଓ କକ୍ଷରେ ପୁସ୍ତକଶୋଭିତ ନବତରୁଣୀଗଣ ଅଟ୍ଟାଳିକାର ସୁଉଚ୍ଚ ସୋପାନ ଆରୋହଣ ଇଚ୍ଛାରେ ସୋପାନପଂକ୍ତିରେ ଭ୍ରମୁଥିବା କାଳରେ ନବତରୁଣଙ୍କଦ୍ୱାରା ପରିହାସିତା ହୋଇଥାଆନ୍ତି । କୁମାରୀକାନ୍ତି ଆଦର-ଉଚ୍ଚାରିତ-ହାସ-ପରିହାସକୁ ଅପେକ୍ଷା କରେ କି ?

हिन्दी : हाथ में फूल और कक्ष में पुस्तक शोभित नव तरुणीगण उंचे सोपान आरोहण की इच्छा से सीढियों में घूमती हुई नौजवानों द्वारा परिहासिता होती हैं। कुमारीकान्ति क्या कभी आदर उच्चारित हास-परिहास की अपेक्षा रखती है ?

प्रकाशिका: अत्र कवि: नर्मसाचिव्यं प्रतिपादयन् अस्ति। हस्तस्य अन्ते पुष्पं यासां ता:, स्थितानि कक्षे पुस्तकानि यासां ता:, कक्षदेशे पुस्तकं धारयन्त्य: शोभन: सोपान: सुसोपान: तेन विमानतया गमनशीला: अथवा सोपानै: सोपानपंक्तिभि: विमानं सु-उच्चसद्म आरोहणशीला - "विमानोऽस्त्री देवयाने सप्तभूमौ च सद्मनि" इति निघण्टु:। "विमानो व्योमयाने च सार्वभौमगृहेऽपि च" इति मेदिनी। बाला: कुमार्य: युवभि: युवकै: हासिता: सत्य: भङ्ग्यां भ्रमन्ति भ्रमणं कुर्वन्ति। प्रियस्य वाक्यं प्रियवाक्यं तस्य नर्मणि क्रीडा: तै:। "क्रीडा खेला च नर्म च" इत्यमर: (१.७.३२)। कुमार्य: भाव: कौमार्यं तस्य भा कान्ति: किम् ?

व्याकरणम्

समासा:- हस्तान्तपुष्पा:- हस्तस्य अन्त:, हस्तान्ते पुष्पाणि यासां ता: (बहुव्रीहि:)

स्थितकक्षपुस्तका:- स्थितानि कक्षे पुस्तकानि यासां ता: (बहुव्रीहि:)

सुसोपान-विमान-गन्तुका:- सुसोपानै: विमानं गन्तुका: या: ता: (बहुव्रीहि:)

प्रियवाक्यनर्मभि:- प्रियं च तत् वाक्यं प्रियवाक्यम् (क.धा.) प्रियवाक्यस्य नर्म (ष.त.) तै:।

प्रकृति-प्रत्यय निरूपणम्-

भ्रमन्ति- भ्रम् +झि

हासिता- हस् +णिच् +क्त +टाप्

गन्तुका- गम् +तुन् +क +टाप्

नर्म- नृ +मनिन्

छन्द:- इन्द्रवंशा - वंशस्थविलयो: मिश्रणात् उपजाति:।

कान्तिः
(Loveliness)

पीनस्तनौ कम्पितचेलचञ्चलावाकम्रकेशाः प्रचलन्ति वायुना।
उद्दीप्तकान्त्या सविलोलदर्शनात्तारुण्यधारा हृदयानुधाविनी ।। ४७।।

अन्वयः पीनस्तनौ कम्पितचेलचञ्चलाः कम्रकेशाः वा वायुना प्रचलन्ति। उद्दीप्तकान्त्या सविलोलदर्शनात् तारुण्यधारा हृदयानुधाविनी (अस्ति)।

English: The plump bosoms, the quivering skirts of sarees, charming tresses and all get moved by the wind. By heightened loveliness and tremulous looks, the flow of youth runs towards the heart.

ଓଡ଼ିଆ: ପୃଥୁଳ ବକ୍ଷୋଜ, କମ୍ପିତ-ଚଞ୍ଚଳ-ଚେଳ (ପଣତକାନି), ମନୋରମ କେଶରାଶି, ଏ ସମସ୍ତ ପବନରେ ଆନ୍ଦୋଳିତ । ଉଜ୍ଜ୍ୱଳକାନ୍ତି ଓ ଚଳଚଞ୍ଚଳ ଚାହାଣୀରେ ତାରୁଣ୍ୟଧାରା ହୃଦୟାନୁଧାବିନୀ ହେଉଅଛି ।

हिन्दी : **उभरे स्तन, काँपते चंचल आँचल, मनोरम केश राशि, ये सारे हवा में आन्दोलित होते हैं। उज्ज्वल कान्ति और चंचल चितवन में तारुण्य की धारा हृदयानुधाविनी हो रही है।**

प्रकाशिका: अत्र कविः कान्तिं वर्णयन् आह - पीनौ पृथुलौ च तौ स्तनौ कुचौ कंपिताः चेलाः वस्त्राणि अत एव चञ्चलाः अस्थिराः, कम्राः रम्याः केशाः कचाः वा अत्र वा-शब्द समुच्चयार्थकः। इमे सर्वे वायुना पवनेन प्रचलन्ति प्रकर्षेण चलन्तः दृश्यन्ते। तेन कारणेन उद्दीप्ता या कान्तिः तया, विलोलेन सह वर्तमानं सविलोलं सचञ्चलं यत् दर्शनं तस्मात् तारुण्यस्य धारा प्रवाहः हृदयानुधावि-नी भवति। अत्र इन्द्रवंशा छन्दः।

व्याकरणम्

समासा:- कंपितचेलचञ्चला:- कंपिता: चेला: कंपितचेला: (क.धा.)
कम्पितचेलाश्चते चञ्चलाश्चेति (क.धा.)
कम्रकेशा:- कम्रा: केशा: (क.धा.)
उद्दीप्तकान्त्या- उद्दीप्ता च सा कान्ति: (क.धा.) तया
सविलोलदर्शनात्- विलोलेन सह वर्तमानं सविलोलम् सविलोलं च तत् दर्शनं (क.धा.) तस्मात्
तारुण्यधारा- तारुण्यस्य धारा (ष.त.)
हृदयानुधाविनी- हृदयमनुधावते या सा (बहुव्रीहि:)

प्रकृति-प्रत्यय निरूपणम्- प्रचलन्ति- प्र +चल् +झि
उद्दीप्त- उत् +दीप् +क्त
दर्शनम्- दृश् +ल्युट्
अनुधाविनी- अनु +धाव् +इन् +ङीप्

छन्द:- इन्द्रवशा।

आकृष्टि: (Attraction)

द्राक्षां यथा पश्यति लुब्धपान्थ आलक्ष्यरागां कलिकां यथालि:।
आरक्तसंध्यामिव चारुचन्द्रो युवाऽऽस्फुटाङ्गीं तरुणीं तथैव।।४८।।

अन्वय: यथा लुब्धपान्थ: द्राक्षां, अलि: आलक्ष्यरागां कलिकां, चारुचन्द्र: आरक्तसंध्यां (वा) पश्यति, तथा एव युवा आस्फुटाङ्गीं तरुणीं पश्यति।

English: The way a greedy traveller looks at the grapes, a black bee at the allround rufescence of the (blooming) buds, the charming moon at the red-hued eventide; in the same way a youngman looks at a young woman, with limbs bloomed (symmetrically) all around.

ଓଡ଼ିଆ: ଲୁବ୍ଧ ପାନ୍ଥ ପକ୍ୱ ଦ୍ରାକ୍ଷାକୁ, ଭ୍ରମର ପରିବ୍ୟାପ୍ତ ରାଗରଞ୍ଜିତ-କଳିକାକୁ, ଚାରୁଚନ୍ଦ୍ର ପରିବ୍ୟାପ୍ତ ରାଗରଞ୍ଜିତ (ଅନୁରାଗ/ରକ୍ତିମତା) ସନ୍ଧ୍ୟାକୁ ଯେଉଁ ଭାବରେ ଦେଖିଥାଏ, ଯୁବକ ସାମଗ୍ରିକ ଭାବରେ ପରିସ୍ଫୁଟାଙ୍ଗଶୋଭିନୀ ତରୁଣୀକୁ ଠିକ୍ ସେହି ଭାବରେ ହିଁ ଦେଖିଥାଏ ।

हिन्दी : लुब्ध पथिक पके हुए द्राक्षा को, भौंरा परिव्याप्त राग-रंजित कली को, चारुचन्द्र परिव्याप्त राग-रंजित (अनुराग / रक्तिम) सन्ध्या को जिस प्रकार देखते हैं, युवक सामग्रिक रूप से परिस्फूटांग शोभिनी तरुणी को उस रुप में देखता है।

प्रकाशिका: अत्र कवि: प्रेम्ण: आकृष्टिं वर्णयति। यथा लुब्ध: पान्थ: लोभान्वित: पथिक: द्राक्षां गोस्तनीं "मृद्विका गोस्तनी द्राक्षा" इत्यमर:। अलि: भ्रमर: आलक्ष्यराग: यस्या: तां कलिकां कुड्-मलं, चारुश्चासौ चन्द्रश्चेति रमणीय: चन्द्रमा, आरक्ता या संध्या

ताम्। अनुरागवतीं संध्यां पश्यति तथा एव युवकः आस्फुटानि समन्तात् प्रकाशितानि अङ्गानि यस्याः तां तथाभूतां तरुणीं पश्यति अवलोकयति। अत्र उपमालंकारः। उपजातिः छन्दः।

व्याकरणम्

समासाः- लुब्धपान्थः- लुब्धश्चासौ पान्थश्चेति (क.धा.)

आलक्ष्यरागाम्- आलक्ष्यः रागः यस्याः ताम् (बहुव्रीहिः)

आरक्तसंध्याम्- आरक्ता संध्या (क.धा.) ताम्

चारुचन्द्रः- चारुश्चासौ चन्द्रश्चेति (क.धा.)

प्रकृति-प्रत्यय निरूपणम्- आरक्तः- आ +रञ्ज् +क्त

अलंकारः- उपमा।

छन्दः- उपजातिः।

प्रथमानुभूति:
(First Experience)

मन्दान्धकारे सरणीं तरन्ती बाला नवीना तरुणेन दृष्टा।
आचुम्बनै: कम्पितचारुगण्डा मानोन्नता कण्टकिता रराज ।। ४९।।

अन्वय: मन्द-अन्धकारे सरणीं तरन्ती नवीना बाला तरुणेन दृष्टा। (तदनु) सा आचुम्बनै: कंपित चारुगण्डा कण्टकिता मानोन्नता रराज।

English: A young woman while crossing a lane in thin darkness was seen by a youngman. (Thereafter) With quivered charming cheeks raised by kisses all around, she, at the height of her haughtiness appeared horripilated.

ଓଡ଼ିଆ: ସ୍ୱଳ୍ପାନ୍ଧକାରରେ (ସନ୍ଧ୍ୟାରେ) ଗଳିରାସ୍ତା ପାରିହେବା କାଳରେ ଏକ ନବଯୁବତୀ ତରୁଣ ଦୃଷ୍ଟିରେ ପଡ଼ିଯାଇଥିଲେ । ପରିଚୁମ୍ବନରେ କମ୍ପିତ ଚାରୁଗଣ୍ଡବାହିନୀ ଓ ତୁଙ୍ଗାଭିମାନିନୀ ସେ ରୋମାଞ୍ଚନ-ଶୋଭା-ଭୂଷିତ ହୋଇଉଠିଥିଲେ ।

हिन्दी : **हल्के अन्धेरे में (शाम को) गलियों को पार करते समय एक नवयुवती तरुण की दृष्टि में आ गई थी। परिचूम्बन में कंपित चारुगण्डवाहिनी और तुंगाभिमानिनी रोमांचन-शोभा-भूषिता हो उठी थी।**

प्रकाशिका: अत्र कवि: प्रेम्ण: प्रथमानुभवं वर्णयन् अस्ति। मन्दश्चासौ अन्धकार: तास्मिन् ईषदन्धकारे इत्यर्थ:। सरणीं मार्गं तरन्ती अतिक्रामन्ती (तृ +शतृ+ङीप्) नवीना नूतना बाला कुमारी तरुणेन युवकेन दृष्टा अवलोकिता। तत: परं सा बाला युवकस्य आ समन्तात् चुम्बनै: मुखसंयोगै: "चुम्बवक्त्रसंयोगे" इति धातु:। कण्टकानि रोमाञ्चितानि संजातानि यस्या: सा कण्टकिता। चुम्बनदानात् शरीरे रोमाञ्च: समजनि। एतावता सात्त्विकभाव:

वर्णितः। ततः सा मानेन अभिमानेन उन्नता सती रराज शुशुभे। इन्द्रवज्रा छन्दः।

व्याकरणम्

समासाः- मन्दान्धकारे- मन्दश्चासौ अन्धकारः (क.धा.) तस्मिन्

कम्पितचारुगण्डा- कम्पितः चारुगण्डः यस्याः सा (बहुव्रीहिः)

मानोन्नता- मानः उन्नतः यस्याः सा (बहुव्रीहिः)

प्रकृति-प्रत्यय निरूपणम्-

तरन्ती- तृ +शतृ +ङीप्

दृष्टा- दृश् +क्त +टाप्

उन्नता- उत् +नम् +क्त +टाप्

कण्टकिता- कण्टक +इतच् +टाप्

रराज- राज् +लिट्

छन्दः- इन्द्रवज्रा।

वैदग्ध्यम्
(Wit)

हे मानसीनां मतिपुष्पचौर चिराय बद्धः[19] मम किंकरोषि (ऽसि)।
भूयो मनः पुष्पविमर्दनोत्थैर्गन्धैस्तवाहं हृदयं हरामि ।। ५०।।

अन्वयः हे मानसीनां मतिपुष्पचौर ! चिराय (त्वं) बद्धः मम किंकरः असि। भूयः मनःपुष्पविमर्दनोत्थैः गन्धैः अहं तव हृदयं हरामि।

English: (She says) Oh you the thief of the mind-blooms of the beloveds! arrested for good you have become my slave. (He says) Now again by the pressed out fragrance of the mind-blooms I do continue to steal thy heart.

ଓଡ଼ିଆ: ହେ ମାନସୀମାନଙ୍କର ମତି-ପୁଷ୍ପ-ଚୋର ! ଚିରଦିନପାଇଁ ବନ୍ଧନରେ ପଡ଼ି ମୋର କିଙ୍କର ହୋଇଯାଇଛ । ପୁନର୍ବାର (ତୁମର) ମନପୁଷ୍ପ ବିମର୍ଦ୍ଦନରୁ ଉଠିଆ ।ସୁଥିବା ସୁରଭିଦ୍ୱାରା ମୁଁ ତୁମର ହୃଦୟ ହରଣ କରିଚାଲିବି ।

हिन्दी : **हे मानसियों के मति-पुष्प-चोर ! चिरकाल तक मेरे बंधन में फँसकर मेरे किंकर बन गये हो। फिर (तुम्हारा) मन-पुष्प विमर्दन से उठती हुई सुरभि से मैं तुम्हारा हृदय हरण करती रहुंगी।**

प्रकाशिका: अत्र कविः विदग्धतां वर्णयन् आह - हे मानसीनां तरु-णीनां मतिः एव पुष्पं तस्य चौर! प्रेमिक! चिराय चिरकालं यावत् त्वं प्रेमपाशेन बद्धः सन् मम किंकरः दासः असि भवसि। भूयः वारं वारं मन एव पुष्पं तस्य विशेषतया मर्दनेन उत्थितैः गन्धैः सुगन्धिभिः तव हृदयं अहं हरामि। तव हृदये अहं वर्तिष्ये इत्यभिप्रायः। अत्र उपजातिः छन्दः।

व्याकरणम्

समासा:- मतिपुष्पचौर:- मति: एव पुष्पं (रू.क.धा.) मतिपुष्पस्य चौर: (ष.त.)

मन:पुष्पविमर्दनोत्थै:- मन: एव पुष्पं (रू.क.धा.। मन:पुष्पस्य विमर्दनं (ष.त.) तेन उत्थिता: तै:

प्रकृति-प्रत्यय निरूपणम्- बद्ध:- बन्ध् +क्त

विमर्दनम्- वि +मर्द +ल्युट्

छन्द:- उपजाति:।

प्रेमामोद:
(Love-delight)

करे करारोपणचञ्चलाङ्ग: प्रपानकास्वादन-सिक्तवक्त्रम्।
प्रियाप्रकम्पायितवामनेत्रे संयोजयन्मुज्जननान्ननन्द ।। ५१ ।।

अन्वय: करे करारोपणचञ्चलाङ्ग: (प्रिय:) प्रपानकास्वादन सिक्तवक्त्रं प्रिया-प्रकम्पायितवामनेत्रे संयोजयन् मुद्जननात् ननन्द।

English: Experiencing horripilation at limbs by the clasp of hand in hand, joining liquor-relishing-wetted lips (face) with tremor-struck-lovely eyes of the beloved, he (the lover) rejoiced at the height of delight (satisfaction).

ଓଡ଼ିଆ: କରରେ କର ଆରୋପଣହେତୁ ରୋମାଞ୍ଚିତ ହୋଇଉଠିଥିବା ତରୁଣ (ପ୍ରିୟ) ପ୍ରପାନକ-ଆସ୍ୱାଦନ-ଭିଜା ନିଜର ମୁଖକୁ ପ୍ରିୟାର କମ୍ପନାନୀତ ଚାରୁନେତ୍ରରେ ସଂଯୋଜିତ କରି ପ୍ରୀତିଜନିତ ଆନନ୍ଦରେ ଅଧୀର ହୋଇଉଠିଥିଲା ।

हिन्दी : **कर पर करका आरोपण कर रोमांचित हुआ तरुण (प्रिय) प्रपानक-आस्वादन से भीगे मुख को प्रिया के कम्पनातीत चारु नेत्रों से संयोजित कर प्रीति के आनन्द से अधीर हो उठा था।**

प्रकाशिका: अत्र कवि: प्रेम्ण: आनन्दं वर्णयन् आह - प्रियाया: करे हस्ते स्वकरस्य आरोपणात् चञ्चलानि अङ्गानि यस्य तथाभूत: प्रेमिक: कश्चित् प्रपानकस्य आस्वादनात् सिक्तं आर्द्रं वक्त्रं मुखं तत् प्रियाया: प्रकर्षेण कम्पायिते कम्पनं कारिते वामनेत्रे रमणीयनयने सम्यक्तया योजयन् संस्थापयन् या मुद् आनन्द: तस्या: मुद: आनन्दस्य जननात् ननन्द आनन्दित: अभवत् इत्यर्थ:। उपजाति: छन्द:।

व्याकरणम्

समासा:- करारोपणचञ्चलाङ्ग:- करस्य ओरापणं (ष.त.) करारोपणेन चञ्चल: अङ्ग: यस्य स: (बहुव्रीहि:)

प्रपानकास्वादनसिक्तवक्त्रम्- प्रपानकस्य आस्वादनं (ष.त.) तेन सिक्तं वक्त्रं यस्य स: (बहुव्रीहि:) तम्

प्रिया-प्रकम्पायित-वामनेत्रे- प्रकम्पायितं च तत् वामनेत्रं (क. धा.) तस्मिन् (प्रकम्पायितवामनेत्रे) प्रियाया: प्रकम्पायितवामनेत्रे (ष.त.)

मुद्जननात्- मुद: जननं तस्मात्

प्रकृति-प्रत्यय निरूपणम्-

संयोजयन्- सम् +युज् +शतृ

प्रकम्पायितम्- प्र +कम्प +णिच् +क्त

सिक्तम्- सिच् +क्त

ननन्द- नन्द +लिट्

छन्द:- उपजाति:।

अन्योन्य विलास:
(Mutual Amorous Delight)

आकम्पिताङ्गी नवलोललोचना बालाऽल्पगुम्फे तरुणी विनोदिनी।
परस्परोच्चै: परिहासकेलिभिस्तारुण्यमन्योन्यविलासदर्शनम् ।। ५२।।

अन्वय: अल्पगुम्फे तरुणे आकम्पिताङ्गी नवलोललोचना बाला विनोदिनी (अस्ति)। परस्परोच्चै: परहिासकेलिभि: तारुण्यम् अन्यो-न्यविलासदर्शनं (भवति)।

English: A young woman with new tremulous eyes and horripilated limbs delights at the sight of a young-man of sprouting moustache. With eachother's jestful sports the youth has become a seat of mutal amorous exhibition.

ଓଡ଼ିଆ: ନୂତନଭାବରେ ଚଳଚଞ୍ଚଳନୟନା ବାଳା ଈଷଦଙ୍କୁରିତ ଶ୍ମଶ୍ରୁଧାରୀ ତରୁଣଠାରେ ଭାବବିନୋଦିନୀ ହୋଇଥାଆନ୍ତି । ପରସ୍ପରର ଉଚ୍ଚପରିହାସକେଳିଦ୍ୱାରା ତାରୁଣ୍ୟ ଅନ୍ୟୋନ୍ୟବିଳାସ ପ୍ରଦର୍ଶନର ସ୍ଥାନ ହୋଇଥାଏ ।

हिन्दी : नई नई चलचंचल बनी बाला इषत् अंकुरित श्मश्रुधारी तरुण के पास भावविनोदिनी हो जाती हैं। परस्पर उच्च परिहासयुक्त केलि से तारुण्य अनन्य विलास प्रदर्शन का स्थान बन जाता है।

प्रकाशिका: प्रेमिणो: कयोश्चित् अन्योन्यशृङ्गारजं भावं (विलासं) वर्णयन् अत्रास्ति कवि:। अल्प: गुम्फ: श्मश्रु: यस्य तस्मिन् तरुणे युवके (ईषत् श्मश्रुमुखं तरुणं द्रष्टुं तरुणीनामभिलाष: वर्धतेतराम्) आ समन्तात् कम्पितानि अङ्गानि यस्या: सा, नवे नूतने लोले चञ्चले लोचने यस्या: सा, बाला कुमारी, विनोदिनी विनोद: अस्या:

अस्ति इति। परस्परं अन्योन्यम् उच्चैः परिहासक्रीडाभिः तरुणस्य भावः अन्योन्य परस्परविलासस्य शृङ्गारजभावस्य दर्शनं जायते। उपजातिः छन्दः।

व्याकरणम्

समासाः- आकम्पिताङ्गी- आकम्पितम् अङ्गं यस्याः सा (बहुव्रीहि)
नवलोललोचना- नवे लोले लोचने यस्याः सा (बहुव्रीहि)
अन्योन्य विलासदर्शनम्- विलासस्य दर्शनं (ष.त.) अन्योन्यस्य विलासदर्शनम् (ष.त.)

प्रकृति-प्रत्यय निरूपणम्-विनोदिनी- वि +नुद् +इन् +ङीप्
विलासः- वि +लस् +घञ्
दर्शनम्- दृश् +ल्युट्

छन्दः- उपजातिः।

प्रागल्भ्यम्
(Arrogance)

सुसज्जिता न्यस्त-सुपुष्प-केशिनी वस्त्राञ्चलैर्वेष्टितचारुमध्यमा।
यूना सहोद्दीपितमिष्टभाषणा चारुण्यमन्योन्य विलासदर्शनम् ।। ५३।।

अन्वय: सुसज्जिता न्यस्तसुपुष्पकेशिनी वस्त्राञ्चलै: वेष्टितचारुमध्यमा यूना सह उद्दीपित मिष्टभाषणा (काचित् तरुणी अस्ति)। (अत:) तारुण्यम् अन्यान्यविलासदर्शनं (भवति)।

English: A well decorated young lady with tresses studded with beautiful flowers and lovely waist covered by the skirts of apparels do continue to exchange amorous sweet words with a young man (lover). (Therefore) The youth experiences mutual amorous exhibition.

ଓଡ଼ିଆ: ସୁନ୍ଦର ପୁଷ୍ପଖଚିତକେଶଧାରିଣୀ, ବସ୍ତ୍ରାଞ୍ଚଳରେ ପରିବେଷ୍ଟିତ କଟିଶୋଭିନୀ, ସୁବେଶଧାରିଣୀ ସେହି ତରୁଣୀ ତରୁଣ ସହିତ ଭାବୋଦ୍ଦୀପକ ମିଷ୍ଟଭାଷଣରେ ହଜିଯାଇଛନ୍ତି । (ତେଣୁ) ତାରୁଣ୍ୟ ପରସ୍ପରର ବିଳାସ ପ୍ରଦର୍ଶନର ଅନୁଭବ ଲାଭ କରୁଅଛି ।

हिन्दी : सुन्दर पुष्प खचित केशधारिणी, वस्त्रांचल से परिवेष्टित कटिशोभिनी, सुबेश धारिणी वह तरुणी तरुण के साथ भावोद्दीपक मिष्ट भाषण में खो गई है। (तभी) तारुण्य परस्पर के विलास-प्रदर्शन के अनुभब का लाभ प्राप्त कर रहा है।

प्रकाशिका: अत्र कवि: प्रगल्भतां वर्णयन् आह – काचित् तरुणी शोभनतया सज्जिता वर्तते। वस्त्रालंकारादिभि: सा पुन: न्यस्त सुपुष्पकेशिनी अस्ति। न्यास्तानि सुपुष्पाणि येषु केशेषु ते न्यस्तसुपुष्पकेशा:। न्यस्तसुपुष्पकेशा: सन्ति यस्या: सा तथाभूता, वस्त्राणां वसनानां अञ्चलै: प्रान्तभागै: वेष्टित: चारु: रम्य: मध्यभाग: यस्या: सा

तथाभूता यूना सह तरुणेन केनचित् सह उद्दीपितं मिष्टभाषणं यस्या: सा तथाभूता तरुणेन साकं प्रेमोद्दीपकं भाषणं विदधाति इत्यर्थ:। एतावता तारुण्यं मूर्त्तिमत् सत् आविर्भवति। तच्च परस्परस्य शृङ्गारात् जायमानस्य भावस्य दर्शनं भवति।

व्याकरणम्

समासा:- न्यस्तसुपुष्प-केशिनी- न्यस्तानि सुपुष्पाणि केशेषु यस्या: सा (बहुव्रीहि:)

वेष्टितचारुमध्यमा- वेष्टितश्चासौ चारु: (क.धा.) वेष्टितचारु: मध्यम: यस्या: सा (बहुव्रीहि:)

उद्दीपितमिष्टभाषणा- मिष्टं च तत् भाषणम् (क.धा.) उद्दीपितं मिष्टभाषणं सस्या: सा (बहुव्रीहि:)

प्रकृति-प्रत्यय निरूपणम्- सज्जिता- सज्ज् +णिच् +क्त +टाप्

वेष्टित:- विश् +णिच् +क्त

भाषणम्- भाष् +ल्युट्

छन्द:- उपजाति:।

प्रगल्भा
(Audacious Lady)

तारुण्य तीर्थाश्चलतीर तारिका त्वधीरयूनां सुतरीर्गरीयसी।
बभार बाला चलितांशुकाम्बर- मुन्मादिनी मन्मथमन्थरा गतिः ।। ५४।।

अन्वय: अधीरयूनां तारुण्यतीर्थाश्चलतीरतारिका गरीयसी सुतरीः बाला उन्मादिनी मन्मथमन्थरागतिः चलितांशुकाम्बरं बभार।

English: A young lady, a saviour at the (river) bank with stepping region for youth, an adorable beautiful boat for the dissipated youth, donned a fluttering silk-saree, and her passionate slow-pace was exciting.

ଓଡ଼ିଆ: ଯୌବନାରୋହଣ ତୀର୍ଥାଞ୍ଚଳର ତାରିକା ଅଧୀରଯୁବକମାନଙ୍କର ଗୌରବମୟୀ ସୁଶୋଭିତ ତରୀ ସେହି ନବଯୁବତୀ ଚଳଚଞ୍ଚଳ ପାଟବସ୍ତ୍ର ପରିଧାନ କଲେ ଓ ତାଙ୍କର ପ୍ରଣୟ ମନ୍ଥରଗତି ଉନ୍ମାଦିନୀ ହୋଇଉଠିଥିଲା ।

हिन्दी : यौवनारोहण तीर्थांचल की तारिका अधीर युवकों की गौरवमयी सुशोभित तरी वह नवयुवती चलचंचल पाटवस्त्र परिधान पूर्वक अपनी प्रणय जनित मंथर गति से उन्मादिनी हो उठीं।

प्रकाशिका: अत्र कविः प्रगल्भां कांचित् तरुणीं वर्णयन् आह - अधीराः न धीराः अस्थिरा इत्यर्थः ये युवानः तेषां अधीरयूनां तारुण्यम् एव तीर्थाश्चलं तीर्थस्थानं तत्र तारिका तारणकर्त्री भवति बाला गरीयसी शोभना तरीः नौका। यथा नौकया जनाः पारं गच्छन्ति नद्याः, तथा इयं बाला नौकारूपिणी सर्वान् यूनः तारुण्यतीर्थाश्चलस्य पारं नयति। नौकायां यथा किंचन वसनम् उपरि तीर्यक्रुपेण पवनस्य अवरोधकतया न्यस्ता दृश्यते तथैवेयं बाला

नौकारूपिणी किमपि चलितं वसनं धारयन्ती अस्ति। तता च उन्मादशालिनी कन्दर्पबाणेन जर्जरिता मन्थरा गतिः अस्ति। उपजातिः छन्दः, रूपकमलंकारः।

व्याकरणम्

समासाः- तारण्यतीर्थाश्चलतीरतारिका- तारुण्यमेव तीर्थाश्चलं (रू.क. धा.) तारण्यतीर्थाश्चलस्य तीरः (ष.त.) तस्मिन् तारिका
चलितांशुकाम्बरम्- अंशुकं तत् अम्बरं (क.धा.) चलितं तत् अंशुकाम्बरम् (क.धा.)
मन्मथमन्थरागतिः- मन्मथेन मन्थरा (तृ.त) मन्मथमन्थरा च सा गतिः (क.धा.)

प्रकृति-प्रत्यय निरूपणम्-

तारिका- तार् +ण्युल् +टाप्
गरीयसी- गुरु +इयसुन् +ङीप्
बभार- भृ +लिट्
उन्मादिनी- उत् +मद +णिच् +इन् +ङीप्
गतिः- गम् +क्तिन्

छन्दः- इन्द्रवंशा- वंशस्थविलयोः मिश्रणात् उपजातिः।

अलंकारः- रूपकम्।

बालाश्री
(Virgin Beauty)

बाला नवीना नवनीतकोमला गोधूमगौरी स्मितमर्मरोपला।
दुग्धावधौता इव शुभ्रभारती: विवृण्वती श्रीर्युवधी र्विघातिनी ।।५५।।

अन्वय: नवनीतकोमला नवीना बाला गोधूमगौरी स्मितमर्मर-उपला अस्ति। (सा पुन:) दुग्धावधौता इव शुभ्रभारती: विवृण्वती युवधीविधातिनीश्री: (अस्ति)।

English: A wheat-fair butter-soft virgin-girl decked with the smilings of the murmuring jewels, (while) commencing shining speech coached with milk as if exerts striking force of her beauty on the mind of the youth.

ଓଡ଼ିଆ: ଗହମପରି ଗୌରବର୍ଣ୍ଣା, ନବନୀତପରି ସୁକୋମଳା, ସ୍ୱଳ୍ପଶବ୍ଦାୟମାନ ମଣିଗଣପରି ପ୍ରକଟସ୍ମିତ ସୁହାସିନୀ, ନବୀନା ବାଳା କ୍ଷୀରସ୍ନାନ କରିଥିବାପରି ଶୁଭ୍ରବାଣୀଉଚ୍ଚାରଣରେ ଯୁବକମାନଙ୍କର ବୁଦ୍ଧିବିଘାତିନୀ ଶୋଭାକୁ ବହନ କରିଅଛି ।

हिन्दी : गेहूँ की भाँति गौरवर्णा, नवनीत की भाँति सुकोमल, स्वल्प शब्दायमान मणिगण की भाँति प्रकट स्मित सुहासिनी नवीना बाला दुधस्नाता की भाँति शुभ्रवाणी के उच्चारण से युवकों की बुद्धिघातिनी शोभा को वहन करती है।

प्रकाशिका: अत्र कवि: बालाया: श्रियं वर्णयन् आह - बाला नवीना इति। नवं च तत् नीतं चेति नवनीतं नवोद्धृतम् "नवनीतं नवोद्धृतम्" इत्यमर: (२.९.५२) तद्वत् कोमला "यवनी नवनीत कामलाङ्गी शयनीये यदि नीयते कदाचित्। अवनीतलमेव साधु मन्ये न वनी माघवनी विनोद हेतु:"। इति पण्डितराज जगन्नाथ:। नवीना

नूतना बाला कुमारी गोधूमवत् गौरदेहा "गोधूम: सुमन: समौ" इत्यमर: (२.९.१८)। स्मितमर्मरोपला श्री:, स्मितं मर्मरोपल: यस्या: सा "उपल: प्रस्तरे मणौ" इति विश्व:। स्वल्पशब्दायमान मणिगणवदीषत् स्मितहासिनी इत्यर्थ:। अथवा स्मितेन मर्मरोपला श्री: यस्या सा "मर्मरो वस्त्रभेदे च शुष्कपर्णध्वनौ तथा। पुंसि स्त्रियां पुन: प्रोक्ता मर्मरी पीतदारुणि" "वस्त्राणां पर्णानां च स्वनिते मर्मर:। शब्दानुकरणमिति स्वामी" इति रामाश्रमटीकायाम् अमरकोषस्य। दुग्धेन क्षीरेण अवधौता इव स्नाता इव शुभ्रा: निर्मला: भारती: भाषा: विवृण्वती सा बाला यूनां धीय: बुद्धे: विघातिनी विघातशालिनी अस्ति। उपजाति: छन्द:।

व्याकरणम्

समासा:- नवनीतकोमला- नवनीतवत् कोमला (रू.क.धा.)
गोधूमगौरी- गोधूमवत् गौरी (रू.क.धा.)
स्मितमर्मरोपला- स्मितं मर्मरोपल: यस्या: सा (बहुव्रीहि:)
दुग्धावधौता- दुग्धेन अवधौता (तृ.त.)
शुभ्रभारती- शुभ्रा च सा भारती (क.धा.)
युवधीर्विघातिनी- यूनां धीय: (ष.त.) युवधीय: विघातयति या सा (बहुव्रीहि:)

प्रकृति-प्रत्यय निरूपणम्-विवृण्वती- वि +वृण् +शतृ +ङीप्
विघातिनी- वि +घात् +इन् +ङीप्

छन्द:- वंशस्थविल - इन्द्रवंशयो: मिश्रणात् उपजाति:।

रतिकांक्षिणी
(Amorous Lady)

धृतेर्विमानं नमतीव नाभिभि: कुचोन्नतिस्तूच्चतृषां विनिन्दति।
प्राज्ञस्य दीप्तिश्चिकुरैर्विडम्ब्यत उन्मादिनीनां रतिकांक्षिणीनाम् ।।५६।।

अन्वय: रतिकांक्षिणीनां उन्मादिनीनां नाभिभि: धृते: विमानं नमतीव, कुचोन्नति: उच्चतृष्णां विनिन्दति। चिकुरै: प्राज्ञस्य दीप्ति: विडम्ब्यते।

English: By the navals of the intoxicating amorous ladies the citadel of patience is, as if bending down; the height of the bosoms denounce lofty desires, and the brilliant lustre of the wise is betrayed by the tresses.

ଓଡ଼ିଆ: ଉନ୍ମାଦିନୀ ରତିକାଂକ୍ଷିଣୀ ଯୁବତୀଗଣଙ୍କର ନାଭି-ଭଉଁରୀରେ ସତେଯେପରି ଧୈର୍ଯ୍ୟର ସୌଧ ବୁଡ଼ିଯାଉଛି; ବକ୍ଷୋଜ ଦୁଇଟିର ଉଚ୍ଚତା (ସତେଯେପରି) ଉଚ୍ଚାଭିଳାଷକୁ ନିନ୍ଦା କରୁଅଛି ଓ (ସତେଯେପରି) ଜ୍ଞାନିଜନର ତେଜସ୍ୱିତା କେଶରାଶିର ଦୀପ୍ତିମତ୍ତାରେ ଉପହାସିତା ।

हिन्दी : उन्मादिनी रतिकांक्षिणी युवतियों की नाभी-भाँवर में मानों धैर्य का सौध डुब रहा है, दोनों वक्षजों की ऊँचाइ (मानो) उच्चाभिलाष की निन्दा कर रही है और (मानों) ज्ञानी जनों की तेजस्वी केशराशि दीप्तिमत्ता में उपहसिता हैं।

प्रकाशिका: अत्र कवि: रतिकांक्षिणीं कांचित् वर्णयन् आह - रतिकांक्षा अस्ति यासां तथाभूतानां प्रेमाभिलाषिणीनामित्यर्थ: उन्माद: अस्ति यासां तासां तथाभूतानां नाभिभि: धृते: धैर्यस्य विमानं नमति इव। उत्प्रेक्षा। कुचयो: स्तनयो: उन्नति: औन्नत्यं उच्चा

या तृषा तां उच्चाभिलाषमित्यर्थः विशेषेण निन्दति। चिकुरैः केशैः प्राज्ञस्य पण्डितस्य दीप्तिः विडम्ब्यते निन्द्यते। तेजः मलिनं भवति तां तरुणीं प्रति स्वतः एव आकर्षितो भवति इत्यर्थः। अत्र उत्प्रेक्षालंकारः। छन्दः उपजातिः।

व्याकरणम्

समासाः- कुचोन्नतिः- कुचयोः उन्नतिः (ष.त.)

रतिकांक्षिणी- रतिं कांक्ष्यति या सा (बहुव्रीहिः)

नाभिः- नाभ् +इञ् (भश्चान्तादेशः)

दीप्तिः- दीप् +क्तिन् (भावे)

विडम्ब्यते- वि +डम्ब् +य +लट्

उन्मादिनी- उत् +मद् +णिच् +इन् +ङीप्

छन्दः- वंशस्थविल - इन्द्रवंशयोः मिश्रणात् उपजातिः।

अलंकारः- उत्प्रेक्षा।

संगमौत्सुक्यम्
(Inquisitiveness for Union)

प्रसाधिका-सज्जित-पुष्पमालया प्रसेदिकां प्रस्फुट पुष्पपल्लवाम्।
वभ्राम भीरु: प्रियदृष्टिकांक्षिणी कैकान्तिकं काङ्क्षति वा न सङ्गमम्
।।५७।।

अन्वय: प्रसाधिका-सज्जित पुष्पमालया प्रियदृष्टिकांक्षिणी भीरु: प्रस्फुटपुष्पपल्लवां प्रसेदिकां वभ्राम। का वा ऐकान्तिकं संगमं न कांक्षति ?

English: Decorated with the flower-garland by the maid, the timid lady (lady-love) longing for the sight of the lover started wandering the (small) garden with blooms of flowers and leaves. Who, the lady, does not desire union in solitude?

ଓଡ଼ିଆ: ପରିଚାରିକାଦ୍ୱାରା ସଜ୍ଜିତ ପୁଷ୍ପମାଳାଧାରିଣୀ ଭୀରୁ (ସୌନ୍ଦର୍ଯ୍ୟ ଭୟଶାଳିନୀ ଅନୁପମସୁନ୍ଦରୀ) ପ୍ରିୟଦର୍ଶନ ଅଭିଳାଷିଣୀ ହୋଇ ପ୍ରସ୍ଫୁଟିତ ପୁଷ୍ପପଲ୍ଲବଭରା ଉପବନବାଟିକାରେ ଇତସ୍ତତଃ ଘୂରିବୁଲିଲେ କିଏ ବା ନାରୀ ଏକାନ୍ତରେ ପ୍ରିୟସଂଗମାଭିଳାଷିଣୀ ହୋଇନଥାଏ ?

हिन्दी : **परिचारिका द्वारा सज्जित पुष्पमाला धारिणी भीरु (सौन्दर्यशाली अनुपम सुन्दरी) के प्रियदर्शन अभिलाषिणी होकर प्रस्फुटित पुष्प-पल्लव से भरी उपवन वाटिका में इतस्तत : घुमते रहने से कौन सी नारी है जो एकान्त में प्रियसंगमाभिलाषी नहीं होती ?**

प्रकाशिका: अत्र कवि: संगमौत्सुक्यं वर्णयन् आह - प्रसाधिका इति। प्रसाधिकया परिचारिकया सज्जिता या पुष्पमाला तया सज्जितपुष्पमालाधारिणी इत्यर्थ:, प्रियदृष्टिकांक्षिणी प्रियतमस्य दृष्टौ दर्शने आकांक्षावती, प्रस्फुटपुष्पपल्लवां प्रस्फुटितानि पुष्पाणि

पल्लवानि च यस्यां तस्यां प्रसेदिकां क्षुद्रोपवनवाटिकां अथवा प्रस्फुटपुष्पपल्लवां वनीं वभ्राम भ्रमणं कृतवतीयं भीरुः। का वा तरुणी एकान्ते भवं ऐकान्तिकं संगमं न कांक्षति नाभिलषति ? सर्वा एव ऐकान्तिकं संगमं अभिलषति इत्यर्थः। अत्र अर्थापत्तिरलंकारः।

व्याकरणम्

समासा:- प्रसाधिका-सज्जित-पुष्पमालया- सज्जिता च सा पुष्पमाला (क.धा.) प्रसाधिकया सज्जितपुष्पमाला (तृ.त.) तया

प्रस्फुटपुष्पपल्लवाम्- प्रस्फुटानि पुष्पाणि पल्लवानि च यस्यां (बहुव्रीहिः) ताम्

प्रियदृष्टिकांक्षिणी- प्रियस्य दृष्टिः (ष.त.) प्रियदृष्टिं कांक्षति या सा (बहुव्रीहिः)

प्रकृति-प्रत्यय निरूपणम्-

संगमः- सम् +गम् +अप्

वभ्राम- भ्रम् +लिट्

छन्दः- वंशस्थविल - इन्द्रवंशयोः मिश्रणात् उपजातिः।

अलंकारः- अर्थापत्तिः।

कुञ्जमिलनम्
(Union in bowers)

अलक्ष्यात् प्रक्षिप्तै र्नव-वकुल-पुष्पैस्तु चकिता
सशङ्कं साऽऽरामे प्रियकथित धाम प्रचलति।
समाश्लिष्टा कुञ्जे प्रियललितबन्धैर्वलयिताऽ
न्वभूत् स्रग्भि: शुभ्रा रतिरसभरेणातिरुचिरा ।। ५८।।

अन्वय: आरामे सा अलक्ष्यात् प्रक्षिप्तै: नववकुलपुष्पै: चकिता तु सशङ्कं प्रियकथितधाम प्रचलति। (तत्र) कुञ्जे रतिरसभरेण अति रुचिरा, स्रग्भि: शुभ्रा, प्रियललितबन्धै: समाश्लिष्टा, वलयिता, सा प्रियकथितधाम अन्वभूत्।

English: In the pleasure garden surprised by the fresh Bakula- flowers thrown from an unseen distance, she (the beloved young lady), moves to the site, sounded by the lover (beloved youngman). There in the bowers looking bright with garlands, shining very much with erotic joy in excess, embraced well in amrous postures, encireled (by love), she experienced the (joy of) site suggested by the lover.

ଓଡ଼ିଆ: କୌଣସି ଏକ ଅଲକ୍ଷ୍ୟ ଅଦୂରରୁ (ନିଜ ଉପରକୁ) ନିକ୍ଷିପ୍ତ-ବକୁଳ-ପୁଷ୍ପ-ଆଘାତରେ ଚକିତା ହୋଇଥିବା ପ୍ରଣୟିନୀ (ନବତରୁଣୀ) ସଶଙ୍କ ହୃଦୟରେ ପ୍ରିୟ-କଥିତ-ସଙ୍କେତସ୍ଥଳୀକୁ ଚାଲିଯାଉଅଛି । ସେହି (ଦତ୍ତସଙ୍କେତ) କୁଞ୍ଜରେ ପ୍ରଣୟ-ଆନନ୍ଦ-ଆଧିକ୍ୟରେ ଅଧିକ ସୁନ୍ଦର ଦିଶୁଥିବା ଓ ପରିହିତା ପୁଷ୍ପମାଳାରେ ଶୁଭ-ଶୋଭିନୀ ହୋଇଥିବା ସେ (ନାୟିକା) ପ୍ରିୟସହିତ ଲଳିତବନ୍ଧରେ ଉତ୍ତମ-ଭାବରେ ଆଲିଙ୍ଗିତା ଓ ପ୍ରଣୟ-ପରିଧିରେ ପରିବୃତା ହୋଇ ପ୍ରିୟକଥିତଧାମକୁ ସାନନ୍ଦ ଉପଭୋଗ କରିଥିଲେ ।

हिन्दी : किसी एक अलक्ष अदूर से (अपने ऊपर) फेंका हुआ बकुल पुष्प के कथित संकेत स्थल को चली जा रही है। उस (दत्त संकेत) कुंज में प्रणय-आनन्द के आधिक्य से अधिक सुन्दर दिखनेवाली और परिहित पुष्पमाला से शुभ-शोभिनी हुई उस (नायिका) प्रिय के साथ ललित बन्ध से उत्तम रुप से आलिंगिता और प्रणय-परिधि में परिवृता होकर प्रिय कथित धाम को सानन्द उपभोग किया था।

प्रकाशिका: अत्र कवि: प्रणयिन्या: कुञ्जमिलनं वर्णयन् आह- आरामे आरम्यन्त्यत्र इति आराम: तस्मिन् उपवने इत्यर्थ: "आराम: स्यादुपवनं कृत्रिमं वनमेव यत्" इत्यमर: (२.४.२)। सा प्रणयिनी प्रकर्षेण क्षिप्तै: नवानि नूतनानि च तानि वकुलपुष्पाणि तै: चकिता आश्चर्यान्विता सती शङ्कया सह वर्तमानं यथा स्यात् तथा, प्रियेण प्रियतमेन कथितं प्रोक्तं सूचितं वा धाम स्थानं प्रति प्रचलति प्रव्रजति। तत्र मिलनकुञ्जे रत्या श्रद्धया य: रस: आनन्द: आस्वादनत्वात् रस आस्वादने इति धातु: तस्य भरेण अतिशयेन "अतिशयो भर:" इत्यमर: (१.१.६५) अत्यन्तं रुचिरा रमणीया, स्रग्भि: मालाभि: शुभ्रा स्वच्छा सा प्रियस्य ललितबन्धै: रम्यबन्धनै: सम्यक्तया आ समन्तात् श्लिष्टा समालिङ्गिता इत्यर्थ:, वलय: प्रियस्य प्रणयरूप:वलय: तेन वर्तिता परिवृता इत्यर्थ: वलयं करोति इत्यर्थे णिच् तदन्ताच्च क्त: तदनु टाप्। एवंविधं सा प्रियकथितधाम अन्वभूत् अनुभूतवती। अत्र शिखरिणी छन्द:। वलयितां प्रति प्रियललितबन्धस्य कारणत्वात् काव्यलिङ्गम्।

व्याकरणम्-

समासा:- नव-वकुलपुष्पै:- वकुलं नाम पुष्पं (म.प.लो.क.धा.) नवं च तत् वकुलपुष्पं (क.धा.) तै:

प्रियकथितधाम- कथितं धाम कथितधाम (क.धा.) प्रियेण कथितधाम (तृ.त.)

प्रियललितबन्धैः- ललितश्चासै बन्धः (क.धा.) प्रियस्य ललितबन्धः (ष.त.) तैः

रतिरसभरेण- रत्याः रसः (ष.त.) रतिरसस्य भरः (ष.त.) तेन

प्रकृति-प्रत्यय निरूपणम्-

प्रक्षिप्तैः- प्र +क्षिप् +क्त +भिस्

समाश्लिष्टा- सम् +आ +श्लिष् +क्त +टाप्

बन्धः- बन्ध् +घञ्

अन्वभूत्- अनु +भू +लुङ्

छन्दः- शिखरिणी।

अलंकारः- काव्यलिङ्गम्।

मधुरस्पर्शः
(Pleasant Touch)

प्रियाङ्गयष्टिं विजने विलोक्य संस्पर्श-लज्जारुणिताननेयम्।
चपेटिकाचालित-चारुगण्डा प्रियेण शोभामधिकां दधार ।। ५९।।

अन्वय: विजने प्रियाङ्गयष्टिं विलोक्य इयं संस्पर्शलज्जारुपिताननना प्रियेण चपेटिका-चालित-चारुगण्डा अधिकां शोभां दधार।

English: Looking at the slender handsome limbs of the lover in seclusion bearing shy-red-face by his touch and her charming cheeks made wavy by (his) the patting slaps, she (the lady-love) along with the lover started fostering beauty exceedingly.

ଓଡ଼ିଆ: ବିଜନରେ ପ୍ରିୟର ରମଣୀୟ ଅଙ୍ଗକାନ୍ତିକୁ ଦେଖି ତାହାର ସ୍ପର୍ଶଜନିତ ଲଜ୍ଜାରେ ଅରୁଣନୟନା ପ୍ରଣୟିନୀ (ନାୟିକା), (ପ୍ରିୟର) ଚାରୁ ଚପେଟିକାର ଚାଳନାରେ (ସ୍ନେହଭରା ହାତପାପୁଲି ଚାଳନ ହେତୁ) ଶୋଭନଗଣ୍ଡଧାରିଣୀ ହେବା ସହ ପ୍ରିୟ ସହିତ ଅଧିକଶୋଭାମୟୀ ହୋଇଉଠିଥିଲେ ।

हिन्दी : विजन में प्रिय की रमणीय अंग-कान्ति को देख उसका स्पर्श जनित शर्म से अरुणनेत्री प्रणयिनी (नायिका), (प्रिय की) चारु चपेटिका की चालना में (स्नेहभरी हथेली के चालन हेतु) शोभन गण्डधारिणी होने के साथ साथ प्रिय के साथ अधिक शोभामयी हो उठी थी।

प्रकाशिका: अत्र कविः मधुरस्पर्शं वर्णयन् आह - प्रियाङ्गयष्टिमित्यादि। विगताः जनाः यत्र तस्मिन् जनरहिते स्थाने इत्यर्थः प्रियस्य प्रियतमस्य अङ्गयष्टिं अङ्गमेव यष्टिः तां, रूपकम्, विलोक्य दृष्ट्वा इयं तरुणी सम्यक् तया यः स्पर्शः तज्जनिता या लज्जा त्रपा तया

अरुणितं आननं मुखं यस्याः सा तथाभूता संजाता। ततः प्रियेण कृता या चपेटिका तया चालितः चारुः रम्यः गण्डः कपोलदेशः यस्याः सा तथाभूता, अधिकां शोभां कान्तिं दधार धारितवती। पूर्वापेक्षया अधिकतया शोभावती जाता इत्यभिप्रायः। उपजाति छन्दः। पूर्वापेक्षयाधिकशोभाधारणासम्भवेऽपि संभवत्वात् अतिशयोक्तिरलंकारः।

व्याकरणम्

समासाः- प्रियाङ्गयष्टिम्-अङ्गमेव यष्टिः (रू.क.धा.) प्रियस्य अङ्गयष्टिः (ष.त.) ताम्

संस्पर्शलज्जारुणिताननना- संस्पर्शेण लज्जा संस्पर्शलज्जा (तृ.त.) संस्पर्शलज्जया अरुणितं आननं यस्याः सा (बहुव्रीहिः)

चपेटिकाचालितचारुगण्डा- चपेटिकायाः चालनं (ष.त.) चपेटिकाचालनेन चारुः गण्डः यस्याः सा (बहुव्रीहिः)

प्रकृति-प्रत्यय निरूपणम्- विलोक्य- वि +लुक् +ल्यप्

दधार- धा +लिट्

छन्दः- उपजातिः।

अलंकारः- अतिशयोक्तिः।

गोपन प्रणय:
(Secret Love)

विलासिनीनां कमनीयकान्तिं सङ्केतयात्राजनितां च नूत्नाम्।
संमोद सामुद्रिकदुग्धलुब्धा उल्लासयन्ति प्रणयैश्च हालै: ।। ६० ।।

अन्वय: संमोद-सामुद्रिक-दुग्धलुब्धा: (प्रणयिन:) विलासिनीनां संकेतयात्राजनितां नूत्नां कमनीयकान्तिं हालै: प्रणयैश्च उल्लासयन्ति।

English: Those (young lovers) enticed by the milk of the ocean of joy, courting love and offering wine, put to cheers the lovely beauty of the amorous ladies, made fresh by their travel to the rendezvous.

ଓଡ଼ିଆ: ଆନନ୍ଦସାଗରଦୁଗ୍ଧଲୋଭୀ ପ୍ରଣୟି-ଗଣ ସଙ୍କେତସ୍ଥାନଗମନଜନିତ ନୂତନତାକୁ ଧାରଣକରିଥିବା ପ୍ରଣୟିନୀମାନଙ୍କର କମନୀୟ କାନ୍ତିକୁ ସୁରା ଓ ପ୍ରଣୟଦାନରେ ଉଲ୍ଲସିତ କରିଥାଆନ୍ତି ।

हिन्दी : आनन्द सागर के दुधलोभी प्रणयीगण संकेत स्थान गमन जनित नूतनता को धारण करने वाली प्रणयिनियों की कमनीय कान्ति को सुरा एवं प्रणय दान में उल्लसित करते हैं।

प्रकाशिका: अत्र कवि: गोपनप्रणयं वर्णयन् आह- विलासिनीनामित्यादि। गोपनप्रणय: अत्यन्तं मधुर: उपभोग्यश्च। देवा: मानवानां ईदृशं प्रणयं दृष्ट्वा विघ्नं समाचरन्ति इति राधानाथेन कविवरेण तस्य काव्यकदम्बेषु वर्णितमस्ति। सम्यक् मोद: आनन्द: स एव समुद्र: सागर: तत्सम्बन्धिनि दुग्धे लुब्धा: लोभान्विता: प्रणयिन: विलास: शृङ्गारज: भाव: अस्ति यासां तासाम्, सङ्केतस्थानं प्रति या यात्रा तद्जनितां नूत्नां नवीनां कमनीयशोभां हालै: सुराभि:

प्रणयैश्च उल्लासयन्ति वर्धयन्ति आनन्दमित्यर्थः। उपजातिः छन्दः। अत्राप्यतिशयोक्तिः।

व्याकरणम्

समासाः- कमनीयकान्तिम्- कमनीया च सा कान्तिः (क.धा.) ताम्
सङ्केतयात्रा जनितां-संकेतेन यात्रा संकेतयात्रा (तृ.त.) सङ्केत यात्रया जनिता या सा (बहुव्रीहिः)
संमोदसामुद्रिक दुग्धलुब्धाः- सामुद्रिकं च तत् दुग्धं (क.धा.) संमोदः एव सामुद्रिकदुग्धं (रू.क.धा.) तेन लुब्धाः

प्रकृति-प्रत्यय निरूपणम्- विलासिनी- वि +लस् +इन् +ङीप्
जनिता- जन् +णिच् +क्त +टाप्
लुब्धाः- लुभ् +क्त +जस्
उल्लासयन्ति- उत् +लस् +णिच् +झि

छन्दः- उपजातिः।

अलंकारः- अतिशयोक्तिः।

नि:सङ्ग:
(Lonely)

वनीव बाला ऽऽश्रयसंगवर्जनात् सचन्दना स्रक्सरिता च वेष्टिता।
न शोभते वारविलासिनी यथा त्वेकाकिनी यौवनकाननेषु ।। ६१ ।।

अन्वय: यथा यौवनकाननेषु वारविलासिनी एकाकिनी तु न शोभते (तथा) आश्रयसङ्गवर्जनात् सचन्दना स्रक्सरिता च वेष्टिता वनी इव (सचन्दना स्रक्सरिता च वेष्टिता) बाला यौवनकाननेषु एकाकिनी न शोभते।

English: A young woman without protective companion even with anointed sandle paste and garland - flow (glow), resembling a thicket of sandle woods and garland glow of springs does not look beautiful like a courtesan lonely in the woods of youth.

ଓଡ଼ିଆ: ଯେପରି ବାରବିଳାସିନୀ ଯୌବନକାନନରେ ଏକାକିନୀ ଶୋଭାପାଇନଥାଏ ଠିକ୍ ସେହିପରି ବନୀ- (ବନଭୂମି)-ଶୋଭାଧାରିଣୀ ବାଳା ଚନ୍ଦନଧାରିଣୀ ଓ ମାଳାରୂପି-ନିର୍ଝର-ପରିଶୋଭିନୀ ହୋଇଥିଲେ ମଧ୍ୟ ଆଶ୍ରୟ-ସାଥୀର ଅ ଭାବରେ ଯୌବନ କାନନରେ ଏକାକିନୀ ଶୋଭା ପାଇନଥାଏ । (ପକ୍ଷାନ୍ତରେ- ବନୀ "ବନଭୂମି" ଚନ୍ଦନବୃକ୍ଷଧାରିଣୀ ମାଳାପରି ନିର୍ଝର ପରିଶୋଭିନୀ)

हिन्दी : जिस प्रकार यौवन में वारांगना अकेली सुशोभित नहीं होती, वैसे ही वनी (वन भूमि) शोभाधारिणी चन्दनधारिणी और माला रूपी निर्झर परिशोभिनी होते हुए भी आश्रय साथी के अभाव में यौवन कानन में धारिणी माला की तरह निर्झर परिशोभिनी है।)

प्रकाशिका: अत्र कवि: नि:सङ्गतां वर्णयन् आह - वनीव इत्यादि। नि:सङ्गजीवनमत्यन्तं दु:खप्रदमिति कवि: स्वयमनुभूय स्वकाव्ये तदेव प्रतिफलनं विदधाति। यथा - यौवनमेव काननं वनं तेषु वा-रविलासिनी वेश्या एकाकिनी न शोभते यथा च आश्रयरूप: सङ्ग: तस्य वर्जनं तस्मात् चन्दनेन सह वर्तमाना सचन्दना स्रक् माला एव सरित् नदी तया वेष्टिता परिवेष्टिता वनी वनभूमि: न शोभते तथा बाला कुमारी यौवनकाननेषु एकाकिनी सङ्गहीना सती न शोभते। यौवने काननारोपस्यायं हेतु: सम्भाव्यते - काननवत् यौवनमत्यन्तं भयङ्करमनर्थकारणं च। कानने एकाकी य: गच्छति स सभयं सशङ्कं च गच्छति। तथा यौवने एकाकी य: गच्छति स सभयं सशङ्कं च गच्छति। तथा यौवने एकाकी य: तिष्ठति स सभयं सशङ्कं च कथमपि तिष्ठति। उपजाति: छन्द: । अत्र उपमालंकार: ।

व्याकरणम्

समासा:- आश्रयसंगवर्जनात्- आश्रयरुप: सङ्ग: (रू.क.धा.)
आश्रयसङ्गस्य वर्जनं (ष.त.) तस्मात्
स्रक्सरिता- (बालापक्षे) स्रक् एव सरित् तया; (वनीपक्षे) स्रक् इव सरित् तया
सचन्दना- चन्दनेन सह वर्तमाना
यौवनकाननेषु- यौवनमेव काननं तेषु

प्रकृति-प्रत्यय निरूपणम्- वनी- वन +ङीप्
वर्जनात्- बृज् +ल्युट् +ङस् (पञ्चमी विभक्तौ एकवचने रूपम्)
वेष्टिता- वेष्ट +णिच् +क्त +टाप्

छन्द:- वंशस्थविल - इन्द्रवंशयो: मिश्रणात् उपजाति: ।

अलंकार:- उपमा।

यौवनाहूति:
(The call of youth)

ददाति किंस्वित् श्रुतिसारशान्तिं सुयौवने मण्डनखण्डिताङ्ग: ।
बुभुक्षवे किं स्वरसिद्धगीतं चिदञ्जनं वा किमु कामनेत्रे ।। ६२।।

अन्वय: मण्डनखण्डिताङ्ग: (देह:) सुयौवने श्रुतिसारशान्तिं ददाति किंस्वित् ? स्वरसिद्धगीतं किं बुभुक्षवे शान्तिं ददाति ? कामनेत्रे वा चिदञ्जनं किमु ?

English: How does a person devoid of decoration at the prime of youth offer peace, the essence of Vedic wisdom? What is the use of rhythmical song to the hungry? Whether wisdom of collyrium benefit the passion-prone-eyes?

ଓଡ଼ିଆ: ସୁନ୍ଦର ଯୌବନରେ ବେଶଭୂଷାରହିତ ଶରୀର ବେଦର ସାର ନିର୍ଯ୍ୟାସ ଶାନ୍ତିକୁ ଦେଇପାରିଥାଏ କି ? ବୁଭୁକ୍ଷୁ ବ୍ୟକ୍ତିପାଇଁ ସ୍ୱରସିଦ୍ଧ ସଙ୍ଗୀତର ମୂଲ୍ୟ ଅବା କ'ଣ ? ଆହୁରି ମଧ୍ୟ କାମନାରଞ୍ଜିତ ନେତ୍ରରେ ଜ୍ଞାନାଞ୍ଜନର ଉପଯୋଗିତା ବା କ'ଣ ?

हिन्दी : सुन्दर यौवन में वेशभूषारहित शरीर क्या वेद का सार निचोड शान्ति दे सकता है ? वुभुक्षु व्यक्ति के लिए स्वरसिद्ध संगीत का मूल्य ही क्या है ? और भी कामना रंजित नेत्र में ज्ञानांजन की उपयोगिता ही क्या है ?

प्रकाशिका: अत्र कवि: यौवनाहूतिं वर्ण्यन् आह – ददाति इत्यादि। मण्डनेन अलंकारेण खण्डितानि विरहितानि शून्यानि इति यावत् अङ्गानि यस्य स तथाभूत: मण्डनखण्डिताङ्ग: देह:, सुयौवने शोभनं च तत् यौवनं चेति शोभनायां तरुणावस्थायामित्यर्थ:। श्रुति: नाम वेद:

तस्याः श्रुतेः वेदस्य सारभूता या शान्तिः ताम् ददाति किंस्वित् ? न ददाति इत्यर्थः। यौवनदशायां तु देहः मण्डनमभिलषति। तस्मात् यदि स मण्डनेन भूषितो भवेत् तर्हि शान्तिं लभते। स्वराः सारिगामापाधानि सप्त संख्याकाः ष-षड्जः, रि- ऋषभः, गा-गान्धारः, म- मध्यमः, पा- पञ्चमः, धा- धैवतः, नि- निषादः। तदुक्तममरकोषे

निषादर्षभगान्धार षड्जमध्यमधैवताः।
पञ्चमश्चेत्यमी सप्त तन्त्रीकण्ठोत्थिताः स्वराः।। (१.७.१)

स्वतः श्रोतुः चित्तं रञ्जयति इति स्वरः। स्वरैः सप्तभिः निषादादिभिः सिद्धं यत् गीतं बुभुक्षवे भोक्तुमिच्छुः तस्मै क्षुधार्थाय इत्यर्थः। शान्तिं शमनं ददाति किम् ? न ददाति इत्यर्थः। "किंपृच्छायां जुगुप्सने" इत्यमरः (३.३.२५१) कामेन वासनया पूरिते ये नेत्रे चित् ज्ञानमेव अञ्जनं कज्जलं किमु ? "आहो उताहो किमुत विकल्पे किं किमूत च" इत्यमरः (३.४.५)। ज्ञानाञ्जनं कामनेत्रे न किमपि कर्तुं प्रभवति इत्यर्थः। अञ्जनं तु नेत्रं स्वच्छं निर्मलं च विदधाति। तथैव ज्ञानमपि मनुष्यं सदाचारिणं विदधाति। परन्तु नयने यदि कामनया पूरिते स्तः तदा ज्ञानाञ्जनं न किमपि कर्तुं प्रभवति इत्यर्थः। उपेन्द्रवज्रा छन्दः। अर्थापत्तिश्चालंकारः।

व्याकरणम्

समासाः- श्रुतिसारशान्तिम्- श्रुतेः सारः श्रुतिसारः (ष.त.) श्रुतिसारा च सा शान्तिः (क.धा.) ताम्

मण्डनखण्डिताङ्गः- मण्डनेन खण्डितानि अङ्गानि यस्य स (बहुव्रीहिः)

स्वरसिद्धगीतम्- स्वरैः सिद्धं (तृ.त.) स्वरसिद्धं च तत् गीतम् (क.धा.)

चिदञ्जनम्- चिदेव अञ्जनम् (रू.क.धा.)

प्रकृति-प्रत्यय निरूपणम्- बुभुक्षु- भुज् +सन् +उ

शान्तिः- शम् +क्तिन्

अञ्जनम्- अञ्ज् +ल्युट्

छन्दः- उपेन्द्रवज्रा।

अलंकारः- अर्थापत्तिः।

अङ्कगामिनी
(Lap dancer)

विलासदक्षान् प्रणयातुरांस्थता चकोरनेत्रा ललितं प्रपेदिरे।
अभूत् स्मिताब्जैरविरामदर्शनै र्विधौतकान्तिस्तरुणाङ्कगामिनी ।। ६३।।

अन्वय: चकोरनेत्रा: विलासदक्षान् तथा प्रणयातुरान् ललितं प्रपेदिरे। अविरामदर्शनै: स्मिताब्जै: विधौतकान्ति: तरुणाङ्कगामिनी अभूत्।

English: The young women of lovely eyes (eyes resembling the beauty of the *cakora*- birds) gracefully started reaching the afflicted lovers, adept in amorous sports. The lustre of the ladies basked (incessantly) by the unwinking and smiling-lotus-sights (of the lovers) succumbed to the laps of the young lovers.

ଓଡ଼ିଆ: ଚକୋରନୟନା ସୁନ୍ଦରୀ ତରୁଣୀଗଣ ବିଳାସକୁଶଳ ଓ ପ୍ରଣୟାତୁର ପ୍ରଣୟିଗଣଙ୍କୁ ମଧୁରଭାବରେ ପ୍ରାପ୍ତ ହୋଇଥିଲେ। ସ୍ମିତ-କମଳ ବିକସିତ ନେତ୍ରରେ ଅବିରତ ଦୃଷ୍ଟିପାତରେ ତରୁଣୀଗଣଙ୍କର ପ୍ରକ୍ଷାଳିତ-କାନ୍ତି (ସ୍ୱତଃସ୍ଫୁର୍ତ୍ତ ଭାବରେ) ତରୁଣଗଣଙ୍କ ଅଙ୍କଶୋଭାମଣ୍ଡନ କରିଥିଲା।

हिन्दी : चकोरनयना सुन्दरी टहणियाँ विलासकुशल और प्रणयातुर प्रणयियों को मधुर भाव से प्राप्त हुई थीं। स्मित कमल विकसित नेत्रों से अविरत दृष्टिपात से तरुणियों की प्रक्षालित कान्ति ने (स्वत : स्फूर्त्त रूप से) तरुणों की अंकशोभा मण्डन किया था।

प्रकाशिका: अत्र कवि: कांचित् कामिनीं अङ्कगामिनीं वर्णयन् आह - विलासदक्षान् इत्यादि। चकोरस्य चक्रवाकपक्षिण: नेत्रे नयने

इव नेत्रे नयने यस्या: सा ता: तथाभूता:, विलासै: शृङ्गार भावजै: दक्षा: निपुणा: तान् तथा प्रणयेन प्रेम्णा आतुरा: विकला: ये तान् तथाभूतान् ललितं यथा स्यात् तथा प्रपेदिरे प्रविष्टा:। अविरामं विरामरहितं यद् दर्शनं तै: तथाभूतै: अविरामदर्शनै: पलकरहिततया अविरतदर्शनै: इत्यर्थ:। स्मितानि एव अब्जानि तै: विशेषतया धौता या कान्ति: पक्षे नायिका तरुणस्य युवकस्य अङ्कगामिनी क्रोडगामिनी अभूत्। युवकस्य क्रोडमण्डनं कृतवती इत्यभिप्राय:। वंशस्थविलं छन्द:।

व्याकरणम्

समासा:- विलासदक्षान्- विलासै: दक्षा: (तृ.त.) तान्

प्रणयातुरान्- प्रणयेन आतुरा: (तृ.त.) तान्

चकोरनेत्रा:- चकोरस्य नेत्रे इव नेत्रे यासां ता: (बहुव्रीहि:)

स्मिताब्जै:- स्मितानि एव अब्जानि (रू.क.धा.) तै:

अविरामदशनै:- अविरामं यद् दर्शनं (क.धा.) तै:

विधौतकान्ति:- विधौता कान्ति: यस्या: सा (बहुव्रीहि:)

तरुणाङ्कगामिनी- तरुणस्य अङ्क: (ष.त.) तरुणाङ्कं गच्छति या सा (बहुव्रीहि:)

प्रकृति-प्रत्यय निरूपणम्- प्रपेदिरे- प्र +पद +लिट्

अभूत्- भू +लुङ्

ललितम्- लल् +क्त

छन्द:- वंशस्थविलम्।

नृत्यकौतुकम्
(Dance-wish)

विभिन्नरङ्गाभरणा विलासिन: सुशोभितं हर्म्यतलं गमिष्णव:।
उद्दीप्तनृत्ये विनिविष्टनर्तकी उन्मादयन्ति प्रतिवाक्यनर्मभि: ।। ६४।।

अन्वय: विभिन्नरङ्गाभरणा: सुशोभितं हर्म्यतलं गमिष्णव: विलासिन: उद्दीप्तनृत्ये विनिविष्टनर्तकी: प्रतिवाक्यनर्मभि: उन्मादयन्ति।

English: The amorous persons decked with multicoloured attires, wishing to enter the well-decorated surface of the mansions, continue to delight the female-dancers engaged in exciting dances, with a seris of jestful utterances.

ଓଡ଼ିଆ: ବିଭିନ୍ନ ରଙ୍ଗାଭରଣାଭୂଷିତ ବିଳାସି-ଯୁବକଗଣ ସୁଶୋଭିତ ପ୍ରାସାଦତଳ ପ୍ରବେଶାଭିଳାଷରେ ଉଦ୍ଦୀପ୍ତ ନୃତ୍ୟରେ ବିନିଯୁକ୍ତଥିବା ନୃତ୍ୟାଙ୍ଗନାତରୁଣୀଗଣଙ୍କୁ ହସଖୁସିଭରା ବାକ୍ୟଧାରାରେ ଆମୋଦିତ କରିଥାଆନ୍ତି ।

हिन्दी : विभिन्न रंगीन आवरणों से सजे विलासी युवक सुशोभित प्रसाद में प्रवेश की अभिलाषा से उद्दीप्त नृत्यरता तरुणियों को हँसी खुशी की वाक्य धारा से आमोदित करते रहते हैं।

प्रकाशिका: अत्र कवि: नृत्यकौतुकं वर्णयन् आह- विभिन्न इति। विभिन्नानि रङ्गविशेषाणि आभरणानि भूषणानि येषां ते तथाभूता:। सुशोभितं सुरम्यं हर्म्यतलं सौधतलं गमिष्णव: (गम्+इष्णुच्) गमनशीला: विलासिन: विलास: एषामस्तीति शृङ्गारभावजा: पुरुषा: इत्यर्थ:। उद्दीप्तं यत् नृत्यं तस्मिन् विनिविष्टा

निविष्टचित्ता: या: नर्तक्य: ता: तथाभूता:, वाक्यं वाक्यमिति प्रतिवाक्यं नर्मभि: नर्मकथाभि: उन्मादयन्ति उल्लासयन्ति। अत्र उन्मादेन प्रतिवाक्यनर्मत्वस्य कारणात् काव्यलिङ्गम्। उपजाति: छन्द:।

व्याकरणम्

समासा:- विभिन्नरङ्गाभरणा:- विभिन्नानि रङ्गाभरणानि येषां ते (बहुव्रीहि:)

उद्दीप्तनृत्ये- उद्दीप्त: नृत्य: (क.धा.) तस्मिन्

विनिविष्टनर्तकी:- विनिविष्टा च सा नर्तकी (क.धा.) ता:

प्रतिवाक्यनर्मभि:- वाक्यं वाक्यं प्रतिवाक्यं (अव्ययीभाव:) प्रतिवाक्यं नर्म तै:।

प्रकृति-प्रत्यय निरूपणम्-

विभिन्न- वि +भिद् +क्त

गमिष्णु:- गम् +इष्णुच् (सन्)

विविविष्टा- वि +नि +विश् +क्त +टाप्

अलंकार:- काव्यलिङ्गम्।

छन्द:- वंशस्थविल - इन्द्रवंशया: मिश्रणात् उपजाति:।

व्रीडिता संध्या
(Bash-ful Evening)

सुधीरं प्राप्ता सा रविमनुगता किं कथयति
निशायोषे रम्ये लपतु विधुरम्यां रतिकथाम्।
करैश्चान्द्रैः क्षीपाद् हृततिमिरवेशा सुरजनी[20]
त्रपारक्ता संध्या खगझनितगत्या त्वपगता ।। ६५।।

अन्वय: सा (संध्या) सुधीरं प्राप्ता (पुन:) रविं (प्रणयिनं) अनुगता (तत्रागतवतीं निशायोषां) किं कथयति - हे रम्ये निशायोषे ! विधुरम्यां रतिकथां (भवती) लपतु। (अस्मिन्नवसरे) चान्द्रैः करैः क्षेपात् (रजन्या: अन्धकार-वसन-निक्षेपात्) सुरजनी हृततिमिर वेशा (अभूत्)। (अधुना रवे: प्रणनिनी) संध्या त्रपारक्ता (सती) खगझनित गत्या तु अपगता।

English: She (the Evening) reaching slowly followed the Sun (the lover) and started whispering (to Night, the lady near by)- oh Night! the lady of beauty! would you please tell me the fascinating lovestory of the moon (your lover)? (In the mean time) Thrown by the hands (beams) of the moon the garment of the night (darkness) dropped down. Now Evening (Lady Love of the sun) with her face red in shame left away with the speed of the twittering birds.

ଓଡ଼ିଆ: ସନ୍ଧ୍ୟା ଧୀରେ ଧୀରେ ଆସି ରବିପତିକୁ ଅନୁସରଣ କରି (ଅନତିଦୂରରେ ଉପସ୍ଥିତ ନିଶା-ଯୋଷାକୁ) ଚୁପିଚୁପି କହି ଚାଲିଲେ- ହେ ନିଶାଯୋଷେ ! ତୁମ ପ୍ରିୟ ଚନ୍ଦ୍ରଙ୍କର ରତି-କଥା ଟିକେ କହିବ କି ? (ଏହି ଅବସରରେ) ଚନ୍ଦର କର (ଆଲୋକ) ଦ୍ୱାରା ଅନ୍ଧକାର ବସନ ନିକ୍ଷିପ୍ତ ହେବାରୁ ସୁରଜନୀ ଗଳିତ-ବସନା ହୋଇଗଲେ । (ଚନ୍ଦ୍ରର ନିଶା-ପ୍ରଣୟିନୀ ସହିତ ଏପରି ବ୍ୟବହାର

ଦେଖି) ଉପସ୍ଥିତା ସନ୍ଧ୍ୟା ଲଜ୍ଜାରୁଣ ବଦନରେ ଖଗଝନିତ ଗତିରେ (ପକ୍ଷି-ଶବ୍ଦାୟମାନ-ଗତିରେ) ସେଠାରୁ ଦୂରକୁ ଚାଲିଯାଇଥିଲେ ।

हिन्दी : सन्ध्या धीरे धीरे आती हुई रवि पति का अनुसरण करती हुई (थोडी दूर पर उपस्थित निशा-योषा को) चुपके से कहती रही - हे निशा योषे ! तुम्हारे प्रिय चन्द्र की रति-कथा तनिक बताएंगी ? (इसी अवसर पर) चन्द्र कर (आलोक) द्वारा अन्धेरे के वस्त्र फेंक दिये जाने से सुरजनी गलित-वसना हो गई। (चन्द्र का निशा-प्रणयिनी के साथ इस बर्ताव को देखकर) मौजूद सन्ध्या लज्जारुण वदन से पक्षियों की फडफडाहट की गति से (पक्षी-शब्दायमान गति से) वहाँ स दूर चली गई थीं।

प्रकाशिका: कवि: व्रीडिता संध्यां वर्णयन् आह - सुधीरं प्राप्ता इति। सा प्रसिद्धा सर्वजनविदिता संध्या "संध्या पितृप्रसू" इत्यमर: (१.४.३)। अत्र संध्या-नायिका सुधीरं यथा स्यात् तथा प्राप्ता रविं रविपतिं नायकं अनुगता अनुगतवीत्यर्थ: पुन: सन्निकटस्यां निशायोषां चन्द्रस्य कान्तस्य नायिकां किं कथयति किं गोप्यं निवेदयति। हे निशायोषे ! निशा च सा योषा इति सम्बोधने। भवती विधुरम्यां विधुना कृतरमणीयां रतिकथां प्रणयगाथां लपतु मन्दं निवेदयतु इत्यर्थ:। अत्रान्तरे चान्द्रै: चन्द्रस्य अयमिति चान्द्र: चन्द्रनायकस्य करै: हस्तै: पक्षान्तरे आलोकै: वा क्षेपात् (अन्धकार-वसनस्य) निक्षेपणात् सुरजनी शोभना रात्री ह्रततिमिरवेशा ह्रत: अपगत: तिमिर: एव, वेश: वसनं वस्त्रं वा यस्या: सा तथाभूता अभूत् इत्यर्थ:। चन्द्रोदये चन्द्रकरै: अन्धकार: निक्षिप्यते दूरीभवति इति निक्षेपात् अन्धकार वसननिक्षेपणं स्वत: प्रतीयते। अधुना अस्मिन्नवसरे रवे: प्रणयिनी संध्या त्रपारक्ता त्रपया लज्जया, शृङ्गारजो व्यभिचारिभाव: लज्जा तया आरक्ता आ समंतात् रक्तवर्णसंजाता रंजित मुखनयना जाता इत्यर्थ। सा संध्या तु पुन: खगझनितगत्या, झनिता झन् झन् इति शब्दायमाना गति:

झनितगति: खगानां विहगानां झनितगति: तया, सायं पक्षिण: झन्झनायमानं कलरवं विधाय पक्षाणां कम्पनशब्दशोभिता च स्वनीडं प्रत्यावर्तन्ते, तथा अत्र त्रपावती संध्या तदेव गत्या वेगेन, अपगता स्थानादस्मात् पलायिता इति अर्थ:। अत्र रस: शृङ्गार:, छन्द: शिखरिणी। अलंकार: समासोक्ति:।

व्याकरणम्

समासा:- विधुरम्याम्- विधुना रम्या (तृ.त.) ताम्

रतिकथाम्- रते: कथा (ष.त.) ताम्

हृततिमिरवेशा- तिमिर: एव वेश: (क.धा.) हृत: तिमिरवेश: यस्या: सा (बहुव्रीहि:)

त्रपारक्ता- त्रपया रक्ता (तृ.त.)

खगझनितगत्या- झनिता गति: (क.धा.) झनितगति:, खगानां झनितगति: (ष.त.) तया

प्रकृति-प्रत्यय निरूपणम्- अनुगता- अनु +गम् +क्त +टाप्

रम्या- रम् +यत् +टाप्

क्षेपात्- क्षिप् +घञ् +ङ (पञ्चमी एकवचने)

अपगता- अप +गम् +क्त +टाप्

छन्द:- शिखरिणी।

अलंकार:- समासोक्ति:।

शाठ्यम्
(Perfidy)

रम्ये वानीरकुञ्जे झणझणित रणन्नूपुरैः प्राप्य शङ्काम्
पक्षैरानीतकम्पान्नवखगवलयान् वीक्ष्य तारुण्यलोलाः ।
द्रव्यैर्गन्धैः प्रलिप्ता धृतधवलपटा देवतानीतदीपाः
संध्यायां वन्दमाना निजनिजतरुणीर्व्यजवगैस्त्यजन्ति ।। ६६ ।।

अन्वयः तारुण्यलोलाः (युवानः) रम्ये वानीरकुञ्जे झणझणितरणन्नूपुरैः शङ्कां प्राप्य पक्षैः आनीतकम्पान् नवखगवलयान् वीक्ष्य गन्धैः द्रव्यैः प्रलिप्ताः, धृतधवलपटाः, देवतानीतदीपाः संध्यायां वन्दमानाः निजनिजतरुणीः व्याजवर्गैः त्यजन्ति।

English: In the beautiful cane-groves looking at the new rows of birds with wings agitated due to the fright wrought by the jingling note of the anklets (suggesting there by the presence of the lady-loves in predestined places), the lustful youth leave their own white-attired fragrance- (unguent) anointed ladies bearing lamps lighted for the deities, under the rows of numerous pretexts.

ଓଡ଼ିଆ: ରମଣୀୟ ବେତସକୁଞ୍ଜରେ ଝଣଝଣିତ ନୂପୁର ଶବ୍ଦରେ ଭୟ ପାଇଥିବା ଓ ଡେଣାରେ (ଫଡ଼ଫଡ଼) କମ୍ପନ ଆଣୁଥିବା ନବନବ ପକ୍ଷି-ବଳୟକୁ ଦେଖି ତାରୁଣ୍ୟ-ଚଞ୍ଚଳ-ଯୁବକଗଣ ସନ୍ଧ୍ୟାକାଳରେ ପ୍ରଲେପିତସୁଗନ୍ଧଦ୍ରବ୍ୟ ସହିତ ଧବଳ ପାଟବସ୍ତ୍ର ଧାରିଣୀ ଓ ଦେବତାମାନଙ୍କ ପାଇଁ ପ୍ରଜ୍ଜ୍ୱଳିତ ଦୀପ ଅ ।ଣିଥିବା ନିଜନିଜ ତରୁଣୀଗଣଙ୍କୁ ବହୁବିଧ ଛଳହେତୁର ଆଧାରରେ ଛାଡ଼ି (ବେତସକୁଞ୍ଜକୁ) ଚାଲିଯାଉଛନ୍ତି ।

हिन्दी : रमणीय बेंत के कुंज में झनझनाहट की नुपूर ध्वनि से डरा हुआ और डैने में (फडफडाहट का) कम्पन आनेवाला अभिनव पक्षी-बलय को देख तारुण्य चंचल युवकगण शाम को प्रलेपित सुगन्ध द्रव्य सहित धवल पट्टवस्त्र धारिणी और देवताओं के लिए प्रज्ज्वलित दीप लानेवाली अपनी अपनी तरुणियों से कई प्रकार के छल के आधार पर छोड कर (बेंत के कुंज में) चले जा रहे हैं।

प्रकाशिका: अत्र कवि: शठतां वर्णयन् आह - रम्ये इत्यादि। तरुणस्य भाव: तारुण्यं तेन लोला: चञ्चला: रम्ये भव्ये वानीराणां वेतसलतानां कुञ्जे संकेतस्थाने नूपुरै: पादयो: परिहितै: झणझणइति शब्दं कुर्वन्नूपुरै: मञ्जीरै: "मञ्जीरो नूपुरोऽस्त्रियाम्" इत्यमर: (२.६.१०९)। शङ्कां प्राप्य पक्षै: गरुद्भि: "गरुत् पक्षच्छदा:" इत्यमर: (२.५.३६) आनीत: कम्प: यै: तान् नवखगवलयान् नवा: नूतना: ये खगा: तेषां वलयान् मण्डलान् वीक्ष्य दृष्ट्वा, सङ्केतस्थाने वेतसकुञ्जे दत्तसङ्केता: नायिका: उपस्थिता: इति ज्ञात्वा, नि:शब्दस्थानं पक्षिण: सायम् आश्रयन्ते न उड्डीयन्ते इति। इति बोधनात् परं सुगन्धै: सुगन्धयुक्तै: द्रव्यै: तरलै: प्रकर्षेण लिप्ता: धृतधवलपटा: धृता: धवलपटा: याभि: ता:, देवतानीतदीपा: देवताभ्य: आनीता: दीपा: याभि: ता:, संध्यायां सायं वन्दमाना: निजनिजतरुणी: स्वस्व धर्मपत्न्य: व्याजवर्गै: व्याजानां छलनानां समूहै: त्यजन्ति इति परित्यिज्य वेतसकुञ्जं प्रणयकौतुकाय गच्छन्ति इत्यर्थ:। स्रग्धरा छन्द:। छलै: स्व स्व तरुणी: त्यागात् शठता व्यज्यते।

व्याकरणम्

समासा:- वानीरकुञ्जे- वानीरस्य कुञ्ज: (ष.त.) तस्मिन्।

रणन्नूपुरै:- रणन् चासौ नूपुर: (क.धा.) तै:

आनीतकम्पान्- आनीत: कम्प: यै: (बहुव्रीहि:) तान्

नवखगवलयान्- खगानां वलय: (ष.त.) नवश्चासौ खगवलय: (क.धा.) तान्

तारुण्यलोला:- तारुण्येन लोला: (तृ.त.)

धृतधवलपटा:- धृता: धवलपटा: याभि स्ता: (बहुव्रीहि:)

देवतानीतदीपा:- देवताभ्य: आनीता: दीपा: याभिस्ता: (बहु-व्रीहि:)

प्रकृति- प्रत्यय निरूपणम्-

रम्य:- रम् +यत्

प्राप्य- प्र +आप् +ल्यप्

वीक्ष्य- वि +ईक्ष् +ल्यप्

प्रलिप्ता- प्र +लिप् +क्त +टाप्

वन्दमाना- वन्द् +शानच् +टाप्

छन्द:- स्रग्धरा।

प्रेमकलह:
(Love-quarrel)

संध्या शेफालिकेयं सुरभितसदना शारदी चित्तरम्या
स्वाश्लेषै: कामिनीं तां कथयति पवनो यामिनीं यापयामि।
अन्यस्यावसहारी त्वपसर सहसेत्येवमाक्षेप योगात्
नष्टा त्वं कीटदष्टेत्यनुकथयति किं सृष्टशब्द: समीर: ।। ६७।।

अन्वय: इयं शारदी संध्याशेफालिका सुरभितसदना चित्तरम्या (भवति)। स्व-आश्लेषै: यामिनीं यापयामि (इति) पवन: तां कामिनीं कथयति। "अन्यस्या: वासहारी (त्वं) तु सहसा अपसर" इत्येवम् आक्षेपयोगात् "त्वं नष्टा कीटदष्टा" इति किं सृष्टशब्द: समीर: अनुकथयति ?

English: In the autumn evening, she, the *Sephali*-flower, pleasant to the heart, is housed (well) in fragrance. Wind (the lover) whispers the amorous lady (*Sephalika*) to spend the night with his numerous deep embraces. Immediately casting aspersions she retorts- 'Quit quickly since you have come with the stolen fragrance (attire) of others (ladies). (In a sudden fury) With created sounds the wind reiterates as if - 'you are depraved and you are eaten up by insects' and passes away.

ଓଡ଼ିଆ: ନିଜ ଆବାସକୁ ସୁରଭିତ କରିଥିବା ଏହି ଶରତଋତୁ ସନ୍ଧ୍ୟାର ଶେଫାଳିକା ଚିତ୍ତବିନୋଦିନୀ ହୋଇଉଠିଥାଏ । ନିଜର ଅଶେଷ ଆଲିଙ୍ଗନରେ ଯାମିନୀ ଯାପନ କରିବାପାଇଁ ପବନ ସେହି କାମିନୀ-ଶେଫାଳିକାକୁ ସରାଗ ଅନୁରୋଧ କରିଚାଲିଥାଏ । 'ଅନ୍ୟର ବାସ- (ସୁରଭି/ବସନ) ହରଣକାରୀ ତୁମେ ଏଠାରୁ

ସହସା ଅପସର ବୋଲି (ଶେଫାଳିକାର) ଆକ୍ଷେପବାଣୀ ଶୁଣି ସତେ ଯେପରି 'ତୁ ନଷ୍ଟା, ତୁ କୀଟଦଷ୍ଟା' କହି ସୁ ସୁ ଶବ୍ଦରେ ପ୍ରତ୍ୟୁତ୍ତର କରୁଥିବା ସମୀର ବହିଯାଉଅଛି ।

हिन्दी : अपने आवास को सुरभित करने वाले शरद-काल की सन्ध्या की शेफालिका चित्त विनोदिनी हो उठती है। अपने अशेष आलिंगन से रात्रि-यापन हेतु समीर उस कामिनी शेफालिका को प्रेम से अनुरोध करती जाती थी। 'दुसरों का वास (सुरभि / वसन) हरणकारी तुम यहाँ से चले जाओ' जैसी (शेफालिका की) आक्षेप-वाणी सुनकर मानों "तू नष्टा, तु कीटद्रंष्टा" कहकर सायँ सायँ के शब्दों से प्रत्युत्तर देनेवाला समीर बहता चला जा रहा है।

प्रकाशिका: अत्र कवि: शेफालिका-पवन-व्याजेन प्रणयि-प्रणयिन्यो: प्रेमकलहं वर्णयन् आह - संध्या इत्यादि।

शरद: इयं शारदी शरत्कालसम्बन्धिनी इत्यर्थ:। संध्याशेफालिका संध्याकालीना शेफालिका सुवहा। "शेफालिका तु सुवहा निर्गुण्डी नीलिका च सा" इत्यमर: (२.४.७०), गङ्गसिउली इति भाषया, शेरते शेफा: अलय: अस्यामिति शेफालिका पक्षे नायिका। सुरभितं सदनं यस्या: सा सुरभितसदना, चित्तस्य मनस: रम्या भव्या अस्ति। पवन: वायु: पक्षे नायक: स्वाश्लेषै: निजालिङ्गनै: यामिनीं रात्रीं यापयामि इति तां कामिनीं शेफालिकां कथयति। तत: शेफालिका तं पवनं (नायकं) कथयति - अन्यस्या: मालतीजात्यादे: वासं गन्धं हरति अयं पवन:। अर्थात् नायिकान्तरसंपर्कात् तद्देहवासेनायं वासित:। तस्मात् कुपिता सती शेफालिका वदति त्वं शीघ्रं मम समीपात् अपसर अन्यत्र याहि। इत्येवं आक्षेपस्य योगात् पवन: तां शेफालिकां प्रति कथयति त्वं शेफालिके नष्टचरित्रा असि, कुत: इति चेत् वदति- कीटेन पक्षे

वीटेन दष्टा असि इति सृष्टः शब्दः येन तथाभूत सृष्टशब्दच्छलेन इत्यर्थः समीरः पवनः अनु पश्चात् कथयति किम् ? स्रग्धरा छन्दः। उतप्रेक्षा समासोक्तिश्च।

व्याकरणम्

समासाः- सुरभितसदना- सुरभितं सदनं यस्याः सा (बहुव्रीहिः)

चित्तरम्या- चित्तस्य रम्या (ष.त.)

प्रकृति-प्रत्यय निरूपणम्- आश्लेषः- आ +श्लिष् +घञ्

रम्या- रम् +यत् +टाप्

आक्षेपः- आ +क्षिप् +घञ्

योगात्- युज् +घञ् +ङ (पञ्चमी प्र.पु. एकवचने)

समीरः- सम् +ईर् +अच्

छन्दः- स्रग्धरा।

अलंकारः- उत्प्रेक्षा, समासोक्तिः।

मधुर मिलनम्
(Sweet Union)

सौधे ज्यात्स्ना विधौते सवितरि विगते कामिनी कामलुब्धा
वेण्या संयोज्य वक्षोऽधरमधुझरतो माधुरीमानयन्ति।
नेत्रे नीले निमील्याऽऽगत नहि वचना विश्लथीभूतवस्त्रा
स्तारुण्ये त्वङ्कलुप्ता नवयुवतिजना नाक्षरं विस्मरन्ति ।। ६८।।

अन्वय: ज्योत्स्ना विधौते सौधे सवितरि विगते कामिनी कामलुब्धाः (युवानः) वेण्या संयोज्य वक्षः- अधर-मधु-झरतः माधुरीम् आनयन्ति। नीले नेत्रे निमील्य आगत-नहि-वचनाः विश्लथीभूतवस्त्राः अङ्कलुप्ताः नवयुवतिजनाः तारुण्ये 'न'-अक्षरं विस्मरन्ति।

English: After the sun sets there in the moon-lit mansions the covetuous lovers of the passionate ladies, drawing close to their braids of hairs, do capture sweetness from the fountains of nectar at lips and bosoms. In the youth the young women with their apparels loosened, darkeyes closed, 'nay'- 'no'- words roused, do forget the letter 'n' (the letter 'n' that stands for 'no') when lost in the laps of the young lovers.

ଓଡ଼ିଆ: ସୂର୍ଯ୍ୟ ଅସ୍ତ ହୁଅନ୍ତେ ଜ୍ୟୋସ୍ନାବିଧୌତ ସୌଧରେ କାମିନୀ-କାମ-ଲୋଭୀ ପ୍ରଣୟିଗଣ ପ୍ରଣୟିନୀମାନଙ୍କର ବେଣୀସହିତ ନିଜର ସଂଯୋଗରେ ବକ୍ଷୋଜ ଓ ଅଧରସ୍ଥ ମଧୁଝରର ମାଧୁରୀ ଉପଭୋଗ କରିଥାଆନ୍ତି । ତାରୁଣ୍ୟରେ ନୀଳନେତ୍ର ଦୁଇଟି ମୁଦିହୋଇଯାଆନ୍ତେ ନବଯୁବତୀଗଣ ତରୁଣଙ୍କ ଅଙ୍କରେ ହଜିଯାଇ 'ନ'-ଅକ୍ଷରକୁ ('ନା'- 'ନା'- ଇତି ଉଚ୍ଚାରଣରେ ଥିବା ପ୍ରଥମ ବର୍ଣ୍ଣକୁ) ପାସୋରି ଦିଅନ୍ତି ।

हिन्दी : सूर्यास्त होने पर ज्योत्स्ना विधौत सौध में कामिनी-कामलोभी प्रणयीगण प्रणयिनियों की वेणियों के साथ अपने संयोग से वक्षोज और अधर के मधु झर की माधुरी का उपयोग करते रहते हैं। तारुण्य में दोनों नील नेत्रों के मुँद जाने से नव युवतीगण तरुणों के अंकों में खो जाती हुई 'न' अक्षर को (ना ना आदि उच्चारण के प्रथम वर्ण को) भूल जाती हैं।

प्रकाशिका: अत्र कवि: मधुरमिलनं वर्णयन् आह - सौधे इत्यादि। ज्योत्स्नया कौमुद्या चन्द्र किरणेन इत्यभिप्राय: वेशेषतया धौते चन्द्रकिरणेन निर्मलीभूते इत्यर्थ: सौधे प्रासादे सवितरि सूर्ये विगते अस्तंगते सति सायंकाले इत्यर्थ: कामिनीं प्रति कामेन कन्दर्पेण लुब्धा: कामिन: वेण्या: केशपाशेन संयोगं कृत्वा वक्षसि अधरे च यत् मधु तदेव झर: तस्मात् माधुरीं माधुर्यं आनयन्ति। अर्थात् कामिन्या: वक्षसि वक्ष: संयोज्य आलिङ्गनं कृत्वा अधरत: मधुपानं कुर्वन्ति। अधरपानं कामिनां सुरतात् अतिरिच्यते इति न्यायात्। तस्मिन्नेव समये एवं मा कुरु इति नायिका: न कथयन्ति। अर्थात् नायकं प्रति अनुकूला: भवन्ति। कदाचित् च ता: न कुरु इति बदन्ति। इदमेव कविभाषया। नेत्रे नीले निमील्य आगतं नहि-वचनं यासां ता:, विशेषेण श्लथीभूतं वस्त्रं यासां ता:। अङ्के तरुणानां क्रोडे लुप्ता: नवयुवतय: तरुणदशायां 'न'-इति अक्षरं विस्मरन्ति। अर्थात् "कदाचित् एवं न विधातव्यमिति" न कथयन्ति। पूर्ववत् छन्द:। अत्र शृङ्गाररसो ध्वन्यते।

व्याकरणम्

समासा:- ज्योत्स्नाविधौते- ज्यात्स्नया विधौत: (तृ.त.) तस्मिन्

कामिनीकामलुब्धा:- कामेन लुब्धा: कामलुब्धा: (तृ.त.) कामिनीनां कामलुब्धा: (शेषे ष.त.)

वक्षोधरमधुझरतः- वक्षश्च अधरश्च वक्षोधरम् (द्वन्द्वः) वक्षोधरस्य मधु (ष.त.) वक्षोधरमधु एव झरः (रू.क.धा.) तस्मात्

आगतनहि वचनाः- नहि च तत् वचनं- नहिवचनं, आगतं नहि-वचनं यासां ताः (बहुव्रीहिः)

अङ्कलुप्ता- अङ्के लुप्ता (स.त.)

नवयुवतिजनाः- नवाः च ताः युवतयः (क.धा.) नवयुवतयश्चामी जनाः (क.धा.) नवयुवतिजनाः

प्रकृति-प्रत्यय निरूपणम्- विगतः- वि +गम् +क्त

संयोज्य- सम् +युज् +ल्यप्

निमील्य- नि +मील् +ल्यप्

विश्लथीभूतम्- वि +श्लथ् +च्वि +भू +क्त

लुप्ता- लुप् +क्त +टाप्

छन्दः- स्रग्धरा।

प्रेम सन्त्रास:
(Lovely Fright)

भ्राम्यत्पादैर्मुकुरखचिताट्टालिकाङ्कं विमुच्य
चान्द्रं चारुं चपलवनिताश्चामरैश्छादयन्ति।
गीत्या नृत्यै:[21] स्फटिककमलै रत्नरेण्वन्तरालै;
क्षिप्तैरङ्गागत सुरसिकान् सस्मितं त्रासयन्ति ।। ६९ ।।

अन्वय: चपलवनिता: भ्राम्यत्पादै: मुकुरखचिताट्टालिकाङ्कं विमुच्य चारुं चन्द्रं चामरै: च्छादयन्ति। गीत्या नृत्यै: क्षिप्तै: रत्नरेण्वन्तरालै: स्फटिक कमलै: (ता:) अङ्कागत सुरसिकान् सस्मितं त्रासयन्ति।

English: The fickle ladies after leaving the laps of the mirror-studded-mansions by turning of their steps, cover the enchanting moon by their (wafting of) chowries (in hand). During dance with musical songs throwing lotuses of crystal beauty having pollen-jems inside, they smilingly continue to frighten the philocalists present in the auditorium.

ଓଡ଼ିଆ: ଘୂରିଚାଲିଥିବା ପାଦରେ ମୁକୁରଖଚିତ ଅଟ୍ଟାଳିକାର ମଧ୍ୟସ୍ଥାନ ପରିତ୍ୟାଗ କରି ଚଳଚଞ୍ଚଳ ସୁନ୍ଦରୀ ନୃତ୍ୟାଙ୍ଗନାଗଣ ଚାରୁଚନ୍ଦ୍ରମାଙ୍କୁ ଚାମରରେ ଆଚ୍ଛାଦିତ କରିଦେଉଛନ୍ତି । ନୃତ୍ୟସଙ୍ଗୀତର ତାନେ ତାନେ ଅନ୍ତରାଳରେ ରତ୍ନରେଣୁଭରା ସ୍ଫଟିକକମଳ ନିକ୍ଷେପ କରି ସସ୍ମିତବଦନରେ ରଙ୍ଗଭୂମିରେ ଉପସ୍ଥିତ ସୁରସିକଙ୍କ ହୃଦୟରେ ଭୟ ସଂଚାର କରୁଛନ୍ତି ।

हिन्दी : घुमते हुए पैरों में मुकुरखचित अट्टालिका का मध्य स्थान परित्याग कर चलचंचल सुन्दरी नृत्यांगनागण चारुचन्द्रमा को चामर से आच्छादित कर देती हैं। नृत्य संगीत के तान के अन्तराल में रत्नरेणु

भरे स्फटिक कमल निक्षेप कर सस्मित वदन से रंगभूमि में उपस्थित सुरसिकों के हृदय में भय का संचार कर रही हैं।

प्रकाशिका: अत्र कवि: प्रेमसंत्रासं (भयं) वर्णयन् आह - भ्राम्यत् पादै: इत्यादि।

चपला: या: वनिता: अङ्गना:, भ्राम्यन्त: ये पादा: तै:, मुकुरेण दर्पणेण खचिता घटिता या अट्टालिका प्रासाद: तस्या: अट्टा-लिकाया: प्रासादस्य अङ्कं क्रोडं विमुच्य विहाय चारुं रमणीयं चन्द्रं चन्द्रमसं चामरै: बालव्यजनै: "चामरं बालव्यजनम्" इति रभस: चमति चम्यते वा अनेन इति चामर:। च्छादयन्ति आच्छादनं कुर्वन्ति। गीत्या गीतेन नृत्यैश्च, क्षिप्तै: रत्नानि एव रेणव: त एव अन्तराले येषां तानि तथाभूतानि स्फटिककमलानि स्फटिकेन निर्मितानि यानि कमलानि पद्मानि तै: रङ्गागत सुरसिकान् रङ्गं रङ्गभूमिं आगता: ये शोभना: रसिका: तान् स्मितेन ईषत्हास्येन यथा स्यात् तथा त्रासयन्ति भीषयन्ति। मन्दाक्रान्ता छन्द:। चामरै: चन्द्रस्याच्छादनासम्भवेऽपि सम्भववर्णनादतिशयोक्ति:।

व्याकरणम्

समासा:- भ्राम्यत्पादै:- भ्राम्यन्त: पादा: तै:

मुकुरखचिताट्टालिकाङ्कम्- मुकुरेण खचिता (तृ.त.) मुकुरखचिता च सा अट्टालिका (क.धा.) तस्या: (ष.त.) अङ्क: तम्

स्फटिककमलै:- स्फटिक निर्मितानि कमलानि (म.प.लो.क.धा.) तै:

रत्नरेण्वन्तरालै:- रत्नानि एव रेणव: रत्नरेणव: अन्तराले येषां तानि (बहुव्रीहि:) तै:

रङ्गागतसुरसिकान्- रङ्गं आगता: (द्वि.त.), रङ्गागताश्चते सुरसिका: तान् (क.धा.)

प्रकृति-प्रत्यय निरूपणम्- विमुच्य- वि +मुच् +ल्यप्

क्षिप्त:- क्षिप् +क्त

आगत:- आ +गम् +क्त

भ्राम्यत्- भ्रम् +णिच् +शतृ

छन्द:- मन्दाक्रान्ता।

अलंकार:- अतिशयोक्ति:।

युग्म प्रणय:
(Loving together)

यामिन्यां ये विजन्या मदनजितजना मोदकै र्मोद्यमाना
नेत्रैर्हालाप्रलुब्धैर्घनजघनचलै: कामिनी: कामयन्ते।
आस्यैरानीतलीला: सुखललितकला यामलै र्युक्तहस्ता:
सौधे रत्नारुणाभे कुसुमसुरभिते रासरक्ता रमन्ते ।। ७०।।

अन्वय: यामिन्यां ये विजन्या: मदनजितजना: मोदकै: मोद्यमाना: घन-जघनचलै: हालाप्रलुब्धै: नेत्रै: कामिनी: कामयन्ते। (ते) आस्यै: आनीतलीला: सुखललितकला: यामलै: युक्तहस्ता: कुसुमसु-रभिते रत्नारुणाभे सौधे रासरक्ता: (सन्त:) रमन्ते।

English: Those (youngmen) left lonely at night, overpowered by love, entertaining themselves with intoxicating stuffs (of food and wine), wish the passionate ladies with their eyes longing for liquors and hovering over the tappering thighs. With facial expression of amorous sports and graceful art of joy, and with hands clasped in pairs, those (young men) engaged in sportve dance continue to enjoy in the flowery fragrant mansions bright with the radiance of jewels.

ଓଡ଼ିଆ: ନିର୍ଜନ ରଜନୀରେ ସୁରାମୋଦକାଦିରେ ଆମୋଦିତ ଓ କାମବିଜିତ ତରୁଣଗଣ ଘନଜଘନରେ ଚଳଚଞ୍ଚଳ ହୋଇଉଠିଥିବା ସୁରାପ୍ରଲୁବ୍ଧନେତ୍ରରେ କାମିନୀ-କାମନା-ବିଳାସୀ ହୋଇଉଠନ୍ତି । ମୁଖମଣ୍ଡଳରେ ପ୍ରଣୟଲୀଳା ଓ ସୁଖଲଳିତ-କଳା ପ୍ରକଟିତ ହେଉଥିବା କାଳରେ (ତରୁଣୀଗଣଙ୍କ ସହିତ) ହାତରେ ହାତ ମିଳାଇ ଯୋଡ଼ିଯୋଡ଼ି ହୋଇଥିବା ରାସକ୍ରୀଡ଼ାରତ ତରୁଣଗଣ ରତ୍ନାରୁଣାଭ ଓ କୁସୁମସୁରଭିତ ସୌଧରେ ଆନନ୍ଦ ଅନୁଭବ କରିଥାଆନ୍ତି ।

हिन्दी : निर्जन रजनी में सुरामोदकादि से आमोदित और काम विजित तरुणगण घने जघन में चलचंचल होनेवाले सुरा प्रलुब्ध नेत्रों से कामिनी-कामना-विलासी हो उठते हैं। मुखमण्डल में प्रणय लीला और सुख-ललित-कला प्रकटित होते समय (तरुणियों के साथ) हाथ पर हाथ रखे जुडे हुए रासक्रीडारत तरुणगण रत्नारुणाभ और कुसुम सुरभित सौध में आनन्द का अनुभव करते हैं।

प्रकाशिका: कविः अत्र युग्मप्रणयं वर्णयन् आह - यामिन्या मिति। यामिन्यां यामः अस्याः अस्तीति यामिनी तस्यां रात्रौ इत्यर्थः। ये विजन्याः विगतो जनोऽस्मात् विजनः "विविक्तविजनच्छन्न-निःशलाकास्तथा रहः" इत्यमरः (२.८.२२)। विजने साधुः विजन्यः इति। ते विजन्याः मदनेन कन्दर्पेण जिताः पराजिताः जनाः मोदकैः मादकद्रव्यैः मोद्यमानाः मोदयुक्ताः आनन्दिता इत्यर्थः। घनाः सान्द्राः ये जघनाः तैः घनजघनैः कट्याः अग्रभागैः हालया सुरया प्रकर्षेण प्रलुब्धैः नेत्रैः नयनैः कामिनीः रमणीः कामयन्ते अभिलषन्ति। ते, आस्यैः मुखैः आनीतलीला यैः ते, कुसुमैः पुष्पैः सुरभिते सुगन्धिते रत्नवत् अरुणाभा यस्य तस्मिन् तथाभूते सौधे प्रासादे रासरक्ताः सशब्द क्रीडाविशेषरक्ताः प्रेमाशक्ताः सन्तः रमणीभिः साकं रमन्ते। अत्र स्रग्धरा छन्दः। शृङ्गाररसोऽत्र व्यज्यते।

व्याकरणम्

समासाः- मदनजितजनाः- मदनेन जिताः (तृ.त.) मदनजिताश्च ते जनाः (क.धा.)

घनजघनचलैः- घनाश्च ते जघनाः (क.धा.) घनजघनेषु चलं (स.त.) तैः

सुखललितकला- सुखेन ललिता कला येषां ते (बहुव्रीहिः)

रत्नारुणाभे- रत्नवत् अरुणाभा यस्य (बहुव्रीहिः) तस्मिन्

कुसुमसुरभिते- कुसुमैः सुरभितं (तृ.त.) तस्मिन्
रासरक्ताः- रासे रक्ताः (स.त.)

प्रकृति-प्रत्यय निरूपणम्

विजन्यः- वि +जन् +यत्
मोद्यमानः- मुद् +णिच् +शानच्
प्रलुब्धः- प्र +लुभ् +क्त

छन्दः- स्रगधरा।

रसः- शृङ्गारः।

रसिकवसन्त:
(Lovely Spring)

मधु: समीरेण सहाप्य कम्पमाताम्रपत्राम्बरवेष्टिताङ्गीम्।
लतावधूं गुच्छकुचां दधाति क्षीणांशुकाङ्गीं तरुणीं युवेव ।। ७१ ।।

अन्वय: मधु: समीरेण सह कम्पम् आप्य आताम्रपत्राम्बरवेष्टिताङ्गीं क्षीणांशुकाङ्गीं गुच्छकुचां लतावधूं, युवा क्षीणांशुकाङ्गीं तरुणीम् इव दधाति।

English: The spring together with the breeze, experiencing horripilation, embraces the creeper-bride with bosoms of clustered blossoms, (and who is) dressed in the semi-radiant leaves all over; like a youngman to his beloved lady with well-clad thin silk saree.

ଓଡ଼ିଆ: ସମୀରଣର ସମ୍ପର୍କରେ ଶିହରିତ ହୋଇଉଠିଥିବା ବସନ୍ତ (ଋତୁ) ପ୍ରସ୍ଫୁଟଗୁଚ୍ଛ-କୁଚଧାରିଣୀ ଓ ଈଷତ୍ ତାମ୍ର-ପତ୍ରବସନ-ପରିହିତାଙ୍ଗୀ ଲତାବଧୂକୁ, ଝିନ ପାଟପରିଶୋଭିତାଙ୍ଗୀ ତରୁଣୀକୁ ନବଯୁବାପରି, କୋଳେଇ ନେଉଛି ।

हिन्दी : **समीरण के संस्पर्श में शिहरित वसन्त (ऋतु) प्रस्फुट गुच्छ रूपी कुचधारिणी और इषत ताम्र-पत्र-वसन परिहिता लता-वधू को, महीन पट्टवस्त्र शोभिना तरुणी से नव युवा की भाँति गले मिल रहा है।**

प्रकाशिका: अत्र कवि: वसन्तस्य रसिकतां वर्णयन् आह - मधु: इत्यादि। मधु: वसन्त: समीरेण सह साकं कम्पं कम्पनम् आप्य प्राप्य कम्पस्तु सात्त्विकभाव: तेन युक्त: इत्यर्थ: आ समन्तात् ताम्रपत्राणि तै: वेष्टितानि परविष्टितानि अङ्गानि यस्या: तां तथाभूतां, गुच्छकुचां गुच्छ: स्तवक: स एव कुच: यस्या: ताम्।

'पुष्पादिस्तवके गुच्छो मुक्ताहारकलापयो:' इति रन्तिदेव:। लता एव वधू: ताम्, युवा युवक: क्षीणांशुकाङ्गीं क्षीणं सूक्ष्मं च तत् अंशुकं वस्त्रम् इति क्षीणांशुकम्, क्षीणांशुकवत् अङ्गानि यस्या: सा क्षीणांशुकाङ्गी ताम् एवंभूतां तरुणीं युवा इव। यथा युवक: नवतरुणीं दधाति तथैव मधु:लतावधूं दधाति धारयति इत्यर्थ:। रसोऽत्र शृङ्गार:। उपमालंकार: रुपकं च। उपजाति: छन्द:।

व्याकरणम्

समासा:- आताम्रपत्राम्बरवेष्टिताङ्गीम्- पत्रमेव अम्बरम् (रू.क.धा.) आताम्रं च तत् पत्राम्बरं (क.धा.) तेन वेष्टितं अङ्गं यस्या: सा (बहुव्रीहि:) तात्।

लतावधूम्- लता एव वधू: (रू.क.धा.) ताम्

गुच्छकुचाम्- गुच्छ: कुच: यस्या: सा (बहुव्रीहि:) ताम्।

क्षीणांशुकाङ्गीम्- क्षीणांशुकं अङ्गे यस्या: सा (बहुव्रीहि:) ताम्

प्रकृति-प्रत्यय निरूपणम्- दधाति- धा +तिप्

आप्य- आप् +यत्

वेष्टित:- वेष्ट् +क्त

छन्द:- उपजाति:।

अलंकार:- उपमा, रूपकम्।

प्रीत्यनुधावनम्
(Following in Love)

वारम्बारं मलयमरुत: वल्लकीं वादयन्ति
धीरं धीरं भवनपदवीं वामनेत्रा प्रयाति।
सायं सो ऽ यं कुसुमरसिको हृष्टहृन्मिष्टहास:
मन्दं मन्दं प्रचलदधर: चोपतीमां प्रपश्यन् ।। ७२ ।।

अन्वय: सायम्। मलयमरुत: वारं वारं वल्लकीं वादयन्ति। वामनेत्रा धीरं धीरं भवनपदवीं प्रयाति। स अयं हृष्टहृत् मिष्टहास: कुसुमरसिक: इमां प्रपश्यन् मन्दं मन्दं प्रचलदधर: (सन्) इमां चोपति।

English: It is evening. The whiffs of Malaya-breeze (South wind that carries the fragrance of the sandle woods from the Malwar hills) are putting into tune the lyre (music of the heart) time and again. A lovely eyed lady slowly paces ahead to her way-home. He, the lover of flowers, joy at heart with sweet smiles and gradual quivering lips, moves behind slowly at her sight.

ଓଡ଼ିଆ: ଏହା ସନ୍ଧ୍ୟାକାଳ । ମଳୟ ମରୁତଗଣ ବାରମ୍ବାର ବୀଣାବାଦନର ସ୍ୱର ସଞ୍ଚାର କରି ଚାଲିଥାଆନ୍ତି । ସୁନୟନା ତରୁଣୀ (ସ୍ୱକୀୟ) ଭବନପଥରେ ଧୀରେ ଧୀରେ ଚାଲିଯାଉଥାଆନ୍ତି । ଏପରି ଦେଖିବା ମାତ୍ରେ ଧୀରେ ଧୀରେ ଅଧୀର ହୋଇଉଠିଥିବା ଅଧରଧାରୀ କୁସୁମାନୁରାଗୀ ତରୁଣ ଉଲ୍ଲସିତ ହୃଦୟରେ ମିଷ୍ଟହାସପ୍ରକାଶପୂର୍ବକ ସେହି ତରୁଣୀଙ୍କୁ ଚୁପି ଚୁପି ପାଦଥାପି ଅନୁଗମନ କରୁଥାଆନ୍ତି ।

हिन्दी : सन्ध्या का समय है। मलय मरुतगण बार बार वीणावादन का स्वर संचार कर रहे थे। सुनयना तरुणी (स्वकीय) भवन के पथ पर धीरे धीरे चलती चली जा रही थीं। इस तरह देखते ही धीरे धीरे अधीर

कुसुमं एव रसिकः इमां प्रकर्षेण पश्यन् अवलोकयन् मन्दं मन्दं धीरं धीरं प्रचलन् अधरः यस्य सः तथाभूतः, इमां भवनपथगामिनीं तरुणीं चोपति ('चुप' इति मन्दायां गतौ) धीरमनु-गच्छति इत्यर्थः। मन्दाक्रान्ता छन्दः रूपकमलंकारश्च।

व्याकरणम्

समासाः- भवनपदवीम्- भवनस्य पदवी ताम्

वामनेत्रा- वामे नेत्रे यस्याः सा (बहुव्रीहिः)

कुसुमरसिकः- कुसुमे रसिकः (स.त.)

हृष्टहृत्- हृष्टं हृत् यस्य सः (बहुव्रीहिः)

मिष्टहासः- मिष्टः हासः यस्य सः (बहुव्रीहिः)

प्रचलदधरः- प्रचलन् अधरः यस्य सः (बहुव्रीहिः)

प्रकृति-प्रत्यय निरूपणम्- प्रचलत्- प्र +चल +शतृ

प्रपश्यन्- प्र +दृश् +शतृ

चोपति- चुप् +तिप्

हासः- हस् +घञ्

अलंकारः- रूपकम्।

छन्दः- मन्दाक्रान्ता।

वृक्षवल्लरीयम्
(Tale of Tree and Creeper)

कश्चित्श्रेष्ठ: कुसुमहसितं शुभ्रवस्त्रं वसान:
कूजद्रूपां खगविघटितां कामवाणीं चकार।
गुञ्जत्प्रायां मदनलुलितां वल्लरीं यौवनाढ्यां
ईषन्नम्रां पवनधुनितां वृक्षराजश्चुचुम्ब ।। ७३ ।।

अन्वय: कश्चित् श्रेष्ठ: वृक्षराज: कुसुमहसितं शुभ्रवस्त्रं वसान: कूजद्रूपां खगविघटितां कामवाणीं चकार। (पुनरसौ) गुञ्जत् प्रायां मदनलुलितां यौवनाढ्यां ईषत् नम्रां पवनधुनितां वल्लरीं चुचुम्ब।

English: Certain pre-eminet tree donning white garment of expanded flowers uttered words of love as if by the twitterings of the dispersed birds. There after he (the king of the trees) kissed the sweet humming, shightly bent, wind-wafted youthful creeper ever fickle in love.

ଓଡ଼ିଆ: କୌଣସି ଏକ ଶ୍ରେଷ୍ଠ ବୃକ୍ଷରାଜ କୁସୁମପ୍ରସାରିତ ଶୁଭ୍ରବସ୍ତ୍ର ପରିଧାନ ପୂର୍ବକ ପକ୍ଷିଗଣଙ୍କର ବିଘଟନକାଳର କାକଳି ଛଳରେ ପ୍ରଣୟବାଣୀ ପ୍ରସାରଣ କରିଥିଲା ଓ (ସେହି ଉଚ୍ଚାରଣ ପରେ) ଗୁଣୁଗୁଣୁ ସ୍ୱନ ଶୋଭିତା, ପ୍ରଣୟ-ଚଞ୍ଚଳା, ଈଷନ୍ନମ୍ରା, ପବନଧୁନିତା, ଯୌବନାଢ୍ୟା ବଲ୍ଲରୀକୁ ଚୁମ୍ବନ-ଚର୍ଚ୍ଚିତା କରିଦେଇଥିଲା ।

हिन्दी : किसी एक वृक्षराज ने कुसुम प्रसारित शुभ्र वस्त्र परिधान पूर्वक पक्षियों के विघटन काल की काकलि के जरिए प्रणय-वाणी प्रसारित किया था और (उस उच्चारण के बाद) गुनगुनाहट शोभिता, प्रणय-चंचला, इषन्नम्रा, पवन धुनिता, यौवनाढ्या वल्लरी को चुम्बन-चर्चिता कर दिया था।

प्रकाशिका: अत्र कवि: वृक्षं रसिकपुरुषत्वेन वल्लरीं च प्रेमिकारूपेण वर्णयन् आह - कश्चित् इत्यादिना। कश्चित् श्रेष्ठ: वृक्षेषु वृक्षाणां वा राजा वृक्षराज: ("राजन् सखिभ्यष्टच्") कुसुमहसितं कुसुमै: प्रसारितं परिशोभितं शुभ्रवस्त्रं शुभ्रं च तत् वस्त्रं चेति श्वेतवसनं वसान: परिदधान: कूजत् रूपं यस्या: तां खगविघटितां खगानां खे आकाशे गच्छन्तीति खगा: तेषां विघटितां वियोजितां वियोजन काल शब्दायमानां कामवाणीं कन्दर्पवाणीं चकार कृतवान्। नायिका-नायकयो: मिलनात् पूवं कामवाणी भवति अत्र पक्षिणां विघटिता एव कामवाणी भवति। तदनु गुञ्जत्प्रायां गुञ्जनविशेषशोभिनीं, मदनलुलितां मदनेन कन्दर्पेण लुलितां चञ्चलितां यौवनेन आढ्यां युक्तां युवतीमित्यर्थ: ईषन्नम्रां ईषन्नमन्तीमित्यर्थ: पवनेन धुनितां कम्पितां वल्लरीं लतां असौ वृक्षराज: चुचुम्ब चुम्बनं कृतवान्। अत्र समासोक्ति: मन्दाक्रान्ता छन्दश्च।

व्याकरणम्

समासा:- वृक्षराज:- वृक्षाणां राजा (ष.त.)

कुसुमहसितम्- कुसुमै: हसितम् (तृ.त.)

शुभ्रवस्त्रम्- शुभ्रं च तत् वस्त्रं (क.धा.)

गुञ्जत्प्रायाम्- गुञ्जन् प्राय: प्रधान: यस्या: सा ताम् (बहुव्रीहि:)

मदनलुलितां- मदनेन लुलिताम् (तृ.त.)

यौवनाढ्याम्- यौवनेन आढ्या ताम् (तृ.त.)

ईषन्नम्राम्- ईषत् नम्रा या सा ताम् (बहुव्रीहि:)

पवनधुनिताम्- पवनेन धुनिता ताम् (तृ.त.)

प्रकृति-प्रत्यय निरूपणम्- हसित- हस +क्त (कर्तरि)
धुनिता- धुन् +क्त +टाप्
वसानः- वस् +शानच्
चुचुम्ब- चुम्ब् +लिट्
विघटिता- वि +घट् +क्त +टाप्

अलंकारः- समासोक्तिः।

छन्दः- मन्दाक्रान्ता।

पादपलतिकाप्रणय:
(Love of the trees & the creeper)

केचिद्वृक्षा अनिलमिलितै: कोटरैर्गातुकामा
आकर्षन्तीह सुकुसुमितां वल्लरीं वेष्टितालिम्।
ईषन्मानैस्तरलतनुभि: फुल्लहासै: कटाक्षै-
र्भ्राम्यद्भृङ्गै रमणरसिकाश्चातुरीमाचरन्ति।। ७४।।

अन्वय: अनिलमिलितै: कोटरै:गातुकामा: केचिद्वृक्षा: वेष्टितालिं सुकुसुमितां वल्लरीम् इह आकर्षन्ति। (ता:) रमणरसिका: (वल्लर्य:) ईषन्मानै: तरलतनुभि: फुल्लहासै: भ्राम्यद्भृङ्गै: कटाक्षै: चातुरीम् आचरन्ति।

English: Some trees intent upon singing by their wind-filled-hollows here continue to attract the well-bloomed bee-encireled creepers. Those creepers adept in love-sports, affected by a little pride, bearing agitated bodies, flowery smiles, and blinkings in shape of the rows of moving bees, continue to adopt their skil-fulness.

ଓଡ଼ିଆ: କେତେକ ବୃକ୍ଷ ପବନପୂରିତ କୋଟର ମୁଖରେ ଗାନାଭିଳାଷୀ ହୋଇ ଏଠାରେ ଭ୍ରମର ପରିଶୋଭିତ ସୁକୁସୁମିତ ବଲ୍ଲରୀଚୟଙ୍କୁ ଆକର୍ଷିତ କରିଥାଆନ୍ତି। ସେହି ଈଷତ୍‌ମାନବତୀ ପ୍ରଣୟ-ବିଳାସିନୀ ପୁଷ୍ପସୁହାସିନୀ ତରଳତନୁଧାରିଣୀ ବଲ୍ଲୀମାଳା (ଧାଡ଼ିଧାଡ଼ି ହୋଇ) ଘୂରିବୁଲୁଥିବା ଭ୍ରମରମାଳା-କଟାକ୍ଷରେ ଚାତୁରୀ ପ୍ରଦର୍ଶନ କରିଥାଆନ୍ତି।

हिन्दी : कई वृक्ष पवन पूरित कोटर के मुँह से गानाभिलाषी होकर यहाँ पर भ्रमरपरिशोभित सुकुसुमित वल्लरियों को आकृष्ट करते हैं। वे ही इषत् मानवती प्रणय विलासिनी पुष्प सुहासिनी तरल तनुधारिणी वल्लीमाला (कतारों में) घुमती भ्रमर माला रूपी कटाक्ष से चातुरी प्रदर्शन करती हैं।

प्रकाशिका: अत्र कवि: पादप-लतिकयो: प्रणयं वर्णयन् आह - केचिद्वृक्षा इत्यादिना। अनिलेन वायुना मिलिता: ये तै: तथाभूतै: कोटरै:- कुटनं कोट: कोटं रातीति कोटरम् तै: निष्कुहै: "निष्कुह: कोटरम्" इत्यमर: ९२.४.१३), वृक्षरन्ध्रै: इत्यर्थ:। गातुकामा: गातुं काम: अभिलाष: येषां ते तथाभूता: केचिद् वृक्षा:, वेष्टिता: परिवृता: अलय: यां तां तथाभूतां शोभनतया कुसुमितां पुष्पितां वल्लरीं लताम्, इह अत्र आ समन्तात् कर्षन्ति स्वं प्रति इत्यर्थ:। रमणाय रमणकरणाय रसिका: ता: वल्लर्य: ईषत् स्वल्पमानै: अभिमानै: तरलतनुभि: चञ्चलदेहै: फुल्लहासै: - फुल्ल: हास: तै: प्रफुल्लितसहासवदनै: भ्राम्यन्त: भ्रमणं कुर्वन्त: ये भृङ्गा: दर्शने" इत्यमर: (२.६.९४) कटौ अतिशयितौ अक्षिणी यत्र अथवा कटं गण्डदेशं अक्षति व्याप्नोतीति कटाक्ष:। चातुरीं चतुरस्य भाव: चातुरी ताम् आचरन्ति आचरणं कुर्वन्ति। समासोक्तिरलंकार: मन्दाक्रान्ता छन्द:।

व्याकरणम्

समासा:- गातुकामा- गातुं काम: येषां ते (बहुव्रीहि:)

वेष्टितालिम्- वेष्टिता: अलय: यां ताम् (बहुव्रीहि:)

रमण रसिका- रमणाय रसिका: (च.त.)

भ्राम्यद् भृङ्गै:- भ्राम्यन्तश्च ते भृङ्गा: (क.धा.) तै:

फुल्लहासै- फुल्लश्चासौ हास: (क.धा.) तै:

तरलतनुभि:- तरला तनु: (क.धा.) ताभि:

प्रकृति-प्रत्यय निरूपणम्- मिलित:- मिल् +क्त

आकर्षन्ति- आ +कृष +झि

आचरन्ति- आ +चर् +झि

अलंकार:- समासोक्ति:।

छन्द:- मन्दाक्रान्ता।

उपवनवधूटी
(Bride of the pleasure garden)

श्यामालता किं नवपुष्पभूषिता वातेरिता चूतवरेण संगता।
प्रियेण साकं मिलितुं सुयौवनाम् आराम-संसक्त-वधूं प्रचोदति ।। ७५ ।।

अन्वय: नवपुष्पभूषिता वातेरिता चूतवरेण संगता श्यामालता (कर्त्री) सुयौवनाम् आरामसंसक्तवधूं प्रियेण साकं मिलितुं प्रचोदति किम् ?

English: Syama-creeper laden with new-blooms, shaken by the wind, united with the mango-groom is inspiring as if a youth bloomed-bride enamoured of (the beauty of) the garden for her union with the dear-darling-lover.

ଓଡ଼ିଆ: ପବନକମ୍ପିତା ନବପୁଷ୍ପବିଭୂଷିତା ଓ ଚୂତ-ବରସହିତ ମିଳିତ ହୋଇଥିବା ଶ୍ୟାମଲତା (ପ୍ରିୟଙ୍ଗୁଲତା) ଉପବନର ଶୋଭାସକ୍ତ ସୁଯୌବନା ବଧୂଟିକୁ ପ୍ରିୟ ସହିତ ମିଳିତ ହେବାପାଇଁ ସତେ ଯେପରି ପ୍ରେରଣା ଦେଉଅଛି ।

हिन्दी : **पवन कम्पिता नव पुष्प विभूषिता और चूत वर के साथ मिलित हुई श्यामलता (प्रियंगुलता) उपवन के शोभासक्त सुयौवना वधू को प्रिय के साथ मिलित होने के लिए मानों प्रेरित कर रही है।**

प्रकाशिका: कवि: अत्र उपवनवधूं वर्णयन् आह - श्यामालता इत्यादिना। नवानि च तानि पुष्पाणि कुसुमानि तै: भूषिता अलंकृता वातेन पवनेन ईरिता प्रेरिता चूतवरेण चूत: एव वर: तेन संगता सम्मिलिता सती श्यामालता श्यामानाम्नी लता पक्षे श्यामास्त्री "श्यामा तु महिलाह्वया। लता गोविन्दिनी गुन्द्रा प्रियङ्गु: फलिनी पली। विश्वक्सेनागन्धफली कारम्भा प्रियकश्वसा"। इत्यमर: (२.४.५५-५६)। शोभनं यौवनं यस्या: तां तथाभूताम्, आरामे

उपवने संसक्तां सम्यक् तया मिलितां वधूं प्रियेण प्रियतमेन कान्तेन इत्यर्थः साकं मिलितुं मिलनाय प्रचोदति किम् ? प्रेरयति किम् ? अत्र उपजातिः छन्दः। उत्प्रेक्षालंकारः।

व्याकरणम्

समासाः- श्यामालता- श्यामा नाम्नी लता (म.प.लो.क.धा.)

नवपुष्पभूषिता- नवानि च तानि पुष्पाणि (क.धा.) तैः भूषिता (तृ.त.)

वातेरिता- वातेन ईरिता (तृ.त.)

आराम-संसक्त-वधूम्- संसक्ता च सा वधूः (क.धा.) आरामे संसक्तवधूः (स.त.) ताम्

प्रकृति-प्रत्यय निरूपणम्- ईरिता- ईर् +क्त +टाप्

संगता- सम् +गम् +क्त +टाप्

भूषिता- भूष् +क्त +टाप्

संसक्त- सम् +सञ्ज् +क्त

मिलितुम्- मिल् +तुमुन्

प्रचोदति- प्र +चुद् +तिप्

अलंकारः- उत्प्रेक्षा।

छन्दः- इन्द्रवंशा - वंशस्थविलयोः मिश्रणात् उपजातिः।

गोपनसुरतम्
(Secret Union)

वाचाल वीचेर्वलयास्तटिन्यां कूलं स्पृशन्त्यो लतिका: खगोज्झिता:।
सोपान्तकुञ्जान्तरिता न लब्धा तारुण्यशोभा अपि गुप्तनर्तना: ।। ७६ ।।

अन्वय: (तटिन्या:) कुलं स्पृशन्त्य: लतिका: खगोज्झिता: (भवन्ति)। तटिन्यां वाचालवीचेर्वलया: (दृश्यन्ते)। सा उपान्त कुञ्जान्तरिता (तु) न लब्धा (अस्ति)। अपि तारुण्यशोभा: गुप्तनर्तना: ?

English: The creepers touching the river-bank are left out with birds (perhaps due to fear aroused by human presence) and in the river the agitated ripple-circles are visible (due to agitation of the creepers touching the river water). She had been (with her friend) to the interior of the bowers of creepers situated at the immediate proximity (of the river) and is not found till now. Do the beauties of youth continue to dance secretly?

ଓଡ଼ିଆ: ତଟିନୀର କୂଳ ଛୁଇଁଥିବା ଲତିକାଗୁଡ଼ିକରୁ ପକ୍ଷୀ ଉଠିଯାଇଛନ୍ତି (ସେଠାରେ ମନୁଷ୍ୟ ଉପସ୍ଥିତି ହେତୁ) । ଏଠାରେ (ତଟିନୀରେ) ବୀଚିରବଳୟ ବାଚାଳ (ଚଳଚଞ୍ଚଳ) ହୋଇଉଠିଛି (ଜଳଧାରକୁ ଛୁଇଁଥିବା ଲତିକା ଆନ୍ଦୋଳନ ହେତୁ) । ସେ (ତରୁଣୀ) ତଟିନୀ ସନ୍ନିକଟ କୁଞ୍ଜଭିତରକୁ (ପ୍ରିୟ ସହିତ) ଚାଲିଯାଇଥିଲେ, ହେଲେ ଏ ପର୍ଯ୍ୟନ୍ତ ମଧ୍ୟ ଏଠାକୁ ଫେରି ଆସିନାହାନ୍ତି । ତାରୁଣ୍ୟର ଶୋଭା-ସମୁଦାୟ ଗୁପ୍ତନୃତ୍ୟନିରତ ହୋଇଥାଆନ୍ତି କି ?

हिन्दी : **तटिनी के किनारे को स्पर्श करने वाली लतिकाओं से पक्षी उठ गये हैं (वहां पर मनुष्यों की उपस्थिति के कारण)। यहां पर (तटिनी में) वीचि का बलय वाचाल (चलचंचल) हो उठा है (जलधार को स्पर्श करती लतिका आन्दोलन हेतु)। वह (तरुणी) तटिनी सन्निकट**

कुंज के भीतर (प्रिय के साथ) चली गई थी, लेकिन अब तक यहां लौटकर नही आई हैं। क्या तारुण्य का शोभा-समुदाय गुप्त नृत्य निरत होते हैं ?

प्रकाशिका: अत्र कवि: गोपन सुरतक्रीडां वर्णयन् आह - वाचाल इत्यादि-ना। तटिन्या: तट: अस्या: अस्तीति तटिनी नदी तस्या: नद्या: कूलं तटदेशं स्पृशन्त्य: (स्पृश् +शतृ +ङीप् +झि) स्पर्शं कुर्वत्य: लतिका: लता: पक्षे नायिका: खगै: पक्षिभि: उज्झिता: त्यक्ता: इत्यत्र केषांचित् उपस्थिति: व्यज्यते। पुनश्च वाचाला वाचाटा बहुगर्ह्यभाषिणी इत्यर्थ: "वाचालो वाचाटो बहुगर्ह्यवाक्" इत्यमर: (३.१.३४)। अत्र वाचाला, शब्दायमाना कलकलध्वनिना इति अर्थ:। वाचाला या वीचि: स्वल्पतरङ्ग: तस्या: ये वलया:, उपान्तेन सह वर्तमाना: सोपान्ता: सोपान्ता:, ये कुञ्जा: मिलनस्थानानि तै: अन्तरिता सा न लब्धा गोपितत्वात् प्रियेण। एतावता ज्ञायते अपि तारुण्यस्य शोभा: कान्तय: गुप्तनर्तना भवन्ति ? इन्द्रवज्रा छन्द: रस: शृङ्गार:।

व्याकरणम्

समासा:- खगोज्झिता:- खगै: उज्झिता: (तृ.त.)

कुञ्जान्तरिता- कुञ्जस्य अन्तरं (ष.त.) कुञ्जान्तरं इता (गता) (द्वि. त.)

गुप्तनर्तना:- गुप्तं नृत्यन्ति या ता: (बहुव्रीहि:)

प्रकृति-प्रत्यय निरूपणम्-

वाचाल:- वाच् +आलच् (चस्य न क)

स्पृशन्त्य:- स्पृश् +शतृ+ङीप् +झि

इता- इण् +क्त +टाप्

लब्धा- लभ् +क्त +टाप्

छन्द:- इन्द्रवज्रा।

रतिक्लान्ता
(Coition- fatigued lady)

तले तामालस्य वितानविस्तरे वनेचरोत्सङ्गमुपेत्य निर्जिता।
भ्रमन्ति कान्ताः श्रमतापवर्जिता रतान्तखेदाः खलु मानभङ्गुराः ।। ७७।।

अन्वयः कान्ताः तमालस्य वितानविस्तेर तले वनेचरोत्सङ्गमुपेत्य निर्जिताः श्रमतापवर्जिताः सत्यः भ्रमन्ति। (यतः) रतान्तखेदाः खलु मानभङ्गुराः (भवन्ति)।

English: The beautiful ladies won over by the forest-dwellers (hunters) after getting into their laps under the expansion of the canopy of *tamala*-groves give up fatigue and pain (got during love sports) and continue to move in the forest freely. Granted that the coital pain is fragile like the pride of a lady in love.

ଓଡ଼ିଆ: ତମାଳତରୁର ବିସ୍ତୃତ ବିତାନତଳେ ବନେଚରମାନଙ୍କ କୋଳକୁ ପ୍ରାପ୍ତ ହୋଇ ପରାଜିତ ହୋଇଥିବା ଶୋଭନାଙ୍ଗନାଗଣ (ରତିଜନିତ) ଶ୍ରମତାପ ପରିତ୍ୟାଗ ପୂର୍ବକ ଇତସ୍ତତଃ ଘୂରିବୁଲିଥାଆନ୍ତି । (କାରଣ) ନିଶ୍ଚିତଭାବରେ ରତିପରଖେଦ ପ୍ରଣୟିନୀର ମାନପରି କ୍ଷଣସ୍ଥାୟୀ ହୋଇଥାଏ ।

हिन्दी : तमाल तरु के विस्तृत वितान के नीचे वनचरों की गोद प्राप्त कर पराजित हो शोभांगनाएँ (रति जनित) श्रम ताप परित्याग कर इतस्तत : घूमती रहती हैं। (क्योकि) निश्चित ही रति पर खेद प्रणयिनी के मान की भांति क्षणस्थायी होता है।

प्रकाशिका: अत्र कविः काश्चित् रतिक्रान्ताः वर्णयन् आह - तले तमालस्य इत्यादिना। कान्ताः प्रियतमाः तमालस्य तापिच्छस्य "तमालः स्यात् तापिच्छोऽपि" इत्यमरः (२.४.६८)। वितानविस्तरे "वितानो यज्ञउल्लोचे विस्तारे पुं नपुंसकम्। क्लीवं वृत्तविशेषे

स्यात् त्रिलिङ्गो मन्दतुच्छयो:" इति मेदिनी, वितानवत् प्रसारिते तले छायाभूमौ इत्यर्थ: वनेचरति इति वनेचर: व्याध: तस्य (तेषां वा) उत्सङ्गं अङ्कं उपेत्य समागत्य निर्जिता: नि:शेषेण जिता: लज्जिता: इत्यर्थ: पुनश्च श्रमतापवर्जिता: सुरतजन्य: य: श्रम: तस्य य: ताप: तेन वर्जिता: रहिता: भ्रमन्ति स्वच्छन्दं विचरन्ति। (यत:) रतस्य सुरतस्य अन्ते शेषे ये खेदा: ते खलु निश्चयात्मकम-व्ययमिदम् मानभङ्गुरा: मानवत् प्रणयिन्या: अभिमानवत् भङ्गुरा: क्षणस्थायिन: विनाशशीला: वा भवन्ति। शृङ्गाररस:। वंशस्थविलं छन्द:। अलंकार: अर्थान्तरन्यास:।

व्याकरणम्

समासा:- वितानविस्तरे- वितानवत् विस्तर: तस्मिन् (उ.क.)

वनेचरोत्सङ्गम्- वनेचरस्य उत्सङ्ग: तम् (ष.त.)

श्रमतापवर्जिता:- श्रमश्च तापश्च श्रमतापौ ताभ्यां वर्जिता: (क. धा.)

रतान्तखेदा:- रतस्य अन्त:, रतान्तस्य खेद: (ष.त.)

मानभङ्गुरा:- मानवत् भङ्गुरा: (उ.क.)

प्रकृति-प्रत्यय निरूपणम्-

विस्तर:- वि +स्तृ +अच्

उपेत्य- उप +इण् +ल्यप्

निर्जिता:- नि: +जि +क्त +टाप् +झि

वर्जिता:- वर्ज +क्त +टाप् +झि

छन्द:- वंशस्थविलम्।

रस:- शृङ्गार:, अलंकार:- अर्थान्तरन्यास:।

नवोढा
(Newly Married Lady)

कान्ता शान्ता नवरतिगता सुस्मिता गन्धसिक्ता
विद्युत्तेजस्तनुसुघटिता चर्चिता चारुचित्रा।
ईषन्माना वकुलवसना स्निग्धकेशा सुवेशा
नक्तं पत्या सुरतमृदिता शोभते यौवनाढ्या ।। ७८ ।।

अन्वय: शान्ता नवरतिगता सुस्मिता गन्धसिक्ता विद्युत्तेजस्तनुसुघटिता चर्चिता चारुनेत्रा ईषन्माना वकुलवसना स्निग्धकेशा सुवेशा यौवनाढ्या कान्ता नक्तं पत्या सुरतमृदिता शोभते।

English: A smiling new woman coy and delicate, having well-grown vigour of lightening lustre, sparayed with fragrance was anointed and painted beautifully. (She) With youthfulexcellence and a little pride (of youth), having silky tresses, well attired and decked in Bakula-flowers, pressed well in enjoyment at night by the husband, attains beauteous state.

ଓଡ଼ିଆ: ସ୍ମିତହାସଭରା ନବରତିଭାବ ପୂରିତା ଶାନ୍ତ ସୁନ୍ଦର ନବପରିଣିତା ତରୁଣୀ, ବିଜୁଳିଝଟକତନୁରେ ସୁଗଠିତ ରୂପରେଖଯୁତା ସୁରଭିସିଞ୍ଚିତ ହୋଇଥିବା ସହିତ ଚାରୁ (ଶୃଙ୍ଗାର) ଚିତ୍ର ଶୋଭିତା ହୋଇଉଠିଥିଲେ । ଭରାଯୌବନରେ ଈଷତମାନବତୀ, ସୁନ୍ଦର କେଶପରିପାଟୀ ସହିତ ଶୋଭନବସ୍ତ୍ରପରିହିତା, ବକୁଳ ପୁଷ୍ପ (ହାର) ଧାରିଣୀ ରାତିରେ ପତିଙ୍କଦ୍ୱାରା ସୁରତପୀଡ଼ିତା ହୋଇ ଯୌବନବତୀ ସେ ଶୋଭା ପାଉଥିଲେ ।

हिन्दी : स्मितहासिनी नव रतिभावयुक्त शान्त सुन्दर नव परिणिता तरुणी, बिजली की चमक-सी देह पर सुगठित रुपरेखा युक्ता

सुरभि सिंचित होने के साथ साथ चारु (शृंगार) चित्र शोभिता हो उठी थी। भरे पूरे यौवन में इषत मानवती, सुन्दर केश परिपाटी के साथ शोभन वस्त्र परिहिता वकुल पुष्प (हार) धारिणी रात को पति के द्वारा सुरत पीडिता होकर वे यौवनवती शोभायमान हो रही थीं।

प्रकाशिका: अत्र कवि: कांचिन् नवपरिणितां वर्णयन आह- कान्ता इत्यादिना। कान्ता नवपरिणिता सुन्दरी शान्ता शान्तस्वभावा नवा या रति: तद्‌गता नूतनरतिमती इत्यर्थ:, सुस्मिता शोभनं स्मितं ईषत् हास्यं यस्या: सा, गन्धसिक्ता गन्धेन सुरभिणा सिक्ता सुगन्धवती इत्यर्थ:, विद्युत् तेजोवत् या तनु: शरीरं तया सुघटिता - सु शाभनं यथा स्यात् तथा घटिता निर्मिता विद्युत् तेजोवत् गौराङ्गी इत्यर्थ:। चर्चिता जनै: सुगुणशालिनीत्वात् इति भाव:, रमणीयनयना, ईषन्माना ईषत् अभिमान: यस्या: सा, वकुलवसना वकुलं वसनं यस्या: सा, यौवनाढ्या यौवनेन तारुण्येन आढ्या युक्ता युवती इत्यर्थ:, एवंभूता कान्ता पत्यासह सुरतमृदिता आश्लेषादि पीडानन्दसहचारिणी सती शोभते। शृङ्गारशतके भर्तृहरिणा वर्णितम् "सुरतवनिता बालवनिता" (२.४४) इति अत्र भर्तृहरि-प्रभाव: परिलक्षित:। अत्र विशेष-णानि साभिप्रायाणीति परिकरोऽलंकार:। मन्दाक्रान्ता छन्द:।

व्याकरणम्

समासा:- वनरतिगता- नवा च सा रति: (क.धा.) तां गता (द्वि.त)

सुस्मिता- सु स्मितं यस्या: सा (वहुब्रीहि)

गन्धसिक्ता- गन्धेन सिक्ता (तृ.त.)

विद्युत्तेजस्तनुसुघटिता- विद्युत: तेज: (ष.त.) विद्युत्तेजोवत् तनु: (रू.क.धा.) तया सुघटिता

चारुचित्रा- चारुणि चित्राणि यस्यां सा (वहुब्रीहि:)

ईषन्माना- ईषत् मानं यस्याः सा (वहुब्रीहिः)

वकुलवसना- वकुलं वसनं यस्याः सा (वहुब्रीहिः)

स्निग्धकेशा- स्निग्धः केशः यस्याः सा (वहुब्रीहिः)

सुवेशा- सु वेशः यस्या सा (वहुब्रीहि)

सुरतमृदिता- सुरतेन मृदिता (तृ.त.)

यौवनाढ्या- यौवनेन आढ्या (तृ.त.)

प्रकृति-प्रत्यय निरूपणम्- घटिता- घट् +क्त +टाप्

चर्चिता- चर्च +क्त +टाप्

सिक्ता- सिच् +क्त +टाप्

मृदिता- मृद +क्त +टाप्

छन्दः- मन्दाक्रान्ता।

अलंकारः- परिकरः।

विहृतवती
(A Sportive lady)

मोदोन्मत्ता मदनकदना वल्लभं कौतुकाय
सख्या नीताऽऽनततनुलता नो न कान्तं जगाद।
पृष्टा पत्या भवति विजयी क: परास्तोऽत्र मुग्धे
कान्तं प्रीत्यावनतवदना तीक्ष्णदृष्ट्या ददर्श ।। ७९ ।।

अन्वय: सख्या कौतुकाय मोदोन्मत्ता मदनकदना आनततनुलता (काचित्) वल्लभं नीता 'नो' - 'न' (-इति) कान्तं जगाद। सा पत्या पृष्टा (अयि) मुग्धे ! अत्र क: विजयी क: परास्त: ? (तदनु सा) कान्तं प्रीत्या अवनतवदना (सती) तीक्ष्णदृष्ट्या ददर्श।

English: Brought to her husband by his confidante out of curiosity, a willowy lady though (deeply) afflicted by love, started speaking repeatedly 'no' & 'nay' to her lovely husband. (Later on) Asked by the husband "oh my pretty darling! who is the winner and who courts defeat here now?" she, with her face cast down in love, shooting a sharp sight (only) looked at the husband.

ଓଡ଼ିଆ: ଆନନ୍ଦୋନ୍ମତ୍ତା ମଦନପୀଡ଼ିତା (ନାୟିକା) କୌତୁହଳବଶତଃ ନିଜର ପ୍ରିୟ ସଖୀଦ୍ୱାରା କାନ୍ତ ପାଖକୁ ନିଆହୁଅନ୍ତେ ସେ ତାଙ୍କୁ (କାନ୍ତକୁ) 'ନାହିଁ'- 'ନା' ବୋଲି କହିଚାଲିଲେ । (କିଛି ସମୟ ପରେ) "ହେ ମୁଗ୍ଧେ ! ଆଜି ଏଠାରେ କିଏ ବିଜୟୀ ଓ କିଏ ପରାସ୍ତ" ବୋଲି କାନ୍ତ ପଚାରନ୍ତେ ପ୍ରୀତିଭରା ହୃଦୟରେ ଆନତମୁଖ-ତନୁଲତା ଧାରିଣୀ ସେ ତୀକ୍ଷ୍ଣ ଦୃଷ୍ଟିରେ କେବଳ କାନ୍ତଙ୍କ ଆଡ଼କୁ ହିଁ ଚାହିଁ ରହିଥିଲେ ।

हिन्दी : आनन्दोन्मत्ता मदन पीडिता (नायिका) कौतूहलवशः अपनी प्रिय सखी द्वारा कान्त के पास लिये जाने से उन्हें (कान्त को) 'नहीं',

'ना' करती चली गई। (थोडी देर बाद) हे मुग्धे ! आज यहां पर जीत किसकी और हार किसकी हुई- कान्त के ऐसा पूछते ही प्रीतिपूर्ण हृदय में आनतमुख तनुलताधारिरी वह तीरछी नजर से सिर्फ कान्त की ओर निहारती रही।

सख्या बान्धव्या कौतुकाय कौतुहलाय मोदेन आनन्देन उन्मत्ता, मदनेन कदना कामपीडिता आ समन्तात् नता तनुलता तनुः एव लता काचित् तरुणी वल्लभं प्रियतमं प्रति नीता सती 'नो'- 'मा' 'न'- 'मा' इति कान्तं प्रियतमं जगाद कथितवती। सा कान्ता पत्या प्रियतमेन पृष्टा- अपि मुग्धे ! सुन्दरि ! अत्र आवयोर्मध्ये कः विजयी जयशीलः कश्च परास्तः निर्जितः ? तदनु सा कान्ता कान्तं प्रीत्या प्रेम्णा अवनतं वदनं यस्याः सा तथाभूता सती तीक्ष्णदृष्ट्या तीक्ष्णा च सा दृष्टिः तया ददर्श अपश्यत्। रसः शृङ्गारः। छन्दः मन्दाक्रान्ता।

व्याकरणम्

समासा:- मोदोन्मत्ता- मोदेन उन्मत्ता (तृ.त.)

मदनकदना- मदनेन कदना (तृ.त.)

आनततनुलता- आनता तनुलता यस्याः सा (बहुव्रीहिः)

अवनतवदना- अवनतं वदनं यस्याः सा (बहुव्रीहिः)

प्रकृति-प्रत्यय निरूपणम्-

जगाद- गद् +लिट्

नीता- नी +क्त +टाप्

ददर्श- दृश् +लिट्

परास्त- परा +अस् +क्त

छन्दः- मन्दाक्रान्ता।

रसः- शृङ्गारः।

लावण्यामृतम्
(Lovely nectar)

ताम्बूलपूर्णे स्मितगण्डमण्डले सौगन्धिवैः सिञ्चितकेशराशिषु।
रक्ताधरेऽस्या विनिवेश्य दर्शनं को वा न वृद्धस्तरुणायतेऽधुना ।। ८० ।।

अन्वयः अस्याः ताम्बुलपूर्णे स्मितगण्डमण्डले सौगन्धिकैः सिञ्चितकेशराशिषु रक्ताधरे (च) दर्शनं विनिवेश्य अधुना को वा वृद्धः न तरुणायते ?

English: Shooting a look at her red lips, fragrance-sprinkled tresses, and smiling circles of her cheeks filled up with betels, can ever be any old-man who may not now behave like young?

ଓଡ଼ିଆ: ଏହି ତରୁଣୀଙ୍କର ସୁଗନ୍ଧସିଞ୍ଚିତ କେଶରାଶି ସହିତ ତାମ୍ବୁଳଭରା ସ୍ମିତଶୋଭିତ ଗଣ୍ଡମଣ୍ଡଳ ଓ ରକ୍ତାଧରରେ ଦୃଷ୍ଟିନିବେଶ କରିବା ପରେ କିଏ ଅବା ବୃଦ୍ଧ ଅଧୁନା ତରୁଣାୟମାନ ହୋଇ ନ ଉଠେ ?

हिन्दी : इस तरुणी के सुगन्ध सिंचित केश राशि सहित ताम्बूल भरे स्मित शोभित गण्डमण्डल और रक्ताधर पर दृष्टि निवेश करने पर कौन वृद्ध है जो इस समय तरुण नहीं बन जाता !

प्रकाशिका: अत्र कविः कस्याश्चित् तरुण्याः लावण्यामृतं वर्णयन् आह - ताम्बूलपूर्णे इत्यादि। अस्याः तरुण्याः ताम्बूलेन पूर्णे भरिते स्मितेन ईषत्हास्येन यत् गण्डमण्डलं तस्मिन् सौगन्धिकैः द्रव्यैः सिञ्चितः यः केशराशिः तेषु रक्तः यः अधरः तस्मिन् दर्शनं दृष्टिं विनिवेश्य स्थापयित्वा को वा वृद्धः स्थविरः अधुना सम्प्रति न तरुणायते न तरुण इव आचरति ? सर्वः वृद्धः तरुणवत् आचरति

इति भावः। इन्द्रवंशा छन्दः।

व्याकरणम्

समासाः- ताम्बूलपूर्णे- ताम्बूलेन पूर्णः (तृ.त.) तस्मिन्
स्मितगण्डमण्डले- स्मितश्चासौ गण्डमण्डलः (क.धा.) तस्मिन्
सिञ्चितकेशराशिषु- सिञ्चितश्चासौ केशराशिः (क.धा.) तेषु
रक्ताधरे- रक्तश्चासौ अधरः (क.धा.) तस्मिन्

प्रकृति-प्रत्यय निरूपणम्-
सिञ्चित- सिच् +क्त
विनिवेश्य- वि +नि +विश् +ल्यप्
दर्शनम्- दृश् +ल्युट्
तरुणायते- तरुण + क्यङ्

छन्दः- इन्द्रवंशा।

अधरामृतम्
(Labial nectar)

शपामि ते गण्डकचेन कोपिनि[22] द्राक्षाङ्गनेवाऽतिनवीनयौवने।
तवाधरे संचरिताऽभिमाने ममाधरो नैव पटुः क्षमायाम् ।। ८१ ।।

अन्वयः (हे) कोपिनि! (हे) द्राक्षा-अङ्गना इव अतिनवीन यौवने! ते गण्डकचेन शपामि। सञ्चरिताऽभिमाने तव अधरे क्षमायां मम अधरः पटुः नैव (भवति)।

English: Oh my angry lady! Oh you of nascent youth like that of a lovely grape-vine! I promise on thy cheeks and tresses that my lips are not adept in excusing thy pride-flowing-lips.

हिन्दी : हे कोपिनी ! हे शोभनांगी ! द्राक्षालता की भांति नवीन यौवनवती ! तुम्हारे केश और ठुड्डी कहते हैं कि अभिमान संचरित तुम्हारे अधर के साथ मेरे अधर कभी क्षमाशील नहीं हो सकते।

प्रकाशिकाः अत्र कविः अधरामृतं वर्णयन् आह - शपामि इत्यादि। हे द्राक्षायाः मृद्विकायाः "मृद्विका गोस्तनी द्राक्षा" इत्यमरः अङ्गना नायिका इव, द्राक्षालतिका इव इत्यर्थः अतिनवीनं यौवनं यस्याः तत् संबोधने, कोपिनि! हे कोपनशीले, ते तव गण्डेन कपोलेन कचेन केशेन शपामि शपथं करोमि। अभिमानः यस्मिन् तथाभूते तव अधरे क्षमायां क्षमादानविषये मम अधरः नैव पटुः समर्थः अस्ति। अर्थात् यदा त्वं अभिमानिनी भवसि तदासौ अभिमानः अधरे संचरितो भवति। अधरः अतीव मनोहरः भवतीति भावः। तस्मात् अत्यन्तं रम्ये अधरे ममाधरः क्षमापटुः न भवेदिति

अर्थः। अत्र नायकेन नायिकायाः अधरामृतास्वादनं व्यज्यते। अत्र अन्त्यानुप्रासः। उपजातिः छन्दः।

व्याकरणम्

समासाः- गण्डकचेन- गण्डः च कचश्च तयोः समाहारः गण्डकचम् (द्वन्द्वः) तेन

संचरिताभिमाने-संचरितः अभिमानः यस्मिन् (बहुव्रीहिः)

कोपिनि- कोपः अस्याः अस्तीति कोपिनी (सम्बोधने)

प्रकृति-प्रत्यय निरूपणम्- संचरितः- सम् +चर् +क्त

अभिमानः- अभि +मन् +घञ्

छन्दः- वंशस्थविल - इन्द्रवंशा - उपेन्द्रवज्रा- मिश्रणात् उपजातिः।

अलंकारः- अनुप्रासः।

सीत्कारवती
(Shivering Lady-love)

सत्यं तु भाषे[23] सुरताऽभिकांक्षिणं नाहं प्रियात्मन् मनसाऽस्मि कोपिनी।
लब्ध्वा तवेदं दशनासि धारकं सीत्कारसंक्षुब्धतयाऽस्मि मानिनी
।।८२।।

अन्वय: हे प्रियात्मन्! सुरताभिकांक्षिणं (त्वां) तु सत्यं भाषे नाहं मनसा कोपिनी अस्मि। तव इमां दशनासिधारकं लब्ध्वा सीत्कारसं क्षुब्धतया मानिनी अस्मि।

English: Oh my dear one (Lover)! I do tell truth to you, who has been longing for my love that (on you) I am not angry at heart. After getting the edge-mark of your knife-like-teeth by commotion of horripilation I experience the arousal of haughtiness only.

ଓଡ଼ିଆ: ହେ ମୋର ପ୍ରଣୟାଭିଳାଷୀ ପ୍ରିୟ ! ଏହା ମୋର ନିଶ୍ଚୟ ସତ୍ୟବାଣୀ ଯେ ହୃଦ ୟଭିତରେ (ତୁମ ଉପରେ) ମୁଁ ଆଦୌ କ୍ରୋଧାନ୍ୱିତ ହୋଇନାହିଁ । ତୁମର ଏହି ଦଶନ-ଅସିଧାରର ଆଘାତରେ ସୀତ୍କାର ଆନ୍ଦୋଳିତ ଶରୀରରେ କେବଳ ହିଁ ଅଭିମାନିନୀ ହୋଇଉଠିଛି ।

हिन्दी : **हे मेरे प्रणयाभिलाषी प्रिय ! मेरी यह सत्यवाणी है कि हृदय के अन्दर (तुम्हारे ऊपर) मैं बिलकुल क्रोधान्वित नहीं हूं। तुम्हारे इस दशन रूपी असीधार के आघात से सिहरित शरीर में सिर्फ अभिमानिनी हो उठी हूँ।**

प्रकाशिका: अत्र कवि: कामपि सीत्कारवतीं मानिनीं वर्णयन् आह - सत्यं तु भाषे इत्यादि। प्रिय: आत्मा यस्य स प्रियात्मा तत् सम्बोधने प्रियात्मन्! सुरतम् अभिकांक्षते य: स सुरताभिकांक्षी तम् तथाभूतं त्वां सत्यं भाषे कथयामि अहं मनसा कोपिनी कोप शालिनी न अस्मि न भवामि। तव इमां दशनमेव असि: खड्ग: "खड्गे तु निस्त्रिंश चन्द्रहासासिरिष्टय:" इत्यमर: (२.८.८९)। तस्य दन्तखड्गस्य धारकं धार: सीमा स्वार्थे "कन्" इति धारक: तम् धारकं प्रान्तं सीमानं वा लब्ध्वा प्राप्य, अर्थात् तीक्ष्णदन्तेन यदा त्वं मम कपोले आघातं करोषि तदा मम य: सीत्कार: (शब्दविशेष:) तेन सम्यक् क्षुब्धतया अहं मानिनी अस्मि। सुरते दन्ताघात: स्वाभाविक:। इन्द्रवंशा छन्द:।

व्याकरणम्

समासा:- सुरताभिकांक्षिणम्- सुरतं अभिकांक्षति य: स: तम् (बहुव्रीहि:)

प्रियात्मा- प्रिय: आत्मा यस्य स: (बहुव्रीहि:)

सीत्कारसंक्षुब्धतया- सीत्कारेण संक्षुब्धता (तृ.त.) तया।

प्रकृति-प्रत्यय निरूपणम्-

अभिकांक्षिणम्- अभि +कांक्ष +इन् +अम्

लब्ध्वा- लभ् +क्वाच्

छन्द:- इन्द्रवंशा।

संगीतवैदग्ध्यम्
(Wisdom of Musical Art)

तनोतीयं बाला[24] रणितवलया नृत्यचपला
चमत्कारैर्गीतैर्व्यथितहृदयं प्रीतिमयते।
झनत्कारेणान्तर्भरित झरनादं कृतवती[25]
क्लमं कृत्वा ध्वौतं गलितहृदमुन्मीलयति किम् ? ।। ८३।।

अन्वय: रणितवलया नृत्यचपला इयं बाला चमत्कारैः गीतैः व्यथितहृदयं तनोति, प्रीतिम् अयते। (किं च) झनत्कारेण अन्तर्भरितझरनादं कृतवती (सा) क्लमं धौतं कृत्वा गलितं हृदम् उन्मीलयति किम् ?

English: This girl with tinkling bracelets and quick dancing steps inflates the affected heart by the excellence of her songs and reaches delight. She, with the murmurming flow of the fountain at heart, roused by jingling note, is as if washing away the fatigue, unfolds (the petals of) the heart with joy.

ଓଡ଼ିଆ: ରଣିତବଳୟଧାରିଣୀ ନୃତ୍ୟଚପଳା ଏହି ବାଳା ଚମତ୍କାର ଗୀତମାଧୁରୀରେ ବ୍ୟଥିତହୃଦୟକୁ ପ୍ରସାରିତ କରି ପ୍ରଣୟଭାବକୁ ପ୍ରାପ୍ତ ହେଉଅଛି । ଆହୁରି ମଧ୍ୟ ଝନତ୍କାର ମାଧ୍ୟମରେ ହୃଦୟରୁ ଝରିଆସୁଥିବା (ଆନନ୍ଦ) ଝରରେ ଝଙ୍କାର ସୃଷ୍ଟିକାରିଣୀ ସେ (ଏହି ବାଳା) କ୍ଲାନ୍ତି-ପ୍ରକ୍ଷାଳନ-ପୂର୍ବକ ସତେ ଯେପରି ହୃଦୟକୁ ଉନ୍ମୀଳିତ କରୁଅଛି ।

हिन्दी : घुंगरुधारिणी नृत्य चपला यह बाला चमत्कार गीत माधुरी से व्यथित हृदय को प्रसारित कर प्रणय भाव को प्राप्त हो रही है। साथ ही झनत्कार के जरिए हृदय से झरता हुआ (निर्झर) में झंकार सृष्टिकारिणी (यह बाला) क्लान्ति प्रक्षालन पूर्वक मानों हृदय को

उन्मीलित कर रही है।

प्रकाशिका: अत्र कवि: कस्याश्चित् तरुण्या: संगीतविदग्धतां वर्णयन् आह तनोतीयम् इत्यादि। रणित: शब्दित: वलय: कङ्कण: यस्या: सा, नृत्येन चपला चञ्चला इयं बाला कुमारी चमत्कारै: रम्यै: गीतै: संगीतै: व्यथितं हृदयं यस्य स: तम्, तनोति विस्तारयति अर्थात् अस्या: संगीतं श्रुत्वा मम व्यथित हृदयं विस्तारितं भवति इत्यर्थ: प्रीतिं शान्तिं च अयते प्राप्नोति। "अय गतौ"। ये ये गत्यर्था: ते ते प्राप्त्यर्था:। अपि च इयं झनत्कारेण शब्देन अन्त: हृदयमध्ये भरित झरनादं प्रविष्टस्य आनन्द निर्झरस्य नादं शब्दं कृतवती संपादितवती। सा मम क्लमं क्लान्तिं धौतं क्षालितं कृत्वा क्लान्तिं मे अपनयन्ती सती गलितं सुप्तं हृदं हृदयं उन्मी-लयति प्रकाशयति किम् ? उत्प्रेक्षालंकार: शिखरिणी छन्द:।

व्याकरणम्

समासा:- रणितवलया- रणित: वलय: यस्या: सा (बहुव्रीहि:)

नृत्यचपला- नृत्येन चपला (तृ.त.)

अन्तर्भरितझरनादम्- अन्तर्भरित श्चासौ झर: (क.धा.) तस्य नाद: (ष.त.) तम्

प्रकृति-प्रत्यय निरूपणम्- कृतवती- कृ +वतुप् +ङीप्

कृत्वा- कृ +क्त्वाच्

धौतम्- धाव् +क्त

गलितम्- गल् +इ +क्त

उन्मीलयति- उत् +मील् +तिप्

छन्द:- शिखरिणी।

अलंकार:- उत्प्रेक्षा।

प्रेम नदीशीकरीयम्

(Love for River-sprays)

रङ्गाङ्गणे सुरसिकैः परिचुम्बिताङ्ग्यः संगीत-सङ्गत[26]-जनानुपहासयन्ति।
अङ्गानुकूलपवनेन विनोदनाय नक्तं नदीतटगताः समदं भ्रमन्ति ।। ८४ ।।

अन्वयः (नृत्याङ्गनाः प्रमदाः) रङ्गाङ्गणे सुरसिकैः परिचुम्बिताङ्ग्यः संगीत-संगत-जनान् उपहासयन्ति। अङ्गानुकूलपवनेन विनोदनाय नक्तं नदीतटगताः (ताः) समदं भ्रमन्ति।

English: The lady-loves after being kissed all over by the appreciators of excellence on the quadrangle of the auditorium, do inspire jest in the hearts of the audience (people) enjoined to music. They, after reaching the river-banks at night for amusement in limb-nourishing-breeze continue to roam around in delight.

ଓଡ଼ିଆ: ରଙ୍ଗଭୂମିରେ ସୁରସିକମାନଙ୍କଦ୍ୱାରା ପରିଚୁମ୍ବିତ-ଶୋଭିତାଙ୍ଗୀ-ନୃତ୍ୟାଙ୍ଗନାଗଣ ସଂଗୀତ-ସଂଗତ-ଦର୍ଶକବର୍ଗଙ୍କ ହୃଦୟରେ ଉପହାସ-ଉତ୍ସାହ ଭରିଦେଇଥାଆନ୍ତି । ରାତ୍ରି ଆଗମନରେ ଅଙ୍ଗାନୁକୂଳ ପବନରେ ନିଜକୁ ବିନୋଦିତ କରିବାପାଇଁ ନଦୀକୂଳରେ ପହଞ୍ଚିଥିବା ଏହି ତରୁଣୀଗଣ ଆନନ୍ଦରେ ଭ୍ରମଣଶୀଳା ହୋଇଥାଆନ୍ତି ।

हिन्दी : रंगभूमि में सुरसिकों द्वारा परिचुम्बिता शोभितांगी नृत्यांगनाएँ संगीत-संगत करने वाले दर्शकों के हृदय में उपहास-उत्साह भर देती है। रात्रि के आगमन के साथ अंगानुकुल हवा से अपने को विनोदित करने हेतु नदी किनारे पहुंची ये तरुणीगण हर्ष से भ्रमणशील बन जाती हैं।

प्रकाशिका: अत्र कवि: प्रमदा: प्रेमनदीशीकररूपेण वर्णयन् आह - रङ्गाङ्गणे इत्यादिना। रङ्ग: रङ्गमञ्च एव अङ्गण: प्राङ्गण: तस्मिन् शोभना: ये रसिका: प्रेमिण: तै: परचिुम्बितानि अङ्गानि अवयवानि यासां ता: तथाभूता: प्रेमिका: संगीतं प्रति संगता: ये जना: तान् तताभूतान् उपहासयन्ति उपहासं कुर्वन्ति। अङ्गानां शरीरावयवानां अनुकूल: य: पवन: तेन विनोदनाय विनोदनिमित्तं आनन्दप्राप्तये इत्यर्थ: नक्तं रात्रौ नद्या: तटगता: ता: प्रेमिका: मदेन सह वर्तमानं (क्रियाविशेषणम्) भ्रमन्ति भ्रमणं कुर्वन्ति। वसन्त-तिलकं छन्द:।

व्याकरणम्

समासा:- परिचुम्बिताङ्ग्य:- परिचुम्बितानि अङ्गानि यासां ता: (बहुव्रीहि:)

संगीत-संगत-जनान्- संगीतं संगता: (द्वि.त.) संगीतसंगताश्च ते जना: (क.धा.) तान्

अङ्गानुकूलपवनेन- अङ्गेभ्य: अनुकूल: (च.त.) अङ्गानुकूलश्चासौ पवन: (क.धा.) तेन

नदीतटगता:- नद्या: तटं (ष.त.) नदीतटं गता: (द्वि.त.)

प्रकृति-प्रत्यय निरूपणम्-परिचुम्बित- परि +चुम्ब +क्त

संगत- सम् +गम् +क्त

विनोदनम्- वि +नुद् +ल्युट्

छन्द:- वसन्ततिलकम्।

भीरु:
(Timid)

स्वर्णाभे नीलिमाभ्रेऽस्थिरधवलवका: पंक्तिबद्धा: स्फुरन्ति
स्थानादस्माद्भ्रमन्तो नवमुखरघना: कृष्णकान्तिं किरन्ति।
मन्दाक्षं संत्यजन्त्य: स्तनितसुचकिताश्चुम्बनै: कम्प्रगात्रा
लिप्ते ध्वान्तेऽत्र रात्रौ समलसगमना: कान्तसङ्गा रमन्ते ।। ८५।।

अन्वय: स्वर्णाभे नीलिमाभ्रे पंक्तिबद्धा: अस्थिरधवलवका: स्फुरन्ति। नवमुखरघना: अस्मात् स्थानात् भ्रमन्त: कृष्णकान्तिं किरन्ति। मन्दाक्षं संत्यजन्त्य: स्तनितसुचकिता: चुम्बनै: कम्प्रगात्रा: ध्वान्ते लिप्ते अत्र रात्रौ समलसगमना: कान्तसङ्गा: रमन्ते।

English: In the dark sky interspersed with golden hue (due to lightening flashes) the unsteady white cranes come in rows and flash forth. Fresh-rumbling-clouds roaming around from this place continue to spread dark lustre. Frightened by the rumblings, giving up their bashfulness and experiencing tremor with repeated kisses, the ladies with slow paces rejoice here with their lovers at night smeared with dense dark.

ଓଡ଼ିଆ: ସୁବର୍ଣ୍ଣକାନ୍ତି ବିକିରଣ କରୁଥିବା ନୀଳ ଆକାଶରେ ଧାଡ଼ିଧାଡ଼ି ହୋଇ ଉଡୁଥିବା ଅସ୍ଥିର ଧବଳ ବକପଂକ୍ତି ବିସ୍ତାରିତ ହୋଇଯାଉଛନ୍ତି । ଶବ୍ଦାୟମାନ ନବୀନମେଘମାଳା ଏହି ସ୍ଥାନରୁ ଭ୍ରମଣଶୀଳ ହୋଇ କୃଷ୍ଣକାନ୍ତି ବିକିରଣ କରୁଛନ୍ତି । ଘଡ଼ଘଡ଼ି ଧ୍ୱନିରେ ଚମକି ଉଠିଥିବା ଚୁମ୍ବନକମ୍ପିତଦେହଧାରିଣୀ ଅଳସଗାମିନୀ ତରୁଣୀଗଣ ଅନ୍ଧକାରଲିପ୍ତରଜନୀରେ ଲଜ୍ଜାପରିତ୍ୟାଗ-ପୂର୍ବକ ନିଜନିଜ ପ୍ରିୟତମଙ୍କ ସହିତ ସୁଖଭୋଗରେ ମାତିଉଠୁଛନ୍ତି ।

हिन्दी : सुबर्णकान्ति बिकिरण करने वाले नीले आसमान में कतारों में उडनेवाले अस्थिर धवल बगुलों का झुण्ड फैलता हुआ चल रहा है। आवाज करते हुए नये बादल इसी स्थान से भ्रमणशील होकर कृष्णकान्ति का विकिरण कर रहे हैं। मेघ गर्जन से चौंक उठती चुम्बनकम्पिता देहधारिणी अलसगामिनी तरुणीगण अन्धेरी रात में लज्जा परित्यागपूर्वक अपने अपने प्रियतमों के साथ सुख-सम्भोग में मदमस्त हो जाती हैं।

प्रकाशिका: अत्र कवि: कांचित् भयशीलां वर्णयन् आह – स्वर्णाभे इत्यादि। स्वर्णस्य सुवर्णस्य आभा इव तेज: इव आभा यस्य तस्मिन् विद्युत्-स्फुरणात् अनुक्षणं सुवर्णकान्तिसंचरिते इति अर्थ:। नीलिमाभ्रे नीलस्य भाव: नीलिमा तेन नीलिम्ना युक्तं: अभ्रं: मेघ: तस्मिन् "अभ्रं मेघो वारिवाह: स्तनयित्लुर्वलाहक:" इत्यमर: (१.३.६)। पुनरपि नीलिमाभ्रे नीलाकाशे इति अर्थ: संगच्छते "द्यो दिवौ द्वे स्त्रियामभ्रं व्योमपुष्करमम्बरम्" इत्यमर: (१.२.१)। तस्मिन् पंक्तिबद्धा: पंक्त्या बद्धा: श्रेणीबद्धा: "पंक्ति श्रेणी" इत्यमर: (२.४.३४) अस्थिरा: अधीरा: ये धवलवका: शुभ्रवकपक्षिण: स्फुरन्ति स्फुरिता: भवन्ति, देदीप्यन्ते इति अर्थ:। नवा: नूतना: मुखराश्च शब्दशालिनश्च मेघा: अस्मात् स्थानात् भ्रमणं कुर्वन्त: कृष्णस्य कान्तिं शोभां किरन्ति। वर्षुकै: मेघै: सर्वत्र नीलवर्णेन आच्छादितमस्ति। तरुण्य: तासां मन्दं अभिमानेन इति यावत् यत् अक्षं नेत्रं सम्यक्तया त्यजन्त्य: अभिमानरहिता: इत्यर्थ:, पुनश्च मन्दाक्षं लज्जां सम्यक्तया त्यजन्त्य: त्यागं कुर्वत्य: इति अर्थ: "मन्दाक्षं ह्रीस्त्रपाव्रीडालज्जासापत्रपाऽन्यत:" इत्यमर: (१.७.२३)। मेघस्य स्तनितेन निर्घोषेण चकिता: भयेन विचलिता: प्रियतमानां चुम्बनै: मुखसंयोगै: कम्प्रगात्रा कम्पितकलेवरा: ध्वान्तेन अन्धकारेण लिप्ते व्यापृते अत्र नक्तं

अस्यां रजन्यां समलसं गमनं यासां ताः, कान्तैः सह संगः संगमः यासां ताः, रमन्ते रमणं कुर्वन्ति। अत्र शृङ्गाररसध्वनिः। स्रग्धरा छन्दः।

व्याकरणम्

समासाः- स्वर्णाभे- स्वर्णस्य आभा इव आभा यस्य स स्वर्णाभः तस्मिन्

नीलिमाभ्रे- नीलिम्ना युक्तं तदभ्रं (म.क.धा.) तस्मिन्

अस्थिर-धवलवकाः- धवलाश्चते वकाः - धवलवकाः, अस्थिराश्च ते धवलवकाः (क.धा.)

पंक्तिबद्धाः- पंक्त्या बद्धाः (तृ.त.)

स्तनितसुचकिता- स्तनितैः सुचकिताः (तृ.त.)

समलसगमनाः- समलसं गमनं यासां ताः (बहुव्रीहिः)

कान्तसंगाः- कान्तैः संगाः (तृ.त.)

नवमुखरघनाः- नवाश्चते मुखराः (क.धा.) नवमुखराश्चते घनाः (क.धा.)

प्रकृति-प्रत्यय निरूपणम्- अभ्रम्- अभ्र +अच् अथवा अप् +भृ +क

बद्धः- बन्ध + क्त

किरन्ति- कृ +झि

संत्यजन्त्यः- सम् +त्यज् +शतृ +ङीप् +झि

चकित- चक् +क्त

छन्दः- स्रग्धरा।

नैराश्यम्
(Hopelessness)

मालिन्यं पापचिह्नं वदति रसवती गन्धफल्यात्मगर्वात्
शीघ्रं त्वं गच्छ पापोऽथतुकुपितमना धृष्टभृङ्गो जगाद।
सङ्गीतज्ञं तु विज्ञं हतकुलजनिता नैव जानन्त्यभद्रा:
अस्पृश्या त्वं हि मौर्ख्याद्गुणिजनगणिता चारुता ज्ञानयुक्ता ।। ८६ ।।

अन्वय: रसवती गन्धफली आत्मगर्वात् मालिन्यं पापचिह्नं (भृङ्गं) वदति- त्वं "पाप: (अत:) शीघ्रं गच्छ"। अथ कुपितमना: धृष्टभृङ्ग: तां (गन्धफलीं) जगाद - संगीतज्ञं विज्ञं हतकुलजनिता: अभद्रा: नैव जानन्ति। मौर्ख्यात् त्वम् अस्पृश्या: (असि)। गुणिजनगणिता चारुता ज्ञानयुक्ता (भवति)।

English: The elegant *champaka* - bud out of selfpride (of beauty) speaks out to the (approaching) sin-signed dark-coloured drone to quit quickly "as you are an embodiment of sin". Here after on the contrary the drone, a faithless lover, angry at heart retorted- "the discourteous people of mean origin do not recognise the musicians of wisdom and due to your ignorance you are left untouchable. The beauty with wisdom is always appreciated by the men of merit."

ଓଡ଼ିଆ: ସୁରସିକା ଚମ୍ପକ କଳିକା ନିଜର ରୂପ ଗର୍ବରେ ପାପରଚିହ୍ନ ମଳିନତାକୁ ଧାରଣ କରିଥିବା (ପ୍ରଣୟ ଚାଟୁକାର) ଭ୍ରମରକୁ କହୁଛି ଯେ- "ତୁମେ ପାପୀ ହୋଇଥିବା ହେତୁ ଶୀଘ୍ର ମୋ' ପାଖରୁ (ଦୂରକୁ) ଚାଲିଯାଅ" । ଏହାପରେ କୁପିତମନା ଧୃଷ୍ଟଭ୍ରମର ଉତ୍ତରରେ କହିଥିଲା ଯେ- "ନୀଚ କୁଳରୁ ଜାତ ମଣିଷ ବିଜ୍ଞ ସଙ୍ଗୀତଜ୍ଞଙ୍କୁ ଚିହ୍ନି ପାରିନଥାନ୍ତି ଓ (ତୁମର) ଏହି ମୂର୍ଖତାପାଇଁ ତୁମେ ମୋର

ଅସ୍ପୃଶ୍ୟା ଅଟ । ସର୍ବଦା ଗୁଣୀଗଣବିଚାରରେ ଚାରୁତା ଜ୍ଞାନଗୌରବ-ମଣ୍ଡିତା ହୋଇଥାଏ ।"

हिन्दी : सुरसिका चम्पक की कली अपने रूप-गर्व से पाप की मलिनता को धारण करने वाला (प्रणय चाटुकार) भौंरे से कह रही है कि "पापी होने के कारण जल्दी से मुझसे दूर चले जाओ।" इसके उत्तर में कुपितमना धृष्ट भ्रमर ने कहा था-"नीच कुल से जात मानव विज्ञ संगीतज्ञ को पहचान नहीं पाता और तुम्हारी इस मूर्खता के कारण तुम मेरे लिए अस्पृश्या हो। गुणीजनों के विचार से चारुता सदा ज्ञान गौरव मण्डिता होती है।"

प्रकाशिका: अत्र कवि: गन्धफल्या: नैराश्यं वर्णयन् आह - मालिन्यम् इत्यादि। रस: अस्या: अस्तीति रसवती यौवनस्य अभिमानेन इत्यर्थ:। तथाभूता गन्धफली चम्पकस्य कोरक: "प्रियङ्गौ स्त्री गन्धफली चम्पकस्य च कोरके" इति रुद्र:। "चम्पको हेमपुष्पक: एतस्य कलिका गन्धफली" - इत्यमर: (२.४.६४)। पुनश्च "लता गोविन्दिनी गुन्द्रा प्रियङ्गु: फलिनी फली गन्धफली" इत्यमर: (२.४.५५-५६)। आत्मगर्वात् आत्मन: गर्व: तस्मात् भृङ्गं वदति, किंभूतं भृङ्गम् ? पापचिह्नं पापं चिह्नं यस्य तम्, मालिन्यं मलिनयुक्तम् त्वं मां विहाय शीघ्रं झटिति इत: अन्यत्र गच्छ। अथ धृष्टश्चासौ भृङ्गश्चेति। धृष्ट: भ्रमर: तां गन्धफलीं वदति - संगीतं जानातीति संगीतज्ञ: तं विज्ञं पण्डितं, हत: य: कुल: वंश: तत्र जनिता: जाता: अभद्रा: अशिष्टा: नैव जानन्ति विदन्ति। अत: त्वं मां नैव जानासि इत्यर्थ:। त्वं तावत् न स्पृश्या असि। चारुता रमणीयता ज्ञानयुक्ता सती गुणिजनै: गणिता भवति। स्रग्धरा छन्द:। अर्थान्तरन्यासोऽलंकार:।

व्याकरणम्

समासा:- पापचिह्नम्- पापस्य चिह्नं (ष.त.)

आत्मगर्वात्- आत्मन: गर्वात् (ष.त.)

कुपितमना:- कुपितं मन: यस्य स: (बहुव्रीहि:)

धृष्टभृङ्ग:- धृष्टश्चासौ भृङ्गश्चेति (क.धा.)

हतकुलजनिता:- हतश्चासौ कुलश्चेति, तस्मिन् जनिता:

गुणिजनगणिता- गुणिनश्च ते जना: गुणिजना:, तै: (क.धा.)

गुणिजनै: गणिता (तृ.त.)

ज्ञानयुक्ता- ज्ञानेन युक्ता (तृ.त.)

प्रकृति-प्रत्यय निरूपणम्- रसवती- रस +वतुप् +ङीप्

जगाद- गद् +लिट्

अस्पृश्या- अ +स्पृश् +यत् +टाप्

युक्ता- युज् +क्त +टाप्

छन्द:- स्रग्धरा।

अलंकार:- अर्थान्तरन्यास:।

वृष्टिबाला
(The fresh shower of rain)

बभौ कदम्बस्फुटरोमराजिभि: पयोदमालाहितभास्वराम्बरा।
मयूरकेकामधुवाक्यगुम्फना[27] सुकान्तिवृष्टिर्नवतापनाङ्गना ।। ८७।।

अन्वय: कदम्बस्फुटरोमराजिभि: पयोदमालाहितभास्वराम्बरा मयूरकेका-मधुवाक्यगुम्फना सुकान्तिवृष्टि: नवतापनाङ्गना बभौ।

English: Horripilated with the full-blown filaments of Kadamba- flowers, donning the saree of a row of clouds, and having well composed sweet notes by the cry of peacocks, the shower-lady looks like a new passionate bride.

ଓଡ଼ିଆ: ପ୍ରସ୍ଫୁଟିତ କଦମ୍ବରୋମରାଜିଶୋଭିତା (ରୋମାଞ୍ଚିତା), ମେଘମାଳାର ଶୋଭିତ ବସ୍ତ୍ରପରିହିତା, ମୟୂରସ୍ୱରରେ ମଧୁର ବାକ୍ୟ ଉଚ୍ଚାରଣଶୀଳା, ସୁଷମାଧାରିଣୀ ବୃଷ୍ଟି, ନବଯୌବନତାପପୀଡ଼ିତା ଯୁବତୀ ପରି ଶୋଭାପାଉଅଛି ।

हिन्दी : **प्रस्फुटित कदम्ब रोमराजि शोभिता (रोमांचिता), मेघमाला शोभित वस्त्र परिहिता मोर के स्वर में मधुर वाक्य उच्चारण करनेवाली सुषमाधारिणी वर्षा नवयौवन ताप पीडिता युवती की भाँति शोभ-ाायमान हो रही है।**

प्रकाशिका: अत्र कवि: वृष्टिबालां वर्णयन् आह – बभौ इति। कदम्ब: नीप: तत्र स्फुटा: या: रोमराजय: ताभि:, पय: जलं ददातीति पयोद: मेघ: मेघानां माला तया आहितं भास्वरं देदीप्यमानं अम्बरं वस्त्रं यस्या: सा मयूरस्य केका एव मधुवाक्यनि तेषां गुम्फना संयोजना अस्ति यस्या: सा। शोभना कान्ति: यस्या: तथाभूता वृष्टि: नवतापनाङ्गना नवयौवनताप पीडिता इति नवीनवधू: बभौ

शुशुभे। छन्दः वंशस्थविलम्।

व्याकरणम्

समासा:- कदम्बस्फुटरोमराजिभि:- कदम्बे स्फुटा: (स.त.) कदम्बे स्फुटाश्च ता: रोमराजय: (क.धा.) ताभि:

पयोदमालाहितभास्वराम्बरा- पयोदानां माला: ताभि: आहितं भास्वरम् अम्बरं यया सा (बहुव्रीहि:)

मयूरकेकामधुवाक्यगुम्फना- मयूराणां केका: ता: एव मधुवाक्यानि तेषां गुम्फना अस्ति यस्या: सा

नवतापना- नवं च तत् तापनं, नवतापनं अस्ति यस्या: सा

प्रकृति-प्रत्यय निरूपणम्-

बभौ- भू +लिट्

गुम्फना- गुम्फ् +युच् +टाप्

छन्द:- वंशस्थविलम्।

अभिसारणम्
(A Rush for Love)

विद्युत्त्विषा चोदितमार्गगामिनः स्रग्भिः समं शोभित शुभ्रशाटकाः।
आसारपातैरति ताडिता द्रुतं धावन्त्यपेक्षारतकामिनीर्मुदा ।। ८८ ।।

अन्वयः विद्युत् त्विषा चोदितमार्गगामिनः शोभितशुभ्रशाटकाः स्रग्भिः समं आसारपातैः अतिताडिताः सन्तः अपेक्षारतकामिनीः द्रुतं मुदा धावन्ति।

English: The (young) lovers on the way inspired by the flashes of lightenings, handsome in white wears, decked with garlands and severely affected by the showers of rain, joy at heart, speedily rush out for passionate belovds in wait.

ଓଡ଼ିଆ: ବିଜୁଳିଝଟକରେ ଅଭିପ୍ରେରିତମାର୍ଗରେ ଗମନଶୀଳ ହୋଇଥିବା ଓ ପୁଷ୍ପହାର ସହିତ ଶୋଭନଶୁଭ୍ରବସ୍ତ୍ର ପରିଧାନ କରିଥିବା ତରୁଣ ପ୍ରଣୟିଗଣ ଅସରା ଅସରା ବୃଷ୍ଟିପାତରେ ଅତି ପୀଡ଼ିତ ହୋଇ ଅପେକ୍ଷାରତ କାମିନୀଗଣଙ୍କ ଉଦ୍ଦେଶ୍ୟରେ ଆନନ୍ଦମନରେ ଦ୍ରୁତଗତିରେ ଧାଇଁଥାଆନ୍ତି ।

हिन्दी : **बिजली की झलक से अभिप्रेरित मार्ग में गमनशील और पुष्प हार सहित शोभन शुभ्र वस्त्र परिधान पूर्वक तरुण प्रणयीगण बारी बारी के वृष्टिपात से अतिशय पीडित हो अपेक्षारत कामिनियों के उद्देश्य से उल्लसित होकर तेजी से दौड रहे हैं।**

प्रकाशिकाः अत्र कविः अभिसरणं वर्णयन् आह – विद्युत् त्विषा इत्यादि। विद्युतः तडितः त्विट् कान्तिः तया चोदितः प्रदर्शितः यः मार्गः तत्र गच्छन्तीति चोतिदमार्गगामिनः। शोभितशुभ्रशाटकाः शेभितः शुभ्रः शाटकः येषां ते तथाभूताः प्रियतमाः स्रग्भिः मालाभिः

समं मालां परिधाय इत्यर्थः। आसारपातैः आसारस्य धारापातस्य पातैः "धारापातस्तु आसारः" इत्यमरः। अतिताडिताः अत्यन्तं पीडिताः एते सर्वे शृङ्गारस्य उद्दीपकाः। अपेक्षारतकामिनीः अपेक्षारताः याः कामिन्यः ताः, अपेक्षारताभिः कामिनीभिः सह मिलनाय इति शेषः समीपम्, द्रुतं शीघ्रं मुदा आनन्देन धावन्ति धावनं कुर्वन्ति। इन्द्रवंशा छन्दः।

व्याकरणम्

समासाः- विद्युत्विषा- विद्युतः त्विद् तया

चोदितमार्गगामिनः- चोदितश्चासौ मार्गः तत्र गच्छन्ति ये ते

शोभितशुभ्रशाटकाः- शोभितः शुभ्रः शाटकः येषां ते

आसारपातैः- आसारस्य पातः तैः

अपेक्षारतकामिनीः- अपेक्षा रताश्च ताः कामिन्यः ताः

प्रकृति-प्रत्यय निरूपणम्- अतिताडिताः- अति +ताड् +क्त +झि

चोदितः- चुद् +क्त

छन्दः- इन्द्रवंशा।

अभिसारिका

(Appointed Lady-love)

अभ्रैरशुभ्रैरवलुप्तचन्द्रके वृष्टेरपाताद्घनडम्बरेऽम्बरे।
शिंजंजिकामुक्त-नितम्बशोभिताऽभिसारिकाभिस्त्वभिभाति शर्वरी ।।८९।।

अन्वय: अशुभ्रै: अभ्रै: अवलुप्तचन्द्रके वृष्टेरपातात् घनडम्बरे अम्बरे शिंजंजिकामुक्तनितम्बशोभिता-अभिसारिकाभि: शर्वरी अभिभाति।

English: After the moon is covered up by the dark clouds the sky filled up with rumblings of the clouds (uninterrupted rumbling) before rainfall, undoubtedly the night shines forth with lady-loves, elegantly beautiful with their buttocks free from jingling waist-bands.

ଓଡ଼ିଆ: ବୃଷ୍ଟିପାତ ପୂର୍ବରୁ (ମେଘର / ତୀବ୍ର) ଘଡ଼ଘଡ଼ି ଧ୍ୱନିରେ କମ୍ପିଉଠୁଥିବା ଆକାଶରେ କଳାକଳା ବାଦଲ ଦ୍ୱାରା ଚନ୍ଦ୍ର ଢାଙ୍କି ହୋଇଯାଆନ୍ତେ ମେଖଳାମୁକ୍ତ ନିତମ୍ବପରିଶୋଭିତା ଅଭିସାରିକାମାନଙ୍କ ସହିତ ରାତ୍ରି ଶୋଭା ପାଉଅଛି।

हिन्दी : वर्षा से पहले (मेघ के / तीव्र) गर्जन से काँप उठने वाले काले वादलों द्वारा चाँद के ढक जाने से मेखलामुक्त नितम्ब शोभिता अभिसारिकाओं के साथ रात शोभायमान हो रही है।

प्रकाशिका: अत्र कवि: अभिसारिकां कामपि वर्णयन् आह - अभ्रै: इत्यादि। न शुभ्रा: अशुभ्रा: तै: तथाभूतै: नीलै: इत्यर्थ:। अभ्रै: मेघै: "अभ्रं मेघो वारिवाह:" इत्यमर:। चन्द: एव चन्द्रक: स्वार्थे 'क'-प्रत्यय: अवलुप्त: चन्द्रक: यस्मिन् तस्मिन्, वृष्टे: वर्षस्य अपातात् न पात: अपात: तस्मात्। घन: निरन्तर: डम्बर: शब्द: यस्मिन् तथाभूते

अम्बरे आकाशे शिंजंजिकया किङ्किण्या मुक्त: य: नितम्ब: तेन शोभिता ताभि: अभिसारिकाभि: प्रियतमस्य समीपं अभिसरणं कर्तु गच्छन्तीभि: शर्वरी रात्रि: अभित: सर्वत: भाति शोभते। छन्द: वंशस्थविलम्।

व्याकरणम्

समासा:- अवलुप्तचन्द्रके- अवलुप्त: चन्द्रक: यस्मिन्
घनडम्बरे- घनानां डम्बर: यस्मिन् अथवा घन: डम्बर: यस्मिन्
शिंजंजिका मुक्त-नितम्बशोभिताभिसारिकाभि:- शिंजंजिकया मुक्त: य: नितम्ब: तेन शोभिता या अभिसारिका ताभि:

प्रकृति-प्रत्यय निरूपणम्- अवलुप्त:- अव +लुप् +क्त
अभिभाति- अभि +भा +तिप्
मुक्त- मुच् +क्त

छन्द:- वंशस्थविलम्।

वनवनिता

(Woodland-lady)

भान्त्येकान्ते च भूम्यां तनुनततरवो झर्झरा निर्झरास्ते[28]
ताराकल्पै: सुपुष्पैर्हसितवनलता गन्धधौता भवन्ति।
साराङ्गै नृत्यरङ्गैरखिलमृगकुला: शाद्वलं लंघयन्ति
तारुण्याश्लिष्टदेहा नव-वन-वनिता यौवनं यापयन्ति ।। ९० ।।

अन्वय: तनुनततरव: ते झर्झरा: निर्झरा: च एकान्ते भूम्यां भान्ति। ताराकल्पै: सुपुष्पै: हसितवनलता: गन्धधौता: भवन्ति। नृत्यरङ्गै: साराङ्गै: अखिलमृगकुला: शाद्वलं लंघयन्ति। तारुण्याश्लष्टदेहा: नववनवनिता: यौवनं यापयन्ति।

English: In the lonely region of the earth the drooping trees and murmuring streams look beautiful. The smiling wild creepers are sprinkled with the fragrance of beautiful blooms resembling stars. With vigorous limbs continuing sportive dances, the entire mass of deer surpass the meadows. The new woodland-ladies of young-lit-vigour continue to spend their youth as usual.

ଓଡ଼ିଆ: ନିର୍ଜନ ଭୂଇଁରେ ଝୁଙ୍କିପଡ଼ିଥିବା ବୃକ୍ଷରାଜି ସହିତ ଝର୍ଝରନାଦିନୀ ନିର୍ଝରିଣୀଗଣ ଶୋଭାପାଉଛନ୍ତି । ତାରା ପରି ସୁନ୍ଦର ପ୍ରସ୍ଫୁଟିତ ଫୁଲରେ ହସୁଥିବା ବନଲତାଗୁଡ଼ିକ ସୁରଭି-ସିଞ୍ଚିତ ହୋଇଉଠିଛନ୍ତି । ବିବିଧ ରଙ୍ଗରୂପରେ ଅଖିଳମୃଗକୁଳ ଶସ୍ୟଶ୍ୟାମଳ ଭୂମିକୁ ଲଙ୍ଘନ କରୁଛନ୍ତି ଓ ତାରୁଣ୍ୟପରିପୂରିତା ଶୋଭନାଙ୍ଗଧାରିଣୀ ନବୀନ ବନ-ବନିତା-ଗଣ ଆନନ୍ଦରେ ଯୌବନଯାପନ କରୁଛନ୍ତି ।

हिन्दी : निर्जन भूमि में झुके हुए पेडों के साथ झर्झरनादिनी निर्झरिणीगण शोभित हो रही हैं। तारों की भाँति खिले हुए फूलों से हँसती हुई वनलता सुरभिसिंचित हो उठी हैं। विविध रंग-रूप से अखिल मृग कुल शस्यश्यामल भूमि को लाँघ रहे हैं और तारुण्य परिपूरित शोभनांग धारिणी नवीन वन-वनितागण आनन्द मन से यौवन यापन कर रही हैं।

प्रकाशिका: अत्र कवि: वनवनितां वर्णयन् आह - भान्त्येकान्ते इत्यादि। तनुना शरीर भारेण नता: तरव: वृक्षा: झर्झरा: झर् झर् इति शब्दं कुर्वाणा: ते निर्झरा: जलप्रपाता: एकान्ते रहसि भूम्यां भान्ति शोभन्ते। ताराकल्पै: तारासदृशै: सुपुष्पै: शोभनानि च तानि पुष्पाणि तै: हसितवनलता: हसिताश्च ता: वनलता: गन्धधौता: गन्धेन सुरभिणा धौता: क्षालिता: भवन्ति। वनलता: सर्वा: पुष्पाणां सौरभेण सुगन्धिता: जायन्ते इत्यर्थ:। साराङ्गै: सारं बलयुक्तं च तत् अङ्गं तै: अर्थात् सर्वोत्तम शरीरधारिभि: नृत्यरङ्गै: नृत्यमेव रङ्ग: तै:, अखिलमृगकुला: अखिला: समस्ता: ये मृग (पशु) कुला: ते शाद्वलं शादहरितं नवतृणप्रचुरमित्यर्थ: "शाद्वल: शादहरिते" इत्यमर: (२.१.१०) लंघयन्ति अतिक्रामन्ति। तारुण्येन आश्लिष्ट: आलिङ्गित: देह: यासां ता: नवाश्च नूतनाश्च ता: वनवनिता विपिनरमण्य: यौवनं यापयन्ति। अत्रानुप्रासालंकार: स्रग्धरा छन्द:।

व्याकरणम्

समासा:- तनुनततरव:- तनुना नता: (तृ.त.) तनुनताश्चते तरव: (क.धा.)

ताराकल्पै:- ताराया: कल्प: (ष.त.) तै:

हसितवनलता:- वनस्य लता (ष.त.) हसिताश्च ता: वनलता: (क.

धा.)

गन्धधौता:- गन्धेन धौता: (तृ.त)

साराङ्गै:- साराणि च तानि अङ्गानि (क.धा.) तै:

नृत्यरङ्गै:- नृत्यमेव रङ्ग: (रू.क.धा.) तै:

तारुण्यश्लिष्टदेहा:- तारुण्येन आश्लिष्टं देहं यासां ता: (बहुव्रीहि:)

नव-वन-वनिता- नवं च तत् वनं (क.धा.) नववनमेव वनिता

प्रकृति-प्रत्यय निरूपणम्- सार:- सृ +घञ् अथवा सार् +अच्

कल्प:- क्लृप् +घञ्

वनिता- वन् +क्त +टाप्

यौवनम्- युवन् +अण्

अलंकार:- अनुप्रास:।

छन्द:- स्रग्धरा।

वर्षणप्रकृति:
(Raining Nature)

केदारान् शस्यसौम्यान्युवकृषककुला:[29] सादरं चाद्रियन्ते
शस्पं वैहुर्यकल्पं सकलमृगकुलैर्भक्ष्यते तद्वनेषु[30]।
मुक्ताधारान् वमन्तो नवघटितघना घोरनादै स्तरन्ति
रम्भा प्रीत्या घनार्थं रुचिरफलयुतां हेमकान्तिं दधाति ।। ९१ ।।

अन्वय: युवकृषककुला: शस्यसौम्यान् केदारान् सादरं च अद्रियन्ते। तद्-वनेषु सकलमृगकुलै: वैडुर्यकल्पं शस्पं भक्ष्यते। नवघटितघना: मुक्ताधारान् वमन्त: घोरनादै: तरन्ति। प्रीत्या रम्भा घनार्थं रुचिरफलयुतां हेमकान्तिं दधाति।

English: The youngmass of cultivators eagerly take care of the farmlands shining with fruits. In forest regions these emerald-like-greengrasses are eaten up by the entire mass of deer. The newly clustered clouds spraying pearls of showers cross the sky with fearsome thunders. The banana plant adores the golden lustre of beautiful fruits for the cloud with love.

ଓଡ଼ିଆ: ଯୁବକୃଷକକୁଳ ଶସ୍ୟ ସୁନ୍ଦର କୃଷିକ୍ଷେତ୍ରଗୁଡ଼ିକୁ ସାଦର ଯତ୍ନ କରୁଅଛନ୍ତି । ବନରେ ବୈଡୁର୍ଯ୍ୟମଣି ପରି ସୁଶୋଭିତ ସେହି ଶ୍ୟାମଳ ଶଷ୍ପସମୂହ ସକଳ ମୃଗକୁଳଦ୍ୱାରା ଭକ୍ଷିତ ହେଉଅଛି । ମୁକ୍ତାଧାର ବୃଷ୍ଟି କରୁଥିବା ଓ ନୂତନଭାବରେ ଏକତ୍ର ହୋଇଥିବା ମେଘସମୂହ ଘୋରନାଦରେ ଆକାଶ ପାରି ହେଉଛନ୍ତି । ପ୍ରୀତିଭରା ହୃଦୟରେ ରମ୍ଭାତରୁ (କଦଳୀଗଛ) ମେଘ ପାଇଁ ରୁଚିର ଫଳଯୁକ୍ତ ହେମକାନ୍ତି ଧାରଣ କରୁଅଛି ।

हिन्दी : युव किसानकुल शस्य सुन्दर कृषि क्षेत्रों का हिफाजत कर रहे हैं। वन में वैदुर्यमणि की भाँति सुशोभित उन श्यामल शस्य समूह सकल मृगकुल द्वारा भक्षित हो रहा है। मुक्ताधार वर्षा करनेवाले और नया नया इकट्ठे होने वाले मेघ समूह घोर गर्जन कर आसमान पार कर रहे हैं। प्रीति भरे हृदय में रम्भातरु (केले का पेड) मेघ के लिए सुन्दर फलयुक्त हेमकान्ति धारण कर रहा है।

प्रकाशिका: अत्र कवि: वृष्टे: प्रकृतिं वर्णयन् आह - केदारान् इति। युवान: च ते कृषककुला: शस्यै: सौम्यान् रम्यान् केदारान् वप्रान् क्षेत्राणि इत्यर्थ: "वप्र: केदार:" इत्यमर: (२.९.११)। सादरम् आदरेण सह वर्तमानं यथास्यात् तथा आद्रियन्ते आदरं कुर्वन्ति। सकलमृगकुलै: सकलानां समस्तानां मृगाणां पशूनां कुलै: समजै: वैडुर्यकल्पं शस्पं तृणं भक्ष्यते। शस्पाणि खादयन्त: मृगा: विचरणं कुर्वन्तीति अर्थ:। नवघटिता: ये घना: मेघा: मुक्ताधारान् मुक्तासदृश जलधारान् वमनं कुर्वन्त: घोरनादै: घोरशब्दै: तरन्ति। प्रीत्या श्रद्धया रम्भा कदलीफलं घनाय मेघाय इदम्, रुचिरं रमणीयं यत् फलं तेन युताम् हेमस्य सुवर्णस्य कान्तिं शोभां दधाति धारयति। स्रग्धरा छन्द:।

व्याकरणम्

समासा:- शस्यसोम्यान्- शस्येन सौम्या: (तृ.त.) तान्

युवकृषककुला:- युवा चासौ कृषक: (क.धा.) युवकृषकाणां कुला: (ष.त.)

वैडुर्यकल्पम्- वैडुर्यस्य कल्पम् (ष.त.)

सकलमृगकुलै:- सकलाश्च ते मृगकुला: तै:

मुक्ताधारान्- मुक्ता इव धारा: तान्

नवघटितघना:- घटिताश्च ते घना:, नवा श्च ते घटितघना: (क.धा.)

रुचिरफलयुताम्- रुचिरं च तत् फलं (क.धा.) तेन युताम्

प्रकृति-प्रत्यय निरूपणम्- वमन्त:- वम् +शतृ +झि

आद्रियन्ते- आ +दृ +अन्ते

दधाति- धा +तिप्

सोम:- सू +मन्

सौम्यान्- सोम +अण् +शस्

छन्द:- स्रग्धरा।

मानभञ्जनम्
(Removal of coquettish anguish)

नीताङ्कं रभसेन कौतुकवशात् कान्तेन कञ्जानना
मां संत्यज्य कुतो गतो गतनिशास्वेवं मुहुः कोपिनी।
मीनाक्षी सहसातिमानकलुषा दूरं प्रियात् स्रंसते
कान्तस्तां किल कोकते कलकलैः कामार्चितोच्चारितैः ।। ९२।।

अन्वयः (एकदा) कंजानना कौतुकवशात् कान्तेन रभसेन अङ्कं नीता "गतनिशासु मां संत्यज्य कुतो गतः" (इति उक्त्वा) एवं मुहुः कोपिनी भवति। (सा) मीनाक्षी अतिमानकलुषा (च) प्रियात् दूरं स्रंसते। कान्तः कलकलैः कामार्चितोच्चारितैः तां किल कोकते।

English: (Once) A beautiful young lady (having the face of lotus-beauty) taken soon to the lap by the lover out of curiosity, repeated frowningly- "Leaving me where did you go last night(s)?" She, of bewitching eyes (eyes of fish-shaped-beauty) affected by ego in excess slips off from the lover. (There after) The lover with indistinctive sweet notes starts coaxing her with adorable utterances of love repeatedly.

ଓଡ଼ିଆ: (ଏକଦା) କଂଜାନନା (ପଦ୍ମମୁଖୀ) ନବକାମିନୀ କାନ୍ତଦ୍ୱାରା ସହସା କୋଳଗତ ହୁଅନ୍ତେ "ବିଗତ ରଜନୀରେ ମୋତେ ଛାଡ଼ି କେଉଁଆଡ଼େ ଯାଇଥିଲ ?" ବୋଲି କହି ବାରମ୍ବାର କୋପିନୀ ହୋଇ ଉଠୁଥିବା ମୀନନୟନା (ସୁନ୍ଦରୀ) ଅଧିକ ସ୍ୱାଭିମାନର ମଳିନତାରେ ପ୍ରିୟଠାରୁ ଦୂରକୁ ଚାଲିଯାଉଛନ୍ତି । (ଏହାପରେ) ପ୍ରଣୟ ଚର୍ଚ୍ଚିତ ଉଚ୍ଚାରଣର ମଧୁର ଅସ୍ପଷ୍ଟ ସ୍ୱରରେ କାନ୍ତ ତାଙ୍କୁ ଅନୁନୟରେ ଅନୁକୂଳିତ କରିବାରେ ଲାଗିଯାଉଛନ୍ତି ।

हिन्दी : (एकदा) पद्ममुखी नवकामिनी कान्त द्वारा कोलगत होते ही "विगत रात को मुझे छोडकर कहाँ चले गये थे ?" कहकर बार बार कोपिनी हो उठने वाली मीननयना अधिक स्वाभिमान की मलिनता में प्रिय से दूर चली जा रही है। (इसके बाद) प्रणय चर्चित उच्चारण के मधुर अस्पष्ट स्वर में कान्त उन्हे अनुनय पूर्वक अनुकूलित करने में लग जाते हैं।

प्रकाशिका: अत्र कवि: प्रियाया: मानभञ्जनं वर्णयन् आह - नीताङ्कम् इति। एकदा कंजानना कंजमिव पद्ममिव आननं = मुखं यस्या: सा नवयुवती कौतुकवशात् कौतुहलप्रभावात् "कौतुहलं कौतुकं च कुतुकं च कुतूहलम्" इत्यमर: (१.७.३१)। कान्तेन प्रियतमेन अङ्कं क्रोडं नीता प्राप्ता सती मुहु: वारं वारं कोपिनी कोपयुक्ता सती प्रियमुक्तवती- "मां तवानुरागगामिनीं संत्यज्य सम्यक् त्यागं कृत्वा गतनिशासु विगतरजनीषु कुत: गत: कुत्र गववान् ?" इति। सा मीनौ इव अक्षिणी यस्या: सा रूपवतीत्यर्थ: सहसा झटिति अतिमानकलुषा अत्यन्तं मान: अतिमान: तेन कलुषा: प्रियात् प्रियतमात् दूरं स्रंसते पलायते "स्रंसु अवस्रंसने" इति धातु:। एतादृशीं तां कान्त: कलकलै: मुहुर्मुहुरुच्चारितेन मधुरास्पष्टध्वनिना कामर्चितोच्चारितै: कामेन प्रेम्णा अर्चितं सम्मानितं उच्चारितं तै: तां तथाभूतां मानवतीं किल इत्यत्र अनुनयार्थमव्ययपदम् "किलशब्दस्तु वार्तायां संभाव्यानु नयार्थयो:" इति विश्व:। कोकते "कुकलौल्ये" इति धातु:। अनुनयति इति अर्थ:। छन्द: शार्दूलविक्रीडितम्।

व्याकरणम्

समासा:- कंजानना- कंजमिव आननं यस्या: सा (बहुव्रीहि:)
मीनाक्षी- मीनौ इव अक्षिणी यस्या: सा (बहुव्रीहि:)
अतिमानकलुषा- अतिमान: तेन कलुषा: (तृ.त.)
कामार्चितोच्चारितै:- कामेन अर्चितं च तदुच्चारणं तै:

प्रकृति-प्रत्यय निरूपणम्-
संत्यज्य- सम् +त्यज् +ल्यप्
उच्चारितम्- उत् +चर् +क्त

छन्द:- शार्दूलविक्रीडितम्।

अभीप्सितम्
(Wished for)

कान्तं कार्यरतं विलोक्य मधुरं बन्धूर विम्बाधरी
पश्चात् चोपति चामलं प्रियमुखं वस्त्राञ्चलैर्वेष्टते।
हस्ताभ्यामपनीय नेत्रपटकं लोलाङ्गलुब्धाधर:
नक्तं नो नहि भाषिणीं रतिमतीं ध्वान्ते क्षणं कर्षति ।। ९३ ।।

अन्वय: बन्धूर विम्बाधरी कार्यरतं कान्तं मधुरं विलोक्य पश्चात् चोपति अमलं प्रियमुखं वस्त्राञ्चलै: वेष्टते च। लोलाङ्गलुब्धाधर: (प्रिय:) नेत्रपटकं हस्ताभ्याम् अपनीय नक्तं 'नो'- 'नहि'- (इति) भाषिणीं रतिमतीं ध्वान्ते क्षणं कर्षति।

English: A lady with lovely lips, ruddy like *Bimba*- fruit, wistfully looking at the lover engaged in works, moves behind slowly and covers the beaming face of the dear one by the skirt of her garment. He (the lover) removing the eye-cover by his hands in the dense darkness of the night, drags the love-lorn-lady, uttering 'no' - 'nay' - words, swiftly.

ଓଡ଼ିଆ: ସୁଷମାମୟୀ ବିମ୍ବାଧରୀ କାର୍ଯ୍ୟରତ କାନ୍ତକୁ ମଧୁର ଦୃଷ୍ଟିରେ ଦେଖି ପଛପଟୁ ଚୁପିଚୁପି ଯାଇ ଶୁଭ୍ରସୁନ୍ଦର ବସ୍ତ୍ରାଞ୍ଚଳରେ ପ୍ରିୟମୁଖକୁ ବେଷ୍ଟିତ କରିଦେଇଥିଲେ । ପ୍ରିୟାର ଚଳଚଞ୍ଚଳ ଅବୟବରେ ଲୁବ୍ଧ-ଅଧର-ଧାରି-ପ୍ରିୟ (ନିଜ) ହାତରେ ନେତ୍ରପଟକକୁ ହଟାଇଦେଇ ରାତ୍ରିର ଗଭୀର ଅନ୍ଧକାରରେ ରତିକାଂକ୍ଷିଣୀ ତରୁଣୀକୁ ତତ୍କ୍ଷଣାତ୍ (କୋଳକୁ) ଟାଣିନେଇଥିଲେ ।

हिन्दी : सुषमामयी विम्बाधरी कार्यरत कान्त को मधुर दृष्टि से देखकर पीछे से चुपके से जाकर शुभ्रसुन्दर वस्त्रांचल से प्रिय मुख को बेष्टित कर दिआ था। प्रिया के चलचंचल अवयव पर लुब्ध अधरधारी प्रिय

ने (अपने) हाथों से नेत्र पट को हटाकर रात के गहरे अन्धेरे में रतिकांक्षिणी तरुणी को तुरन्त गोद में ले लिया था।

प्रकाशिका: अत्र कवि: अभीप्सितं वर्णयन् आह - कान्तम् इत्यादि। बन्धूर बिम्बाधरी बन्धूर: रम्य: बिम्बफलवत् अधर: यस्या: सा "बन्धूर मुकुटे पुंसि स्त्रीचङ्गतैलकल्ककयो:। बन्धूके बधिरे हंसे त्रिषुस्याद्रम्यनम्रयो:" ति मेदिनी। तथाभूता काचित् तरुणी कार्येषु कर्मसु रतं कान्तं पतिं मधुरं यथा स्यात् तथा विलोक्य दृष्ट्वा पश्चात् चोपति धीरं गच्छती तथा सती अमलं निर्मलं प्रियस्य मुखम् आननं वस्त्रस्य वसनस्य अञ्चलै: प्रान्तभागै: वेष्टते च वेष्टनं करोति। अयं खलु प्रेमव्यापार:। लोलानि च तानि अङ्गानि तत्र लुब्ध: प्रिय: कान्त: हस्ताभ्यां भुजाभ्यां नेत्रयो: पटकं आवृत्तवसनम् अपनीय साम्प्रतं नक्तं न जातं, साम्प्रतं नक्तं न जातम् इति भाषिणीं कथयन्तीं, रति: अस्या: अस्तीति रतिमती ताम् श्रद्धाशालिनीं प्रियां ध्वान्ते अन्धकारे क्षणं अत्यन्त संयोगे दितीया। "निर्व्यापारस्थितौ कालविशेषोत्सवयो: क्षण:" इत्यमर: (३.३.४७)। क्षणं व्यापारशून्यत्वमुहूर्तोत्सवपर्वसु इति रुद्र:। कर्षति आकर्षतितराम्। शार्दूलविक्रीडितं छन्द:।

व्याकरणम्

समासा:- कार्यरतम्- कार्येषु रतम् (स.त.)

बंधूरबिम्बाधरी- बिम्बवत् अधर: (क.धा.) बंधूर: बिम्बाधर: अस्ति यस्या: सा (बहुव्रीहि:)

प्रियमुखं- प्रियस्य मुखम् (ष.त.)

वस्त्राञ्चलै:- वस्त्रस्य अञ्चलं (ष.त.) तै:

नेत्रपटकं- नेत्रयो: पटकम् (ष.त.)

लोलाङ्गलुब्धाधर:- लोलानि च तानि अङ्गानि (क.धा.) तेषु लुब्ध: अधर: यस्य स: (बहुव्रीहि:)

रतिमतीम्- रतिः अस्याः अस्तीति रतिमती ताम्

प्रकृति-प्रत्यय निरूपणम्-

बन्धूर- बन्ध् +उरच्
विलोक्य- वि +लुक् +ल्यप्
चोपति- चुप् (मन्दायां गतौ) +तिप्
कर्षति- कर्ष् +तिप्
वेष्टते- वेष्ट +ते
अपनीय- अप +नी +ल्यप्
लुब्धः- लुभ् +क्त
भाषिणी- भाष् +इन् +ङीप्

छन्दः- शार्दूलविक्रीडितम्।

विचलितम्
(Deparature)

प्रवालोष्ठी गौरी स्मितझरितवाग्भि: कलयति
विपण्यां काञ्चुक्यं त्वभिलषितरूपं सुधवलम्[31]।
स्मितानां क्रेतॄणां द्रुतमधुरवाग्भि: प्रतिहता
क्व याता बाला हा शिशुहरिणगत्या विचलिता ।। ९४।।

अन्वय: विपण्यां प्रवालोष्ठी गौरी स्मितझरितवाग्भि: अभिलषितरूपां सुधवलं काञ्चुक्यं कलयति। स्मितानां क्रेतॄणां द्रुतमधुरवाग्भि: प्रतिहता सा बाला शिशुहरिणगत्या विचलिता (सती) क्व याता।

English: One fair-complexioned young woman of coral-lips, voicing smiling flow articulations, takes notice of a beam-bright petticoat (in hand) in a market place. Affected by the quick-sweet-words (remarks) of the jesting buyers, alas! departed from there, she (the young woman) with the speed of a fawn, started missing somewhere.

ଓଡ଼ିଆ: ଈଷତ୍‌ହସ ଝରିପଡୁଥିବା ବଚନମାଧୁରୀରେ ପ୍ରବାଳପରି ମନୋରମ ଅଧରୋଷ୍ଠଧାରିଣୀ ଗୌରବର୍ଣ୍ଣା ନବଯୁବତୀ ବିପଣୀରେ ସ୍ୱକୀୟ ଅଭିଳଷିତ ଶୋଭନ-ଧବଳ ଅନ୍ତର୍ବସ୍ତ୍ରକୁ (ନିଜ ହାତରେ) କଳନା କରୁଥାଆନ୍ତି । (ଏହି ସମୟରେ) ହାୟ ! ସ୍ମିତମଧୁର ହସ ପ୍ରକାଶ କରୁଥିବା କ୍ରେତାମାନଙ୍କର ଚପଳମଧୁର ବଚନରେ (ବକ୍ର ପରିହାସରେ) ପୀଡ଼ିତା ହୋଇଥିବା ସେ (କାର୍ଯ୍ୟାନ୍ତରେ) ଶିଶୁହରିଣ ଗତିରେ କେଉଁଆଡ଼େ ଚାଲିଯାଇଥିଲେ ।

हिन्दी : इषत हँसी निकल रही मधुर वचन में प्रवाल सा मनोरम मधुरोष्ठधारिणी गौरवर्णा नवयुवती विपणी में अपनी अभिलषित धवल अन्तर्वस्त्र को (अपने हाथों) कलना कर रही थीं। (इसी समय) हाय ! स्मितमधुर हँसी प्रकाश करनेवाले क्रेताओं के चपल

मधुर वचन से (वक्र परिहास से) पीडिता वह (कार्यान्त में) हरिण शावक की गति से कहीं निकल गई थी।

प्रकाशिका: अत्र कविः कस्याश्चित् विचलनं वर्णयन् आह- प्रवालोष्ठी इति। विपण्यां पण्यवीथिकायाम् "विपणिः पण्यवीथिका" इत्यमरः (२.२.२)। क्रर्य्यवस्तुशालापंक्तेः इत्यर्थः। प्रवालवत् विद्रुमवत् "विद्रुमः पुंसि प्रवालम्" इत्यमरः (२.९.९३) ओष्ठः यस्याः सा गौरी गौरवर्णा कान्ता स्मितेन झरिताः वाचः ताभिः ईषत्हास्यभरित वचनैः अभिलषितं यद् रूपं सुशोभनः धवलः शुभ्रः तं तथाभूतं काञ्चुक्यं कञ्चुलिकां कलयति आकलनं करोति क्रेतुं गच्छति इति भावः। तदनु स्मितं एषां अस्तीति स्मिताः ईषत्हास्ययुक्ताः तेषां तथाभूतानां क्रेतॄणां अन्येषां यूनां द्रुतमधुरवाग्भिः द्रुतं श्रीघ्रं याः मधुराः वाचः ताभिः प्रतिहता सा बाला शिशुश्चासौः हरिणः मृगः तस्य गत्या द्रुतगत्या इत्यर्थः विचलिता सती क्व कुत्रापि याता प्रयाता। शिखरिणी छन्दः।

व्याकरणम्

समासाः- प्रवालोष्ठी- प्रवालवत् ओष्ठः यस्याः सा (बहुव्रीहिः)

स्मित-झरितवाग्भिः- स्मितेन झरिताः (तृ.त.) स्मितझरिताश्च ताः वाचः (क.धा.) ताभिः

अभिलषितरूपम्- अभिलषितं यत् रूपम् (क.धा.)

द्रुतमधुरवाग्भिः- द्रुताः च ताः मधुराः द्रुतमधुराः (क.धा.) द्रुतमधुराः च ताः वाचः ताभिः

शिशुहरिणगत्या- शिशुश्चासौ हरिणः, तस्य गत्या

प्रकृति-प्रत्यय निरूपणम्- प्रतिहता- प्रति +हन् +क्त +टाप्

विचलिता- वि +चल् +क्त +टाप्

याता- या +क्त +टाप्

छन्दः- शिखरिणी।

कुटुम्बिनी
(House wife)

स्वचत्वरे चारु-चमूरु-चञ्चला चचन्द चामीकर-बालरञ्जना।
आगुल्फजीर्णैः सरसाङ्ग कान्तिमाच्छाद्य वस्त्रैर्व्यजनाहतानिला ।। ९५ ।।

अन्वयः चारुचमूरुचञ्चला चामीकरबालरंजना (काचित् कुटुम्बिनी) स्वचत्वरे आगुल्फजीर्णैः वस्त्रैः सरसाङ्गकान्तिम् आच्छाद्य व्यजनाहतानिला (सती) चचन्द।

English: A house wife of charming-*camuru*- quickness while appeasing a handsome lad of golden complexion (in lap) in her quadrangle, shined forth, after covering the sweating lustre of her limbs by the garment torn up to her ankle and (after) waving wind by the fan in hand (simultaneously).

ଓଡ଼ିଆ: ସୁନ୍ଦର ଚମୂରୁମୃଗପରି ଚଳଚଞ୍ଚଳା କୌଣସି ଏକ କୁଟୁମ୍ବିନୀ ନିଜ ପ୍ରାଙ୍ଗଣରେ ସୁବର୍ଣ୍ଣକାନ୍ତିରେ ଝଟକୁଥିବା ବାଳକକୁ (ନିଜ କୋଳରେ) ବୋଧକରୁଥିବା ସମୟରେ ଝାଳବୁହା ନିଜର ଅଙ୍ଗଶୋଭାକୁ ବଳାଗଣ୍ଠି ପର୍ଯ୍ୟନ୍ତ ଜୀର୍ଣ୍ଣଥିବା ବସ୍ତ୍ରରେ ଆଚ୍ଛାଦିତ କରି ଓ ନିଜ (ହାତ) ପଙ୍ଖାରେ ପବନକୁ ଆନ୍ଦୋଳିତ କରି, ଦୀପ୍ତିମୟୀ ହୋଇଉଠିଥିଲେ ।

हिन्दी : सुन्दर चामर मृग की भाँति चंचल कोई एक परिवारवाली अपने ही आंगन में सोने की कान्ति से चमकनेवाले बालक को (अपनी गोद में) शान्त करते समय पसीने से तर अपनी अंगशोभा को पैरों तक फटे वस्त्र से ढांककर अपने हाथ-पंखे से हवा को आन्दोलित कर दीप्तिमयी हो उठी थीं।

प्रकाशिका: अत्र कवि: कामपि कुटुम्बिनीं वर्णयन् आह - स्वचत्वरे इति। चारु: रम्य: य: चमूरु: मृग: तद्वत् चञ्चला शीघ्रगामिनी इत्यर्थ: "चमूरुश्चेति हरिणा:" इत्यमर: (२.५.९)। चामीकरवत् सुवर्णवर्णवत् "चामीकरं जातरूपं महारजतकाञ्चने" इत्यमर: (२.९.९५) य: बाल: तेन रञ्जना रञ्जनवती काञ्चनवर्णाभं बालं हस्ते गृहीत्वा इत्यर्थ: स्व चत्वरे निजप्राङ्गणे आगुल्फं गुल्फपर्यन्तं पादग्रन्थिपर्यन्तमित्यर्थ: "तद्ग्रन्थी घुटिके गुल्फौ" इत्यमर: (२.६.७१) जीर्णै: वस्त्रै: वसनै: सरसा या अङ्गकान्ति: शरीरशोभा ताम् आच्छाद्य आच्छादनं विधाय, व्यजनेन आहत: अनिल: यया सा तथाभूता सती चचन्द "चन्द आह्लादने दीप्तौ" इति धातु:। आह्लादमनुभूतवती अथवा दीप्तिमती सती शुशुभे इत्यर्थ:।

व्याकरणम्

समासा:- चारुचमूरुचञ्चला- चारुश्चासौ चमूरु: तद्वत् चञ्चला

चामीकरबालरञ्जना- चामीकरवत् बाल: तेन रञ्जना

आगुल्फजीर्णै:- आगुल्फं जीर्णं तै:

सरसाङ्गकान्तिम्- सरसा च सा अङ्गकान्ति: ताम्

व्यजनाहतानिला- व्यजनेन आहत: अनिल: यया सा (बहुव्रीहि:)

प्रकृति-प्रत्यय निरूपणम्-

चचन्द- चन्द +लिट्

जीर्ण:- जॄ +क्त

आच्छाद्य- आ +छद् +ल्यप्

आहत- आ +हन् +क्त

छन्द:- वंशस्थविल-इन्द्रवज्रयो: मिश्रणात् उपजाति:।

श्लेषोक्तिकम्

(A speech of double entendre)

हे पान्थ विस्मितमुख क्षुधयातुर: किं किं वाऽम्बरच्छदपयोधरदृष्ट्यतिष्ठ: ।
दूरस्थकान्त विधुराऽद्य मया न भुक्तं वासं नय क्षुधित हे क्षपय क्षपाङ्गम् ।। ९६ ।।

अन्वय: हे पान्थ ! (हे) विस्मितमुख ! किं (त्वं) क्षुधया आतुर: ? किं वा अम्बरच्छदपयोधरदृष्टयतिष्ठ: (असि) ? अहं दूरस्थकान्तविधुरा। अद्य मया न भुक्तम्। हे क्षुधित ! (मम) वासं नय। क्षपाङ्गं क्षपय।

English: Oh traveller! oh you of surprised countenance! are you affected by hunger? or are you disturbed at the sight of the sky-covering clouds (my skirt-covered bosoms)? Separated from my husband, stationed afar I have not taken any food (pleasure of enjoyment) today. Oh hungry (traveller)! please accept shelter here (take a way my garment) and spend the rest part of the night (with me).

ଓଡ଼ିଆ: ହେ ବିସ୍ମିତମୁଖ ପାନ୍ଥ ! ତୁମେ କ୍ଷୁଧାରେ ଆତୁର ଅଟ କି ? ଅଥବା ଆକାଶ ଆଚ୍ଛାଦନ କରିଥିବା ମେଘଖଣ୍ଡ ଦେଖି ଅଧୀର ହୋଇଉଠିଛ କି ? (ମୋର ପରିହିତ ବସ୍ତ୍ରାଚ୍ଛାଦିତ ପୟୋଧର ଉପରେ ଦୃଷ୍ଟିପାତରୁ ଅଧୀର ହୋଇଉଠିଛ କି ?) କାନ୍ତ ଦୂରଦେଶରେ ଥିବାରୁ ମୁଁ ବିଧୁରା ନାୟିକା ଅଟେ ଓ ଆଜି (ପର୍ଯ୍ୟନ୍ତ) ଅଭୁକ୍ତା (ଭୋଜନ/ଉପଭୋଗ ରହିତା) ଅଟେ । ହେ କ୍ଷୁଧିତ ! ଦୟାକରି ମୋର ବାସ (ଆଶ୍ରୟ/ବସ୍ତ୍ର) ଗ୍ରହଣ କର ଓ ରଜନୀର ଅବଶିଷ୍ଟାଂଶକୁ ଆନନ୍ଦରେ କଟାଅ ।

क्या तुम आकाश को आच्छादित करनेवाले मेघ खण्ड को देख अधीर हो ? (क्या तुम मेरे परिहित वस्त्राच्छादित पयोधर पर दृष्टिपात से अधीर

हो उठी हो ? मेरे पति के दूर देश में होने पर मै विधूरा नायिका हुँ और आज (तक) अभूक्ता (भोजन/उपभोग रहिता) हुँ। हे क्षुधित ! कृपया मेरा वास (आश्रय/वस्त्र) ग्रहण करो और रात के अवशिष्टांश खुशी से व्यतीत करो।

प्रकाशिका: अत्र कवि: श्लेषोक्तिकं वर्णयन् आह - हे पान्थ इति। विशेषेण स्मितं मुखं यस्य तत् संबोधने पान्थ! पथिक! किं त्वं क्षुधया आतुर: असि ? पक्षे संभोगक्षुधया आतुर: विकल: असि ? अम्बर: आकाश: च्छदे एकांशे पयोधर: पय: जलं धरतीति मेघ: तद्दृष्टि: मेघदृष्टिश्चासौ अतिष्ठश्चेति अर्थात् आकाशे मेघं दृष्ट्वा कामविह्वलोऽसि! पक्षे अम्बरच्छदेन वस्त्रच्छदेन पयोधरदृष्टि: कुचदृष्टि: सन् अतिष्ठ: असि ? दूरे तिष्ठतीति दूरस्थ: दूरस्थासौ कान्त: पति: तेन विधुरा विरहिणी अस्मि। अद्य मया न भुक्तम् "भुज-पालनाभ्यवहारयो:" भक्षितं किंचिदिति शेष:। पक्षे कान्तस्य दूरे वर्तमानत्वात् संभोग: नैव जात: इति अर्थ:। हे क्षुधित पथिक! वासं आश्रयं नय स्वीकुरु। पक्षे वासं वस्त्रं नय, वस्त्रा-पहरणं कुरु। क्षापाया: रात्रे: अङ्गं कंचित् भागं अत्र क्षपय यापनं कुरु। रात्रि-यापनं कृत्वा मया सह संभोगं कुरु इत्यभिप्राय:। अत्र श्लेषालंकार:, वसन्ततिलकं छन्द:।

व्याकरणम्

समासा:- विस्मितमुख- विस्मितं मुखं यस्य स: (सम्बोधने)

अम्बरच्छदपयोधरदृष्ट्यतिष्ठ:- अम्बरस्य च्छद: तस्मिन् पयोधर: तस्मिन् दृष्टि: यस्य स: अम्बरच्छदपयोधरदृष्टिश्चासौ अतिष्ठश्चेति

दूरस्थकान्तविधुरा- दूरे तिष्ठति इति दूरस्थ: दूरस्थश्चासौ का-न्तश्चेति तेन विधुरा

क्षापाङ्गम्- क्षपाया: अङ्गम्

प्रकृति-प्रत्यय निरूपणम्-

भुक्तम्- भुज् +क्त

क्षुधित:- क्षुध +क्त

छन्द:- वसन्ततिलकम्।

अलंकार:- श्लेष:।

प्रणयावेग:
(Love-excitement)

मन्ये नो यदि कामिनी दिवसकं कान्तं विना हृष्यति
मन्ये नो मधुतल्पमागतवधू: सङ्गं ह्रिया नेच्छति।
मन्ये नो यदि वृक्षवृन्तसहितं पक्वं फलं तिष्ठति
यद्भूयाद् दिवसाय केवलमहो मन्ये दिनं नाधिकम् ।। ९७।।

अन्वय: यदि कामिनी दिवसकं कान्तं विना हृष्यति, नो मन्ये। मधुतल्पम् आगतवधू: ह्रिया सङ्गं नेच्छति, नो मन्ये। यदि पक्वं फलं वृक्ष-वृन्तसहितं तिष्ठति, नो मन्ये। यद् भूयात् दिवसाय केवलम्। अत: नाधिकं दिनं मन्ये।

English: Never I think that a passion-pron-lady can ever live without husband even for a day. Never I mean that a bride reaching the new-cushion (honey-moon-bed) can avoid union in shyness. Never I mean that a ripened fruit ever can continue to stick to the foot-stalk (of a fruit). If so happens at all, may happen to wait for a day only and never beyond.

ଓଡ଼ିଆ: କାମିନୀ ମାତ୍ର ଗୋଟିଏ ଦିନର ବିଚ୍ଛେଦରେ କାନ୍ତ ବିନା ଖୁସି ହୋଇପାରେ ବୋଲି ମାନିବି ନାହିଁ। ମଧୁଶଯ୍ୟାକୁ ଆସିଥିବା ବଧୂ ଲାଜରେ ମିଳନ ଚାହେଁ ନାହିଁ ବୋଲି ମାନିବି ନାହିଁ। ବୃକ୍ଷବୃନ୍ତ ସହିତ ପାଚିଲାଫଳ ଲାଖି ରହେ ବୋଲି ମାନିବି ନାହିଁ। ଯଦିବା ଏପରି ଘଟିପାରେ ଅଧିକ ଗୋଟିଏ ଦିନ ପାଇଁ ସିନା, ହେଲେ ତାହାର ବାହାରେ ମାନିବି ନାହିଁ।

हिन्दी : कामिनी मात्र एक दिन के विच्छेद से पति के बिना खुश हो सकती है, मैं नहीं मानता। मधुशय्या पर आई हुई वधू शर्म के मारे मिलन नहीं चाहती, मैं नहीं मानता। पेड के वृन्त के साथ पका हुआ फल

सटा हुआ रहता है, ऐसा मै नहीं मानता। फिर भी अगर ऐसा घट सकता है तो सिर्फ एक ही दिन के लिए ही, उसके आगे मैं नहीं मानता।

प्रकाशिका: अत्र कवि: प्रणयावेगं वर्णयन् आह - नो मन्य इति। काम: अस्या: अस्तीति कामिनी तरुणी, दिवस: एव दिवसक: तम् (द्वितीया) कान्तं प्रियतमं विना यदि हृष्यति प्रमुद्यति तर्हि अहं तत् नो = न मन्ये = सम्भावयामि। अर्थात् कान्तं विना एकं दि-नमपि कान्ता न हृष्यतीति भाव:। मधु मधुर: य: तल्प: शय्या तत्र आगता वधू: प्रथममिलने इति शेष:, सङ्गं संगमं ह्रिया लज्जया यदि न इच्छति तर्हि अहं न मन्ये। अर्थात् अवश्यमेव सङ्गमम् इच्छति इति भाव:। यदि पक्वं फलं वृक्षस्य तरो: वृन्तसहितं तिष्ठति तर्हि अहं न सम्भावयामि। अर्थात् कथमपि पक्वं फलं वृन्तसहितं स्थातुं नार्हनीति भाव:। यदि वा एतत् पूर्वोक्तं सर्वं संभवेत् तर्हि एकस्य दिवसस्य कृते। नाधिकं दिनं यावदिति अहं मन्ये। शार्दूलविक्रीडितं छन्द:।

व्याकरणम्

समासा:- मधुतल्पमागतवधू:- मधुश्चासौ तल्प: (क.धा.), आगता च सा वधू: (क.धा.) मधुतल्पाय आगतवधू: (च.त.)

वृक्षवृन्तसहितम्- वृक्षस्य वृन्त: (ष.त.) तेन सहितम् (तृ.त.)

छन्द:- शार्दूलविक्रीडितम्।

पार्श्वगामिनी

(Fellow Female Pedestrain)

का वा त्वं कोमलाङ्गि स्फुरसि मणिरुचं श्यामला वाऽमलावा
का वा त्वं प्राणपुष्पे सुललित वपुषा[32] देवता वा लता वा।
का वा त्वं गानशीले श्रुतिमधुरपदैः कोकिला वा कला वा
का वा मे पार्श्वगन्त्रि स्थिरशिवहृदये पार्वती वा रति र्वा ।। ९८।।

अन्वय: का वा त्वं कोमलाङ्गी मणिरुचं स्फुरसि ? (त्वं) श्यामला वा अमला वा ?; हे प्राणपुष्पे ! सुललित-वपुषा का वा त्वम् ? देवता वा लता वा ?; (हे) गानशीले श्रुतिमधुरपदैः का वा त्वम् - कोकिला वा कला वा ?; (हे) मे पार्श्वगन्त्रि ! (मम) स्थिरशिवहृदये पार्वती वा रतिः वा ?

English: Oh willowy lady! you are emitting the lustre of jewels, tell me please, who are you; whether lordess Durga (Syamala, the lordess of strength) or goddess Laxmi (Amala, the goddess of wealth and fortune)? Oh you the bloom of life! with sportive outward form, tell me please, who are you, whether a goddess (embodiment of heavenly beauty) or a creeper (embodiment of earthly charm)? oh you a singing self! with ear-regaling notes, tell me please, who are you, wheather a cuckoo (embodiment of the melody and music of earth) or an embodied art (transmitting the melody and music of heaven)? Oh you my fellow pedestrain! in my calm auspicious heart (in my calm Siva-like-heart) whether you are a Parvati (with love succeeded) or Rati (with love-embodied)?

ଓଡ଼ିଆ: ମଣିର ଝଟକକୁ ବିକିରଣ କରୁଥିବା ହେ କୋମଳାଙ୍ଗି ! କୁହ, ତୁମେ ଶ୍ୟାମଳା (ଶକ୍ତିପ୍ରଦାୟିତ୍ରୀ ଦେବୀ) ଅଥବା ଅମଳା (ଧନଦାତ୍ରୀ ମହାଲକ୍ଷ୍ମୀ) ? ହେ ଜୀବନପୁଷ୍ପିତା ଦେବି ! କୁହ, ସୁଲଳିତ ଶରୀରରେ ଉପସ୍ଥିତ ତୁମେ ଦେବତା (ସ୍ୱର୍ଗୀୟ ସୁଷମା ଧାରିଣୀ) ଅଥବା ଲତା (ମର୍ତ୍ତ୍ୟସୁଷମାଧାରିଣୀ) ? ହେ ଗାନଶୀଳା ଦେବି ! କୁହ, କର୍ଣ୍ଣମଧୁର ସ୍ୱର ଝଙ୍କାର ତୋଳୁଥିବା ତୁମେ କୋକିଳା (ଜାଗତିକ ସ୍ୱରଲହରୀର ମୂର୍ତ୍ତିସ୍ୱରୂପା) ଅଥବା କଳା (ଆମୁଷ୍ମିକ ସ୍ୱରଲହରୀର ମୂର୍ତ୍ତିମୟୀ ଦେବୀ) ? ହେ ମୋର ପାର୍ଶ୍ୱଗାମିନି ! (ମୋର) ସ୍ଥିରଶିବହୃଦୟରେ ତୁମେ ଉପସ୍ଥିତ ହୋଇଥିବା ପାର୍ବତୀ (ସଫଳ ପ୍ରେମର ଦେବୀ) ଅଥବା ରତି (ସକଳପ୍ରେମର ଦେବୀ) ?

हिन्दी : **मणि की चमक विकिरण करनेवाली हे कोमलांगी ! कहो, तुम श्यामला (शक्ति प्रदायिनी देवी) अथवा अमला (अन्नदात्री महालक्ष्मी) हो ? हे जीवनपुष्पिता देवी ! कहो, सुललित शरीर में उपस्थित तुम देवता (स्वर्गीय सुषमाधारिणी) हो अथवा लता (मर्त्य सुषमाधारिणी) ? हे गानशीला देवी ! कहो कर्ण मधुर स्वर झंकार छेडनेवाली तुम कोयल (जागतिक स्वर लहरी की मूर्तिस्वरूपा) हो अथवा कला (आमुष्मिक स्वर लहरी की मूर्तिमयी देवी) हो ? हे मेरी पार्श्वगामिनी ! (मेरे) स्थिर शिव हृदय में उपस्थित होनेवाली पार्वती (सफल प्रेम की देवी) हो अथवा रति (सफल प्रेम की देवी) ?**

प्रकाशिका: अत्र कवि: कांचित् पार्श्वगामिनीं वर्णयन् आह – का वा त्वम् इति। कोमलाङ्गि, सम्बोधन पदमिदम्। कोमलानि अङ्गानि यस्या: सा त्वं मणे: रुचं कान्तिं स्फुरसि स्फुरणं करोषि। मणिकान्तिवत् त्वम् अनुपमा सुन्दरी। कोमलाङ्गी का ? सम्भावयति एतत् कवि: त्वं श्यामला वलसंपद्दात्री श्यामाकाली दुर्गादेवी इत्यर्थ: अथवा "अमला धनसंपद्दात्री लक्ष्मीदेवी असि वा ? हे जीवितपुष्पे सुललित-वपु: तेन का वा त्वं भवसि, देवता, आमुष्मिक-सुषमा-धारिणी अथवा लता, ऐहिकसुषमाधारिणी ? हे गानपरायणे ! श्रुते: श्रवणस्य मधुराणि यानि पदानि तै: का वा त्वम् ?

त्वं कोकिला असि, जागतिक स्वरसंगीत मूर्तिरुपा असि वा अथवा कला असि, आमुष्मिक स्वरसंगीतमूर्तिरूपा असि। हे मे पार्श्वगामिनि ! स्थिरतया शिव: हृदये यस्या: तन् सम्बोधने त्वं पर्वतकन्या सफलप्रेम्ण: देवी अथवा रति: सकलप्रेम्ण: देवीरूपासि। "स्त्रिय: समस्तास्तव देवि ! भेदा:" इति सप्तशतीचण्ड्या: प्रभावोत्र पतित: इत्यहं समभावयामि। स्रग्धरा छन्द:।

व्याकरणम्

समासा:- कोमलाङ्गी- कोमलानि अङ्गानि यस्या: सा (बहुव्रीहि:)

प्राणपुष्पे- प्राणा: पुष्पवत् यस्या: (सम्बोधने)

सुललित वपुषा- सुललितश्चासौ वपु: (क.धा.) तेन

मणिरुचम्- मणे: रुच् तम् (ष.त.)

गानशीला- गानं शीलं यस्या: सा (बहुव्रीहि:)

श्रुतिमधुरपदै:- श्रुते: मधुरपदै: (ष.त.)

पार्श्वगन्त्री- पार्श्वे गच्छति या सा

स्थिरशिवहृदये- स्थिरेण शिव:, स्थिरशिवं हृदयं यस्य तस्मिन्

प्रकृति-प्रत्यय निरूपणम्-

स्फुरसि- स्फुर +सिप्

देवता- देव +तल्

पार्वती- पर्वत +अण् +ङीप्

कोकिला- कोकिल +टाप्

छन्द:- स्रग्धरा।

हृदयावमानिनी

(Wish-denying Female Pedestrain)

का वा त्वं चारुशीले गुणगणगरिमन् गीतगाथागरिष्ठे
का वा त्वं शाद्वलाङ्गि स्मितझरितरुचा हंसहासं ददासि।
का वा त्वं लोलनेत्रे चपलमतिमतां हृन्मुदं वर्धयन्ती
का वा मे पार्श्वगन्त्रि त्वयि निहितहृदं माऽवमत्येव यासि ।। ९९ ।।

अन्वय: हे चारुशीले ! गुणगणगरिमन् ! गीतगाथागरिष्ठे ! त्वं का वा ? हे शाद्वलाङ्गि ! स्मितझरितरुचा त्वं का वा हंसहासं ददासि ? हे लोलनेत्रे त्वं का वा चपलमतिमतां हृन्मुदं वर्धयन्ती (असि)। हे मे पार्श्वगन्त्रि ! त्वयि निहितहृदं माम् अवमत्येव का वा त्वं यासि ?

English: Oh you the epitome of the songs of love! Oh you the embodiment of numerous merits! Oh you of charming disposition! may I know who are you please? Oh of grass-green-complexion! by your smile-flowing-brightness you emit swan-like-smile, may I know who are you please? Oh of tremulous eyes! you have been enhancing the joy in the unsteady hearts (of the youth), may I know who are you please? Oh my fellow pedestrain! heedless of my heart on you, you are leaving me (behind), may I know who are you please?

ଓଡ଼ିଆ: ହେ ଚାରୁଶୀଳେ ! ହେ ଗୁଣଗଣରେ ଗରିମାମୟି ! ହେ ପ୍ରଣୟଗାନ ଗୌରବଶାଳିନି ! ତୁମେ କିଏ ବୋଲି ଜାଣିପାରିବି କି ? ଈଷତ୍‌ହାସ ଝରିପଡୁଥିବା କାନ୍ତିରେ ହଂସ-ହାସ ଢାଳିଦେଉଥିବା ହେ ଶସ୍ୟଶ୍ୟାମଳାଙ୍ଗୀ ସୁନ୍ଦରି ! ତୁମେ କିଏ ବୋଲି ଜାଣିପାରିବି କି ? ଅସ୍ଥିରମନରେ ତରୁଣ-ଗଣଙ୍କ ହୃଦୟରେ ଆନନ୍ଦ ବର୍ଦ୍ଧନ କରିଆସୁଥିବା ହେ ଲୋଳନେତ୍ରି ! ତୁମେ

କିଏ ବୋଲି ଜାଣିପାରିବି କି ? ହେ ମୋର ପାର୍ଶ୍ୱଗାମିନି ! ତୁମଠାରେ ନିହିତ ଥିବା ମୋର ହୃଦୟକୁ ଅବମାନନା କରି କିଏ ତୁମେ କେଉଁଆଡ଼େ ଯାଉଅଛ ଜାଣିପାରେ କି ?

हिन्दी : हे चारुशीले ! हे गुणगण से गरिमामयी ! हे प्रणयमान गौरवशालिनी ! क्या मै जान सकता हूँ कि तुम कौन हो ? सषत् हास झरनेवाली कान्ति में हंसहास उंडेल देनेवाली हे शस्यश्यामलांगी सुन्दरी ! क्या मैं जान सकता हूॅं कि तुम कौन हो ? अस्थिर मन से तरुणगण के हृदय में आनन्द वर्द्धन करती आ रही हे लोलनेत्री। क्या मैं जान सकता हूॅं कि तुम कौन हो ? हे मेरी पार्श्वगामिनी ! क्या मै जान सकता हूँ कि तुम्हारे पास निहित मेरे हृदय की अवमानना करने वाले कौन हो तुम और किधर जा रहे हो ?

प्रकाशिका: अत्र कवि: कामपि हृदयावमानिनीं वर्णयन् आह - का वा त्वम् इति। चारु: रम्य: शील: स्वभाव: यस्या: सा चारुशीला तत् सम्बोधने ! गुणानां गणा: गुणगणा: गुणसमूहा: तेषां य: गरिमा स अस्या: अस्तीति गुणगणगरिमा तत् सम्बोधने ! गीतगाथाभि: गरिष्ठा तत् सम्बोधने ! स्मित झरितरुचा स्मितस्य ईषत्हासस्य झरितकान्त्या त्वं का वा हंसस्य हासं ददासि प्रयच्छति। हे लोले चञ्चले नेत्रे नयने यस्या: तत् सम्बोधने हे चञ्चलनयने ! त्वं का वा चपला मति: बुद्धि: अस्ति येषां ते मतिमन्त: तेषां हृद: हृदयस्य मुदम् आनन्दं वर्धयन्ती असि। हे मे मम पार्श्वगामिनि ! त्वयि भवति निहितं हृत् हृदयं यस्य स निहितहृत् तं निहितहृदं निहितहृदयं मां अवमत्य अवमाननं विधाय का वा त्वं यासि प्रयासि। ममावमाननं कृत्वा अन्यत्र न याहीति भाव:। अत्र व्याकुलता ध्वन्यते। अत्र स्रग्धरा छन्द:।

व्याकरणम्

समासा:- चारुशीला- चारु शीलं यस्या: सा

गुणगणगरिमा- गुणानां गणा: तेषां गरिमा अस्ति यस्या: सा

गीतगाथागरिष्ठा- गीतेन गाथा ताभि: गरष्ठिा

शाद्वलाङ्गी- शाद्वलवत् अङ्गानि यस्या: सा

स्मितझरितरुचा- झरिता च सा रुच्, स्मितस्य झरितरुच् तया

हंसहासम्- हंसवत् हास: तम्

लोलनेत्रा- लोले नेत्रे यस्या: सा

चपलमतिमताम्- चपला मति:, अस्ति येषां तेषाम्

हृन्मुदम्- हृद: मुत् तम्

प्रकृति-प्रत्यय निरूपणम्-

वर्धयन्ती- वर्ध +शतृ +ङीप्

अवमत्य- अव +मन् +ल्यप्

निहित- नि +धा +क्त

छन्द:- स्रगधरा।

यौवन देवता
(Goddess of youth)

बालानां नवजीवनोत्सुकयुतामुन्मादिनी चन्द्रिका
कान्ता-कोमल-कान्ति- कौतुक-कला-मञ्जूषिकोद्‌घाटिका।
योषाजीवनदीपिका कुलवधूसंभोग-संवर्धिका
जीयाद्‌यौवनदेवता तनुभृतामानन्दसंवाहिका ।। १०० ।।

अन्वय: बालानां नवजीवना, उत्सुकयुताम् उन्मादिनी चन्द्रिका, कान्ता कोमलकान्ति कौतुककलामञ्जूषिका-उद्‌घाटिका, योषाजीवन दीपिका, कुलवधूसंभोगसम्वर्धिका, तनुभृताम् आनन्दसंवाहिका, यौवनदेवता जीयात्।

English: Let there be victory to the goddess of youth, the new-enlivening force of the girls; the intoxicating moon beam of the ardently desirous young women; the inaugurator of the casket of delicate, lustrous and wonderful art of lovely ladies; the illuminator of the life of women, and the enhancer of the enjoyment of the well pedigreed brides.

ଓଡ଼ିଆ: ବାଳାଗଣଙ୍କର ନବଜୀବନ-ବିବର୍ଦ୍ଧିନୀ, ଉତ୍ସୁକିନୀଲଳନାଙ୍କର ଉନ୍ମାଦକାରିଣୀ ଜ୍ୟୋତ୍ସ୍ନା, ସୁନ୍ଦରୀ ଲଳନାଙ୍କର କୋମଳକାନ୍ତିମୟୀ-କୌତୁକକଳା-ପେଟିକାର ଉଦ୍‌ଘାଟିକା, ପ୍ରୀତିସେବାନୁରାଗିଣୀ-(ଯୋଷା)-ନାରୀ ଜୀବନର ଆ ।ଲୋକବର୍ତ୍ତିକା, କୁଳବଧୂଙ୍କର ସଂଭୋଗସମ୍ବର୍ଦ୍ଧିକା, ଯୌବନଦେବତା ବିଜୟଶାଳିନୀ ହୁଅନ୍ତୁ ।

हिन्दी : बालाओं की नव जीवन विवर्द्धिनी, उत्सुकिनी ललनाओं की उन्मादकारिणी ज्योत्स्ना, सुन्दरी ललनाओं की कोमल कान्-

तमयी कौतूक-कला-पेटिका की उद्घाटिका, प्रीति सेवानुरागिणी-(योषा)- नारी जीवन की आलोकवर्त्तिका, कुलबधूओं की सम्भोग-सम्बर्द्धिका, यौवन-देवता विजयशालिनी हों।

प्रकाशिका: मङ्गलादीनि मङ्गलमध्यानि मङ्गलान्तानि च शास्त्राणि प्रथन्ते वीरपुरुषाण्यायुष्मत्पुरुषाणि च भवन्ति, अध्येतारश्च प्रवक्तारो भवन्ति इति भूवादिसूत्रस्थां महाभाष्यकारस्य पतञ्जले: उक्तिं मनसि निधाय काव्यकृत् स्वकाव्यस्यान्तिमे मङ्गलमाचरन् यौवनदेवतां स्तौति।

बालानां कुमारीणां नवजीवना। उत्सुकयुतां औत्सुक्यशालिनां उन्मादकारिणी चन्द्रिका ज्योत्स्ना, कान्ताया: या कोमला कान्ति: तस्या: कौतुकरूपिणी या कला मञ्जूषिका पेटिका तस्या: उद्घाटिका उद्घाटनकर्त्री। योषा-जीवनदीपिका योषति (सेवते) इति अच्। चवर्गादिपाठे जुषो प्रीति सेवनयो: धातो: अच्। योषा जीवनस्य दीप: इव दीपिका अङ्गनानां प्राणदीप प्रज्ज्वलनकर्त्री इति भाव:। कुलवधूनां संभोगस्य संवर्धनकत्री, तनुभृतां शरीरिणाम् आनन्द संवाहिका आनन्दवर्धनकारिणी यौवनस्य देवता जीयात् जयशालिनी भवतु, सर्वोत्कर्षेण वर्तताम्। अत्र व्यञ्जनया कवि: यौवनदेवतां प्रणतोऽस्ति प्रणमति इत्यर्थ:। शार्दूलविक्रीडितं छन्द:, उल्लेखोऽलंकार:।

व्याकरणम्

समासा:- नवजीवना- नवं जीवनं यस्या: सा

कान्ता-कोमलकान्ति-कौतुककला-मञ्जुषिकोद्घाटिका- कान्ताया: कोमलाकान्ति:, तस्या: कौतुकवत् कला, तस्या: मञ्जूषिका, तस्या: उद्घाटिका।

जीवनदीपिका- जीवनस्य दीपिका

कुलवधूसंभोगसंवर्धिका- कुलवधूनां संभोग: तस्य संवर्धिका

यौवनदेवता- यौवनस्य देवता

आनन्दसंवाहिका- आनन्दं संवहति या सा

तनुभृताम्- तनुं विभर्ति य: स तनुभृत्, तेषाम्

प्रकृति-प्रत्यय निरूपणम्- उन्मादिनी- उत् +मद +इन् +ङीप्
मञ्जूषिका- मञ्जु +ऋ +इन् +ङीप्
संवर्धिका- सम् +वृध् +क +टाप्
दीपिका- दीप् +ण्वुल्

छन्द:- शार्दूलविक्रीडितम्।

अलंकार:- उल्लेख:।

मधुरकामना
(Pleasant Wishes)

गुञ्जन् गुञ्जन् कुसुमरसिकः मञ्जरीं यातु यातु
कर्णे कर्णे मधुरमुरली माधुरीं संतनोतु।
मन्दं मन्दं मलयपवनो यौवने वातु वातु
स्पर्शं स्पर्शं सकलहृदयं गीतरागं करोतु ।। १०१ ।।

अन्वयः कुसुम-रसिकः गुञ्जन् गुञ्जन् मञ्जरीं यातु यातु। मधुरमुरली कर्णे कर्णे माधुरीं संतनोतु। यौवने मलयपवनः मन्दं मन्दं वातु वातु। सकलहृदयं स्पर्शं स्पर्शं गीतरागं करोतु।

English: With uninterrupted humming notes let the flower-lover (bee) reach (out to the) the filaments time and again. Let the sweet melody of the flute perpetuate sweetness in every ear. Let Malaya-breeze slowly continue to blow in youth time and again. Let every body's heart touched by love again and again continue to sing melodeously.

ଓଡ଼ିଆ: ଗୁଞ୍ଜନ କରି କରି କୁସୁମରସିକ (ଭ୍ରମର) ପ୍ରତ୍ୟେକ (ପୁଷ୍ପ) ମଞ୍ଜରୀକୁ ପ୍ରାପ୍ତ ହେଉଥାଉ; ମଧୁର ମୁରଲୀର ସ୍ୱରଲହରୀ ପ୍ରତ୍ୟେକର କର୍ଣ୍ଣରେ ସଂଚରିଯାଉଥାଉ; ଯୌବନରେ ମଳୟ ପବନ ଧୀରେ ଧୀରେ ବହିଯାଉଥାଉ, ଓ ସମସ୍ତଙ୍କର ହୃଦୟ ଗୀତରାଗକୁ ଛୁଇଁଛୁଇଁ ବିସ୍ତାରିତ ହେଉ ।

हिन्दी : गुंजन करता हुआ कुसुम रसिक (भ्रमर) प्रत्येक (पुष्प) मंजरी को प्राप्त होता रहे ; मधुर मुरली की स्वर लहरी प्रत्येक कान तक संचरित होती रहे ; यौवन में मलय पवन धीरे धीरे बहता रहे और सबके हृदय गीत राग को छुता हुआ विस्तारित हो।

प्रकाशिका: पुनरपि कवि: स्वकाव्यस्य पाठकानां च मङ्गलकामनां विदधत् वक्ति - " गुञ्जन्" इति।

कुसुमस्य पुष्पस्य रसिक: भ्रमर: गुञ्जन् गुञ्जन् गुञ्जनशब्दं कुर्वन् कुर्वन् मञ्जरीं कलिकां यातु यातु गच्छतु गच्छतु। यौवने दृश्यमानस्य शृङ्गारस्य उद्दीपनविभाव: भ्रमरगुञ्जनम्। मधुर: चासौ मुरली वंशी कर्णे कर्णे प्रतिकर्णं प्रतिश्रवणं माधुरीं मधुरिमाणं सम्यक्तया तनोतु विस्तारयतु। यौवने मलयसमीर: मन्दं मन्दं धीरं यथा स्यात् तथा वातु वातु वहतु वहतु दृढतार्थे द्विरुक्ति:। सकलानां जनानां हृदयं गीतस्य रागं स्पर्शं स्पर्शं करोतु विदधातु। मन्दाक्रान्ता छन्द:।

व्याकरणम्

समासा:- कुसुमरसिक:- कुसुमस्य रसिक:
मलयपवन:- मलयस्य पवन:
सकलहृदयं- सकलानां हृदयं
गीतरागं- गीतस्य रागं

प्रकृति-प्रत्यय निरूपणम्-
गुञ्जन्- गुञ्ज् +शतृ
संतनोतु- सम् +तनु +लोट्

छन्द:- मन्दाक्रान्ता।

प्रणयनस्थानम्
(The place of composition)

दिवश्च्युता सम्बलपूः प्रसिद्धा प्रकाशयित्री कविताकलायाः।
वसन्ति यत्र स्मितपङ्कजास्या[33] मनुष्यदेवा हृदयं वहन्तः ।। १०२।।

अन्वयः कविताकलायाः प्रकाशयित्री दिवः च्युता संबलपूः प्रसिद्धा (अस्ति)। यत्र स्मितपङ्कजास्याः मनुष्यदेवाः हृदयं वहन्तः वसन्ति।

English: Sambalpur, dropped down from heaven (a part of the heaven dropped down to earth), the expounder of the peotic art, is renowned; where the gods in human forms with smiling-lotus-faces continue to dwell conveying divine wisdom.

ଓଡ଼ିଆ: ସ୍ୱର୍ଗରୁ ଖସି ଆସିଥିବା (ପୃଥିବୀକୁ ଖସିଥିବା ଅଂଶବିଶେଷ) ଓ କବିତା-କଳାର ପ୍ରକାଶକ ସମ୍ବଲପୁର ଭୁବନବିଦିତ (ପ୍ରସିଦ୍ଧ) ଅଟେ; ଯେଉଁଠାରେ ସ୍ମିତ-ପଙ୍କଜ ମୁଖରେ ମନୁଷ୍ୟରୂପୀ ଦେବତାଗଣ ଦିବ୍ୟଜ୍ଞାନ (ହୃଦୟ) ସମର୍ପଣ ପୂର୍ବକ ବସତି ସ୍ଥାପନ କରିଅଛନ୍ତି ।

हिन्दी : स्वर्ग से खिसका हुआ (पृथ्वी पर खिसका अंश विशेष) और कविता कला का प्रकाशक सम्बलपुर भुवन विदित (प्रसिद्ध) है ; जहाँ पर स्मित-पंकज मुख से मनुष्य रूपी देवगण दिव्यज्ञान (हृदय) समर्पण पूर्वक बसे हुए हैं।

प्रकाशिकाः काव्यस्यान्तिमे पद्ये कविः सम्बलपुरनगर्याः कविता-प्रणयन-स्थान भूतायाः महिमानं वर्णयन् आह - "दिवश्च्युता" इत्यादि। कविता विरचनम् एका स्वतन्त्रा कला। सा चतुःषष्टिकलासु अन्यतमास्ति। तस्मात् कविः कथयति कविता रचनारुपा या कला

तस्या: प्रकाशयित्री प्रकाशनकर्त्री दिव: स्वर्गात् च्युता स्खलिता "स्वरव्ययं स्वर्गनाक त्रिदिवत्रिदशालया: । सुरलोको द्यो दिवौ द्वे स्त्रियां क्लीवे त्रिविष्टपम्" इत्यमर: (१.१.१) । सम्यक् बलस्य पू: नगरी सम्बलपुरनामिका नगरी इत्यर्थ: । "पू: स्त्री पुरी नगर्यौ वा पत्तनं पुटभेदनम्" इत्यमर: (२.२.१) । प्रसिद्धा प्रख्याताऽस्ति लोके इति शेष: । सर्वा: भूमय: कवितााया: प्रकाशयित्र्य: न भवन्ति । तस्मात् स्थानस्य भूमेर्वा महिमा स्वकार्य: । तत्रैव नगर्यां वसन् कवि: एतस्य काव्यस्य निर्माणं कृतवान् । यत्र स्मितपङ्कजास्या: ईषत् हास्ययुक्तपङ्कजलपना: मनुष्यदेवा: मनुष्या एव देवा: देवस्वभावा: इत्यर्थ: हृदयं वहन्त: हृदयशालिन: सहृदया: इति भाव: । वसन्ति तिष्ठन्ति । समाप्तमिदं तारुण्यशतकाख्यं खण्डकाव्यम् । छन्द: उपेन्द्रवज्रा । इति जगन्नाथपुरीवास्तव्येन श्रीजगन्नाथसंस्कृत विश्वविद्यालयीय साहित्यविभागस्य मुख्येन- आचार्यचरेण तथा कटकस्थ रेभेन्साविश्वविद्यालयीय-संस्कृत विभागस्य परिदर्शकाचार्येण पद्माहरितनुजेन प्रोफेसर (डक्टर्) व्रजकिशोर नायकेन विहिता प्रकाशाभिधाना व्याख्या परिसमाप्तिं गता। श्रीश: शरणम् ।

व्याकरणम्

समासा:- कविताकला:- कविता रूपा कला

स्मितपङ्कजास्या:- स्मितं च तत् पङ्कजम्, स्मितपङ्कजवत् आस्यानि येषां ते ।

मनुष्यदेवा: मनुष्या एव देवा: ।

प्रकृति-प्रत्यय निरूपणम्- प्रकाशयित्री- प्र +काश् +तृच् +ङीप्

प्रसिद्धा- प्र +सिध् +क्त +टाप्

वहन्त:- वह् +शतृ

छन्द:- उपेन्द्रवज्रा ।

Text Edited

(1) 3.c) Tv & ms.1, स्मितकुड्मलाङ्गनां; ms.2, स्मितकुड्मलांशुकां- adopted by Cp.

(2) 6.d) Tv & ms.2, विमोच्यान्तं; ms.1, विमोच्यान्त्य- adopted by Cp.

(3) 10.a) Tv & ms.1, नवयौवनजीवनसम्बलिता; ms.2, नवजीव-नयौवनसम्बलिता- adopted by Cp.

(4) 11.a) Tv & ms.1, तारकितं; ms.2, तारकिता- adopted by Cp.

(5) 11.b) Tv & ms.1, मुल्लसितं; ms.2, कान्तियुता- adopted by Cp.

(6) 13.a) Tv & ms.1, तव मौक्तिकमस्ति तु कण्ठतटे; ms.2, वत मौक्तिक-लम्बितकण्ठतटा- adopted by Cp.

(7) 13.b) Tv & ms.1, शुभशौक्तिक शालिनिहस्ततले; ms.2, शुभ-शौक्तिक शोभितहस्ततला- adopted by Cp.

(8) 19.b) Tv, चिकुरनदकम्रा; ms.1 & ms.2, चिकुरचयकम्रा- adopted by Cp.

(9) 26.a) Tv, मधुरावमानिनी; ms.1 & ms.2, मधुराभिमानिनी- adopted by Cp.

(10) 26.c) Tv, बालवलते:; ms.1 & ms.2, बालावलात्- adopted by Cp.

(11) 27.a) Tv & ms.1, असरल:; ms.2, नवयुवा- adopted by Cp.

(12) 27.d) Tv & ms.1, तरलता नवतापनसंगता- adopted by Cp. ms.2, तरलता नवतापमुपासते।

(13) 29.c) Tv, क्षीणयन्न (seems to be a printing error); ms.1, क्षीणयन्त्यात्म- adopted by Cp; ms.2, (some how the verse in missing.)

(14) 31.d) Tv, सुवा (seems to be a printing error); ms.1. & ms.2, युवा - adopted by Cp.

(15) 33.a) Tv, दोलिता (seems to be a printing error); ms.1 & ms.2, दोलित: - adopted by Cp.

(16) 36.d) किंशाल्मली:; ms.1 & ms.2, किंशाल्मलि: - adopted by Cp.

(17) 39.d) Tv, उपभोगरम्या; ms.1 & ms.2, उपभोगरम्या: - adopted by Cp.

(18) 40.d) Tv, उपभोगरम्या; ms.1 & ms.2, उपभोगरम्या: - adopted by Cp.

(19) 50.b) Tv, बद्धश्चिराय; ms.1 & ms.2, चिराय बद्ध: - adopted by Cp.

(20) 65.c) Tv, करैश्चान्द्रै: क्षेपात् गलितवसनाऽभूत् सुरजनी; ms.1, करैश्चान्द्रै: क्षेपाद् हततिमिरवेशा सुरजनी -adopted by Cp; ms.2, करैश्चान्द्रै: स्पृष्टाऽञ्जनविवसनाऽभूत् सुरजनी।

(21) 69.c) Tv, नृत्ये; ms.1, नृत्यै: - adopted by Cp; ms.2, (somehow the verse in missing).

(22) 81.a) Tv, कोपिनी; ms.1 & ms.2, कोपिनि - adopted by Cp.

(23) 82.a) Tv, सत्यं वभाषे; ms.1 & ms.2, सत्यं तु भाषे - adopted by Cp.

(24) 83.a) Tv & ms.2, तनोतीयं बाला - adopted by Cp; ms.1, तनोतीयं तानं।

(25) 83.c) Tv, झनत्कारेणान्तर्झरित-झरणाझंकृतकरी; ms.1, & ms.2, झनत्कारेणान्तर्झरित-झरनादं कृतवती - adopted

(26) 84.b) Tv, संगीत संगति; ms.1 & ms.2, संगीतसंगत - adopted by Cp.

(27) 87.c) Tv, गुम्फनाम्; ms.1 & ms.2, गुम्फना - adopted by Cp.

(28) 90.a) Tv & ms.2, निर्झरिण्य:; ms.1, झर्झरा निर्झरास्ते - adopted by Cp.

(29) 91.a) Tv & ms.2, केदारा: शस्यसौम्या युवकृषककुलै; ms.1, केदारान् शस्य सौम्यान् युवकृषककुला: - adopted by Cp.

(30) 91.b) Tv & ms.2, र्भक्षमाणं वनेषु; ms.1, भक्ष्यते तद्वनेषु– adopted by Cp.

(31) 94.b) Tv, सुधवलाम्; ms.1 & ms.2, सुधवलम् - adopted by Cp.

(32) 98.b) Tv, सुललित तनुना; ms.1 & ms.2, सुललित वपुषा - adopted by Cp.

(33) 102.c) Tv, स्मितपङ्कजास्यै; ms.1 & ms.2, स्मितपङ्कजास्या - adopted by Cp.

Chapter - III

THE CRITICAL STUDY

a. Application of Sanskrit Literary Theories and Critical Vocabularies-1

I) Application of the theory of Alaṁkāras

The importance of *alaṁkāras* (figures of speech) in Sanskrit is adorably admitted by the fact that the science of Sanskrit poetics goes by the name *Alaṁkāra* śāstra. Noted Sanskrit rhetoricians have admitted *rasa* (sentiment) or *rasadhvani* (suggested sentiment) to be the soul of poetry. The renowned Sanskrit lexicography *Amarakoṣa* (2.6.10) explains the terminology as the adorning aspect of any object and presents five terms as synonyms to each other like; *alaṁkāra, ābharaṇa, pariṣkāra, bibhūṣaṇa, maṇḍana.* Rhetoricians like Bhāmaha and Daṇḍin (7th Century A.D.) reflected the practice of the court poets and could give poetry a respected status ever enjoyed by the other branches of study. Determining the equipment of a poet, they admitted first place to *pratibhā* (genius) and at the same time insisted on poets erudition *(vyutpatti)* and assiduous practice *(abhyāsa).* In course of their analysis for poetic beauty, they also discovered the principle of imagery *(alaṁkāra)* for the study of poetry *(kāvya)*. Such underlying principles of poetry which enamored the literary critics adhere to distinguish poetry from science *(śāstra)* on the one hand and from ordinary speech on the other *(vārtā) (Bhāmaha, 2.87)*. Their meticulous observation discerned that poetic language is different from both social usages and scientific discerned. Significally they named the principle as *atiśayokti* or *vakrokti* (flowery or hyperbole expression) which in other way stand as a synonym to all the *alaṁkāras (Daṇḍi, 2.214 & 220)*. Bhamaha gives adequate space to *alaṁkāras* with the words that "a damsel's face though beautiful, does not shine if it should be devoid of ornaments". *(c f. na kāntamapinirbhūṣaṁ bibhāti vanitā mūkham –Bhāmaha, 2.13). Vāmana (8th C. AD),* a renowned rhetorician and a champion of Rīti school of thought has asserted that the poetic appeal of words and meaning rests in the appropriation of poetic excellence *(guṇa)*, and decorative devices *(alaṁkāra)* and when forged with the avoidance of *doṣa* or poetic blemishes *(cf. kāvyṁ grāhyamalaṁkārāt, saundaryamalaṁkāraḥ, sa doṣaguṇālaṁkārahānādānābhyām—vāṃana, 1.1.1-3). Mammaṭa's (12th century A.D)* definition of poetry means that *kāvya* consists in word and sense, without faults and with merits and excellence of style, which may at times be without figures of speech *('tadadoṣau śabdārthau saguṇāvanalaṁkṛti punaḥ kvā'pi'-Jha 4)*. Here Mammaṭa means that there can not be any piece of poetry which is completely bereft of figures of speech. Viśvanāthakavirāja (14th century AD) and Paṇḍitrāja Jagannātha (17th century AD) in their definitions of poetry have emphasised the importance of vākya (sentence) and śabda (word) respectively *(vākyāṁ rasātmakaṁ kāvyaṁ - SD, 1.3; Ramaṇiyārthapratipādakaśabdaḥ kāvyam- Rasagaṅgādhara,I)*.

However both of them have not denied the importance of the *alaṁkāra* in a piece of literary art which enhances its beautiful aspect. The roles of *alamkāras* are compared to the bracelets and ear-drops etc. in a composition having the body of *śabda* (words) and *artha* (meaning). *(śabdārthau śarīraṁ rasādiāścātmā, guṇāḥ śaurjyādivat, doṣāḥ kāṇatvādivat, rītayo'vayavasaṁsthānādivat, aiaṁkārāḥ kaṭakakuṇdalādivat, iti (SD, I.).* While proposing *dhvani* theory Ānandavardhana also admits the distinguished function of the *alaṁkāras*. Here *rasadhvani* is claimed to be the *dhvani* – par excellence and the soul of poetry *dhvanirātmā kāvyasya- (Dh, 1.1) rasākṣiptatayā yasya vandhaḥ śakyakriyo bhavet, apṛthak yatna nirvartyaḥ so'laṁkāro dhvanau mataḥ- Dh, 2.16)*. Here it is clearly stated that spontaneous out flow of *alaṁkāras* are significant and welcome in poetic art so far as they contribute to the development of *rasa* (sentiment) in it (*Locana cf. rasasamavadhānena vibhāvādighaṭanāmeva kurvaṁ statrānantarīyakatayā yamāsādayati sa evālaṁkāro rasamārge nānyaḥ - Tripathy, 11.128).*

The theory of poetics spells its importance only when linked to the works of the great poets. The rules of poetics have always followed the compositions of the great poets like rules of grammar in a language following the usages (cf. *mahākavi-sampradāyasyākulībhāva-prasaṅgāt, Rasagangadhara, I; prayogaddhibhavān chabdānāṁ sādhutvamadhivasati, ya idānim aprayuktānamī sādhvaḥ syuḥ* - Mahabhāṣya, Paspasāhnika, under the vārtika 'astyaprayuktaḥ'). In the literary compositions of the great poets like Vyāsa, Vālmīki and Kālidāsa it is observed that poetic imagery/figures of speech have promoted, without hindrance, the enjoyment of rasa, (sentiment) and the aesthetic beauty in it.

In the following stream of *alaṁkāras* the Sanskrit erotic poetry is replete with poetic conventions *(Kavi-samayas)*. The God of love has five arrows like; *aśoka,aravinda, cūta, navamālikā* and *nīlotpala;* his fellow inmates are Spring in bloom, the South Wind, the Moon, the lovelorn Cakravākas, hum of the maddening bees, swimming Rajahaṁsas (stately swans), elephant gaited and fawn-eyad beautiful ladies and numerous other conventions were perfected and propagated by the poets much before the literary theorists. The lyric form was the natural expression of the creative poets even from the early days of the Vedas. Such conventions on analysis could only lead to a doctrine of *alaṁkāra-cum-guṇa (astu vastuṣu mā vā bhūt kavivāci sthito rasaḥ* - "The flights of the poetic fancy are sometimes also called rasa in a very notional way" – *(Kavyamimāṁsa).*

K. Krishnamoorthy clarifies: "The one common quality of all this lyric poetry was 'sweetness' *(mādhurya)* and sweetness was an index of the rasa (aesthetic emotion) of *sṛngāra* or love. In epic poetry as in prose fiction, the striking quality was ojas or 'floridity" corresponding to the rasas of *Vīra* (the heroic) and *raudra* (the furious).The theorists recognized the third quality viz. 'lucidity' *(prasāda)*, which was common to both the lyric and epic. If the idiom of poetry was analysed by them in terms of 'figures', it was because they found the poetry of their time virtually figurative and conventional" (Krishnamoorty, 34).

In the modern critical vocabulary, the unique essence of poetic language and figurative uses are expressed by the term 'imagery'. It is the use of the language to represent objects, actions, feelings thoughts, ideas, mental state and any sensory and extra sensory experience. An image does not represent only a mental picture. The figurative language conveys most of the images as seen in metaphor, simile, synecdoche, onomatopoeia and metonymy. The psychologists and many critics consider 'imagery' to be the expression of sense experience in any poetic art channeled through visual, olfactory, tactile, auditory, gustatory, abstract and kinaesthetic experiences which impress upon the mind to recall the original sensation as vividly as possible. It is the decorative as well as the essence of intuitive language (Cuddon 413). Imagery represents feelings in a transmuted form. The chaotic feelings and the sensations of the human heart are raised by the literary devices to the status of images that reveal the special genius of the language. Such devices familiarise the unfamiliar by comparison and contrast and contribute to the beauty of the poetic art. Comparison in poetic language is universal, but "the disparities between two objects, for example, are of significance only when we have been impelled to bring them together by an anterior perceptions of their resemblances (Fogle 14). Befitting imagery is richly evocative and John Middleton Murry terms it as "the instinctive and necessary act of the mind exploring reality and ordering experience" (Fogle 23). The figures of speech *(alaṁkāras)* may be placed under three broad categories like; *śabdālaṁkāra, arthālaṁkāra, ubhayālaṁkāra.* When words used in a piece of poetic art give miraculous effect of poetic delight and their replacement by synonyms affect the same that is known as *śabdālaṁkāra* (i.e. *anuprāsa, yamaka* etc.); when words may be replaced with equal delightful meaning that comes to be known as *arthālaṁkāra* (i.e. *upamā, rūpaka* etc.); where both words and meaning withstand the effect of change without compromising the charm and delight that becomes *ubhayālaṁkāra* (i.e. *punaruktavadābhāsa* only) (Tailanga 2).

Keeping the aforesaid points and parameters in view this chapter intends to discuss the figurative elements of the poems of *Tāruṇyaśatakam* which are evocative in promoting the theme and the sentiment(s) of the literary art. These elements are the vehicle of images and capture the interest and attention of the connoisseurs. Therefore some important figures of speech are noted from the work for appraisal and analysis.

ARTHĀLAṀKĀRA (THE FIGURES OF SENSE)

Upamā (simile)- This primary figure of sense is the resemblance between two things (subject of description and object of comparison) expressed in a single sentence and unoccupied by the statement of difference (Kane 89). Yāska promoting the opinion of Gārgya says that when an object bears (some) resemblance to another, which is otherwise dissimilar, is denoted by a simile *(Nirukta, 3.13).*

Few instances of simile in *Tāruṇyaśatakam* may be read as follows:

In the description of Ākṛṣtiḥ (attraction) the verse reads -

drākṣāṁ yathā paśyati lubdhapānthaḥ ālakṣarāgāṁ
kalikāṁ yathāliḥ I
āraktasandhyāmiva cārucandro yuvāsphutāṅgīṁ
tarunīṁ tathaiva II (48)

The way (like) a greedy traveller looking at the grapes, a bee at the all round rufescence of the blooming buds, the charming moon at the red-hued eventide, in the same way a young man looks at a young woman having limbs bloomed (symmetrically) all around. This is an instance of *mālopama.* When we get several *upamānas* in connection with one *upameya*, we have *mālopamā* (garland of similes). Here the subject of description- 'the young man *(yuvā)* looks at the well bloomed young lady *(taruṇī)*, in the same way' is having three objects of comparison like-'a greedy traveler looking at the grapes'; 'a bee looking at red-hued blooming bud'; 'charming moon looking at the complete shy-red evening'. The gender of words chosen in both the units of subject of description and objects of comparison are also put in the male-female-order which brings appropriate humanization of the elements of nature. Here also the set of images in this order promote the erotic sentiment in union (*sambhoga śṛṅgāra*).

In the description of the poem *Niḥsaṅga* (lonely) the description of youth is presented by the double entendre-

vanīva bālāśrayasaṅga-varjanāt sacandanā sraksaritā ca veṣṭitā I
naśobhate vāravilāsinī yathā tvekākinī yauvanakānaneṣu II (61)

"A young man without protective companion even with anointed sandle paste and garland-flow (glow), resembling a thicket of sandle woods and garland glow of springs, does not look beautiful like a courtesan lonely in the woods of youth". Here *bālā yauvanakānaneṣu ekākinī na śobhate* is the subject of description which has been compared to *'yauvanakānaneṣu vāravilāsinī ekākinī na śobhate'* may be treated as an epithet for objects of comparison. The other epithet *āśrayasaśga....vanī iva* with a spell of meaning in double entendre (q.v.) qualifies both aforesaid epithets and presents a figure of speech i.e. *upamā* (simile) which may be noted as *śrautī vākyagā upamā*. Here the chosen imagery of the poet support the flow of *śṛṅgāra rasa* in the *kāvya.*

In the description of lovely spring *upamā- alaṁkāra* (simile) may be noted for observation-

madhūḥ samīreṇa sahāpya kampamātāmrapatrāmbaraveṣṭitāṅgīm I
latāvadhūṁ gucchakucāṁ dadhāti kṣīṇāmśukāṅgīṁ
taruṇīṁ yuveva II (71)

'The spring together with the breeze, experiencing horripilation, embraces the creeper-bride with bosoms of clustered blossoms (and which) dressed in the semi-radiant leaves all over; like a young man to his beloved lady with well clad thin silk saree'.

This is the description of the union of the lover Spring and the beloved Creeper-*madhuḥ latāvadhūṁ dadhāti.* The subject of description *(viṣaya)* is compared to the object of comparison *(viṣayī) – "yuvā kṣīnāṁsukāṅgīṁ tarunīm iva dadhāti"*. When *Madhu* (spring) stands for *yuvā* (young man), creeper is the beloved wife of spring compared to a young lady. Here the word *'iva'* signifying *sādhāraṇadharma* appropriately denotes the meaning to be called the figure of speech as 'simile'. This may also be noted as a *vākyagā śrautī upamā.*

Rūpaka (Metaphor) is a basic figurative device in any literature where one thing is described in terms of another. A comparison in metaphor is usually implicit where as in simile it is explicit. Its definition by Mammata in the *Kāvyaprakāśa,* 10.93 may be read as follows: "Where there is non-difference between the 'object compared to', and the object compared, it is metaphor. What is meant by 'non-difference' is that the idea of non-difference which is based upon extreme likeness between two objects, where difference is not entirely concealed. In cases where what is imposed upon, so the objects imposed also are directly mentioned by words, it is that Metaphor which is called 'universal'- in the sense that the whole *(samasta)* of what is imposed *(nyasta)* is its expressed objective *(viṣaya)*" (Jha 369). As per Viśvanātha Kavirāja's definition the metaphor consists in the representation of the subjectof description, which (subject) is not concealed, as identified with another (a wellknown standard) – *"Rupakaṁ rūpitāropād viṣaye nirapahnave I tatparamparitaṁ sāṅgaṁ niraṅgamiti ca tridhā (Sāhityadarpaṇa, 10.28). Viṣaya* is an object upon which something is superimposed as in the compound *mukhacandraḥ (mukhamevacandra – rūpakakarmadhāraya* compound) as the face upon which candratva is superimposed.

Keeping the aforesaid definition in view metaphorical poetic lines *(rūpakālaṁkāra)* from *Tāruṇyaśatakam* may be considered for analysis as follows:

nava-jīvana-yauvana-saṁvalitājala-vibhrama-nāvka-saṁkalitā I
smita-padma-vimaṇdita-vīcikacā samadaṁ sakhi
modayate saritā II (10)

'Oh my friend ! filled up with fresh water of youth, added (pretty) with naval like whirl pool, having ripple-tresses decorated with blooming lotuses, the flowing stream gets enchanted.' Here on the subject of description like *jīvana* (water), *bhrama* (whirlpool), *vīci* (ripple), the objects of comparison like *jauvana* (youth), *nābhika* (naval), *kaca* (tresses) have been superimposed and are called 'universal' metaphorical expressions (q v.). In the same way one meets with the epithets like *'calacaṁcala śāpharatārakitā'* and *'nīlajalāṁbarakāntijutā'* in the description of *Surasikā Saritā.* The subjects of description like *śāphara, nīlajala* have been superimposed by the objects of comparison like *tārakita* (pupil of the eyes) and *ambara* (garment) respectively to bring out evocative metaphorical description of a youthful lady (11). In the description of Curious Flowing Stream (14) the compound terms like *salīlodgata budbuda – phenakucā* (water-flown bubble-bound foam bosoms), *juvavātavinoditahaṁsahasā* (wearing smiles of jubilant wind-enhanced-swans) the subjects of description *phena* and *haṁsa* have been superimposed by *kuca* (bosoms) and *hasa* (smiles) of the lovely flowing stream *saritā.*

In the description of an audacious lady *(Pragalbhā 54)* the epithets like *tāruṇyatirthāñcalatīratārikā* (savior at the bank with stepping region for youth), *adhīrayūnāṁ sūtarī garīyasī* (an adorable beautiful boat for the dissipated youth) are the superimposed objects on the subject 'the audacious lady'. This is an instance of *mālā niraṅga rūpaka* as the character of several objects is imposed upon a single object (cf. Jha, X. 94).

Apahnuti (Concealment) – When the object to be described is negatived and another is affirmed, it is concealment *(Prakṛtaṁ pratisidhyānyat sādhyate sā tvapahnutiḥ - Kāvyaprakāśa, X. 16)*. In other words where the 'object compared' is 'negatived' – declared to be unreal – and the object 'compared to' is 'affirmed' declared to be real, it is known as the Figures of Concealment (Jha 377). The description of Utsukāpagā (longing Stream-8) reads – 'This river with the water of well grown youth propelled well by the whiffs of wind; decorated by the blooming foams, nay, the blooming, flowers; looking extremely beautiful, (now) longs for sight (union) of the beloved ocean'. Here the epithet of the river 'decorated by the blooming foams', is declared unreal and the epithet 'blooming flowers' which is the object compared to is affirmed/declared to be real. This figure of speech charms the audience with images of day to day objects of natural excellence and propels a strong voice to the erotic theme of the description.

***UTPREKṢĀ* (POETIC FANCY) –**

Utprekṣā consists in the imagining of the thing described as idential with a similar thing or that to which it is meant to be compared (Jha 366). It is divided into two major categories like; *Vācyotprekṣā* (expressed), *Pratīyamānotprekṣā* (implied). The expressed *utprekṣā* occurs when particles like, *manye, śaṅke, dhṛvam, prāyo, nūnam, iva* etc are employed, and the *pratiyamānā* (implied) when not employed (S D, X. 40-41 : cf. Tailanga 36). This figure of speech may be noted for observation in the description of *Pramatta yauvanam* (Intoxicated youth-36) as follows – 'A young man laughing at the teacher with unrestrained laughter, tears up a beautiful rose in front of a young woman. A despised thorny Śālmala tree is as if throwing up cottons only (in vain)'. Here 'the young man laughing at the teacher' which is the subject of description (or the thing described) has been fancied to be identical with 'a despised throny Śalmala tree throwing up cottons' which is meant to be an object of comparison only. With the employment of the work *īva* it may be identified as *vācyotprekṣā* or expressed Poetic Fancy. An event of social behavior has been identified with an object of natural element of nature which helps identifying the carelessness of youthful behavior.

The description Ratikāṁkṣinī,(56) (Amorous lady) presents – "By the navals of the intoxicating amorous ladies the citadel of patience is as if bending down; the heights of the bosoms denounce lofty desires, and the brilliant luster of the wise is betrayed by the tresses". Here the thing described is the 'naval' which is fancied to be identical with 'the bending down of patience' with the employment of iva with the verb namati and signifies *kiryā vācyotprekṣā.* Then both 'the height of the bosoms' and 'the tresses', which are the subjects of description have been imagined (fancied) to be identical with the objects of comparison like 'lofty desires' and 'the luster of the wise' respectively without the employment of the particles like *manye, śaṅke, iva* etc. and bear the instance of *pratīyamānotprekṣā.* Here the concrete objects have been poetically fancied to be identical with the abstract ones.

In the description of love-quarrel (67) the Wind in a sudden fury with created sound as if reiterates to Sephālikā – 'you are depraved and eaten up by insects and passes away. The words employed by the poet are *'tvaṁ naṣṭā kītadaṣṭā iti sṛṣṭaśabdaḥ samīraḥ kimanukathayati?'* Here infuriated wind, the subject of description, has been imagined identical with an annoyed lover. It is the word kim added to the verb *anukathayati* presents it as an instance of *Kriyā- vācyotprekṣā.* Similarly, in the description of the bride of the pleasure garden (Upavanavadhūtī-75) *'Śyāmālatā priyeṇa sākaṁ milituṁ ārāmasamsaktavadhūṁ* procodati kim equally contribute to *kriyāvācyotprekṣā* as above.

Atiśayokti (Hyperbole) – *'siddhatve' dhyavasāyasyātiśayoktirnigadyate* (SD, X. 46)- when in a description the object of comparison *(upamāna or aprastuta)* swallows up the *viṣaya* (the subject on which something else is superimposed) and there is therefore an apprehension of identity, it is known as *adhyavasāya* (introsusception). Unlike utprekṣā here the *adhyavasāya* is complete because the subject is apprehended with certainty (Kāne 154-155). This Atiśayokti is divided into five varieties, like – 1) *Bhede'pi abhedaḥ*, denial of difference where there is difference in reality: II) *Abhede bhedaḥ* (the opposite of the preceding) – statement of a difference, where there is none in reality; III) *Sambandhe asambandhaḥ* - negation of connection where there is connection; IV) *Asambandhe sambandhaḥ* - Putting connection where there is no connection; V) *Kāryakāraṇa paurvāparyātyayaḥ* - the inversion of the sequence of cause and effect (Kane 157). With such above theoretical points in view some noted use of this figure of speech have been accepted for analysis.

The description of Lāvanyam (The lustre) reads:

svakaṣakumbhā savilambagāminī kalasvanat-kumbha-vi-cumbitastanī I nitambacakrānataveṇicaṁcalā dyutista-ruṇyā yuvalobhalambhanā II (17)

'Bearing pitcher in her lap, with slow gait, bosoms kissed by the pitcher with indistinctive pleasant notes, having wavering braids of hair down to the circle of her buttock, the beauty (the lustre) of the maiden has become the seat of covetuous attainment for the youth'. Here the description is about the kissing of the bosoms by the pitcher with indistinctive pleasant notes. The animate action of joining lips (face) with the bosoms (kissing though different form the same action of an inanimate object-'pitcher' has been accepted to be one (in both animate and inanimate objects). So this is an instance of *'Bhede'pi abheda'* – Atiśayokti (q.v.) which heightens amorous sentiment in the description.

The same type of figure of speech is observed in the description of *Parihāsitā* (Flatered lady) which reads:

yugmaṁ phalaṁ navamabhīkṣya phalābhilāṣi I
vikretumicchasi śūbhe kva ciraṁ jagāda II (20)

In a solitary place certain fruit-loving-youth at the sight of a fresh pair of fruits (with a female coster- monger) started asking for a long time – oh fortunate one! Where do you wish to sell? Here a pair of fruits *(yugmaṁ phalam)* which stand for the objects of comparison, has been superimposed on the subject of description, (a 'pair of bosoms' of a lovely lady) and there by this becomes an instance of *Bhede'pi abheda – Atiśayokti* (q.v.). Again the description of Prathamapraṇaya (First Love) reads:

yuvā vilāsī nijapalli vallarīṁ vicumbyatānaṁ prakaroti gītikām I
priyā sudūrekṣaṇadatta-sūcanaiḥ cchāyā vanāptā'ta nunā vitanyete
II (21)

'An amorous young man kissing well his own hamlet- grown creepers elongates a rhythmic love song. By beloved's eye extended amorous gestures from afar, the beauty of the grove expands excessively'. Here *'atanu'* is a fossilized Sanskrit word which suggests the mythical destruction of Madana (the God of love) by the fire from the third eye of the lord Śiva. There after Love (Madana) becomes *atanu* or without a tanu (form/body). Besides, this word also denotes vastness and expansiveness. In the description *vanāptā chāyā atanunā vitanyete* – 'Beauty of the grove (forest land) gets expantion with the company of Love *(atanu)*' denotes that in the absence of the expansive power connection of Atanu (Love: Formless) the same has been enjoined to it (him) and again this becomes an instance of *bhede'pi abheda Atiśayokti* (q.v.). Here the poetic connotation is that, how can a lady love (beauty of the grove) alone pervade a lonely dense forest without the company of her lover ? This also suggests the expantion of love in the hearts of the described beloved ones and vindicates the victory of love in union. The description of Madhura sparsaḥ (pleasant touch) also embodies it in a different way :

priyāṅgajaṣṭim vijane vilokya samsparsa- lajjāruṇitā-naneyam I
capetikā-cālita-cārugaṇḍā priyeṇa sobhāmadhikaṁ dadhāra II (59)

'Looking at the slender handsome limbs of the lover in seclusion, bearing shy-red-face by his touch, and her charming cheeks made wavy by (his) the patting slaps, she(the lady-love) along with the lover started fostering beauty exceedingly (more and more)'. The description presents the enhancement of the beauty of the beloved in contact with the lover. Here the remark of the *Prakāśikā* – *'pūrvapekṣayā adhika-sobhādhāranā' sambhabe'pi sambhavāt atiśayoktiḥ'* shows that though the contact of the lover cannot enhance the natural beauty of the lady, it is so described and hence it is an instance of *Asambandhe sambandha – atiśayoktiḥ* (q.v.). The description of Gopana praṇaya-60 (Secret love) presents the young lovers as follows: "Those who were enticed by the milk of the ocean of joy courting love and offering wine, put to cheers the lovely beauty of the amorous ladies, made fresh by their travel to the rendezvous. The description though freshness *(nūtanatā)* can not be attributed to the lovely beauty of the amorous ladies at the time of visiting to the destined secret places of the lovers, still it is so described. Hence this contributes to *Asambandhe sambandha – atiśayoktiḥ".*

In the description of Premasaṁtrāsaḥ (lovely fright) the poem presents: *bhrāmyat pādair mukura-khacitāṭṭālikaṁkaṁ vimucya candraṁ caruṁ capalavanitāscāmarais-chādayanti I* The fickle ladies after leaving the laps of the mirror-studded-mansions by turning of their steps, cover the enchanting moon by the wafting of their chowries in hand'. Though the covering of the moon by the chowries is impossible still it is so described and there by bring in the *Asambandhe sambandha Atiśayokti* in the poetic art.

A different way of the presentation of *Atiśayoktiḥ* may be read in the poem as follows:

navavañjula-mañjula-kuñjagatā marutāmṛdukaṁpataraṅgakacā I
kalanāditakokilakaṇṭharutā sakhi sundaratāmayate saritā II (9)

'Oh my friend ! coming through the beautiful bowers of the fresh cane- creepers, having ripple-tressess slowly shaken by the wind, and bearing the voice of the pleasant cooing cuckoo, the flowing stream attains beauteous state'. All the three epithets of the flowing stream *(saritā)* are the causes to the effect of her 'beauteous state' which use to happen here simultaneously in the description to effect the figure of speech Hyperbole (cf. *kāryakāraṇayoḥ samakālatvena,* SD, X.47).

SAMĀSOKTI (SPEECH OF BREVITY/ MODAL METAPHOR)

When a sentence clearly presents the object meant to be described, serves to imply something else not meant to be described, through the force of punningly used adjectives only, it is called 'Samāsokti' as it consists in a 'statement' *(ukti)* of two meanings, 'in brief' *(samāsena)* (Jha 380 cf. *paroktirbhedakaih śliṣṭaih samāsoktiḥ – Kāvyaprakāśa,* X.97). The Sāhitya Darpaṇa, XX.56 defines that : "When the behavior of another is ascribed to the subject of description from a sameness of (1) action, (2) sex or gender, or (3) attribute, the figure is *samāsokti* (Speech of Brevity)' . Another means 'a thing which is not subject in hand'. In *samāsokti,* the *aprakṛta* thing is not mentioned in words; on the *prakṛta,* the behavior of the *aprakṛta* is superimposed on account of a similarity of actions, or on account of the gender of the word employed, or on account of adjectives" (Kane 179). With the application of the above definitions, the application of this figure of speech in the book may be accepted for analysis.

latāṁ natāṅgīṁ namayan muhurmuhur darottha
puṣpastanakaṁpanodyataḥ I
parāga-piṣṭātakarāga-saurabhaḥ prabhātavāto
navayauvanoddhataḥ II (1)

Seducing the drooping creeper (the lady-love) again and again, attempting to agitate the half – blown flower- bosoms, fragrant with the ruddy powders of pollen, the Morning Breeze is haughty at the advent of youth'- here the subject of description is 'Morning Breeze', but the action of seducing, agitating and embracing (body contact suggested by the fragrance of pollens) etc. belong both to Breeze (wind) and the lover. Since the word 'lover'which is not mentioned it is the aprastuta, but from the sameness of action there is an ascription of the behiviour of a haughty (rough) lover to the 'Morning Breeze', which is *prastuta* in the context and becomes an instance of *samāsokti alaṁkāra.* In the same way the descriptions like Utka Prabhātavāta (Curious Morning Breeze), Rasika Prabhātavāta (Morning Breeze : An Aesthete), Dhaksinavata (Gallant Wind), Śṛñgāri–Savitā (Passionate Sun), Vañjulavilāsa (Sports of Aśoka) (2-7) also contribute to this figure of speech due to the action of the aprastuta super-imposed on the pratuta due to similarity of action as well as the similarity of the gender employed in the verses. These are made appropriate to the context of description.

This figures of speech is also remarkable in the description of Vṛiditā Śaṁdhyā (Bashful Evening) where the subject of description like Sun (Ravi in masculine gender), Niśā and saṁdhyā (in feminine gender) are the elements of nature in humanized form and behavior. The *aupamyagarbha-viśeṣaṇa-sāmya* words or metaphorical expressions like *Niśāyoṣā Timiraveśa* justify the action of Ravi with Saṁdhyā and Vidhu (moon) with Niśā (night) as lovers and belovds respectively (65) and there by affecting a *samāsokti alaṁkāra.* In the poetic description of Premakalaha (love quarrel) between Samira (wind in masculine) and sephālikā (in feminine), the subjects of description are superimposed with the action of aprastuta the lover and the beloved ones which subscribes to *aprastuta praśaṁsā* (TS 67) . Further in the description of Vṛkṣavallarīyam (73) and Pādapalatikā praṇaya (74) the actions of a prastuta (Lover and beloved) have been superimposed on vṛksa (masuline) and *latikā* (feminine) to be categorized under *samāsokti alaṁkāra.*

KĀVYALIṄGA (POETICAL REASON)

In a particular description when a reason is implied either by a sentence or by a word, - it is Poetical Reason (Jha 416 cf. Kane 219). The poem Lonely Flowing stream (15) reads: 'By water-led melodious singing of the flowing stream *(saritā)* the new cloud attains a slow pace (for union with rain fall). Oh my friend! if the period of youth goes without companion a lovely-lady does not get delight'. *Asahāyagatā sakhi yaunadaśā na hi kautukamāvahate vanitā* has been commented upon by the *Prakāśikā* as follows - *'vanitāyāḥ akautukavatītvaṁ yauvanadaśāyā asahāyatvasya kāraṇāt kāvyaliṅgam'.* Here the lack of companionship during the youthful period of a woman becomes the accomplishing cause *(niṣpādakahetu)* of the displeasure (absence of delight) which implies the reason of assertion made in the second half of the sentence and hence it is Kāvyaliṅgam.

The poetic description of Atṛptakeliḥ (Unsatiated Amorous Sports) addresses an eventful moment of the dissipated youth : "After kissing the tresses (of the lady-love) exposed through the window, a frightful young man was hounded by a dog. Because of his quick deparature by swift – crossing of the compound wall, the youthful passion is free from restrain " (24). Here *vilaṅghya śālaṁ tarasā vinirgatāt* (the quick departure by swift – crossing of the compound - wall), becomes the accomplishing cause *(niṣpādaka-aneka-pada-hetu)* of youthful recklessness *(vyapanīta-śṛṅkhalā)* and hence a Kāvyaliṅga *alaṁkāra.* The description of *Lālityam*-43 (grace) presents: A lovely lady of wavy tresses, painted dark eyes, orange-glow-complexion, resembling a film-star with manifested emotions and ensuants, proud of amusements, shines forth. Here in the description numerous adjectival epithets for the lovely lady become the accomplishing cause (niṣpādaka-anekapada- hetu) to justify the action *cakāsti* (shining forth) and hence subscribe to Kavyaliṅga *alaṁkāra.*

Kuñjamilanam (Union in the Bowers) notes : *samāśliṣṭā kuñje priyalalitabandhair valayitā'nvabhūt sragbhiḥ subhrā ratirasabhareṇātirucirā* – 'There in the bowers looking bright with garlands, shining very much with erotic joy in excess, embraced well in amorous postures and encircled by love, she experienced the joy of the site suggested by the lover' (58). The *Prakāśikā* comments – *'valayitāṁ prati priyalalitabandha sya kāraṇatvāt Kāvyaliṅgam:* Here Priyalalitabandha (adorable amorous postures) become the accomplishing cause *(niṣpādaka-hetu)* for the *valayitā sthiti* (encircled state) of the lady-love and hence propagates Kavyaliṅgālaṁkāra.

Nṛtyakautukam (Dance-Wish) presents that : 'The amorous persons decked with multicolour attires, wishing to enter the well decorated surface of the mansions, continue to delight the female dancers engaged in exciting dances with a series of jestful utterances' (64). The *Prakāsikā* notes-*'atra unmādane prativākyanarmatvasya kāraṇāt Kāvyaliṅgam'*,which implies that, *prativākya-narma* (series of gestful utterances) become one-word accomplishing cause *(ekapada- niṣpādanahetu)* for the *unmādanakriyā* (exciting dance) of the dancing ladies and hence it contributes to Kāvyaliṅga alaṁkāra.

VIBHĀVANĀ (PECULIAR CAUSATION)

This figure of speech consists in the mention of the effect even though there is denial of the cause (Jha 404 cf. Kane 235). The description of Praṇayamāna (Arrogance of love) may be noted for analysis : 'By the sight of the garland- free –knot of her tresses and enjoined with the same by the lover, she became very much arrogant. Later on proud of being taken to the beauteous bed with the words of flattery, the amorous lady betrayed her happiness exceedingly'(22). Here the *Prakāśikā* notes – *'atra abhimānasya Kāraṇabhāve' pi sā abhimāninī iti varṇanāt vibhāvanālaṁkāraḥ'*. The *Prakāśikā* notes that here even in the absence of the cause of arrogance (since the garland, dropped down, was again decorated on the tresses by the lover) she became very much arrogant. Here the effect of arrogance is without the presense of cause and hence it contributes to the adorning aspect of meaning i.e. *vibhābanā- alaṁkāra.*

ARTHĀNTARANYĀSA (TRANSITION) CORROBORATION

The *Kāvyaprakāśa,* X. 109 defines : "Where either a universal or a particular is supported by its converse, - either through similitude or otherwise, - it is Trasition" (Jha 406). *Sāhityadarpaṇa,* X. 61-62 notes that : "When a general proposition is strengthened by a particular, or a particular by a general one and when an effect is justified by a cause or vice versa, either under a similarity or a contrast, there is *Arthāntaranyāsa,* which is thus eight fold" (Kane 214). This figures of speech may be located in the description of Ratiklānta (Coition-fatigued lady) which reads :

'The beautiful lady won over by the forest – dwellers (hunters) after getting in to their laps under the expansion of the canopy of *tamāla-* groves, give up fatigue and pain (got during love-sports) and continue to move in the forest freely. Granted that the coital pain is fragile like the pride of a lady in love'. Here the first sentence is a particular statement which is supported by a universal statement in the second and contribute to Arthāntaranyāsa (q.v.). The verse Nairāsyam (Hopelessness) is a conversation between the drone (the lover) and the *campaka-bud* (the beloved) where the drone at the end angry at heart aceuses that 'the discourteous people of mean origin do not recognize the musicians of wisdom and due to your ignorance you are left untouchable. The beauty with wisdom is always appreciated by the men of merit'. Here a general proposition which comes at the end of the description supports a particular proposition in the first half under *vaidharmya* (q.v.) – it subscribes to the figure of speech Arthāntaranyāsa.

ARTHAPATTI (PRESUMPTION)

According to the maxim of *dāṇḍāpupika-nyāya* (stick and the cake) when a fact is concluded from another, there is Arthapatti (Presumption). It is of two varieties-1) from a fact which is *prākaraṇika* (subject of description) there comes in one that is *aprākaraṇika* (object of comparision); 2) from a fact that is *aprākaraṇika* there comes in one that is *prākaraṇika* (*Sāhityadarpaṇa,* X.83). In this context the description of Kaiśoralītā (Amusement of Minor youth) may be taken for observation:

'In the forest region, the cow-herd boy accompanied by his friends, then leaning on the fruit-laden-branch of the tree performed the musical note of the flute and started swinging up and down; thus he looked lovely in the company of friends. Ha! Who is not moved by the novel sports of the minor youth' (33).

Here *ābhīrabāla śuśubhe svasaṅgibhiḥ* (the cowherd boy looked lovely in the company of friends) is the context or the subject of description which draws forth the same fact (meaning) from the *aprākaraṇika* i.e. *Kaisoralātā bhinavā na kaṁ haret* (That everyone get moved and look lovely by the novel sports of the minor youth). Thus it effects the figure of speech Arthāpatti which is also located in the description of Saṅgamautsukyam (57) and Yauvanāhūti (62). The first one notes the inquisitiveness for union: 'Decorated with the flower-garland by the maid, the timid lady longing for the sight of the lover started wandering the small garden laden with blooms and leaves, Who, the lady, does not wish union in solitude?' Here the first half in the subject of description *prākaraṇika* it is claimed that ' a beloved lady longs for union in solitude' and the second half which is *aprākaraṇika* puts forth the same fact in reiterating that ' all the lady-loves wish union in solitude'. Again from *prākaraṇika* automatically the fact comes forth in *aprākaraṇika* in the description Yauvanāhūti (The call of youth)- 'How does a person devoid of decoration at the prime of youth offer peace, the essence of Vedic Wisdom? What is the use vof rhythmical song to the hungry? Whether the Wisdom of collyrium benefit the passion-prone-eyes?' Here the fact described in the first sentence is again understood from other two sentences which are *aprākaraṇikas* in the context of description and convey Arthapatti *alaṁkāra.*)

***PARIKARA* (INSINUATION).**

Parikara is description with significant epithets (*Kāvyaprakaśa,* X.118(a) cf. *Sāhityadarpaṇa,* X.57). The presentation of Navodhā (Newly married lady)in this composition significantly contributes to this figure of speech.

'A smiling new women, coy and dedicate, having well grown vigour of lightering luster, sprayed with fragrance was anointed and painted beautifully. She with youthful excellence and a tinge of arrogance (of youth), having silky tresses, well attived and decked well in Bakula-flowers, pressed well in enjoyment at night by the husband, attains beauteous state'(78). Here all the significant epithets are pitched intentionally into the description for the attainment of the beauteous state of the newly married lady.

***ULLEKHA* (REPRESENTATION).**

'The description of one under different characters arising from a difference of perceivers or from difference of objects is termed Representation'. This figure is of two varieties- 1) that where a certain object is apprehended by different persons in different ways through different causes; 2) that where one and the same thing is described in different ways on account of different of viṣaya or āśraya, although there are not many perceivers' (Kane 131). The reader meets such description in the composition of the poem Yauvanadevatā (Goddes of youth): Let there be victory to the goddess of youth, the new enlivening force of the girls; the intoxicating moon beam of the ardently desirous young women; the inaugurator of the casket of delicate, lustrous and wonderful art of lovely ladies; the illuminator of the life of women; and the enhancer of the enjoyment of the well pedigreed brides" (100). Here one yauvanadevatā (Goddess of youth) is apprehended by different persons in different ways through different causes. The same goddess is apprehended due to the causes like new enlivening force for the girls, intoxicating beam for the passionate ladies, inaugurator of art for lovely ladies, the causes of illumination for loving and serviceful women *(yoṣā)* and promotion of enjoyment for well pedigreed brides'. In this way this is an exemplification of Ullekha.

ŚLEṢA (PARONOMASIA)

When in a single sentence, there are several meanings, it is Paronomasia. It is further explained that where a set of words, expressive of one meaning, is found to have several meanings,it is Paronomasia. (Jha 96 cf. *Kāvyaprakaśa,* x.96). The poem Śleṣoktikam reads.

he pantha vismita-mukha kṣudayāturaḥ kim ?
kimvāṁbaracchadapayodharadṛṣṭyatiṣṭhaḥ I
dūrastha kāntavidhurā'dyamayā na bhūktam
vāsaṁ naya kṣudhita he kṣapaya kṣapāṅgam II

'Oh traveler! Oh you of surprised counterance! Are you affected by *kṣudhā-* hunger/urge for sexual pleasure ?; or are you disturbed at the sight of *ambaraschadapayodhara-* the sky covering clouds/ my skirt-covered bosoms ? Separated from my husband, stationed afar *adya mayānabhuktam-* food/pleasure of enjoyment has not been accepted by me today. Oh hungry (traveller) ! *vāsaṁ naya* –please accept shelter/strip (or take off) garment and *kṣapaya kṣpāṅgam-* tolerate/spend the rest part the night. Since all the epithets in the conversation are double entendres this verse may be noted as the figure Paranomasia under *padaśleṣa.*

ANUPRĀSA (ALLITERATION)

Alliteration consists in similarity of letters meaning there by the sameness of consonants, even though the vowels may be different. Literally *anuprāsa* means *(anu+pra+as+ghaṅ)* excellent allocation of letters favourable to the delincation of passion and other things

(Kavyaprakāsa, IX. 79-varṇasāmyamanuprāsaḥ cf. Sāhityadarpaṇa, X.3- anuprāsaḥ śabdasāmyaṁ vaiṣamye'pi svarasya yat). This alliteration is of five kinds-Chekānu prāsa (Isolated Alliteration), Vṛtyanuprāsa (Complex Alliteration), Sṛtyanuprāsa (Pleasant Alliteration). Antyānuprāsa (Alliteration of Penultimate letter), Lāṭānuprāsa (Alliteration loved by Lāṭa country/people- Here one meets the repetition of a word or words in the same sense but in a different application).

***CHEKĀNUPRĀSA* (ISOLATED ALLITERATION)**

This alliteration is defined by *Sāhityadarpaṇa,* x. 3- cheko *vyañjana saṅghasya sakṛt sāmyamanekadhā:* In a poetic description whether the consonant in a particular order of *svarūpa* (form),

Krama (serial order) are repeated for once only *(sakṛt)* it is named *chekānuprāsa.*

nava vañjula mañjulakuñjagatā
marutā mṛdukampa taraṅga kacā I
kalanādita-kokila-kaṇṭharutā
sakhi sundaratāmayate saritā II (9).

Here in the first line serial and one time repetition of combined consonant and single consonant at – *a* - *ñj* and *la; b* - *ta* and *ta, ka* and *ka; c* - *ka la* and *kala; d* - *rata* and *rata* justifying the definition (q.v).

The description of *Hṛdayāvamāninī* (99) notes:

kāvā tvaṁ cāruśīle guṇagaṇagariman gītagāthagariṣṭe
kāvā tvaṁ śādvalāṅgi smitajharitarucā haṁsahāsaṁ dadāsi
kāvā me parśvagantri tvayinihita hṛdaṁ mā'vamanyeva yāsi II

Here at a) – there is onetime repetion of the consonants gaṇa gaṇa ; b – hasa hasa; c – mata mata ; d –vama vama and thus contribute to this figure of speech (qv.).

The verse Madhurakāmanā (Pleasant Wishes) may be considered a befitting instance.

guñjan guñjan kusumarasikaḥ mañjariṁ yātū yātū
karṇe karṇe madhuramuralī mādhurīṁ saṁtanotu I
mandaṁ mandaṁ malayapavano yauvane vātu vātu
sparśaṁ sparśaṁ sakalahṛdayaṁ gītarāgaṁ karotu II (101)

Here at a- *guñjan guñjan* and *yātu yātu*;

b- *karṇa karṇa, madha madha;*

c- *mandaṁ mandaṁ, vana vana, vata vata;*

d- *sparśaṁ sparśaṁ* bring out one time repetition of each of the noted varieties of consonants to prove the entire verse as an ideal instance of this figure of speech. Besides, in the lines like - *drākṣāṅganevātīnavīnayauvane* (81-b), *vāsaṁ naya kṣudhita he kṣapaya kṣapāṅgam* (96-d), *kokilā vā kalāvā* (98-c), *pārvatīrvā ratirvā* (98-d), the reader meets a single repletion of several consonants of a particular order i.e. *va na va na, kṣapa kṣapa, ka la va, ta va ta va* repeated in each of the above lines respectively contribute *chekānuprāsa.*

VṚTYANUPRĀSA (COMPLEX ALLITERATION)

In this *Anuprāsa* one gets several (two or more) repetitions of one or of several consonants having the same form with or without, serial order, is other wise known as the Alliteration of Diction *(Jha 321 cf. SD, X-4).*

When one gets several (two or more) repetitions of one or of several consonants having the same form with or without sequence or serial order, it is known as *Vṛtyanuprāsa* (Complex Alliteration) otherwise understood as the Alliteration of Diction *(Jha 321 cf. SD, X.4* with gloss there on).

In the lyrical lines of the book one gets such lines in *tanunatā navatāpanasaṁgatā* (28-d) where *ta na na ta* are repeated not in sequence and one gets several repetition of *na* and *ta* consonants; *drākṣāṅganevātinavīna yauvane* with several repetitions of *na, va* and *ta* which signify this figure of sound. In the description of Vanavanitā, the poem reads: *bhāntye kānte cā bhūmyāṁ tanu nata taravo jhar jharānirjhariṇyaḥ* (90-a). Where na ta and ta na are repeated without sequence, the combined consonants like jhar jhar are repeated in sequence and other consonants like na and ta are repeated for several times; *sārāṅgeirnṛtya- raṅgair* (90-c) where *ṅair* and *ṅair* with several repetition of *ra, la ; tāruṇyāśliṣtadehā navavanavanitā yauvanaṁ yāpayanti* (90-d) where *na, ba* and *ba, na* are not in sequence, *ba, na ba, na* in sequence with repetition of *ta, ya* and *na* consonants and the entire verse effects a *vṛtyanuprāsālaṁkāra* (q.v.)

The Mānabhañjanam (92-d) notes: *Kāntastāṁ kila kokate kalakaleiḥ kāmārcitoccāriteiḥ*_ here in this line the consonants like kala comes serially for three times, ca for two times and ka for several times and subscribe to this figure of sound.

The Pārśvagāminī (98- a and b) presents:

Kā vā tvāṁ komalāṅgi sphurasi maṇirucaṁ śyāmalā vā, malā vā,
Kā vā tvaṁ prāṇapuṣpe sulalitavapuṣā devatā vā latā vā –

Here in the first line mala and in the second line ta va are repeated for three times each respectively with numerous repetition of ka, ta and va letters. This also becomes an adorable instance of this vṛtyanuprāsa (q.v.).

Antyānuprāsa (Alliteration of Penultimate letter)

A cconsonant at the end of any step-line of a verse or any word if get repeated in the following step-lines repeatedly with *anusvāra* or *visarga* (if any), it is known as *Antyānuprāsa (Sāhityadarpaṇa,* X.6 with gloss).

The poem Bhīru (85) reads :

a - svārṇābhre nīlimā bhre' sthiradhavala bakāḥ paṅktivaddhā spuranti
b – sthānādasmād bhramanto nava mukhara- ghanāḥ kṛṣṇakāntiṁ kiranti

Here at the end of each step of the verse one gets *anti* and *anti* which contribute to this figure of sound. The verse entitled *Praṇaāvega (97)* reads :

manye no yadi kāminī divasakaṁ kāntaṁ vinā hṛsyati,
manye no nava talpamāgatavadhūḥ saṁgaṁ hriya necchati I

Here *ti*, the penultimate at the end of each step- line of the verse cited get repeated to call it Antyānuprāsa.

The poem Yauvanadevatā (100) reads :

bālānāṁ navajīvanotsukayutāmunmādinī candrikā.
kāntā-komala-kanti-kautukakalā-mañjuṣikodghātikā I
yoṣā jīvandīpikā kulavadhū- saṁbhoga-saṁvardhikā
jīyājjauvandevatā tanubhṛtāmānanda-saṁvāhikā II (100)

At the end of each of the four steps of the verse one reads *ikā* with several repetition of the guttural *ka*, dental *na* and labial *pa* and *bha* which may be cited as an accomplishing example of alliteration, especially Antyānuprāsa (q.v.) or Alliteration of the penultimate.

*****

II) APPLICATION OF THE THEORY OF GUṆA AND ṚĪTI

In a poetic art *guṇas* (excellences) are the virtues of the soul of poetry *(rasa)* in the same way the bravery, modesty etc are the inhering virtues of the soul of a human being. The *rītis* (styles of presentation) are the arrangement of words, auxiliary to rasa etc. as the conformation of the body to the soul (Ballantyne 318-328).Both of them are inseparable from each other and they contribute to the growth of *rasa*(s).

At the earliest the *Nāṭyaśātra* (1st century B.C) deals with the theory of guṇa. Bhāmaha (7th century A.D.) the earliest *ālaṁkārika* (rhetorician) referred to both the concepts of *guṇa* and *rīti* of course with a different conceptual perspective. Daṇḍin (7th C.AD) the firs exponent of *guṇa-rīti* school referred to *guṇa* and *rīti prāṇa* and *mārga* respectively. In spite of his abundant contribution to *alaṁkāras,* he is adorably admitted as the founder of the *rīti* school of Sanskrit poetics for the original thought and contribution to this theory. In this way Vāmana in the *Kāvyālaṁkarasūtravṛtti* brought this concept to the highest degree and declared rīti to be the soul of poetry- *rītiratmā kāvyasya* (1.1.1).He worked out his figurative description and clarified that *śabda* (words) and *artha* (meaning) constitute the body of *kāvya* of which the soul is *rīti*. Further he defines that *rīti* is a particular arrangement of words *(viśiṣṭapadaracanā)* which again rests upon certain definite combination of various *guṇas* (excellences) in the composition. In this context Vāmana divides. In this context Vāmana divides *rīti* into three varieties; 1) the *vaidarbhī,* which unites all the ten *guṇas;* 2) the *gauḍī* which abound in ojas and kānti; 3) pāñcālī which is endowed with *mādhurya* and *saukumārya.* He teaches that *guṇas* are indispensible in poetry, as they hone the path to the creation of a particular *rīti,* the soul of poetry (Vāmana, 1.2.6-8). Vāmana enumerates ten number of *guṇas* like Bharata. Further he notes that these *guṇas* get doubled when each of the *guṇas* get differentiated as, *śabdaguṇa* and *arthaguṇa* on the basis of their contribution of excellences to word (*śabda* and meaning *(artha)* respectively. He overcomes the ten guṇas of Bharata and individual *guṇas* of Daṇḍin and gives a particular and novel connotation to each of them: *ojaḥ prasāda śleṣa samatā samādhi mādhurya saukumaryodāratārthavyaktikāntayo vandhaguṇāḥ (Kavyālaṁkārasutra. 3.1.4 cf 3.2.1-15).* His scheme of guṇas with distinction and differentiation are presented by S.K. De as follows :

Śabda-guṇa	Artha-guṇa
"i. *Ojas,* or compactness of word structure *(gāḍhabandhatva,* where bandha means *padaracanā* iii.1.4)	i. *Ojas,* or maturity of conception *(arthasya praudḥiḥ)*
ii. *Prasāda,* or laxity of structure *(Saithilya)*	ii. *Prasāda,* clearness of meaning *(artha-vaimalya)* by avoidanceof superfluity *(anupayogi-parivarjanāt, as* Abhinavagupta explains)
iii. *Ślesa,* or coalescence of words resulting smoothness *(maṣrṇatvam, yasmin sati bahūnyapi padāni ekavad bhāsante)*	iii. *Śleṣa* or coalescence or commingling of many ideas *(ghaṭanā)*
iv. *samatā,* or homogeneity of manner, i.e., of construction *(mārgābhedah, yena mārgeṇopakramas tasya atyāgah)*	iv. *Samatā,* or non-relinquishment proper sequence of ideas *(prakramābhedah)*
v. *Samadhi,* or symmetry due to orderlyascentanddescent,i.e.when theheighteningeffectistoneddown by softening effect, and vice versa *(ārohāvarohakrama)*	v. *Samādhi,* or grasping of the original meaning, arising from concentration of the mind *(arthadṛṣṭiḥ samādhi-kārāṇatvāt)*

vi. *Mādhurya* or distinctness of words *(prthak-padatva)* due to absence of long compounds *(samāsadairghyan vṛtti)*	vi. *Mādhurya,* or strikkingness of utterance *(ukti-vaicitrya)*, i.e., in an impressive periphrastic manner for special charm.
vii. *saukumarya,* or freedom from harshness *(ajaraṭhatva)*	vii. *Saukumārya* or freedom from disagreeable or inauspicious ideas *(apārusya)*
viii. *Udāratā,* or liveliness in which the words seem as if they are dancing *(yasmin sati nritāyantiva padāni)* i.e. *pada-vicchedāt*	viii.Udāratā, or delicacy i.e. absence of vulgarity (agrāmyatva)
ix. *Artha-vyakti,* or explicitness of words whereby the meaning is easily apprehended *(jhatiyartha-pratipatti- hetutva)*	ix. *Artha-vyakti,* or explicitness of ideas which makes the nature of things clear (vastu-svabhāva-sphuṭatva)
x. *Kānti,* or brilliance, i.e., richness of words *(aujjvalya)*	x. *Kānti,* or prominence of the *(Seturaman,* 200-201) *rasas (dipta-rasatva)"*

The *guṇas* and not the *rītis,* infact attracted the attention of the poets and the poeticians like Mammata, Viśvanātha and Jagannatha. At length this *guṇa* concept was dealt with by *dhvani* theorists who modified it immensely to relate it to *rasa-dhvani* theory. In this way the aesthetic difference between *guṇas* and *alaṁkaras* and their proper places were copiously defined. The *dhvani* theorist paying no importance to *rīti* dealt with the concept of *saṅgaṭhanā* which is very much close to the principles of *rīti* (Vijaya vardhane 59). From among the noted rhetoricians Kuntaka dealt with the concept of *rīti* under the name *mārga, Bhoja* pronounced the principles of *rīti* and admitted six of their categories. Mammaṭa does not approve of the *riti* where as Viśvanātha defines and delineates four of them in poetic composition. Rītis are comprehended through *guṇas* which are indispensable in poetry and as such they contribute to the beauty of it. They are the sources of poetic appeal where as the *alaṁkāras,* adorning the external aspects, enhance it. In this way *guṇas* are the virtues of the soul of poetry.

Doṣas (blemishes) are said to be the depressors of *rasa* which diminish the appealing nature of poetry *(rasāpa-karṣkā doṣāḥ-SD VII.1)*. When *guṇas* are admitted as positive entities, the *doṣas,* (blemishes) are the negative ones or their absence in poetry.

Viśvanātha admits three of the *guṇas* like – *mādhurya* (sweetness), *ojas* (floridity) and *prasāda* (lucidity). The joy consisting in the melting of the heart is called *mādhurya (citta dravībhāvamayo hlādo mādhuryamucyate SD, VIII.2),* the sway of which is successively higher in sambhoga *śṛṅgāra* (love in union), *karuṇa* (pathetic) and *vipralambha* (love in separation). Love in union (sambhoga) and other terms, used in a general sense, may also extensively mean their semblances. Short *'ra'* and *'ṇa'* and such letters excepting the cerebrals *(ṭa, ṭha, ḍa, ḍha),* as are preceded by the last of the series, i.e. the dentals, cause the manifestation of *madhurya* (sweetness), as also an absence of or a paucity of compounds and a melodious style (SD, VIII 1-3 cf Ballantyne 318-19).

Ojas (energy) is the state of being fired, or an expansion of the mind. Its successively higher development is seen in *vīra* (the heroic), *bīvatsa* (the disgustful) and *raudra* (the furious). The first and the third letters *(vargyavarṇas)* joined with their second and the 4th respectively of any series, that is to say with any of the aspirates, such letters as are combined with *'ra'* preceding or following or both, the cerebral letters *(ṭa, ṭha, ḍa, ḍha)* even though not combined with another consonant, and the hard sibilants *śa* and ṣa help manifestation of *oja guṇa* (Energy). It is further manifested by an ample use of compounds and exalted style of composition (SD, VIII. 4-6 cf. Balantyne 320).

Prasāda (Perspicuity) exists in all the rasas and four styles of compositions. It excites the sensibility of heart like fire pervading through dried up fuels and faggots. Here words convey meanings immediately after they are heard and serve to manifest it. Perspicuity *(prasāda)* is the happy marriage of sound and sense. (SD, VIII. 7-8 cf. Ballantyne 320-21). On the basis of the *guṇas* Bhāmaha classified the *rīti* (diction) of poetry into two categories – 1) Vaidarbhī 2) Gauḍī. Daṇḍin used the term as mārga which stands synonymous with the term rīti of Vāmana. Daṇḍin while appreciating vaidarbhī *rīti* has admitted that all the *rītis* have their own sweetness and individual appeal.

iṣku-kṣīra-guḍādīnām mādhuryasyāntaraṁ mahat
tathāpi na tadākhyātuṁ sarasvatyapi śakyate II (Daṇḍin,1.102)

'There is a wide difference between the individual sweetness of sugarcane, milk, and molasses. Here even the goddess of speech Sarasvatī is unable to explain the difference. Though Daṇḍin admitted two *mārgas* only he didn't restrict the possible admittance of new mārgas in future. Vāmana admitted *pāñcālī* with *vaidarbhī* and *gauḍī* and noted *rītis* as three in number. He admitted all the ten *guṇas* of Daṇḍin with different denotations. With the components of ten of the *guṇas, vaidarbhī* was considered free from blemishes in a poetic work.' Gauḍīrīti was of the composition of two *guṇas* like ojas and *kānti.* It does not admit *mādhurya* and *saukumārya,* which are considered inimical to it. There was no restriction to other of the guṇas for their role in this *rīti* i.e. *Gaudī.* Excluding *ojas* and *kānti* Pāñcālī *rīti* most essentially possess *mādhurya* and *saukumārya* with no restriction to others in the list (Vijayavardhane 67-68).

Following Daṇḍin, Kuntaka in the *Vakroktijīvita* used the term *mārga* for *rīti* and dispensed with the geographical terms like *vaidarbhī, gaudī, pāñcālī* and admitted in their place *sukumāra mārga, vicitramārga* and *madhyamamārga* respectively. *Sukumāramarga* is the spontaneous over flow of the feelings of a creative genious, *vicitra mārga* exhibits the erudition and the practice, *madhuryamarga* is the compromise between two dictions where both poetic genius and erudition display a harmonious blend (Vijayavandhane 78) Dhvanivādins have given no importance to *rīti* and admit that *guṇas* lead to the enjoyment of *rasa.* In a later period Viśvanātha (14th C.AD) accepted *rīti* under four categories like; *vaidarbhī, gaudī, pāncālī and lāṭikā.*

Vaidarbhī – A dulcet composition with letters manifesting sweetness with a little or no compound is designated as *vaidarbhīrīti.* Viśvanātha quotes Rudraṭa who has defined vaidarbhī as follows: *asamastaika samastā yuktā daśabhirguṇaiśca vaidarbhī vargadvitīya bahulā svalpaprāṇākṣarā ca suvidheyā II.* It means that *vaidarbhī* admits no compounds or but few, abides all ten *guṇas* and the second letter of each series in the alphabet *(kha cha ṭha tha pha).* Besides it is of easy construction which consists of letters pronounced with little efforts. SD, ix. 1-3 cf. Ballantyne 328).

Gauḍī – It is a grand style composed of hard letters manifesting energy abounding in compounds.

Pancālī – It is a composition comprising other letters than those used in *vaidarbhī gauḍī* styles, and containing compounds of five or six words.

Lāṭī - This is a style which is supposed to be intermediate between *vaidarbhī* and *pāñcāli* style. Viśvanātha quotes certain authority who has defined Lāṭī as follows: "The *lāṭī* is a style agreeable from the simplicity of its compounds, not super abundant in conjunct letters, and describing things by a number of appropriate epithets. Others have said: The *gauḍī* is a grand composition; the *vaidarbhī* is sweet, the *pāñcālī* is mixed, whilst the *lāṭī* is composed of simple words" (Ballantyne 330).

The style of presentation may vary from author to author and adjustment of diction is always made with regard to the species of composition. In drama compound words in *raudrarasa,* though agreeable, may not be used as these may hinder smooth understanding of the audiences; in *ākhāyikā* soft letters may not be profusely introduced even in *śṛñgār-arasa;* and in *kathā* the letters used, may not be too harsh, even though it is *raudrarasa* (Balanttyne (331-32). In this way it may be concluded that style or *rīti* of any type cannot be fixed for the anticipated ever new compositions.

Keeping the above theoretical perspectives in view the *guṇa* and *rīti* of the work may be seen from the critical analysis of the poems noted as follows:

I) *sakhi varṣati cārurucaṁ ca śaśī*
sudhyā bharitaṁ hṛdayani bhavati I
pratibiṁbita – tāraka – rājigatā
navatāṁ jayate taruṇī saritā II (12)

In the above verse there is absence of the letters like - *ṭa, ṭha, ḍa, ḍha; the ra* and *ṇa* which are used for seven times and one time respectively are laghu *varṇas;* the cerebral letters like *i, ī, ca, ja, ya* & *śa* are used repeatedly; the dentals like – *ta, da, na, sa, la* effectively exert sonorous effect; there is no compound words *(avṛttiralpavṛttirvā)* in the entire verse except one in the third *pāda* (step); and thus in the context of *śṛngāra* this verse is an instance of *mādhurya guṇa* and *vaidarbhī rīti* (cf. SD, 8.3-4 & 9. 2-3).

II) *yuvā vilāsī nijapallivallarīṁ*
vicuṁbya tānaṁ prakaroti gītikām I
priyā sudūrekṣaṇadatta - sūcanaiḥ
cchāyā vanāptā' tanunā vitanyate II (21)

In this verse there is absence of the letters like - *ṭa, ṭha, ḍa, ḍha;* in the second and the fourth line there is absolutely no compound words; one compound word is seen in the first line and another in the third line: *'mbya'* is the only conjoined letter with *vargāntavarṇa 'ma'*, there are repetitions of the dentals and labials like – *ta, na* & *pa* which are conducive to *mādhurya guṇa.* The perspicuity of meaning and absence of blemishes *(doṣa)* lead to the excellences like – *samatā* and contribute to *mādhurya – prasāda guṇas* and *Vaidarbhī rīti* in the description.

III) *ākuncakeśā arpitakṛṣṇanetrā*
nāraṅgarūpā'gurucāruvastrā I
bhāvānubhāvaiḥ khalu citratārā
līlāvaliptā lalanā cakāsti II (43).

lalātikā carcita cārucitrāḥ, kaumāryacihnaira
valiptabhālāḥ saṁśliṣṭahārāḥ, stanabhāranamrāḥ
lolāṅgalīlāḥ (kaumāryaḥ) lalitaṁ labhante (44).

The above two descriptions of both grace and girl hood mostly present the *vibhāvas* in the context of *śṛñgāra* in the description. The lines are replete with cerebral sound, labials and dentals which usually lead the *sṛṅgāra* in the context. Here repetition of *ā*-dhvani aho brings an elevating mood. With perspicuity of meaning this is *prasāda guṇa* (clearness of meaning) and in the promotion of *rasa* it is *arthavyakti* (explicitness of words and ideas) and thus here the style of description is *vaidarbhī rīti* (q.v).

IV) *śyāmālatā kiṁ navapuṣpabhūṣītā*
vāteritā cūtavareṇa saṁgatā I
priyeṇa sākaṁ milituṁ suyauvanām
ārāma-samsakta-vadhūṁ pracodati II (75)

This is the description of the poem "Bride of the pleasure garden" which promotes the semblance of erotic sentiment in union *(sambhogaśṛṅgārābhāsa).* Here the absence of *ṭa, ṭha, ḍa, ḍha* letters, the use of *laghu ra* & *ṇa,* paucity of the hard compounds, frequent use of dentals, labials and few cerebrals like *i* & *ya* presents some excellences like; *arthavyakti* (explicitness of words and ideas), *mādhurya (the śabdaguṇa-* distinctness of words, and *arthaguṇa* strikingness of utterance), *sukumāratā* (the sounds free from harshness and disagreeable ideas) and *samatā* or homogeneity of manner with non relinquishment of proper sequence of ideas. Thus this style of presentation is noted here as *vaidarbhī* (cf. SD, 9.3.2).

V) *raṅgāṅgaṇe surasikaiḥ paricumbitāṅgyaḥ*
saṅgīta-saṁgata-janānupahāsayanti I
aṅgānukūla pavanena vinodanāya
naktaṁ nadītaṭagatā samdaṁ bhramanti II (84)

This is the description of love in union *(sambhogasṛngāra)* in the absence of the letter like *ṭha, ḍa* & *ḍha.* Here *laghu ra* & *ṇa* letters frequent the lines with dentals and labials. Here the paucity of compounds *(avṛttiralpavṛtir vā), mādhurya guṇa* (the excellence that causes the melting of the heart of the connoisseur), *arthavyakti* (explicitness of words and ideas), *samatā* (non relinquishment of sequence), *kānti* (brilliancy), *sukumāratā* (use of soft sounds) promote *śrṅgārarasa* with the happy marriage of sound and sense in the description. Thus this is a noted instance of *vaidarbhīrīti,* despite the presence of one *laghu ṭa* in the description.

VI) *nitāṅkaṁ rabhasena kautukavaśāt kāntena kañjānanā*
māṁ saṁtyajya kuto gato gataniśāsvevaṁ muhuḥ kopinīm I
mīnākṣī sahasātimānakluṣā dūraṁ priyāt sraṁsate
kāntastāṁ kila kokate kalakalaiḥ kāmārcitoccāritaiḥ II (92)
kāntaṁ kāryaratam .... karṣati II (93)

These poems are the description of the Removal of the coquettish anguish and Wished for (the beloved) respectively in the context of sambhoga *śṛṅgāra.*

Here all the excellences *(kāvyaguṇāḥ - ten śabdaguṇas & ten arthaguṇas)* considered by Vāmana, remarkably contribute to the beauty of the poems *(ojaḥ prasāda śleṣa samatā samādhi mādhurya saukumāryodāratā'rthavyaktikāntayobandhaguṇaḥ - Vāmana, 3.1.4).* Both in the context of *śabdaguṇa* and *arthaguṇa* here in this poem *ojas* is seen in both compactness of words *(gāḍhabandhatva)* and maturity of conception *(arthapraudhiḥ); prasāda* in laxity of structure and clarity of meaning; *śleṣa* in *kāmārcitoccāritaiḥ* and *lolāṅgalubdhādharaḥ* where one gets coalescence of word resulting in smoothness *(masṛṇatvam, yasmin sati bahunyapipadāni ekavad bhāsante and arthaśleṣa* in commingling of many ideas; *samatā* in both homogeneity of manner and non relinquishment of proper sequence of ideas *(prakramābhedaḥ); samādhi* in symmetry due to orderly ascent and descent (here during recitation the heightened effect is toned down by softening effect) & in grasping of the original meaning arising from concentration of mind – *artha dṛṣtiḥ samādhi- kāraṇatvāt); mādhurya* in distinctness of words and in strikingness of utterances; *saukumārya* in both freedom from harsh sounds *(ajaraṭhatva)* and in freedom from *apāruṣya* (disagreeable or inauspicious ideas); *udārata* is seen in the dancing mode of the words used *(padanāṁ nṛtyatprāyatvam)* as well as in the absence of vulgarity *(agrāmyatva); arthavyakti* is seen in explicitness of the words *(jhatityartha pratitihetutva)* and in the explitness of the ideas which makes the nature of the thing clear *(vastusvabhava sphutatva);* kānti is seen in richness of words *(aujjvalya)* and in the prominence of *sṛṅgārarasa* (diptarasatva). Further with the use of laghu *'ra'* varṇa (verse No.92) and laghu *ra* & *ṇa* in (verse No. 93) the descriptions are replete with the letters mostly belonging to the dental, labial and guttural groups. Again with the paucity of compound words *(avṛttiralpavṛttirvā)* and absence of *ṭa, ṭha, ḍa* and *ḍha* these poems contribute to the style of presentation called Vaidarbhī (cf. SD, 8.10-15 & 9.2-3).

VII) *nava-vanjula-manjula-kunja-gatā*
marutā mṛdu-kampa-taraṅga-kacā I
kala-nādita-kokila-kantha-rutā
sakhi sundaratāmayate saritā II (9)

bālānāṁ nava jivanotsukayutā mummādinī-candrikā
kāntā-komala-kānti-kautuka-kalā-manjusikodghātikā I
yoṣā-jīvana-dīpikā kulavadhū sambhoga-saṁvardhikā
jīyad yauvanadevatā tanubhṛtāmānanda-samvāhikā II(100)

The above two poems are to be considered under *pāñcālirīti* as the style of description comprising other letters than those of *vaidarbhī* and *gaudī* and contains compounds of five to six words. The rhetorician Bhoja says that a sweet and soft style characterised by ojas (force) and *kānti* (elegance), containing compound of five to six words takes the name *pāñcālī* in the composition. (Balantyne 329-330). In the above descriptions at verse No.9 the compounds of five words are seen at step I and step III whereas compound of seven words are noted at step II of verse 100. Besides alliterative sound effects also mark the descriptions of both the verses which contribute to *pāncālī* style of composition (cf. SD, 9.3-4 gloss).

It is noted that *pāñcālirīti* has no much deviation from *vaidarbhī* which covers the entire stream of description of this *kāvya* from the beginning till the end. Different *guṇas* (excellences) may be noted at different points, still *prasāda* and *mādhurya* rule the roost in the description and the style of composition *(rīti)* shall be noted as *vaidarbhī* in the book.

B. APPLICATION OF SANSKRIT LITERARY & CRITICAL VOCABULARIES - II

APPLICATION OF THE THEORY OF RASA AND DHVANI

I) THE DOCTRINE OF RASA

Alamkāraśāstra, signifying literary criticism in Sanskrit, stands for the perception of beauty in the poetic art. Bhāmaha *(7th C. AD)* the earliest exponent of the Alaṁkāra School considers *alaṁkāras* (Poetic embellishments) to be very important feature of poetic language and the chief source of aesthetic pleasure. Literature is the most important vehicle of the culture of any nation which 'leads to the understanding and enjoyment of a noble sphere of human activity' *(Sankaran,Intro)*. This aspect of literary art emphatically enjoys the support of the great poet Bhartṛhari *(7th C. AD) (Nīti 21)*. Keeping this delightful aspect of poetry in view eight different scholars of critical thoughts like *alaṁkāra, rīti* etc. have propounded their views and most important of them are the exponents of the theories of *Rasa* and *Dhvani. Rasa* as a critical term and predominant factor of literary appeal, is used first by the sage Bharata *(C. 1st century B.C)* in the *Nāṭyaśāstra*, a treatise on dramaturgy. The term connotes a specific kind of aesthetic pleasure which the spectator experiences while enjoying the skillful enactment of a play rendered appealing through excellent poetry, music and action. The sage *Bharata* borrowed this term from two of the Vedic texts. The *Taittirīyopaniṣad (2.7.1)* equates *Rasa* with *Brahman* in the following lines – *raso bai saḥ, rasaṁ haivāyaṁ labdvānandī bhavati*- "Verily, what that well- made is – that, verily, is the essence of existence. For truly, on getting the essence, one becomes blissful" *(Radhakrishnan. 549)*. In other words the experiences of *Rasa* is as good as the realization of the *Brahman*. The *Maitrāyaṇi upaniṣad, V.2* enunciates:- *"Tadvai sattvasya rūpaṁ, tatsattvameveritaṁ rasaḥ saṁprasravat"* – That *(Rasa)*, verily, is the form of goodness. That goodness, when impelled, the essence flowed forth *(Radhakrishna. 815)*. So in the Vedic text *Rasa* stands for the perennial bliss and the ultimate reality of the universe which the Vedic seers realized in deep meditation. This term is applied to the aesthetic pleasure which a cultured spectator enjoys when immersed in the characters, situations and incidents of a play represented by well trained and talented actors *(Shankaran 3)*. The development of the theory of *Rasa* may also be traced back to *Rāmāyaṇa Bālakāṇḍa* which reveals the sage *Vālmīki* with the earliest conception of Rasa. Incidentally the merciful sage witnessed male *Krauñca* bird killed by a hunter where the helpless female bird bereaved of her mate piteously cried in terror and agony. This filled the poet's heart with pity and the spontaneous outburst of his feelings flowed forth from his mouth through a melodious metrical verse (*Śloka*-metre) as follows:

niśāmya rudatīṁ krauncīmiddaṁ vacanamabravīt II
mā niṣāda pratiṣṭhāṁ tvamagamaḥ śāsvatīḥ samāḥ I
yatkrauñcamithunādekamavadhīḥ kāmamohitaṁ II (Rām, I. II.14-15).

Again the sage addressed to his pupils - *kimidaṁ vyāhṛtaṁ mayā (ibid,II.16)* and *śokārtasyapravṛtto me śloko bhavatu nānyathā (ibid,II.18)*

Which means: 'What really emanated from my mouth ! Now from the intense feeling of pathos shall proceed poetry *(Śloka)* or rhythmic expression'. Here from the line of the first sage it is possible to make out that spontaneous overflow of intense feelings of pathos (*Rasa*) constitutes poetry. At a considerable later stage the great poets like Kālidāsa and Bhavabhūti accepted the authenticity of this tradition of *Krauñca* incident which occasioned the emanation of poetry and the origin of rhythmic expression (*Śloka*-metre) in Sanskrit (*Raghu, XIV.70 cf. Uttara, II.5). Anandavardhana (9th c.AD)* faithful to this tradition looks upon Vālmīki as the father of *Rasa/Rasadhvani* concept of literary criticism *(Dh, 1.5)*. This suggestion of the essence of poetic utterances by Vālmīki *(5th c. BC)* was absolutely lost in the Sanskrit domain until its full development in the *Nāṭyaśastra* of the sage Bharata *(c.1st C. B.C.)*. This voluminous work of 37 chapters deals with the art of histrionics and treats on a variety of kindred arts and sciences ancillary to it. All these include poetry, literary criticism, dramaturgy etc. to their fold. His theory of *Rasa* indicates the rise and nature of aesthetic enjoyment in the heart of the audience while enjoying the skillful enactment of a play. This is briefly stated in his aphorism- *Vibhāvānubhāva-vyabhicāri-samyogād rasaniṣpattiḥ,* which means that *rasa* is generated by the unification of *vibhāva, anubhāva* and *saṁcāribhāva* in the heart of the responsive audience during enactment of a play. *Vibhāvas* are main springs of the dominant (permanent) emotion *(sthāyibhāvas)* like love, pathos etc. In day to day life our emotions get evoked by the environmental stimuli known as – cause *(kāraṇa)*, effect *(kārya)* and accompanying mental states (*sahacāribhāvas*), which when presented in a play are known as *vibhāva, anubhāva* and *saṁcāribhāva* respectively. The environmental stimuli are of two types- one is material stimuli or the determinants (ālamvana vibhāva), the other is ideal stimuli that exist in the mind, known as excitants of emotion (*Uddipana-vibhāva*). If the permanent emotion is *rati* then the excitants of the emotion are spring reason, pleasure garden, place of seclusion, moonlight, cooing of the cuckoo etc. *Anubhāvas* (consequents) are visible physical effects that result from an emotion- *anubhūyate iti anubhāvāḥ,* the feelings experienced by us. They are of two types- 1) voluntary or deliberate ones like, side long glances, sweet words, cursing thrashing etc and 2) involuntary feelings or *sāttvikabhāvas.*

Sattvikabhāvas, the consequent emotions, related to *sattva*, are the inner essence of human mind. These emotions, eight in number, are intimately related to human emotions and have dual character to be subsumed under both *anubhāvas* and *vyabhicāribhāvas* (transient moods). (*SD, 3.135-136*). The *vyabhiāribhāvas* are transitory mental states which help in the intensification of the dominant emotion. They are *asūyā* (envy) *cintā* (anxiety) śaṅkā (apprehension) etc. which are accepted by the sage Bharata and their subsequent followers as thirty three in number (*SD*, 3.141). It is through the harmonious representation and blending of these *vibhāva, anubhāva* and *vyabhicāribhāvas* the dormant *sthāyibhāvas* (permanent emotions) get aroused and the audience experiences a certain thrill of joy known as *rasa* or aesthetic delight. Thus *sthāyibhāvas* are of the nature of *vāsanā* or *saṁskāra*, inherited from our previous generations. They are the instinctual propensities, embedded in our consciousness and are said to be organized around our emotions. S N Dash Gupta defines and distinguishes the subtle differences between the two as follows:

"(*Saṁskāras*) means the impression (which exist subconsciously in the minds) of the objects experienced. All our experiences whether cognitive, emotional or conative exist in a subconscious state and may under suitable conditions be reproduced as memory *(smṛti)*. The word *(vāsaña) (Yogasūtra IV, 24)* seems to be a later word....It comes from the root *'vas'* to stay. It is often loosely used in the sense of *saṁskāra*....But *Vāsanā* generally refers to the tendencies of the past lives most of which lie dormant in the mind. Only those appear which find scope in this life. But *saṁskāras* are the subconscious states, which are being constantly generated by experience. *Vāsanās* are innate *saṁskāras* not acquired in this life" *(Seturaman 312)*. Bharata admits eight dominant emotions like – *rati, hāsa, śoka, krodha, utsāha, bhaya, jugupsā*, and *vismaya* which when properly developed are transformed into eight *rasas* like śṛṅgāra (love), *hāsya* (humour), *karuṇa* (pathos), *raudra* (wrath), *vīra* (heroism), *bhayānaka* (terror), *bibhasta* (disgust) and *adbhuta* (wonder or marvelous) respectively *(SD,3.175& 182)*. The profounders of *Rasa*-theory admit the term *bhāva* to denote a feeling or emotion. Apart from *vibhāva, anubhāva and sañcāribhāva* eight *sāttikabhāvas* like; *stambha* (paralysis), *sveda* (sweating), *romāñca* (horripilation), *svarabhaṅga* (change of voice), *vepathu* (trembling), *vaivarṇya* (change of colour), *aśrupāta* (weeping) and *pralaya* (fainting) are admitted as *bhāvas*. The eight *sthāyibhāvas,* thirtythree *vyabhicāribhāvas,* and eight *sattvikabhāvas* are noted under the category of *bhāva* (mental states) which are responsible for the generation of *Rasa*. Since *vibhāvas* and *anubhāvas* are not associated with the mind or the mental process they do not fall into the category of *bhāvas.* Other contributory factors for generation and realization of *rasa* are *abhinayas* (actions) which are four fold like; *āṅgika* (action through limbs), *vācika* (speech), *āhārya* (dress and decoration), and *sāttvika* (certain outward expression of emotion) *(NS, 8.9).* With a view to treat all arts as subordinate and ancillary histrionics, the sage puts poetry and poetics under *vācikābhinaya* (action through speech).

During enactment of a play when a *sthāyibhāva* is not properly nourished that does not promote *rasa* and at the same time if a *Vyabhicāribhāva* is properly nourished also does not fully evoke and manifest *rasa.* Besides when *rasas* and *bhāvas* are evoked inappropriately they generate the experience and realization of *rasābhāsa* (semblance of *rasa*) and *bhāvābhāsa* (semblance of *bhāva*) respectively *(SD 3.262)*. In addition to the above two the *bhāvaśānti, bhāvodaya, bhāvasandhi, bhāvaśabalatā* are also considered under *rasa/ rasānubhūti (SD, 3.267)*. The process of the realization of *rasa* by the combination of *vibhāva, anubhāva,* and *saṁcāribhāva* has been interpreted by different scholars at different points of time and four such interpretations have been recorded by Abhinavagupta in the *Abhinavabhāratī.* They are designated as *Utpattivāda, Anumitivāda, Bhuktivāda and Abhivyaktivāda,* which were advanced by Bhaṭṭalollaṭa *(9th C. AD)*, Srisaṁkuka *(9th C. AD)*, Bhaṭṭanāyaka *(10th C. AD)* and Abhinavagupta *(10-11th C. AD)* respectively. The most advanced stage of Indian aesthetic thought is remarkable in the interpretations of Abhinavagupta. Ãnandavardhana *(9th C. AD)* in his poetic composition the *Dhvanyāloka* advanced the theory that *dhvani* (suggestion) is the soul of poetry *(dvanirātmākāvyasya)*. In a literary composition when the suggestive sense supersedes the denotative sense and contributes to the poetic worth that becomes a *dhvanikāvya* (suggestive poetry). Hence all the suggested meanings *(vyaṅgyārtha)* are not considered *dhvanikāvya.* Abhinavagupta by remarkable logical arguments established that *rasa* and *dhvani* form the soul of poetry out of which *rasadhvani* is the *dhvani* par excellence. Mammaṭa *(12th C. AD)* in the *Kāvyaprakāśa* gave predominant position to *rasa* and *dhvani* and upheld the view of *Dhvanyāloka.* Viśvanātha Kavirāja *(14th C. AD)* in his literary treaties *Sāhityadarpaṇa* devoted a special chapter *(chapter. VI)* to dramaturgy and advanced Rasa theory of poetry as – *vākyaṁ rasātmakaṁ kāvyaṁ* (A sentence ensouled with *rasa* is poetry). By perceiving the enactment of a drama or by reading a piece of poetic composition, the connoisseur with the exuberance of *saṭṭvaguṇa* and in the absence of *rajas* and *tamas* get freed from all the knowledges of the external world to realize a state of unparallel joy which is noted as *Brahmānandasahodara* or the joy similar to the yogic realization of the infinite bliss. This realization embodies *camatkāra* which is the extraordinary surprise of poetic charm that leads to the enjoyment of bliss called *rasa*. *Vibhāvānubhāva*... etc. rush forth and leaving no trace of the constituent elements render unitary and unique experience of the enjoyment of *rasa* like a drink prepared of various ingredients. Hence *rasadhvani* is called *asṁlakṣyakrama-vyaṅgya* where the stages in the realization of the suggested sense from the expressed sense are imperceptible. The *rasas* in whatever names they appear, delight the connoisseur with unitary blissful experience. Therefore they cannot be divided as śṛṅgāra, vīra, karuṇa etc. for which Abhinavaguta proclaims that with regard to the *paramārtha* or final goal of human life *rasa* is only one. Subsequently the same philosophy is advanced by the great poet Bhavabhūti and the great critic Bhoja who admitted *karuṇa* and śṛṅgāra respectively as one *rasa* and the remaining ones as their variable manifestations only.

II) THE DOCTRINE OF DVANI

The theory of *dvani* is said to have roots in the grammarian's theory of *sphota*. The *sphota vāda* stands to explain how in a language the uttered sound manifest sense. In a word the individual's sounds are unable to convey any meaning and the sounds put together immediately manifests an external idea of object *(sphoṭa)* which strikes the mind of the listener instantly. This *sphoṭa* is otherwise termed as *dhvani*. In the words of Vijayavadhane : "The *dhvani*-theory of poetics is analogous to this theory of *sphoṭa* as it postulates that different constituents elements of a poetic composition, when taken together, reveal a deeper meaning, unexpressed by any of the individual parts a meaning that flashes upon the *sahṛdaya* instantaneously (*Vijayavardhane* 101). This theory of *dhvani* is based on the capacity *(śabdaśakti)* of the three fold function of words like *abhidhā* (denotation). *Lakṣaṇā* (indication), and *vyañjanā* (suggestion), which give rise to three fold meanings like *vācyārtha* (denoted or primary meaning), *lakṣyārtha* (indicated) and *vyaṅgyārtha* (suggested) respectively.

The powers allotted to each of the functions are known as *vācaka* (denotative), *lākṣṇika* (indicative) and *vyañjaka* (suggestive) respectively. Denotative functions conveys the direct conventional meaning of the word *(sāksākṣāt saṁketitārthasya bodhanādagrimā'bhidhā)*. In a context when primary sense is completely inoperative one can resort to the secondary sense *(Lakṣārtha)*, which is obtained in connection with primary sense due to some purpose *(prayojana)* or some usage *(rūdhi)*. This function of secondary meaning is an extension of primary meaning only. The suggested sense is realized from a word over and beyond *abhidheyārtha* (denotative meaning) and *Lakṣārtha* (indicative meaning) and also in addition to the above both. The sources of suggestion are noted as *abidhāmula* (based on denotative) or *Lakṣaṇāmūla* (based on indication). When denotative meaning of a single word is restricted to one due to its conjunction with the neighbouring words, then whatever additional meanings of non-denotative character spring from it are the suggested senses or vyaṅgyārtha. *(SD,II.14)*. The indication sense is of two types i.e. *rūdhimulā* (based on usage) and *prayojana mūlā* (based on special purpose), where in the suggestive meaning operates only on the later one *(prayojanamūlā)*. In the famous quote *Gangāyaṁ ghoṣaḥ* (hamlet in the Ganges), the primary sense, the river Gangā is completely in appropriate as a hamlet is not possible on the current of the river. So here the indicative sense gives us the idea of the bank of the river, the meaning which comes in addition to primary one. Hence the *prayojana* or purpose of using this expression is to convey the coolness and sanctity attached to it for the proximity of the hamlet to the halooed current of the Ganges. These meanings *śītalatva* and *pāvanatva* (coolness and purity) are realized in addition to the denotative and indicative meanings and even beyond them. In a composition when the *caru* or the appeal force of the suggestive meaning predominates over *abhidheyārtha* and *lakṣyārtha* then that meaning comes within the domain of (*dhvani*) or *dhvanikāvya*. All the instances of suggestions are not *dhvanikāvyas* as all the suggestive senses may not contribute to the poetic worth. In a poetic composition pre dominance of the poetical sense (meaning) is as ascertained from its *camatkāra* (poetic beauty or excellence) which is the principal import of it. In the presence of the suggested sense of the poetic appeal *camatkāra* rests on the denotative or the indicative sense and which renders the suggestion subordinate that does not get the name *dhvanikāvya. Dh (1.13)* defines: 'That kind of poetry, wherein the (conventional) meaning renders itself secondary or the (conventional) word renders its meaning secondary and suggests the intended or implied meaning, is designated by the learned as *DHVANI* or 'suggestive poetry' *(Krishna moorty 19)*. Abhinavagupta (10th century AD) derives five different meanings of *dhvani* like-i) *vyañjakaśabda* suggestive word ii) *vyañjaka artha* suggestive idea iii) *vyaṅgyārtha* suggested idea iv) *vyanjanā* the function of suggestion v) the entire composition in which suggestive ideas are incorporated over and above the conventional meanings and in all such cases to render the composition a *dhvani kāvya* the suggestion must predominate. When suggestion *(dhvani)* is subordinate to the primary or denotative meaning it becomes a *gunībhūtavyaṅgyakāvya* . K Krishnamoorty observes: *"Dhvani* is an exclusively poetic feature concerned with exploiting the beauty of every element in the medium of language like *alṁkāra, guṇa and rīti* to serve the ultimate artistic end of *rasa*. In other words *Dhvani* is the name of the whole poetic process itself which, for want of a better equivalent in English, is usually rendered as 'suggestion'. This makes it off from the conventional capacity of the language to give accepted meanings, i.e. meaning shared by all the community in their social intellectual intercourse" *(Krishnamoorty, intro. xxxi)*.

Dhvani is divided into three categories on the basis of the suggested idea: i) *rasadhvani, ii) alaṁkāradhvani, iii) vastudhvani*. When through appropriate presentation of *vibhāba, anubhāva and saṁcāribhāva* the suggested sense evokes *rasa,* it is said to be *rasadhvani*, when the suggested sense is in the nature of a figure of speech (alaṁkāra), it is *alaṁkāradhvani* and when it is a *vastu* (matter or idea) it is noted as *vastudhvani*. It is noteworthy that *kāvya* is divided into two categories like *dhvanikāvya* and *guṇībhūtavyaṅgya kāvya. Dhvanikāvya* is further divided into two categories like I) *lakṣaṇāmūla* other wise known as *avivakṣita vācya dhvani* or suggestion based on indication; II) *abhidhāmūladhvani,* known as *vivakṣitānyaparavācyadhvani* or suggestion based on denotation. *Abhidhāmūla (vivakṣitānyaparavācya)* is further divided into two categories like I) *saṁlakṣa karma vyaṅgya,* where sequence *(krama)* of the expressed idea and realization of the suggested idea is very much noticeable; II) *asaṁlakṣakramavyaṅgya* where in such above sequence, though present, is not noticeable and which is said to be the seat of *rasadhvani*. In this context drawing on Ãnandavardhana, Abhinavagupta admits that *rasadhvani* (suggestion of *rasa*) known as *dhvani*-parexcellence, comes under this category only. When the suggested emotion is subordinate to the primary sense, then that becomes *guṅībhūta-vyaṅgya kāvya*, where the suggested sense becomes modifier (*guṇa*) of the primary sense.

The *saṁlakṣakrama* type of *dhvani* is again divided into three categories like 1) śabdaśaktimūla (based on words), 2) *arthaśakti mūla* (based on meanings) and 3) *ubhayaśaktimūla* (based on both words and meanings). Śabdaśktimūla is subdivided into two types like *vastudhvani* where a fact or idea is suggested; and *alaṁkāra dhvani*, where suggested element is a figure of speech or *alaṁkāra*.

Arthaśaktimūla is of *twelve* varieties and *ubhayaśaktimula*, which is realized through a sentence (*vākyagata*) is of one category only.

CLASSIFICATION OF DHVANI

Dhvanikāvya is divided into two major categories like, 1) *avivakṣitavācya*, which is based on *lakṣaṇā* and is called *lakṣanāmula* where the literary meaning is not intended, and 2) *vivakṣitāparavācya*. The cause (*hetu*) for resorting to this *lakṣana* (indicatory meaning) is either *rūdhi*(usage) or *prayojanā* (purpose).The purpose or motive element in all cases of *prayojanvatī lakṣanā* (intentional metaphors) come under this category of *dhvani*. With regard to two varieties of *lakṣanā* i.e. *jahatsvārthālakṣaṇā* and *ajahatsvārthālakṣaṇā,* this *avivakṣitavācya dhvani* is subdivided into two types like, 1) *atyantatiraskṛtavācya,* (where the literary sense is completely sacrificed) and 2) *arthāntarasaṁkramitavācya* where the literary sense is shifted to either elevated or diminished sense (*Seturaman* 301).

The second division of *dhvani* known as *vivakṣita-anyaparavācya* is *abhidhāmula* as the suggestive meaning is here based on the primary meaning (denotation) of the word. In addition to the literary sense we get the suggested sense. This is further divided into two categories; 1) *saṁlakṣakrama vyaṅgya* (where the stages of the development of the primary sense is perceivable), 2) *asaṁlakṣakramavyaṅgya,* where stage of the development of the primary sense to the suggested sense through the *krama* or sequence of presentation of *vibhāvānubhāva* etc. is not perceived.

III) APPLICATION OF THE DOCTRINES IN THE TEXT

The self standing stanzas (*muktakas*) in the book contain the description of love in union (*Sambhoga śṛṅgāra*) since the lovers and beloveds there enjoy the pleasure of the sportive sight and contact of each other (cf. *SD*, 3.210). The universal appeal and eternal interest for such poetry lies in the charm of depicted human emotions. The charm generated by the infusion of human sentiment (*rasas*) are given higher place than the inclusion of the charms of figures of speech (*alaṁkāras*). Besides *dhvani* (suggestion) is a unique power in words and meaning in the domain of poetry and *rasadhvani* is the *dhvani* par-excellence (*Dh,* 1.13). So keeping all the aesthetic elements of poetry in view, the application of the doctrines of *rasa* and *dvani* in the Śatakam may be noted for critical appreciation as follows –

kāntaṁkāryaratam...... *karṣati* II 93II

'A lady with lovely lips, ruddy like *Bimba*-fruit, wistfully looking at the lover engaged in works, moves behind slowly and covers the beaming face of the dear one by the skirt of her garment. He (the beloved husband) removing the eye-cover by his hands in the dense dark of the night, drags the love-lorn-lady, uttering 'nay'- 'no'- words, swiftly'.

In this description of the love sports for the *rati* (love, the *sthāyibhāva* of śṛṅgāra) of the lady-love *kānta* (beloved husband) is the ālaṁvana vibhāva ; *dhvānta* (dense darkness) and *naktam* (night) are *uddipanavibhāvas* (excitants) ; *madhuravilokana* (wistful look for a long time), *vastrañcalaveṣṭana* of the beloved husband's face, moving slowly behind and utterance of 'nay'-'no'- words suggest the *saṁcāribhāvas* (flitting emotions) like śaṁkā (apprehension) *autsukya* (impatience) and *lajjā* (bashfulness) respectively and contribute to the evocation of śṛṅgārarasa. In the same way for the *rati* of the *nāyaka* (the beloved husband) ladylove (*nāyikā*) is the ālaṁvanavibhava, dense darkness of the night is *uddipana vibhava*, removing the eye-cover by hand and swift dragging (*kṣanaṁ karṣati*) are *anubhāvas*. Here this swift dragging of the beloved one suggests the *vyabhicaribhāva 'autsukyam'* which is the immediate promoter of *sṛṅgārarasa* and thus this verse contributes to the poetry of *rasa-dhvani* under *asaṁlakṣyakrama-vyaṅga* (suggestion where the order of the sequence of *vibhāvānubhāva* etc. is not perceptible.

In the description of *Mānabhañjanam* (Removal of Coquettish Anguish) the verse (No. 92) runs as follows:

nītāṅkaṁ ravasena kautuka ....kāmārcitoccaritaiḥ II (92)

'Once a beautiful young woman (with a face of lotus-beauty), taken soon to the lap of the beloved husband out of curiosity, repeated frowningly – "Leaving me where did you go last night(s) ?" She, of bewitching eyes (eyes of fish-shaped beauty) affected by ego in excess, slips off from the lover. There after the lover (the beloved husband) with indistinctive sweet notes starts coaxing her with adorable utterances of love repeatedly'. This is a description of Sambhoga śṛṅgāra (q.v)where for the permanent emotion *rati (sthāy-ibhāva)* of the beloved husband *(kānta)* the lotus-faced lovely lady *(kañjānanā)* is ālaṁvana vibhāva (stimulus or determinant), absence of others, signifying seclusion, is *uddipana vibhāva* (excitant), quick bringing of the lady to the lap and coaxing her with adorable utterances are *anubhāvas* (ensuants/physical effects), the word *ravasena* (quick bringing of the lady to the lap suggest the *saṁcāribhāva 'āvega'* which lead to the realization of *rasa*. On the other hand for the *rati* of the *nāyikā* (the lady love) *kānta* (husband) is ālaṁvana vibhāva, exposure of frequent agony *(muhuḥ kopinī)* and slipping off from the lap of the lover *(priyāt sraṁsate)* are *anubhāvas* ; and the question "Leaving me where did you go last nights ? ", and the term *atimāna* (the anger that is caused by jealousy related to love) suggest *asūyā* (jealousy) which are the concomitants *(saṁcāribhāvas)* promoting *saṁbhoga śṛṅgāra* lead the description for the enjoyment of erotic sentiment *saṁbhogaśṛṅgāra (c.f. SD, 3.210)* and thus the description is an *abhidhāmula- asaṁlakṣa karma- vyangya (dhvani)* or suggestion based on denotative meaning where the sequence of the ensuants etc. are not marked.

III

svarnāvenīlimābhre................kāntasañgā ramante II(85)

'In the dark sky interspersed with golden hue (due to the flashes of lightening) the unsteady white cranes come in rows and flash forth. Fresh rumbling clouds roaming around from this place continue to spread dark lustre. Frightened by the rumblings, giving up their bashfulness and experiencing tremor with repeated kisses, the ladies with slow paces rejoice here with their lovers at hight smeared with dense dark'.

Here in description for the *rati (sthāyibhāva)* of the *nāyikās* (slow pacing ladies) the *kānta* (beloved husband) is ālaṁvana ; the dark sky, the rows of cranes, dark and fresh rumbling clouds are *uddipana vibhāvas* (excitants); frightfulness *(stanita sacakitā)* is *anubhāva* ; trembling of the body *(kampita gātrā)* is *anubhāva*; and bashfulness *(mandākṣa)* is *vyabhicāribhāvas* (concomitants) which immediately generalize the feelings of the characters in the heart of the audience.

Here some words like *samalasagamanā* (ladies with slow pace) suggest well developed buttock and full bloomed youth of the ladies, *dhvānta* (deep dark) suggests loneliness *(uddīpana)*. The suggestive elements here far excel the denotative meaning and the verse becomes an instance of śṛṅgārarasa dhvani under *asaṁlakṣakrama vyaṅgya.*

IV

mānonmattā……………………….dadarśa II(79)

Brought to her husband by her confidence out of curiosity, a willowy lady though (deeply) afflicted by love, started spelling repeatedly 'no' & 'nay' to her loving husband. Asked by the husband – 'oh my pretty darling! who is the winner and who courts defeat here now ?' she, with her face cast down in love (bashfulness), shooting a sharp sight (only) looked at the husband. Here for the love *(rati)* of the willowy lady husband *(kānta)* is ālaṁvanavibhāva ; her utterance of 'no'- 'nay'- words, shooting a sharp sight at the husband are *anubhāvas* ; her face cast down in love *(avanatavadanā)* suggests bashfulness *(lajjā)* which is the concomitant of love *(sṛṅgāra)* and thus the verse leads to the evocation of śṛṅgāra rasa. When asked by the husband- who is victorious in the love sports? (a war of emotions end enjoyment), the lady love (the beloved wife) bending her face down, shooting a sharp sight looked at the husband. Here the language of the wife can not be read through denotation as the back ground of description is the war of love, her shooting of sharp sight *(tikṣṇa dṛṣṭi)* towards husband suggests his victorious stand as out of *lajjā* (bashfulness) the beloved ladies are unable to express their mind in the denotative language. In this way the poem is an instance of *rasa dhvani.*

V

Another instance of *rasa dhvani* may be considred in the description of *Gopanasuratam* (Secret union).

vācālavīcervalayā.................guptanartanā II(76)

The birds have left out the creepers touching the bank of the rivulet due to the frequent agitation suggested by the wavering of wave- circles. From the context it is understood that she (the lady love) along with her lover entered into the bowers of the creepers situated at the immediate proximity of the rivulet and is not found till now. Here the statement of the friends and the poet '*tāruṇya śobhā api guptanartanāḥ* ?' (Do the beauties of youth continue to dance secretly ?) suggest the event of the enjoyment of lovely sports there inside the bowers. Thus the matter suggested, far excels the denotative language of the poem and contributes to *vastudvani* (suggested matter) which ultimately contributes and leads to *śṛṅgārarasa.*

VI

Yugmapraṇaya (loving together) as a poem of youth and love in union reads as follows :

yāminyāṁ ye vijanyā ……………..ramante II (70)

'Those (young man) left lonely at night, over powered by love, entertaining themselves with intoxicating stuffs (food & wine) wish the passionate ladies with their eyes longing for liquors and hovering over the tapering thighs. With facial expression of amorous sports and graceful art of joy, and with hands clasped in pairs, those (young men) engaged in sportive dance continue to enjoy in the flowery fragrant mansions bright with the radiance of jewels? Here in the description for the *rati* of the passionate lovers *(madanajitajanāḥ)* and passionate ladies *(kāminī)* are ālaṁvanavibhāvas, place of solitude *(vijanatā)*, flowery fragrant mansions bright with radiance of jewels are *uddipanavibhāvas* (excitants) ; the eyes longing for liquors and hovering over the tapering thighs, the facial expression of amorous sports *(āsyalīlā)*, hands clasped in pairs, sportive dance *(rāsa)* are *anubhāvas;*

and facial expression of amorous sports *(āsyalīlā)* suggest *harsa* (joy) which is the concomitant of *śṛṅgārarasa* (erotic sentiment) and hence the combination of *vibhāva- anubhāva* and *saṁcāribhāva* through the process of generalization creates *camatkāra* (excellent feeling) which evokes *rasa* (aesthetic joy of eros) in the hearts of the connoisseurs. As per the doctorine (q.v.) this poetic art comes under *asaṁlakṣakrama – avivakṣita-vācya-dhvani.*

VII

Madhura-milanam (Sweet union) is a poem of youthful love which may be considered under *rasadhvani.*

saudhe jyotsna.....................vismaranti II (68)

"After sun sets, there in the moon-lit-mansions the covetous lovers of the passionate ladies, drawing close to their braids of hairs, do capture sweetness from the fountains of nectar at lips and bosoms. In the youth the young women with their apparels loosened, dark-eyes closed, 'nay'-'no'- words roused, do forget the letter 'n' (the letter 'n that stands here for 'no'), when last in the lap of the young lovers". In the description, for the permanent sentiment *rati* of the covetous lovers *navayuvatijanā* (ladies with fresh youth) are *ālamvana vibhāvas*; moonlit-mansions after sunset is *uddipanavibhāva* (excitant); drawing close to the braids of the hairs of the ladies and capturing sweetness from the fountains of nectar at lips and bosoms are *anubhāvas* (ensuants) which lead to the evocation of *rasa*. On the other hand for the *rati* of the fresh youthful ladies *(navayuvatijanā)* the *nāyakas* (passionate lovers) are *vivhāvas* ; moonlit mansion at the evening is *uddipana vibhāva* ; closure of their dark eyes *(netra nimīlana),* loosening of the garments, sleeping in the lap of the young lovers are *anubhāvas* (ensuants); their lovely utterance of 'nay' –'no'- words during erotic joy suggest *lajja* (bashfulness), a very strong concomitant to the enjoyment of erotic sentiment; and all the above seriality of which can not be marked evoke *sṛngārarasa* and thereby contribute to *vivakṣita- anyaparavācya asaṁlakṣakramavyaṅgya-dhvani.*

VIII

The poem *Prathamānubhūti* (First Experience) is a poem of love and joy which may be considered for analysis as follows :

manḍāndhakāre....................rarāja II (49)

'A young woman while crossing a lane in thin darkness was seen by a young man. (There after) With quiver charming cheeks raised by kisses all around, she, at the height of her haughtiness appeared horripilated.' Here for the *rati* of the young man young woman *(bālā)* is *alaṁvanavibhāva*, the lane in thin darkness *(manḍāndhakāra)* is *uddipanavibhāva* (excitant), glances at the lady and offering of kisses are *anubhāvas* (ensuants), and in the like manner for the *rati* of the young lady young man *(taruṇa)* is ālamvana, the lane in this darkness is *uddipana*; quivering of cheeks *(vepathu)*, and horripication (romañca) are *sāttvikabhāvas* (in voluntary emotional expressions reflected in the body of the lady), arrogance of youth *(garva)* suggested by the term *(mānonnatā)* contribute to *saṁcāribhāva* which ultimately by generalization *(sādhāraṇīkaraṇa)* and *prapānakanyāya* (embodied drink of various elements) bring *camatkāra* excellent feeling (of love) and contribute to *rasadhvani* under *vivakṣitānyaparavācya-asaṁlakṣa kramadhvani* as the suggested elements contribute significantly to the worth of the poem.

IX

Parihāsitā (Flattered lady) is a poem of youth and love which may be considered for analysis as follows:

yugmaṁphalaṁ..................................bhavanti (20)

"In solitude certain fruit-loving-youth at the sight of the fresh pair of fruits (with a female costermonger) started asking for a long time – Oh fortunate one! Where do you wish to sell? What shall be your desirable selling price?; Lo! the talks of the youth in solitude get larger space (shed manifold meanings)." The term *dīrghatarā* in the last sentence above suggesting manifold meaning makes the denotative meaning of *yugmaṁ phalam* (pair of fruits) completely incongruous in the context and by indication we get meaning 'bosoms' of the lady which is akin to the freshness and youthful vigor of the fruits in the context. The repeated questions of the youth – Oh fortunate one *(subhe)* 'where to sell?' where to sell? and what shall be your desirable price? etc. takes the meaning to a deeper level of coaxing, flattering, and seducing the lady-coster-monger to the demands of his youth. Here *prayojana* (purpose) for invoking the indicative meaning is the 'call for the young age for freshness and enjoyment (*abhinavatva* and *upabhogakṣematva*)' and the deeper- level- meaning noted above are the suggestive ones in the context. So it is a point of *vastudvani* as the idea or *vastu* of *upabhoga* (enjoyment of love) is suggested from the description. Here the suggested element is *śṛaṅgārarasa* which contributes to the significant worth of the poem.

X

The poem *Lāvaṇyam* (The lustre) may be accepted for critical noting as follows –

svakakṣakuṁbhā...............yuvalobhalaṁbhanā (17)

'Bearing pitcher in the lap, with slow gait, bosoms kissed by the pitchers with indistinctive pleasant notes, having wavering braids of hair down to the circle of her buttock, the beauty (the luster) of the maiden has become the seat of covetuous attainment for the youth'.

It is in the context of the description of *taruṇyāḥ dyūtiḥ* (Lustrous beauty of the maiden) that only *vibhāvas* and *anubhāvas* are presented to the readers. For the love (*rati*) of the lady with a pitcher the *yuvā* (young man) is *ālaṁvana;* slow pace (*vilambagamana*), movement of the bosoms, her wavering braids of hair are *anubhavas* and thus her lusterous self entices the youth for enjoyment. Here the *anubhāvas* suggest the beautiful self *(śobhā)* of the lady that serves as a *vibhāva* to the *rati* of the youngman. The *anubhāvas* in the description also automatically suggest *vy-*

abhicāribhāvas like *harsa* (joy) and *autsukya* (impatience) in the heart of the maiden and the youngmen respectively which are the concomitants for the realization erotic sentiment (*sṛngāra-rasa-dvani*). The erotic environment in the description is created by the epithets like *kalasvanat-kumbha-vicumbita-stanī* (with his bosoms kissed by the pitcher with indistinct pleasant note). Under such context of description of one *vibhāva* or *anubhāva* the realization of *rasa* is possible as noted by the *ālaṁkārikas* (rhetoricians) like Viśvanātha Kavirāja –

Sadbhāveścedvibhāvāderdvayo rekasya vā bhavet I jhatityanya samākṣepa tathādoṣo na vidyete II (*SD*, 3.17). It means that with all propriety of the denotative meaning if one or two from among the *vibhava* etc. are presented other ensuants and concomitants are suggested immediately from the context. So the verse may be considered under *rasadhvani*.

Rasābhāsa (Semblance of *Rasa*)

The deviation from the prescription of the *rasa*- principles of the sage Bharata is considered under impropriety of description as *rasābhāsa* (semblance of *rasa/bhāva*). Love for the paramour, wife of the preceptor or a sage, love for many *nāyakas* (heros), mutually unreciprocated love, love for the villain of the story, lower character, love of insects and animals, impropriety in the descriptor of *sṛñgāra*, anger depicted against preceptor in *raudrarasa,* when the teachers are the objects of ridicule, when śāntarasa is described in the lower characters, *utsāha in killing a Brāhmin, vīrarasa* in the lower characters, *bhayānaka* in good characters etc are considered *rasābhāsa* (semblance of *rasa*). Besides *bhāvābhā* is the description of the bashfulness of the courtesans. *(SD, 3.262-266)*. In the essay on the *Sanskrit criticism* K. krishnamoorty notes: "Rasābhāsa, thus, lie midway between noble sentiments and their comic degradation. They represent an intermediate stage between the sublime and the ridiculous. While such impropriety would mar the serious emotions when developed in the major characters, non the less it becomes a virtue in the portrayal of minor characters. The concept of *rasābhāsa* thus provides us rare glimpses into Indian aesthetics and literary criticism." *(Krishna moorty, Essays in Sanskrit Criticism, 136)*.

Keeping the above aesthetic principles in view the following poems of the book may be accepted for critical analysis-

I

The poem Śleṣoktikam (A speech of double entendre) is a love-courting monologue, of double entendre *(SD, 3.58 śabdeiḥ svabhāvādekārtheḥ śleṣonekārtha vācanam SD. 3.58 A)* by a passionate lady whose husband is stationed afar.

he pantha vismitamūkha kṣudhayātura kim
kiṁ vāṁbaracchada payodharadṛṣṭyatisthaḥ I
dūrastha kānta vidhurā'dya mayā na bhuktam
vāsaṁ naya kṣudhita he kṣapaya kṣapāṅgam II

(No.96)

Oh traveller ! oh you of surprised countenance ! are you affected by hunger (either for food or for sexual pleasure)?; or are you disturbed at the sight of the sky-covering-clouds (may skirt-covered bosoms)?; separated from my husband, stationed after, I have not taken any food (pleasure of enjoyment) today. (Now) Please accept shelter here (take away my garment) and spend the rest part of the night (with me). Here for the *rati* of the *vidhurā nāyikā* (separated lady) *pāntha* (traveller) is *ālaṁvanabibhāva.* The epithets like *'dūrasthakānta vidhura'* (that my husband is stationed after) suggests lonliness of the place which is *uddīpanavibhāva* (excitant) and *kimvāṁbaracchada payodharadṛṣṭyatiṣṭḥ* meaning disturbed/excited by the sight of the cloud is *anubhāva* and *vāsaṁ naya* etc. (accept rest/garment) suggest the fleeting emotion *(vyabhicāribhāva) autsukya* (impatience for enjoyment). These elements combined together contribute to *rasāsvādana* or enjoyment of *rasa.* In the same way for the *rati* of the *nāyaka* (traveller) *vidhurānāyikā* is *ālaṁvana*, lonliness is *uddipana*, disturbance or excitement of the traveler at the sight of *ambara cchadapayodhara* is *anubhāva*, and *vāsaṁ naya* (take rest/my garment) suggesting the *vyabhicāribhāva mati* (assurance) with *harṣa* (joy) further suggest the *vastu* (idea) of sexual enjoyment *(upabhoga).* This may be understood *sṛṅgārābhāsa* (semblance of *śṛṅgāra*) as the *rati* of the *nāyikā* rests on a paramour *(upanāyaka,* here the traveller) that comes under *anaucitya* or impropriety *(cf. SD, 3.263).*

II

The poem titled *Premakalaha* (love-quarrel) is the description in the context of autumnal evening where the love-quarrel between *Pavanaḥ* (wind/masculine) and *Śephālikā* (Daffodil/in Sanskrit of feminine gender) is described. In the autumn evening, she, the *Śephālikā* (the flower), pleasant at heart, is housed (well) in fragrance. Wind (the lover) whispers the amorous lady *Śephālikā* to spend the night with his numerous deep embraces. Immediately casting aspersions she retorts- "Quit quickly since you come with the stolen fragrance (attire) of others. With created sounds (of sudden fury) Pavanaḥ (wind) reiterates as if 'you are depraved and you are eaten up (enjoyed) by the insects' and passes away." *(No.67)*. The contextual idea is the description of the evening flower Śephālika and the blowing wind. Here the elements of the nature have been personified and presented through a figure of speech named *samāsokti* (Speech of Brevity/ Modal Metaphor). When the behavior of another (a thing which is not the subject in hand) is ascribed to the subject of description from the sameness of 1) action, 2) sex or gender or 3) attribute, the figure is *samāsokti.* In this description the behavior of *nāyikā–nāyaka-bhāva* superimposed on *Śephālikā* and *Pavanaḥ* (wind) as they are presented in feminine and masculine gender respectively. The description presents amorous elements which contribute to *ṣṛṅgāra.* Here Wind coming with the fragrance of other flowers is presented as a *Dakṣiṇa nāyaka* who usually courts love with numerous ladies and comes to the beloved wife with significant proofs *(cf. SD, 3.35)*. The previous contact of Wind with other lady-loves (flowers) are marked by the proof of fragrance carried with it. *Śephālikā* is presented as a *khaṇḍitā nāyikā* who gets annoyed by betrayal of the lover who meets her with the marks of enjoyment of other lady-loves *(cf. SD-3.76)*. Here the presented love-quarrel contributes to śṛṅgārarasa. Since the subject of description is the nature (at evening) and the love-sports of insentient being *(gauṇeṣu)* is presented it is śṛṅgārarasābhāsa *(tadvadadhamapātra tiryagādigate- SD.3.264)*. This plays a subordinate role in the description and becomes *guṇa* of the subject of description. Thus this is an instance of *guṇībhūtavyaṅgya kāvya* or poetry of subordinate suggestion *(q.v)*.

III

The poem *Vrīditā Sandhyā* (Bashful Evening) is the description of the celestial evening beauty: "She, (Evening) reaching slowly followed the Sun (the lover) and started whispering (to Night, the lady near by) – oh Night ! Oh the lady of beauty ! Would you tell me the fascinating love-story of the moon (your lover) ? (In the mean time). Thrown by the hands (beams) of the moon, the garment of the night (the darkness) dropped down. Now Evening the lady-love of Sun with her face red in bashfulness left away with the speed of the twittering birds" (No.65). Like verse No.67 above this is also a description of the natural phenomenon, the evening sky. Here the concept and the feelings of beloved and lover have been superimposed on two pairs of the natural objects like (*Sandhyā* in feminine gender) with the sun (*Ravi* in masculine gender), and night (*Niśā*-feminine gender) with the moon (*vidhu* in masculine), which contribute to the figure of speech *samāsokti* (q.v). Here the communication of the feeling of (*nāyikīā* and *nāyaka bhāva*) beloved and lover with their love pranks and other amorous feelings contribute to amorous enjoyment which stand subordinate to the principal subject of description the evening in the context. Since the feelings of love described belong to the insentient objects, this is an instance of *guṇībhūtavyaṅga kāvya* or poetry of subordinate suggestion.

IV

The presentation of only *vibhāva* in the description of the poem *Saritā pramadā (No.10 Saritā enchanted)* charms the reader with the suggested elements of ensuants and concomitants and leads the heart of the connoisseur to the enjoyment of *śṛṅgāra-rasa*: "Oh my friend! Filled up with the fresh water of youth, added (pretty) with naval like whirlpool, having ripple-tresses decorated with blooming lotuses, the flowing stream get enchanted". It is the humanised form of a longing stream (the lady love) which awaits a union with her lover, the ocean (cf. No.8, supra and No.16 infra). All the above epithets represent erotic beauty of the determinant (*Saritā*). Out of twenty eight *sāttvika alaṁkāras* (*SD*, 3.89-92) the description of 'naval like whirl pool'*(jalavibhrama-nābhika)* is the presentation of *hāva,* which naturally suggests the *anūbhāva* of attracting the lover by presentation of her physical charm. The term '*samadaṁ modayate'* suggests *harsa* (joy) and *utsāha* which are the concomitants (*vyabhicāri bhāvas*) of love. Thus only the presentation of *vibhāva* here leads to the enjoyment of the semblance of erotic sentiment or *śṛṅgāra rasābhāsa.*

The reader time and again to meets the description of nature and natural phenomenon which contribute to *samāsokti alaṁkāra* (Modal Metaphor). The description of Passionate Morning Breeze runs as follows : "Seducing the drooping creeper (the lady-love) again and again, attempting to agitate the half- blown flower-bosoms, fragrant with the ruddy powders of pollens, the morning breeze is haughty at the advent of youth" (No.1). Here all the attributes of a lover and beloved are superimposed on the subjects of description like *Prabhātavāta* (morning breeze) and *Natāṅgīlatā* (drooping creeper)

The description calls forth the feeling of love and the elements of erotic sentiment which stand subordinated to the subject of description in the context and hence considered under *guṇībhūtavyaṅgyakāvya* or poetry of subordinate suggestion.

Numerous poems like *Utkaprabhātavāta* (Curious Morning Breeze – No.3), *Rasika Prabhātavāta* (Morning breeze: An aesthete No.4), *Dakṣiṇavāta* (Gallant Wind – No.5), Śṛṅgārisavitā (Passionate Sun- No.6), *Utsukāpagā* (Longing stream No.8) and many other poems titled under *Saritā* and other natural objects/phenomenon are the instances of *guṇībhūtavyaṅgya kāvya*. Ānanḍavardhana admits and advocates that *guṇībhūtavyaṅgya* or the poems of secondary suggestion are also tributary to the *dhvanikāvya* (poetry of suggestion).

Works Cited

Amarakosa. Ed. Vishvanath Jha. Delhi : Motilal Banarasi dass, 2011.

Ballantyne, J.R. and P.D. Mitra. *The Sahitya darpaṇa or Mirror of Composition*, Delhi : Motilal Banarasidass, 2016.

Bhāmaha. *kāvyālaṁkāra*. ed .with Eng.tr. P.V Naganatha Shastry, Delhi : Motilal Banarasidass, 1991.

Cuddon,J.A. *A Dictionary of Literary Terms and Literary Theory*, Doaba House, Maya Black well Publishers, 1998.

Dandin. *Kavyādarśa* ed. Acharya Rama Chandra Mishra, Varanasi : Chowkhamba Vidyabhavan, 2005.

Dhvanyaloka of Ananda vardhana,ed. K. Krishnamoorty, Delhi : Motilal Banarasidass, 2016.

Fogle, Richard Harter. *The Imagery of Keats and Shelly*. Chapel Hill : The University of North Carolina Press, 1949.

7(A). Jha, Ganganath ed. With English Tr. *Kāvyaprakasha* of Mammata, Delhi : Bharatiya Vidya Prakashan, 2005.

`Kane, P.V.ed. *Sahityadarpaṇa*, Delhi : Motilal Banarasidass, 1995.

`*Kāvyaprakāśa* of Mammata.ed.V.R. Jhalakikar, Poona : Bhandarkar Oriental Research Institute,1983.

Krishnamoorty, K. *Dhvanyaloka* of Ānandavardhana, Delhi : Motilal Banarasidass pvt. Ltd., 2016 reprint.

Krishnamoorthy, K. *Essays in Sanskrit Criticism*, Dharwar, Karnataka University, 1974.

Natyasastra of Bharata muni, Puapendra kumar, Delhi: New Bharatiya Book Corporation, 2014.

Nitisatakam of Bhartṛhari. ed. Srikrishnamani Tripathi, Varanasi: Chowkhamba Surabharati Prakashan, 1978.

Radhakrishnan, S. *The Principal Upanisads*, landon: Harper and Collection Publications, 2012.

Raghuvamsam (14.70) of Kalidasa (with chandrakala hindi commentry), tr. Shrikrishnamani Tripathi, Varanasi: Choukhamba Surabharati Prakashan, 1979.

Ramayanam of Valmiki, vol.I (with Tilaka, Siromani, Bhusana Sanskrit commentry),ed. Srinivasa Shastri, Delhi: Parimala Publications, 2012.

Sāhityadarpaṇa of Visvanatha Kaviraja (with Vimala Hindi commentry), ed. Saligrama Sastri, Delhi: MotilalBanarasidass, 2014. Reprint.

Seturaman, V.S.ed. *Indian Aesthetics*, Bangalore: Macmillan, 2005. Reprint.

Shankaran, A. *Some Aspects of Literary Cricism in Sanskrit* or *The Theories of Rasa and Dhvani*, Madras: University of Madras, 1973.

Tailanga, Jagannatha Shastry. *Alaṁkāramañjarī*. Delhi : Bharatiya Vidya Prakashan, 2008.

Tripathy, Ramasagara. ed. *Dhvanyaloka vol.I&II* of Anandavardhana with Locana Commentry, Delhi : Motilal Banarassidass, 2005 &2011 (respectively).

Uttararāmacarita of Bhavabhuti, ed & tr. P.V. Kane, Delhi: Motilal Banarasidass, 1971.

Vamana, *Kāvyālaṁkārasūtra* (with Kamadhenu commentary), ed. Bechan Jha, Varanasi : Chowkhamba Sanskrit Sansthan, 2013.

Vijayavardhana, G. *Outlines of Sanskrit Poetics*, Varanasi : Chowkhamba Sanskrit Series office, 1970.

Vyākaraṇa Mahābhāsyam of Patanjali, ed. Jaya Shankarlal Tripathy, Varanasi: Krishna Das Academy (Krishna Das Sanskrit Series 115), 1989.

Yāska. *The Nighantu & The Nirukta* ed. & tr. Laksman Sarup. Delhi : Motilal Banarassidass. 2002.

Chapter - IV

THE POETIC BLEMISHES IN THE TEXT

The flow of sentiment in composition is depressed by blemishes (*doṣas*) that it is an important topic in all the works on poetics. The earliest rhetorician Bhāmaha states that: "Not being a poet does not lead to evil or disease or punishment. But being a bad poet is, according to the wise, nothing less than death" (*Bhāmaha*, 1.12). Similarly Dandin observes that even a single blemish should not be neglected in a poem, because a single leprous spot may cause disgust in a handsome body (*Dandin*, 1.7).

Bharata gives us for the first time an outline of *kāvyadoṣas* which are considered ten in number-*gūḍhārtha, arthāntara, bhinnārtha,ekārtha, abhiplutārtha, nyāyāda-peta, viṣama, visandhi, and śabdahīna* (*NS, xvii.125)*. The above blemishes are treated under *vācikābhinaya* in exhibiting *anubhāvas* in the process of manifestation of *rasa*.

Bhāmaha has enumerated two sets of *doṣas* in a poetic composition having one set of ten *doṣas* in the first chapter and another set of eleven *doṣas* in the fourth chapter. In discussing the general characteristics of poetry the first set of *doṣas* are mentioned-*neyārtha, kliṣṭa, anyārtha, avācaka, gūḍhaśabdābhidhāna, ayuktimat, śrutiduṣṭa, arthaduṣṭa, kalpanāduṣṭa, and śrutikaṣṭa* (*Bhāmaha*, 1.37 & 47). Before mentioning the above the author has clearly accepted that a devious (artful) presentation of words and meaning are also desirable virtues of their constituting figures of speech- *vakrābhidheya śabdoktiriṣṭā vācāmalaṁkṛtiḥ* (*Bhāmaha*, 1.36). The second set of eleven *doṣas* discussed by Bhāmaha are- *apārtha, vyartha, ekārtha, sasaṁsaya,apakrama, śabdahīna, yatibhraṣṭa, bhinnavṛttam, visaṁdhi, desa-kāla-kalā-loka-nyāyāgama-virodhi,pratijñāhetudṛṣṭāntahīnam* (*Bhāmaha*, IV.1-2). When first set of *doṣas* concerns *vakrokti*, the inner nature of poetry and the second set concerns the external aspect.

Daṇḍin considers *doṣas* as the reverse of some of the *guṇas*: śaithilya (looseness of structure), *anatirūḍhatā* (obscurity of meaning), *grāmyatā* (vulgarity, coarseness), *niṣṭhuratā* or *dīpta* (employment of harsh sounds), *neyārthatā* (incompleteness of sense) and *atyukti* (over exaggeration) are the reverses of *sleṣa, prasāda, mādhurya, sukumārata, arthavyakti* and *kānti* respectively. Daṇḍin recommends to avoid *grāmyatā* and *neyārthatā* in both the *margs* i.e. *vaidarbhī & gauḍī*. Further Daṇḍin deals with another set of ten *doṣas* which are considered deterent to all categories of poetry. These blemishes are noted as follows-(i) *apārtha* (absence of coherent idea), (ii) *vyartha* (contradiction of idea), (iii) *ekārtha* (repetition of sound or sense), (iv) *saṁśaya* (presence of doubt), (v) *apakrama* (subsequent violation of order employed earlier), (vi) *śabdahīna* (use of words in violation of grammatical rules and in unacceptable meanings),

(vii) *yatibhraṣṭa* (neglect of proper caesure in the metre), (viii) *bhinnavṛtta* (violation of syllabic metrical rules), (ix) *visandhika* (violation of rules of *sandhi*), and (x) *deśa-kāla-kalā-loka-nyāya-āgama-virodha* (violation of property in respect of locality, time, usage of arts, worldly behaviour, ethical rules and scriptural tenents respectively), (*Danḍin.* 3.125-126 cf. *Vijayavardhane* 66-67).

Vāmana at the very beginning of his treatment on poetics praises *guṇa* and *alaṁkāra* and denounces any type of blemishes in poetry-*kāvyaṁ grāhyalaṁkārāt* I *saundaryamalaṁkāraḥ* I *sa doṣaguṇālaṁkāra-hānādānābhyām* (*Vāmana,* 1.1-3). The second chapter of the book is *Doṣadarsanam* (A Notice of Blemishes) where he enumerates that blemishes are those elements whose characteristics stand opposed to the *guṇas* in a *kāvya-guṇaviparyayātmāno doṣaḥ* (ibid, 2.1). He gives four fold classification of *doṣas* like; i) *padadoṣa* (flow relating to words), ii) *padārtha doṣa* (flow relating to the meaning of words), iii) *Vākyadoṣas* (flows characterising sentence), iv) *vākyārtha doṣa* (flows disturbting the sense of the sentence). This scientific approach of classification received appreciation by the later rhetoricians like Mammaṭa. The *padadoṣas* are five in number- *asādhu, kaṣṭa, grāmya, apratīta, and anarthaka*; the *padārtha doṣas* are also five in number-*anyārtha, neyārtha, gūḍhārtha, aślīla, and kliṣṭa*. Further *V*āmana's vākyadoṣas are of three types- *bhinna vṛtta, yatibhraṣṭa and visandhi*; and *vākyārtha doṣas* are seven in number- *vyartha, ekārtha, sandigdha, ayukta, apakarma, lokaviruddha and vidyāviruddha*. However it is observed that he like his predecessors admitted ten numbers of *doṣas* with regard to *pada-* and *padārtha doṣa* on one hand and his *vākya* and *vākyārtha doṣa* on the other (*Vāmana*, II.1&2 cf. *Krishnamoorthy*. Essays... 153-155). Subsequently *doṣas* are dealt with by *Rudraṭa* under two major divisions like- *śabda doṣas* & *artha doṣas*. Anandavardhana did not give much importance to the hair splitting divisions and distinctions of *doṣas*. K. Krishnamoorthy writes : "Such a procedure is not only avoided by Anandavardhana, but he can even goes to the extent of saying that it would reflect on the rudeness of the critic. Even in the works of the masters, blemishes are bound to creep in; but they need not be catalogued, overshadowed as they are by the thousand and one excellences" (*Essays on Sanskrit Criticism* 158). However, it is accepted that their propriety of various kinds are to be looked into the poetic compositions. Some type of description which is in conflict with the main *rasa* gives rise to *rasadoṣa* which is to be avoided (Kane, *History of Sanskrit poetics* 392). Kuntaka and Mahima Bhaṭṭa appropriately deal with this *anaucitya* aspect in a *kāvya*. In the *Sarasvatī kanṭhābharaṇa*, Bhoja has noted fortyeight *doṣas*- i) 16 *padadoṣas*, ii) 16 *vākyadoṣas*, iii) 16 *vākyārthadoṣas*, Mammaṭa in the *Kāvyaprakaśa* enumerated thirteen *padadoṣas*, eleven *vākyadoṣas*, ten *arthadoṣas* and fourteen *rasadoṣas* and fully developed Ānandavardhana's concept of *nitya* and *anityadoṣas* with reference to the manifestation of *rasa* in a poetic composition. *Doṣas* are dealt with by Viśvanātha exhaustively in the *Sahityadarpaṇa* where he devotes a full chapter (vii) to it and admits that no poetic composition can be absolutely free from blemishes-*nirdoṣasyaikāntama-saṁbhavāt (SD, 1.2 gloss).*

In the context the blemishes in the *Tāruṇyaśatakam*, which are overshadowed by some admirable excellences, are given a critical vision with a note of Sanskrit poetics as follows:

i) calat kaṭyā kāñcyā janapadavadhūṭī pracalati....harati hā II (18).

The village maiden travels wearing a girdle on her moving waist *(kaṭi)*. Here the Sanskrit word *kaṭi* for the waist is vulgar *(grāmya)*. Besides, *'ṭa'-varna* which is detrimental to *śṛṅgāra* has been used in this verse thrice (*kaṭi, vadhūṭī, spruṣṭā*). However this demerit is condoned by the rhetoricians as its use for two, three or four times does not harm the evocation of *śṛṅgāra-rasa (cf. SD, 7.5-8 gloss).*

ii) (a) vimuktamālā............praharṣiṇī II (22)

"Later on proud of being taken into the beauteous bed with the words of flattery (of the lover/ *priyatamasya*), the amorous lady betrayed her happiness exceedingly". The description uses *cāṭuvāgbhiḥ* and drops "*priyatamasya*" and hence the verse is an instance of *nyūnapadatva-doṣa* or poetic blemish due to lack of a desirable word in the composition.

(b) ramye vānīra kuñje........tyajanti II (66)

In this description of the verse titled *Perfidy* the word *tāruṇyalolāḥ,* which should qualify the word *yuvānaḥ,* is dropped in the sentence. The meaning is that the lustful young men at the advent of the evening leave their own wives and proceed to the cane-grove under the row of numerous pretexts. Thus this verse is marked with the poetic blemish *nyūnapadatā.*

iii) vātāyane............śṛṅkhalā II (24)

This is the description of *Unsatiated Amorous Sports*: 'After kissing the tresses of the beloved exposed through the window a frightful young lover was hounded by the dog which caused his departure by swift crossing of the compound wall'. The hounding of the dog is a fearful state or the state of *bhayānakarasa* which is antagonistic to the growth of erotic sentiment *(śṛngāra),* (cf. *SD*, 3.254-58). Since the description is unsatiated amorous sports of the dissipated youth this fearful sentiment is befitting in the context and is considered free from poetic blemishes.

iv) (a) he mānasīnāṁ matipuṣpacaura cirāya baddhaḥ
mama kiṁkarosi (ṣi).....hṛdayaṁ harāmi II (50)

This verse is an instance of *hatavṛttatā* or the poetic blemish that comes out of metrical deviation. Out of four steps of a verse the end letter at second and the fourth step may be considered either *guru* or *laghu* as per suitability. The principle *pādantasthaṁ vikalpena (Śrutabodha, I)* does not apply to all of the four steps as is envisaged by the rhetoricians – *yat pādante laghorapi gurubhāva uktastatsarvatra dvitīyacaturthapādaviṣayam* (*SD* 238). Here at (a) the end-letter of the first step of the verse is '*ra*' at *caura,* is a *sambodhanpada* (word of address) which is *laghu* and the first letter of the second step is also *laghu* which does not have any effect to render '*ra*'-*varṇa* a *guru*- letter. The correct rendering of the second step should have been- *tvamatra vaddhaḥ mama kiṁ karoṣi* (*si*) which could render the letter '*ra*' as *dīrgha* in the first step. So this is an instance of *hatavṛttatā* or blemish due to deviation of the metrical rule. However the verse is otherwise beautiful for the excellence of Idea and double entendre in *mama kiṁkarosi* (ṣi)-I) *mama Kiṁ* karosi II) *mama kiṁkaraḥ asi.*

b) guñjan guñjan kusumarasikaḥ mañjarīṁ yātu yātu
karṇe karṇe madhuramuralī mādhurīṁ saṁtanotu.

The same blemish recurs in this poem titled *Madhura kāmanā* (101) which is composed in *mandākrāntā* metre. The last syllable of the first step (*prathamapāda*) of the poem is *'tu'* (in *yātu*), which should be a syllable with long vowel. But this continues to be *harsva* (short) since the first letter of the second step i.e. *ka* (in *karṇe*) is also *harsva* and not a conjunct consonant with the capacity to render *tu* to a *guru* (long) syllable. Hence this may be noted as another instance of *hatavṛttatā* as above.

v) In a sentence of poetic description if other sentences creep in there incurs the poetic blemish garbhitatādoṣa-' garbhitatā doṣāḥ syuḥ vākyamātragaḥ and vākyāntare vākyāntarānupraveśo garbhitatā' (SD, 7.8 with gloss).

In this description of *Premakalaha* (love-quarrel-67) there is exchange of dialogue between Wind and *Śephāli* (flower), which is a description of the semblance of śṛṅgāra, as the dialogues continue between the objects of nature.

Here *'tāṁ kāminīṁ kathayati pavanaḥ yāminīṁ yāpayāmi', 'anyasyāvāsahārī tvapasara sahasā', 'naṣṭā tvaṁ kītadaṣṭā iti samīraḥ anukathayati'* are the dialogues of sentences exchanged.

The description of the poem *Nairāśyam* (Hopelessness- 86) is the presentation of śṛṅgārābhāsa (semblance of love) with opening dialogue between two non-human species like *Gandhapali (campakabud)* and *Bhṛṅga* (drone). The main theme (sentence) of description carries other sentences in form of dialogues like – *'mālinyaṁ pāpacihnam', 'śīghraṁ tvaṁ gaccha pāpa' 'saṅgītajñaṁ vijñyaṁ hatakulajanitā na jānanti'*. Thus in the description of both the verses above, there incurs *garbhitava doṣa*. However, these blemishes above are turned into *guṇas* in above two descriptions since the interesting dialogues there stand for excellences which contribute to the beauty of the poems by the theory - *garbhitavaṁ gunaḥ kvāpi (SD, 7.28)*

VI) kāntaṁ kāryaratam............dhvānte kṣaṇaṁ karṣati II (93)

This is the description of lovesports of both *kānta* (husband) and beloved wife with lovely lips. In the dense darkness, the lovely husband drags the *ratimatī* (love-lorn-lady) swiftly. The word *ratimatī* apparently incurs poetic blemish as *sthayibhāva rati* gets expression in *svaśabda* or its own term - *rasasyoktiḥ svaśabdena sthāyisaṁcāriṇorapi (SD, 7.12b)*. The *Prakāśikā* notes *ratimatī* as *śraddhāśālinī* or devotedly attached to delightful sports and thus does not incur poetic blemish.

VII) manye no yadi...............manye dinaṁ nādhikam II (97)

In this verse *'manye no'* has been repeated in three of the succeeding steps at a, b & c where as *manye* is repeated in all the four steps at- a, b, c & d. Since the words are not renewed at different steps there incurs a poetic blemish - *anavīkṛta doṣa* popularly known as *arthadoṣa* (blemish of meaning) in sanskrit poetics (*SD, 7.9-12 a)*.

It is observed that this *kāvya* is not free from poetic blemishes. In the canvas of a lyric few of the blemishes are also unacceptable. However, the poetic excellences of this *kāvya* overshadow such blemishes which may be accepted as ignorable since they do not affect the growth and flow of the cardinal sentiment *(aṅgīrasa-śṛṅgāra)* in the *kāvya*. The next chapter shall deal with the excellences which promote the principal sentiment in the description.

*****

Works Cited

Bhamaha, *Kāvyālaṁkāra.* ed.P.V. Naganath Sastry, Delhi: Motilal Banarsidass, 1991.

Dandin, *Kāvyadarsa,* ed. Jivananda Vidyasagar, Bhattacharya, Delhi : Bharatiya Book Corporation, 2001.

Kane, P.V. *History of Sanskrit Poetics,* Delhi : Motilal Banarasidass, 2015.

Krishnamoorty, K. *Essays in Sanskrit Criticism,* Dharwar ; Karnataka University, 1974.

Natyasastra vol.II (of Bharatamuni) tr. &ed. Puspendra Kumar, Delhi : New Bharatiya Book Corporation, 2014.

Sāhityadarpaṇa of Visvanatha Kaviraja, ed. Salagram Sastri, Delhi : Motilal Banarasidass, 2014.

Chapter - V

THE METRICAL REVIEW

Metres have played a very important role in the history of the poetic compositions of mankind. The *Ṛgveda*, the earliest poetry of mankind is a metrical composition. When *sā* (ṛc) is put to *am* (music) it becomes the *Sāmaveda* and this is the finest proof of the aesthetic nature of the *Ṛgveda*. Out of seven major metres *Gāyatrī* is the basic *Ṛgvedic* metre. It means, "that which protects the singer"- *gāyantaṁ trāyate iti gāyatrī* (*gāyat*+*trai*+*ka*+*nip*). In the *Bhagavadgītā* Lord Kṛṣna proclaims: "Of *Vedas* I am *Sāmaveda* (X.22) and of metres I am *Gāyatrī* (X.35)". Thus *chandas* (metres) have always enhanced the musical aspect of the composition both in Vedic and Post-Vedic Indian literature. The *Brāhmaṇa* literature has shown interest in metrical matters. The *Sāṅkhyāyana Śrautasūtra,* the *Nidānaśāstras* the *Ṛgprātiśākhyas,* Kātyāyana's *Anukramaṇī* to the *Ṛgveda* and the *Yajurveda* deal with metres (*Keith* 415). *Chandas* is considered one of the *saḍaṅgas* (six limbs) of the Veda- *chandaḥ pādau tu vedasya* (*Pāṇinīyaśikṣā* 41-42) and the *Chandaśāstra* of Piṅgala is the most ancient treatise on it. The number of metres treated by Piṅgala prove that there existed a highly developed secular literature before this time. The major metres in the *Vedas* are seven in number - *Gāyatrī, Uṣṇig, Anuṣṭup, Vṛhati, Paṅkti, Triṣṭup* and *Jagatī*. When the Vedic metres are based on *svarasaṁgīta* (Principles of accentuation- *Udātta, anudātta, svarita)*, the classical metres are based on *varnasaṁgīta* (use of the principles of *laghu guru varna*) for regaling the ears of the audience. The Vedic metres influenced the metres of classical Sanskrit. The *śloka* metre enunciated by Ādikavi Vālmīki is verily influenced by *Pathyā-anuṣṭup* of Piṅgala's *Chandas sūtra - Pathya yujoj* (5.14) (*Uāpdhyāya* 292-93). The rapturous moments of life are enjoyed from musical elements which are preserved in the notes of various sanskrit metres. K. Krishnamoorthy notes the importance of metres in poetry as follows:

"The view that laws of metre are invisible in poetry and that the slightest transgression of them on the poet's part will be tantamount to a most serious *doṣa* or blemish, is a long established credo not only with writers on metrics but also with Sanskrit rhetoricians. And it aquires added strength from the practice of the poets themselves, who are generally not open to the change of metrical deficiency, not withstanding their innumerable other omissions, perhaps more significant. While it is true that mechanical perfection of metre is not an undesirable check on the bouncing pagassus of poetic imagination, the fact cannot be forgotten that true genius will never allow itself to be cabined and cribbed by any external stranglehold". *(Krishnamoorty 138)*. Poetic tradition keeps a very strong eye on poetic solecisms in grammar and lapses in the metrical compositions. Daṇḍin is very bold to declare that *bhinnavṛtta* or a lapse in metre is one of the most execrable blemishes-

Varnānāṁ nyūnatādhikye gurulaghvayathāsthitiḥ I yatra tad-bhinnavṛttaṁ syādeṣa doṣaḥ suninditaḥ. (*Dandin*, III.156).

In a later stage also Mammaṭa using the term *hat-avṛtta* in its place supports the stand of the *Kāvyādarśa* (*Kāvyaprakāśa*, VII). Mahimabhatta in the *Vyaktiviveka* has dared to raise his novel view against this traditional wave of opinion. Commenting on a quadruped in *upajātimetre* from the *Kumārasaṁbhavam,* 111.55 (*Srastānnitaṁvādavalaṁ-vamānā* etc), the four steps of which are composed of *Indravajrā* and *Upendravajrā* metrical principles respectively, he asserts that if the clarity of communication of the feelings are conducted properly with propriety 'one need not be touchy about the mechanical symmetry so long as there is not offence to the ear'.

The *kāvyas* in Sanskrit may be in the form of *gadya* (prose) or *padya* (verse or metrical composition). *Chandasśāstra* (Prosody) teaches the laws of versification or metrical composition. Usually the Sanskrit verses are quadruped, which consists of four lines where each of the lines is called a *pāda* or quarter. A *pāda* is regulated either by the number of syllable (*akṣara*) or by the number of syllabic instants (*mātrā*). A syllable in a word (single vowel with or without one or more consonants) can be uttered distinctly by one effort of the voice. The measure of time by which a short vowel is pronounced is known as *mātrā.* With the presence of a short vowel the syllable is considered *laghu* (light) and with long vowel it becomes *guru* (heavy) *(Kale 536f)*. The vowels- *a, i, u, ṛ,* & *ḷ* are short and *ā, ī, ū ṛ, e, ai, o, au* are long. A vowel with *anusvāra* or *visarga* or when followed by a conjuct consonant is considered a long vowel under prosodial principles. The last syllable in a *pāda* is treated either *laghu* (l) or *guru* (s) as per the requirement of the metre for its natural length. With regard to the above the principle of the Śrutabodha.2 is noted below:

saṁyuktādyaṁ dīrghaṁ sānusvāraṁ visargasammiśram I
vijñeyamakṣaraṁ guru pādāntasthaṁ vikalpena II

The presentation of a *padya* may come either under *vṛtta* or *jāti* category. A *vṛtta* is a stanza the metre of which is regulated by the number and position of syllables in each quarter (*pāda*), where as a *jāti* is a stanza the metre of which is regulated by the number of syllabic instants in each quarter *(pada)*. Besides, in a Sanskrit verse *yati* (pause or caesura) plays a very important role during recitation and comes in between the *quarters* and also at the end of it (*Kale, Appendix-1,1-3*).

In view of the above metrical doctrines ten different metres employed in the *Taruṇyaśatkam* may be taken for analysis as follows:

Metres with 11 syllables in a quarter

(1) ***Indravajrā*** (5.6)- In this metre having eleven syllables in a quarter the third, sixth, seventh, and ninth syllables are placed *hrasva* or *laghu* and the other syllables are placed *dīrgha (guru)* and during recitation the pause *(yati)* is

given at fifth and the last (eleventh) syllable *(Śrutabodhaḥ 18 cf. chandomanjarī 55- syādindravajrā yadi tau jagaugaḥ).*

The book uses this metre at six different verses (34, 42, 43, 45, 49, 76) and an example may be observed as follows:

S	S	I	S	S	I	I	S	I	S	S
ā	*bhā*	*ti*	*so*	*bhā*	*na*	*va*	*jau*	*va*	*nā*	*nām*

-(42d.) =11

(2) Upendravajrā (5.6)- When first syllable of *Indravajrā* becomes *hrasva* (laghu / short) and other syllables with the pauses remaining the same, it is named *Upendravajrā* (Kale, *Prosody 7* -cf. *Śrutabodha* 19) which is used at two places (62, 102) in the book.

Example:-

I	S	I	S	S	I	I	S	I	S	S
bu	*bhu*	*kṣa*	*ve*	*kiṁ*	*sva*	*ra*	*si*	*ddha*	*gī*	*tam*
I	S	I	S	S	I	I	S	I	S	S
ci	*d*	*ñja*	*naṁ*	*vā*	*ki*	*mu*	*kā*	*ma*	*ne*	*tre*

-(62 c & d)= 11 each

Metres with 12 syllables in a quarter

Vaṁsastha **(5.7)**- This is like *Upendravajrā* metre, but the eleventh syllable is here placed as *hrasva* and the 12th one is *dīrgha.* Number of *hrasva* syllables here are six (1st, 3rd, 6th, 7th, 9th & 11th) and six others are *dīrghas* with *yati* (pause) at 5th and the 12th syllables in each of the quarters (*Kale, Prosody 8- Vadanti vamsasthavilaṁ jatau jarau cf. Śrutabodha 30)*. Total number of verses presented in this metre is seven (1, 3, 8, 17, 63, 77, 87) and an example may be seen as follows:-

I	S	I	S	S	I	I	S	I	S	I	S
la	tāṁ	na	tā	ṅgīṁ	na	ma	ya	nmu	hur	mu	hur

(1a)-12

Indravaṁśā **(5.7)** - This metre is the same as *Vaṁsastha* except that its first syllable is long. Here pause *(yati)* also comes at 5th and the last i.e. 12th syllable for effective recitation (*Kale Prosody* 8 cf. *Śrutabodha* 31). Seven of the total verses in the book are presented in this metre (23, 25, 32, 47, 80, 82, 88) and an example may be seen as follows:-

S	S	I	S	S	I	I	S	I	S	I	S
tā	ru	ṇya	dhā	rā	hṛ	da	yā	nu	dhā	vi	nī

(47d)=12

***Upajāti* (5.6 / 5.7)-**

A mixure of *Indravajrā* and *Upendravajrā* gives rise to the metre named *Upajāti* and the pauses are as usual with the above two metres. This book records 14 of such verses. When other two metres get mixed in one stanza (verse) are also noted under *upajāti* (*Kale Prosody* 7 cf. *Śrutabodha* 20). This book records 23 of such stanzas which are the mixures of *Vaṁśastha* and *Indravaṁsā* metres. The tables for such stanzas representing the above two categories of *Upajāti* metre are noted for observation as follows:-

II) Indravajrā + Upendravajrā

Sloka No.	Steps with Indravajra				Steps with Upendravajra			
	a	b	c	d	a	b	c	d
31	a	b	-	-	-	-	c	d
35	a	-	c	d	-	b	-	-
37	a	-	-	d	-	b	c	-
38	-	b	c	d	a	-	-	-
39	a	b	-	d	-	-	c	-
40	-	b	c	d	a	-	-	-
41	-	-	c	-	a	b	-	d

44	-	b	c	d	a	-	-	-
48	a	b	c	-	-	-	-	d
50	a	-	c	d	-	b	-	-
51	-	-	-	d	a	b	c	-
59	-	b	-	-	a	-	c	d
60	-	b	c	d	a	-	-	-
71	-	b	-	d	a	-	c	-

II) Vaṁśastha + Indravaṁśā

Sloka No.	Steps with Vaṁsashta				Steps with Indravaṁsā			
	a	b	c	d	a	b	c	d
2	-	-	-	d	a	b	c	-
4	-	b	-	d	a	-	c	-
7	a	-	-	-	-	b	c	d
21	a	b	c	-	-	-	-	d
22	a	b	-	-	-	-	c	d
24	-	b	c	-	a	-	-	d
26	a	b	c	-	-	-	-	d

30	a	b	c	-	-	-	-	d
33	a	b	-	-	-	-	c	d
36	a	b	-	-	-	-	c	d
46	-	-	c	-	a	b	-	d
52	-	-	c	-	a	b	-	d
53	a	-	-	-	-	b	c	d
54	-	b	c	-	a	-	-	d
55	-	-	-	d	a	b	c	-
56	a	b	-	-	-	-	c	d
57	a	b	-	-	-	-	c	d
61	a	b	c	-	-	-	-	d
64	a	b	-	-	-	-	c	d
75	-	-	c	-	a	b	-	d
89	-	-	-	d	a	b	c	-

III) Vaṁśastha+Indravaṁśā+Upendravajrā

Sloka No. Steps with Vaṁśastha Steps with Indravaṁsā Steps with Upendravajrā

a	b	c	d	a	b	c	d	a	b	c	d
81a	-	-	-	-	b	-	-	-	-	c	d

IV) Vaṁśastha+Indravajra+Indravaṁśā

Sloka No. Steps with Vaṁśastha Steps with Indravajra Steps with Indravaṁśā

a	b	c	d	a	b	c	d	a	b	c	d
95a	b	-	-	-	-	c	-	-	-	-	d

***Drutavilambita* (4.8 or 4.4.4)-**

In this twelve syllabled metre the 4th, 7th, 10th and the 12th syllable are *dirgha (guru)* and other ones are *hrasva (laghu)*, and the pause during recitation is noted at 4th and the next 8th (i.e. 12th syllable) (*Kale, prosody* 10 cf. *Śrutabodha* 27). Two of the stanzas in this book (27, 28) are marked with this metre. Example-

I	I	I	S	I	I	S	I	I	S	I	S
ta	nu	na	tā	na	va	tā	pa	na	saṁ	ga	tā

(28d)=12

***Totakam* (3.3.3.3)-**

In this twelve syllabled metre the 3rd, 6th, 9th and 12th syllables are considered *dirgha* (Long) and the remaining ones are *hrasva* (short) with pauses at each of the *dirgha* syllables (*Kale, Prododу* 9 cf. *Śrutabodha* 25). This metre is used in the book at eight places (9, 10, 11, 12, 13, 14, 15, 16) in the description of *Saritā.* Example-

I	I	S	I	I	S	I	I	S	I	I	S
na	va	vaṁ	ju	la	maṁ	ju	la	kuṁ	ja	ga	tā
I	I	S	I	I	S	I	I	S	I	I	S
ma	ru	tā	mṛ	du	kaṁ	pa	ta	raṅ	ga	ka	cā

- (9ab)=12

Metre with 14 syllables in a quarter

***Vasaṁtatilakā* (8.6)-**

The other names of this metre are *Vasaṁtatilakam, Uddharṣiṇī* and *Siṁhonnatā.* In each quarter of the stanza the 1st, 2nd, 4th, 8th, 11th, 13th & 14th syllables are *dirgha* and others are *hrasva* with pauses at 6th and next 8th (14th) of the syllables during recitation (*Kale, Prosody* 14 cf. *Śrutabodha* 34). Three of the verses in the book belong to this metre (20, 84, 96) and its exmple is as follows:

S	S	I	S				S			S		S	S
yū	nāṁ	ka	thā	ra	ha	si	dī	rgha	ta	rā	bha	va	ntī

(20d)=14

Metre with 17 syllables in a quarter

***Mandākrāntā*(4.6.7)-**

In this metre the first four syllables with the 10th, 11th, 13th, 14th, 16th and 17th (syllables) are long (*dirgha*) and the other ones are short (*hrasva / laghu)*. Here pause comes at 4th, 10th and the last syllable (*yuga* 4, *rasa* 6, *haya* 7) respectively (*Kale, Prosody* 17 cf. *Śrutabodha* 15). Seven such metrical stanzas are found in this book (69, 72, 73, 74, 78, 79, 101). Example-

S S S S I I I I I S S I S S I S S

spa rśaṁ spa rśaṁ sa ka la hṛ da yaṁ gī ta rā gaṁ ka ro tu (101d)=17

Here the last syllable though *hrasva* is considered *dirgha* as per the metrical principle (*pādāntastham vikalpena*) (q.v).

***Sikharinī* (6.11)-**

In this metre of 17 syllables, the 1st, 7th, 8th, 9th, 10th, 11th, 14th, 15th & 16th syllables are *dirgha* and the remaining ones are *hrasva* and during recitation pause is administered at 6th and the last (17th) syllables (*Kale, prosody* 17 cf. *Srutabodh* 37). Seven such stanzas are noted in this book (6, 18, 19, 58, 65, 83, 94) and an example is noted below-

I S S S S S I I I I I S S I I I S

tra pā ra ktā saṁ dhyā kha ga jha ni ta ga tyā tva pa ga tā
- (65 d)=17

Metre with 19 syllables in a quarter

***Śārdūlavikrīditam* (12.7)-**

This is a metre of 19 syllables. Here *dirgha* is administered at 1st, 2nd, 3rd, 6th, 8th, 12th, 13th 14th, 16th, 17th and the 19th syllables, and the remaing ones are *hrasvas*. During recitation pause is due at 12th and the 19th (the last) syllable (*mārtaṇḍa* & *muni*). (*Kale*, Prosody 19 cf. *Śrutabodha* 39). This book uses this metre in four of the verses (92, 93, 97, 100) for a different metrical effect. Example-

S S S I I S I S I I I S S S I S S I S

jī yā djau va na de va tā ta nu bhṛ tā mā na nda saṁ vā hi kā
- (100 d)=19

Metres with 21 syllables in a quarter

***Sragdharā* (7.7.7)-**

It is a metre of 21 syllables. Here the syllables at 1st, 2nd, 3rd, 4th, 6th, 7th, 14th, 15th, 17th, 18th, 20th and 21st are *dirgha (guru)* and other syllables are *hrasva (laghu)* with pauses at 7th, 14th and the 21st syllables (*muni muni muni bhiḥ*) (*Kale, Prosody* 21 cf. *Śrutabodhaḥ* 40).

Twelve stanzas in the book (5, 29, 66, 67, 68, 70, 85, 86, 90, 91, 98, 99) belong to this metre and an example may be read as follows -

S S S S I S S I I I I I I S

li pte dhvā nte tra rā trau sa ma la sa ga ma nā

S I S S I S S

kā nta saṁ gā ra ma nte

-(85 d)=21

The names of the metres prove the existence of love-lyrics in ancient days. The names like *Vasantatilakā* (Spring-crested), *Cāruhāsinī* (Beautifully-smiling), *Kudmala-dantī* (Bud-toothed) etc. prove that originally they were employed in love-lyrics in which beautiful women were praised. Some metres are named after beautiful ladies according to their form and nature like, *Mandākrāntā* (slowly ascending), *Drutamadhyā* (Swift in the middle) etc. Some others are named after the voice or habit of the animals e.g. *Śārdūlavikrīdita* (Tiger-sport), *Kokilaka* (Voice of the cuckoo) etc. (*Winternitz* III. 32). The poet has imitated long Sanskrit tradition of the country and has given vent to his feelings through such metres for measured and balanced expression. This speaks of the expression-strength of the language even in this modern days of 21st century.

The metrical study shows that the lyric is a brief, melodic and imaginative poem which usually expresses the feelings and the thoughts of a single speaker in a personal and subjective fashion. This rhythmical composition is distinguished from the verse for its imaginative quality and intricate structure which serve the noble purpose in presenting the lofty and lovely ideals. (cf. *Cuddon* 481 & *Murfin* 240)

Rhythm is of a marked regularity and of integral importance in lyric which is not so in other compositions. The administration of pauses in different metres is meant to reach the best ideals of melody and rhythm in poetry. Various metres employed in the book are meant to overcome the monotony of expression and recitation. Here the poems are epigrammatic expressions and the metres with syllables of more numbers are meant to serve a prolonged idea of love and beauty in a comparatively bigger canvas. Most of the chosen metres are befitting to the purpose of expression. The lyrical effect also adds to serve the purpose of "more is meant than that meats the ear" easily. The brevity of expression added with measured melodious movement having pauses during recitation add a particular intensity in provocating the emotion of the audience. It helps arousal of *sattva-* spirit in the connoisseur which leads to the enjoyment of *rasa,* the highest poetic delight.

Works Cited

Bhagavadgītā. Tr. Franklin Edgerton, Delhi: Motilal Banarsidass, 1996 Reprint.

Cuddon J.A. *A Dictionary of Literary Terms and Literary Theory*, Delhi: Mayablackwell Doaba House, 1998.

Daṇḍin. *Kāvyādarśa,* ed. Acharya Ramachandra Mishra, Varanasi: Chowkhamba Vidyabhawan, 2005.

Kale, M.R. *A Higher Sanskrit Grammar*, Delhi: Motilal Banarsidass, 2011 Reprint.

Kāvyaprakāśa of Mammata. Eng. tr. & ed. M. M. Dr. Sir Ganganatha Jha, Delhi: Bharatiya Vidya Prakashan, 2005.

Keith, A. Berriedale. *A History of Sanskrit Literature*, Delhi: Motilal Banarsidass, 1996. Reprint.

Krishnamoorty, K. *Essays in Sanskrit criticism*, Dharwar: Karnataka University, 1974.

Kumāra-sambhavam of Kalidasa. ed. Sesarajasarma Regmi, Varanasi: Chowkhamba Sanskrit Sansthan, 2011 Reprint.

Murfin, Ross & Ray, Supriya. M. *The Bedford Glossary of Critical and Literary Terms*, London: Palgrave Macmillan, 2003.

Nītiśatakam of Bhartruhari ed. K. Tripathy, Varanasi: Surabharati Prakasana, 1978.

Paṇinīyaśikṣā ed. Damodar Mahota, Delhi: Motilal Banarasidass, 2010.

Upadhyaya, Baladeva. *Sanskṛta Śāstrakā Itihāsa*, Varanasi: Chowkhamba Vidya Bhavan, 2010.

Śrutabodha ed. J. K. Tripathy, Cuttack: Kitabmahal, 1998.

Wintermitz, *M. A. History of Indian LIterature. Vol. III*, Tr. S. Jha, Delhi: Motilal Banarsidass, 2008.

Chapter - VI

CONCLUSION

The above critical notes with analysis and interpretation show that the theme of the work and its way of presentation have been greatly influenced by the rich Sanskrit lyrical tradition of India. This background sets the tone of the work and modulates its spirit till the end. The novelty lies in its response to the modern ways of the youth and the use of evocative imagery which justify the context. The rich poetic tradition of *alaṁkāra, guṇa-rīti,rasa* and *dhvani* sets its feet on the poems in a unique way that rivets the attention of the audience even in 21st century. The acute observation, emotive experience and rich imagination characterise the work and make a particular erotic experience in each of the poems universal. The reader encounters the reactions of the lovers and beloveds at different sheds of the beautiful bowers with various moods at different points of time. The description is marked with deep and unaffected natural feelings which lead the heart of the audience to the domain of love. The language makes round within metrical parameters that never gives up rhyme and rhythm. The poet's mastery over the language, choice of words and their skil-ful presentation leave the lyric lovely and vibrant. Each of the self-standing stanzas represents an indivisible whole and conveys a complete sense with fullness of aesthetic experience. The epigrammatic expressions, the allusive words with their nuances, double entendres, mythical references, sonorous lines with cadence, rhyme and rhythm strike wonder in the heart of the connoisseurs and lead them to a newer world of love, beauty and joy.

Now our conclusion is grounded on the fact that art is not a phenomena of evolution. It may be said that a progress in time is not necessarily a criterion of or a factor for aesthetic progress. Owing to changes in cultural attitude and mechanical privileges, or social taste and reformations, changes in the technical aspect of the literary works of different times may be found; but that is never to say that Bhartṛhari is an improvement over Kālidāsa, or Bilhaṇa is so over Jayadeva, or the present work is so over the preceding ones. Art is the unique perception of the artist and this perception is beyond the definition and control of the spatio-temporal conditions of human culture.

*****

BIBLIOGRAPHY

Anandavardhana. *Dhvanyaloka* ed. & tr. K.Krishnamoorty, Delhi : Motilal Banarasidass publishers pvt. Ltd. 2016.

Anandavardhana. *Dhvanyaloka* tr. pt. Kulamani Mishra, Bhubaneswar: Sahitya Akademi, 1999.

Anandavardhana. *Dhvanyaloka* vol.I&II. ed. Ramasagara Tripathy. (with Locana Commentry), Delhi : Motilal Banarassidass, 2005 & 2011 (respectively)

Ballantyne, J.R. and P.D. Mitra. *The Sahitya darpaṇa* or Mirror of Composition, Delhi: Motilal Banarasidass, 2016.

Banarji, S.C.*A Companion to Sanskrit Literature,* Delhi: Motilal Banarasidass, 1971.

Bhāmaha. *Kāvyālaṁkāra* (ed. With eng. tr. P.V. Naganath Sastry, Delhi : Motilal Banarasi dass Publishers, Pvt. Ltd, 1991

Bharata. *Natyasastra vol.II* tr. & ed. Puspendra Kumar, Delhi : New Bharatiya Book Corporation, 2014.

Bhartṛhari, *Nītiṣatakam.* ed. Sri Krisnamani Tripathi, Varanasi: Chowkhamba Surabharati Prakashan, 1978.

Bhavabhuti, *Uttararāma carita,* 5th edn., ed & tr. P.V.Kane, Delhi: Motilal Banarasidass, 1971.

Chari, V.K. *Sanskrit Criticism,* Honoluln: University of Hawaii Press, 1990.

Cuddon,J.A.*A Dictionary of Literary Terms and Literary Theory,* Doaba House, Maya Black well Publishers, 1998.

Culler, Janathan. *Literary Theory: A very Short Introduction,* Oxford, Oxford University Press, 2008.

Dandin, *Kāvyādarsa,* ed. J.V. Bhattacharya, Delhi : Bharatiya Book Corporation, 2001.

Dandin, *Kāvyadarsa,* ed. Jivananda Vidyasagar, Bhattacharya, Delhi : Bharatiya Book Corporation, 2001.

Dandin. *Kavyādarśa* ed. Acharya Rama Chandra Mishra, Varanasi : Chowkhamba Vidyabhavan, 2005.

Das, Monoranjan. *Araṇya śasyam* tr. Kshirod ch. Dash, Delhi : Sahitya Akademi, 2000.

Dash, G.K. et al. ed. *Saṁkṛtaprabha,* pt.I, Bhubaneswar: Odisha Text Book Bureau.

Dasgupta, S.N. *A History of Sanskrit Literature,* Vol.I. Culcutta : University of Calcutta, 1975.

Dash, Kshirod Ch. tr. *Ramakantakavita Saṁcayanam,* Delhi : Sahitya Academi,2001.

Dash, Kshirod Chandra. *"pranamāi tu māṁ mama janmadharām". Mukhapātra,* Buxi Jagabandhu Bidyadhara Prataḥ Mahāvidyalaya,1995-96: P.79.

Dash, Kshirod Chandra. *"Smaraṇikā".* The Souvenir, Gangadhara Meher Evening College,16-17 December, 1988: opening page.

Dash, Kshirod Chandra. *"Utkalabharati".* The *Abhiyātrī,* (golden jubilee) BJB Autonomous College, Bhubaneswar. 2007-08: P. 38.

Dash, Kshirod Chandra. *"Utkalasangītam". Saṁskṛtapratibhā,* Sānskrit journal of sāhitya academy, New Delhi, 2000: PP. 22-23.

Dash, Kshirod Chandra. *"Varṣā". The Abhiyātrī,* BJB Autonomous College, Bhubaneswar, 2006-07:P. 62

Dash, Kshirod Chandra. ed. *Kaviśrī Dhanesvara Pāni- Granthāvalī,* Bhubaneswar : Satyani publications, 2014.

Dash, Kshirod Chandra. *Saṁskṛtanātyasāhityam.* Bhubaneswar: DDCE, Utkal University, 1999.

Davies, Stephen and Sukla, A.C.ed. *Art and Essence,* London: Praeger, Westport, Connecticut, 2003.

Edgerton. Franklin. tr. *Bhagavdgīta,* Delhi: Motilal Banarasidass, 1996 Reprint.

Fogle, Richard Harter. *The Imagery of Keats and Shelly.* Chapel Hill : The University of North Carolina Press, 1949.

Gandhi, M.K. *Atmacaritaracanam athavā Mama Satyaprayoga Katha* of tr. Kshirod Ch. Dash, Cuttack : Vidyapuri, 2009.

Griffith, R.T.H. The Hymns of the *Ṛgveda,* ed. Prof. J.L. Shastri, Delhi : Motilal Banarasidass publishers pvt. Ltd, 2004.

Jha, Vishvanath. ed. *Amarakosa.* Delhi : Motilal Banarasi dass, 2011.

Kale, M.R. *A Higher Sanskrit Grammar,* Delhi: Motilal Banarasidass, 2011 Reprint.

Kalidasa, *Raghuvamśaḥ,* ed. Dr. S. Tripathi, Varanasi : Chowkhamba Surabharati Prakashan, 1979.

Kalidasa. *Kumāra-sambhavam.* ed. Sesarajasarma Regmi, Varanasi: Chowkhamba Sanskrit Sansthan, 2011 Reprint.

Kālidāsa. *Mālavikāgnimitram.* ed. & tr. C.R. Devadhar, Delhi : Motilal Banarasadass, 1977.

Kalidasa. *Raghuvamsam,* (with chandrakala Hindi commentry), tr. Shrikrishnamani Tripathi, Varanasi: Choukhamba Surabharati Prakashan, 1979.

Kālidāsa. *Śrutabodha* ed. J. K. Tripathy, Cuttack: Kitabmahal, 1998.

Kane, P.V. *History of Sanskrit Poetics,* Delhi : Motilal Banarasidass, 2015.

Kane, P.V.ed. *Sahityadarpaṇa,* Delhi : Motilal Banarasidass, 1995.

Kaviraja, Visvanatha. *Sāhityadarpaṇa* (with Vimala Hindi commentry), ed. Saligrama Sastri, Delhi: MotilalBanarasidass, 2014. Reprint.

Keith, A. Berriedale. *A History of Sanskrit Literature,* Delhi: Motilal Banarasidass, 1996 Reprint.

Krishnamoorthy, K. *Essays in Sanskrit Criticism,* Dharwar, Karnataka University, 1974.

Mahota, Damodar. ed. *Paṇinīyaśikṣā,* Delhi: Motilal Banarasidass, 2010.

Mammata, *Kāvyaprakasha,* ed. Ganganath Jha. With English tr. Delhi : Bharatiya Vidya Prakashan, 2005.

Mammata. *Kāvyaprakāśa.* ed.V.R. Jhalakikar, Poona : Bhandarkar Oriental Research Institute,1983.

Mishra,P.K&Acharya,M.M.ed.*Kāvyavaitaranī,* Cuttack:Vidyapuri,2006.

Mishra, P.K. & Acharya, M.M. ed. *Kavitā Bhubaneswarī Ṛtāyani* Navarūpā,Bhubaneswar:P.G.Dept.ofSanskrit,UtkalUniversity,2006.

Murfin, Ross & Roy, Supriya M. *The Bedford Glossary of Critical and Literary Terms.* Newyork : Bedford/ St. Martin's, 75 Arlington street, Boston, 2003.

Panditarāja Jagannātha. *Rasagangadhara.* tr. Suryamani Rath, Bhubaneswar : Odisha Sahitya Akademi, 2012.

Patanjali. *Vyakarana Mahabhasya,* ed. Jayasankarlal Tripathy, Krishnadas Academy (Krishnadas Akademi Series 115), 1989.

Radhakrishnan, S. ed. *The Principal Upanisads,* 23rd impression, London : Harper and Collins Publishers, 2012.

Raghunathacārta, S.B. ed. *Saṁkṛtapratibhā.* New Delhi : Sahitya Academy, 2000.

Ray, Radhanatha. *Cilikā.* ed. & tr. Kshirod Ch. Dash, Delhi : Bharatiya Vidya Prakashan, 1991.

Ṛgveda-saṁhitā. Vol.1-9, (with commentary of Sāyaṇa). ed. & Hindi tr. Pandit Rama Govinda Trivedi, Varanasi : Chowkhamba Vidya Bhawan, 2011.

Sāhitya darpaṇa of Visvanatha Kaviraja (with vimala commentary). ed. Saligram Sastri, Delhi: Motilal Banarasi dass, 2014.

Sastri, P.S. *Rgvedic Aesthetics,* Delhi : Bharatiya Vidya Prakashan, 1998.

Scruton, Roger. *Beauty: A very Short Introduction,* Oxford: Oxford University Press, 2011.

Seturaman, V.S. *Indian Aesthetics,* Kolkāta: Macmillan India limited, 2005.

Shankaran, A. *Some Aspects of Literary Cricism in Sanskrit* or The Theories of Rasa and Dhvani, Madras: University of Madras, 1973.

Sukla, A.C.ed. *Fiction and Art,* London: Bloomsbury, 2015.

Tailanga, Jagannatha Shastry. *Alaṁkāramañjarī.* Delhi : Bharatiya Vidya Prakashan, 2008.

Upadhyaya, Baladeva. *Sanskṛta Śāstrakā Itihāsa,* Varanasi: Chowkhamba Vidya Bhavan, 2010.

Valmiki. *Ramayanam,* vol.I (with Tilaka, Siromani, Bhusana Sanskrit commentry), ed. Srinivasa Shastri, Delhi: Parimala Publications, 2012.

Vamana, *Kāvyālaṁkārasūtra* (with Kamadhenu commentary), ed. Bechan Jha, Varanasi : Chowkhamba Sanskrit Sansthan, 2013.

Vijayavardhana, G. *Outlines of Sanskrit Poetics,* Varanasi : Chowkhamba Sanskrit Series office, 1970

Warder, A.K. *Indian Kavya Literature,* Vol.III. Delhi: Motilal Banarasi dass Pvt. Ltd.,1990.

Warder, A.K. Indian Kāvyaliterature,Vol-1 (Literary Criticism) Delhi: Motilal Banarasidass pvt. Ltd. 2009.

Widdowson, Peter. *Literature,* London: Routlege Taylor & Frances Group, 2007.

Winteritz, M. *A. History of Indian LIterature.* Vol. III, Tr. S. Jha, Delhi: Motilal Banarasidass, 2008.

Yaska. *The Nighantu & The Nirukta* ed. & tr. Laksman Sarup. Delhi : Motilal Banarassi dass. 2002.

*****

Appendix-I

श्लोकानुक्रमणिका

Appendix-II

शब्दसंग्रह : Glossary

अलिः -	A black bee
अङ्कः -	The lap
अभ्रम् -	A cloud, Atmosphere, sky
आरामः -	A garden, Grove
उद्धतः -	Haughty
उष्णीषः -	Turban
कचः -	Hair (especially of the head)
कलहंसः -	A swan, A gander, A duck
कंकतिका -	Comb
कंजम् -	A lotus, Ambrosia, Nectar
कटाक्षः -	A glance, side-long look, leer
कासारः -	A pond, pool, lake
किंकिणिका -	Waistband,Asmallbellortinklingornament
केदारः -	A field under water; medow
कौतुकम् -	Curiosity, desire, wish, eagerness, impa tience

खगः - A bird, Air, Wind

गण्डः - The cheek, the whole side of the face including the temples

गन्धफली - A bud of the campaka tree; The Pri yaṅgu-creeper

गुम्फः - Mustach

गुल्फः - The ankle

चिकुरः - The hair of the head

चक्रयुगम् - A pair of cakra birds

चक्रः - Ruddy goose

चपेटिका/चपेटा - A blow with the open-hand

चाटुः - Sweet or coaxing speech, flattery (espe cially of a lover to his sweet heart)

चामीकरम् - Gold

चारुता - Beauty, prettiness, elegance

झरः - A spring, fountain, stream

डम्बरः - An assemblage, Collection, Mass, Show, Pomp, A great noise, Pride, Verbosity

तरल - Trembling, Waving, Fickle, Unsteady, Transient

तल्पः - A coach, Bed, Sofa

तल्ली - A youthful woman

तानूरः -	Whirlpool
दरोत्थः -	Slightly bloomed/blossomed, Half blown
धृष्टः -	Shameless, Impudent, Insolent, A faith less husband or lover
नर्मन् -	Sport, Amusement, Diversion, Merri ment, Pleasure, Amorous past time or sport
नारङ्गः -	The orange tree; ([2]ced) – The fruit of the orange tree
नितंम्बः -	The buttocks, Posterior of woman, The circum ference of the hip or loins
निर्झरः (रम्) -	A spring, waterfall, mountain-torrent
नूपुरः (रम्) -	An anklet, ornament for the feet
पिष्टातकः -	Perfumed powder
पीन -	Plump, large, thick, round, corpulent, fat, fleshy
पुटकम् -	Nut
प्रचोदनम् -	Driving on ward, Urging, Inciting, Insti gating
प्रचोदित -	Propelled, Inspired, Urged
प्रतिविम्बित -	Reflected, Mirrored
प्रमदा -	A young handsome woman, A wife or woman in general

प्रसाधिका - A lady's maid, a female attendant who looks to the toilet of her mistress

प्रसेदिका - A small garden

भङ्गी (ङ्गिः) - A crooked path, tortuous or winding course

भङ्गुर - Fragile, Apt to break, frail, transient, tran sitory, perishable

भालम् - The forehead, brow

भीरुः - A timid woman (shy, fearful)

मञ्जरिः - A shoot, sprout, spring; A cluster of blos soms; A flower stalk

मञ्जुषिका - A box, casket, chest, receptacle

मतल्लिका - A term expressing excellence, superiority or happiness

मदनलेखः - Love letter

मधुः - The spring

मन्दाक्षम् - Bashfulness

मुरली - A flute, pipe

रसिकः - Appreciator of excellence, graceful, ele gant, connoisseur

रहसि - In solitude or lonly place

रहः - Solitude, a deserted or hiding place, lon liness

रागः -	Love, Passion, amorous or sexual feel ing, colour, hue, dye, red dye, red lac
राजीवम् -	Lotus
रासः -	An uproar, a din, confused noise, a sound in general; A kind of dance practised by Krishna and the cowherds, but particular ly the Gopies or cowher desses
ललाटिका -	A mark made with sandal or any other fragrant powder on the forehead
वञ्जुलः -	Cane creeper, Asoka tree, A common cane or reed
वधूः -	A bride, A wife, spouse, A female, maid en, woman in general
वधूटी -	A young woman or female
वराटिका -	Female gander / she-swan
वलिः (ली) -	A fold of skin on the upper part of the belly(especially of females, regarded as a mark of beauty)
वल्लकी -	The (Indian) Lute/ Lyre
वयः -	A bird in general, youth, the prime of life
विजनम् -	A solitary place, retreat
विटः -	A paramour, A voluptuary, sensualist
विधुरः-	A widower; (jced) – Separation from

	wife or husband, bereavement suffered by a lover or mistress.
विभ्रम: -	Whirlpool
विलास: -	Coquetry, dalliance, affection; Any feinine gesture indicative of amorous sentiment, grace, beauty,elegance, charm
वैडुर्यम् -	A cat's eye-gem
शफरी -	A kind of small glittering fish
शाद्वल: (कम्) -	A grass plot, green, meadow
शिंजंजिका -	A chain worn round the loins
शीशूस्वन: -	Whistle sound
शेफालिका -	A kind of plant
श्यामा -	The Priyaṅgu creeper, A woman who has born no children, A dark woman
समीर: -	Air, Wind
सरित्/सरिता -	Flowing stream
सेवती -	Rose flower, name of a flower
सौरभम् -	Fragrance
हर्म्यतलम् -	Surface of the mansion
हाला -	Wine, spirituous liquor, intoxicating stuff.
ह्री: -	Shame, Bashfulness, Modesty.

Appendix-III

कविप्रशंसा

सुधासारोद्‌गारं रसिकयुवचेतस्यभिनवो-
न्मिषद्-भावाम्भोधि प्रचितवहुरत्नोज्ज्वलतमम् ।
तव क्षीरोदेन्दो प्रतिफलितशृङ्गारविभवं
सुकारुत्वं चारु प्रकटयति तारुण्यशतकम्।।१ ।।

अन्वयः - क्षीरोदेन्दो ! रसिकयुवचेतसि अभिनवोन्मिषद्-भावाम्भोधि-प्रचितवहुरत्नोज्ज्वलतमम् सुधासारोद्‌गारं प्रतिफलितशृङ्गारविभव तारुण्यशतकम् तव सुकारुत्वं चारु प्रकटयति।

English - Oh Kṣīrodacandra ! (moon from the ocean of milk !) your *Tāruṇyaśatakam,* the accumulated mass of bright jewels in the newly expanded ocean of emotions in the heart of young connoisseurs (of art), the oozing out of ambrosial essence, the reflected wealth of erotic joy give vent to your beautiful creative art excellently.

क्षीरोदेन्दो त्वदीया सरससुमधुरोल्लोलकल्लोलविप्रुट्-
संसिक्ता ऽऽमूलचूलं नवनवरचना योग्यवृत्तैर्निवद्धा ।
भाषा भावानुरूपा रसिकहृदयसंवादिनीयं परस्तात्
पौढ़ा संख्याधिकानां भवतु तदिह संख्यावतां मोदहेतुः ।।२ ।।

अन्वयः - क्षीरोदेन्दो ! योग्यवृत्तैः निवद्धा त्वदीया नव-नव-रचना आमूलचूलं सरससुमधुरोल्लोलकल्लोल-विप्रुट्- संसिक्ता (अस्ति)।

रसिकहृदयसंवादिनी इयं भावानुरूपा भाषा परस्तात् प्रौढा, संख्याधिकानां संख्यावतां मोदहेतुः भवतु ।

English - Oh Kṣīrodacandra ! your ever fresh and new compositions presented through appropriate metrical measures are sprayed from beginning till the end by the enjoyable sweet surge of the large waves of the phenomenal world. Here the language corresponds to emotions and is conversational in the heart of the connoisseurs (of art), and again is very matured: may that become the cause of joy to the innumerable scholars of erudition.

त्वच्छ्लोकजानन्दनिवेदनाय
क्षीरोद पुर्या लवणोदतीरात् ।
लिखत्यदोऽयं लड्डुकेश्वरस्त्वत्
सौजन्य-पाण्डित्य-कवित्वमुग्धः ॥३॥

अन्वयः - क्षीरोद ! त्वत्सौजन्य-पाण्डित्य-कवित्वमुग्धः अयं लड्डुकेश्वरः त्वत् श्लोकजानन्दनिवेदनाय पुर्याः अदः लवणोदतीरात् लिखति।

English - Oh Kṣīroda ! this Ladukeswara, stunned by your nobility, erudition, and poetic grace, is writing from the shore of the ocean at Puri to convey the joy that springs from your metrical compositions.

अध्यापक ड्क्टर् क्षीरोदचन्द्रदाशशर्मणे
संस्कृतविभाग-विभूषणाय सहृदयप्रवराय।

प्रो.लड्डुकेश्वर शतपथिशर्मा
महामहिमराष्ट्रपति सम्मानिताचार्यः